Mörderisches Puzzle

Im Nordosten von Frankreich in einem alten Bauernhaus entstehen die spannenden Krimis der gebürtigen Saarländerin Elke Schwab. In der Nähe zur saarländischen Grenze schreibt und lebt sie zusammen mit Lebensgefährte samt Pferden, Esel und Katze. Schwab wurde 1964 in Saarbrücken geboren und ist im Saarland aufgewachsen. Nach dem Gymnasium in Saarlouis arbeitete sie über zwanzig Jahre im Saarländischen Sozialministerium, Abteilung Altenpolitik. Schon als Kind schrieb sie über Abenteuer, als Jugendliche natürlich über Romanzen. Später entschied sie sich für Kriminalromane. Ihre Krimis sind Polizeiromane in bester „Whodunit"-Tradition.

Bisher erschienen:

- Mörderisches Puzzle – Solibro Verlag, 2011
- Galgentod auf dem Teufelsberg – Conte Verlag, 2011
- Das Skelett vom Bliesgau – Conte Verlag, 2010
- Hetzjagd am Grünen See – Conte Verlag, 2009
- Kullmanns letzter Fall – Conte Verlag, 2008
- Tod am Litermont – Conte Verlag, 2008
- Angstfalle – Gmeiner Verlag, 2006
- Grosseinsatz – Gmeiner Verlag, 2005

Mörderisches Puzzle

Ein Baccus-Borg-Krimi

SOLIBRO Verlag Münster

SUBKUTAN
THRILLER DIE UNTER DIE HAUT GEHEN

1. Sprado, Hans-Hermann:
   Risse im Ruhm.
   Münster: Solibro Verlag 1. Aufl. 2005
   ISBN 978-3-932927-26-5

2. Sprado, Hans-Hermann:
   Tod auf der Fashion Week
   Münster: Solibro Verlag 1. Aufl. 2007
   ISBN 978-3-932927-39-3

3. Elke Schwab:
   Mörderisches Puzzle
   Münster: Solibro Verlag 1. Aufl. 2011
   ISBN 978-3-932927-37-9

ISBN 978-3-932927-37-9
1. Auflage 2011 / Originalausgabe
© SOLIBRO® Verlag, Münster 2011
Alle Rechte vorbehalten.

Umschlaggestaltung: *Nils A. Werner, ousiadesign.de*
Coverfoto: *una.knipsolina / photocase.com*
Foto des Autors: *privat*
Druck und Bindung: *GGP Media GmbH, Pößneck*
Gedruckt auf chlorfrei gebleichtem und
säurefreiem Papier. Printed in Germany

Bestellen Sie unseren **Newsletter** unter www.solibro.de/newsletter.
Infos vom Solibro Verlag gibt es auch bei **Facebook** und **Twitter**.

www.solibro.de   verlegt. gefunden. gelesen.

Alles war vorbereitet.

Der Raum eignete sich perfekt für das, was mit dem Opfer geschehen sollte. Eine Freude würde es sein – eine langandauernde, morbide Freude. Lust würde es bereiten. Und Schmerz.

Stimmte es, dass manche Menschen erst bei Schmerz Lust empfanden? Diese Frage würde bald beantwortet sein.

Denn das Opfer würde nackt sein. Das war die Grundvoraussetzung. Nur so würde sich unverhüllt zeigen, ob Schmerzen wirklich eine libidinöse Wirkung haben konnten.

Ein Lachen erfüllte den Raum, den nur eine Bahre und ein Tisch voller medizinischer Instrumente zierten.

Der Tisch stand dicht neben der Bahre. Das war wichtig, es ersparte weite Wege.

Wenn er erst mal dort lag, musste es schnell gehen. Dafür musste alles griffbereit sein.

Vorfreude machte sich breit.

Die Wände verrieten nichts darüber, in welch delikatem Ambiente man sich befand. Auch das war ein geschickter Schachzug. So konnte er sich nicht ausmalen, wo er war. Und auch nicht, seit wann er dort war. Tageslicht kam hier niemals rein. Und Geräusche drangen weder herein noch von innen nach außen.

Besser ging es nicht.

Lange hatten die Vorbereitungen gedauert. Obwohl alles kahl und unpersönlich aussah, steckte doch viel Arbeit und Liebe zum Detail in seinem Arrangement. Leider konnte das niemand beurteilen.

Nur das Opfer würde es bald sehen.

Seine Liebe zum Detail würde es am eigenen Körper zu spüren bekommen.

1

»Schreib darüber eine Rezension. Die soll morgen früh der Aufhänger im Kulturteil sein!« Mit dieser Anweisung legte Erwin Frisch, Chefredakteur der *Neuen Zeit*, seiner Mitarbeiterin Sandra Gossert einen Kriminalroman auf den Tisch. Seine kleinen, dunklen Augen sprühten dabei vor Ironie und sein Mund verzog sich zu einem bösen Lächeln, während er sich mit einer Hand über sein korrekt frisiertes Haar fuhr. Sandras Anblick ließ ihn wieder einmal daran denken, wie wichtig ein perfektes Auftreten war. Man musste immer auf sich achten, egal wie geringfügig seine Stellung auch sein mochte.

Sandras Äußeres wurde zunehmend zu einer Zumutung für ihn – weite, labberige Klamotten, ungepflegte, blau gefärbte Haare, und dazu war sie ständig noch ungeschminkt, was sie sich bei ihrem Gesicht wirklich nicht erlauben konnte.

Nun näherte er sich Susanne, die wie immer perfekt gestylt war. Und die ihn immer verliebt anlächelte, wenn er ihr eine Aufgabe zuschob. Egal, welche. »Ich habe etwas über unseren Freund Hans Pont von der *Deutschen Allgemeinen* herausgefunden.«

Erstaunte Blicke von allen Schreibtischen quittierten diese Bemerkung, obwohl alle Anwesenden wussten, dass Frisch den Chef des Konkurrenzblattes hasste und keine Gelegenheit ausließ, ihn zu attackieren. Aber dieses Lächeln war verdächtig, er schien wirklich einen Trumpf in der Hand zu halten.

»Wie wir wissen, ist seine Zeitung eine Tochtergesellschaft der Holding *Global-Gruppe*. Irgendwie ist er an Insiderinformationen gekommen, die er dafür genutzt hat, seine Aktien im richtigen Augenblick mit großem Gewinn zu verkaufen. Das wird ihm jetzt endlich das Genick brechen.«

»Okay! Ich mache daraus einen Aufreißer«, flötete die attraktive Journalistin.

»Bist du dir eigentlich für gar nichts zu schade«, giftete Sandra ihre Kollegin an. »Merkst du denn nicht, dass unser lieber Chef der *Deutschen Allgemeinen* einfach nur schaden will, ohne wirkliche Beweise? Das sind doch nur bösartige Unterstellungen.«

»Liebe Sandra! Rede bitte nicht von Dingen, von denen du nichts verstehst«, wies Erwin seine aufmüpfige Mitarbeiterin lautstark zurecht. »Dir habe ich ein Buch gegeben, das du übers Wochenende lesen und rezensieren sollst. Vielleicht kriegst Du wenigstens das hin.«

Sandra drehte das Buch in ihren Händen, entzifferte den ihr unbekannten Namen eines mexikanischen Autors und funkelte ihren Chef böse an.

»Ich habe dir doch eine Rezension über den neuen Krimi von Miranda Wellenstein vorgelegt - ›Mord um Mitternacht‹. Das ist wieder einmal hervorragend geschrieben, superspannend und spielt außerdem noch bei uns im Saarland. Warum willst du diese Rezension nicht bringen?«

»Wer bestimmt eigentlich, was in *meiner* Zeitung gedruckt wird und was nicht?« Erwin baute sich drohend vor seiner Redakteurin auf. Hatte sie schon wieder vergessen, dass er nicht nur der Chefredakteur der *Neuen Zeit* war, sondern zugleich auch deren Besitzer? Was bildete sich diese Schnepfe mit ihren lächerlich blau gefärbten Haaren eigentlich ein?

»Ich sehe nicht ein, warum wir ständig völlig unbekannten Autoren aus dem Ausland eine Chance geben und unsere einheimischen Talente wie die Wellenstein ignorieren«, widersprach Sandra mit einem vor Aufregung glühend roten Gesicht.

Der Chef konnte ein überhebliches Grinsen nicht unterdrücken. Er wusste, am Ende gaben immer alle klein bei, auch Sandra. Die Kollegen ließen ihre Blicke neugierig zwischen ihm und Sandra hin und her schweifen, sie fragten sich, wie lange es noch dauern würde, ehe der Chef auch dieses Duell gewann.

Susanne sog deutlich hörbar die Luft ein. Jetzt kam der Moment der Wahrheit. Susanne war sein Darling in der Redaktion, auf sie konnte er sich immer verlassen, nicht nur im Job. Und sie verzieh ihm all seine Fehler. Deshalb passierte es öfter, als ihm selbst recht war, dass er sie versetzte. Ihre letzte Verabredung hatte er wegen einer jungen, sexy Bewerberin total vergessen. Aber diese Brigitte Felten, die sich auf eine Stelle im Feuilleton beworben hatte, war einfach zu süß. Und zu heiß. Viel heißer, als er das je erwartet hatte. Insgeheim hatte Erwin längst beschlossen, Brigitte einzustellen und diese blauhaarige Kampflesbe zu entlassen.

»Ist dir eigentlich schon mal der Gedanke gekommen, dass Erwin selbst am Besten weiß, wie man eine Zeitung führt?«, fragte Susanne ihre Kollegin in herablassendem Tonfall. »Die *Neue Zeit* gibt es schließlich nicht erst seit heute.«

Frisch horchte amüsiert auf und wartete gespannt, wie dieser Disput weitergehen würde.

»Deine Meinung ist hier absolut nicht gefragt«, fauchte Sandra zurück. »Du machst für den Chef die Beine breit. Wer würde da noch Objektivität von dir erwarten?«

»Jetzt gehst du zu weit«, kreischte Susanne.

Frisch hätte diese Szene gerne noch weiter verfolgt, aber er wusste, dass er sich einschalten musste. Einen Zickenkrieg durfte er in seiner Zeitung nicht durchgehen lassen, allein schon wegen der anderen Mitarbeiter.

»Sandra, du schreibst die Rezension über das Buch, das ich dir gegeben habe. Und wenn dir die Bücher der Wellenstein so gut gefallen, kannst du ihnen ja bei Amazon fünf Sterne geben. Aber in meiner Zeitung ist dafür kein Platz.«

»Ich habe keine Lust, über irgendeinen Autor zu schreiben, dessen Geschichten hier keinen interessieren, während eine Autorin, die spannende Geschichten aus unserem Umfeld bringt, von dir ignoriert wird. Aus welchen Gründen auch immer«, gab Sandra ihrem Chef weiterhin Kontra.

»In Ordnung! Ich habe verstanden.« Er wandte sich zu Susanne, die ihn mit großen Augen anschaute. »Würdest du bitte die Rezension schreiben?«

Susanne nickte und schnappte sich das Buch von Sandras Schreibtisch.

Dann wandte sich Frisch mit einem bösen Blick wieder in Richtung Sandra und sagte: »Du kannst du dir am Montag deine Papiere abholen.« Ein erschrockenes Raunen ging durch den Raum. »Ich werde am Wochenende deine Kündigung schreiben.«

Mit diesen Worten drehte er sich auf dem Absatz seiner neuen italienischen Designerschuhe um und ging zügig auf den Ausgang zu. Durch die hohen Glasscheiben konnte er über der Saarbrücker Innenstadt dicke, schwarze Wolken erkennen, die sich am Himmel auftürmten. Auch die Luft fühlte sich auf einmal drückend und extrem schwül an. Auf seiner Stirn bildeten sich bereits erste Schweißtropfen.

Wie ärgerlich. Er hatte gleich eine Verabredung mit dieser süßen Bewerberin. Und dieses Date würde er bestimmt nicht platzen lassen. Er bekam ja schon einen Höllenständer, wenn er nur an diese Frau dachte. Nein, in einem völlig verschwitzten Outfit wollte und würde er sie nicht treffen, immerhin erwartete er noch einiges von diesem Abend.

Er öffnete die schwere Eingangstür. Ein warmer, heftiger Windstoß blies in die Büroräume der Redaktion.

Einen kurzen Augenblick beobachtete er Passanten, die sich ausnahmslos im Eilschritt bewegten, als versuchten sie, noch vor dem Gewitter ins Trockene zu gelangen. Frisch trat dennoch hinaus. Ein bisschen Regen würde ihm doch nicht einen lustvollen Abend verderben.

Doch kaum war der erste Regentropfen in seinem Gesicht gelandet, stürmte er zurück in das Redaktionsgebäude, schüttelte sich und fragte in die Runde: »Hat jemand von euch einen Regenschirm?«

Genau in diesem Augenblick kam Manfred Sost aus den hinteren Räumen, in denen sich das Archiv der Zeitung befand, ins Redaktionsbüro.

»Manfred, altes Haus«, rief Frisch erfreut. »Wie ich dich kenne, hast du garantiert einen Schirm dabei. Alte Männer gehen doch nie ohne Schutzschild vor die Tür, oder?«

»Natürlich nicht, Jungspund«, gab Manfred zurück. Er war der Einzige hier, der so mit dem Chef sprechen konnte, weil er schon bei der *Neuen Zeit* gearbeitet hatte, als Erwin tatsächlich noch ein Kind war. »Ich habe meinen Schirm *nur* für junge Leute dabei, die noch nicht weit genug sind, um selbst an so was zu denken.«

»Wie gut, dass ich dich habe«, beteuerte Frisch. »Wo ist das Teil?

Er konnte seine Ungeduld nicht mehr verhehlen. Die Felten würde bestimmt nicht ewig auf ihn warten, dafür war sie viel zu attraktiv. Sie hatte ihn in ihre Wohnung eingeladen. Und er malte sich in Gedanken schon aus, wie dieser Abend in ihrem Schlafzimmer enden würde. Allein die Erinnerung an ihren bisher einzigen Sex unter freiem Himmel ließ ihn ahnen, dass es für diese wilde Verführerin in ihren eigenen vier Wänden keine Tabus geben würde. Frisch musste aufpassen, dass niemand sah, woran er dachte, während er auf den Archivar wartete.

Endlich tauchte Sost wieder auf und hielt ihm einen Schirm entgegen. Wie erwartet, war es wirklich ein Altherrenschirm – schwer, plump, mit einem viel zu dicken Griff aus massivem Holz. Aber das war Frisch in diesem Augenblick egal. Hauptsache, er kam rechtzeitig zu Brigitte Felten. Und in ihr Bett!

*

Das Opfer verließ seinen geschützten Bereich.

Wie einfach der Typ doch zu durchschauen war. Seine Absichten waren ihm selbst auf die große Entfernung, die zwischen ihnen lag, deutlich anzusehen: Wie geil er grinste. Peinlich! Und wie unvorsichtig.

Beschwingt marschierte er los. Mit einem extrem hässlichen Schirm in der Hand. Das passte eigentlich nicht. Der Typ achtete sehr auf sein Äußeres. Das hätte normalerweise einen Schirm mit eingeschlossen.

Wie kam es, dass er gerade jetzt so ein Monstrum mit sich rumtrug? Ein Gerät, das sich sogar als Waffe eignete? Ein gezielter Schlag mit dem schweren Griff auf den Kopf und der Getroffene würde sich für immer von dieser Welt verabschieden.

Aber so einfach sollte es für IHN nicht werden.

Sein Leben würde nicht jetzt und hier enden.

Im Gegenteil! Für ihn sollte erst einmal etwas beginnen, was er sich in seinen kühnsten Albträumen nicht vorzustellen gewagt hätte.

Eine Odyssee des Grauens!

Was tat er jetzt? Er sprang zur Seite. Hatte er etwas bemerkt?

Nein! Er wich den Pfützen aus. Vermutlich, um seine teuren Schuhe zu schützen. Er konnte ja nicht wissen, dass er die bald nicht mehr brauchen würde.

Seine Schritte wurden immer lauter. Er kam näher. Immer näher

Ahnungslos.

Ein hysterisches Kichern zischte durch die leere Garage.

*

Ein Donner grollte, der Erwin Frisch erschrocken zusammenzucken ließ. Dieses verdammte Gewitter ... Hätte es nicht warten können, bis er mit der scharfen Brigitte im warmen, kuscheligen Bett lag? In trauter Zweisamkeit, nackt aneinander reibend und dabei Sekt schlürfend? So konnte ein Gewitter etwas wahrhaft Wunderbares sein. Aber er befand sich noch auf dem Weg zu seinem Liebesabenteuer. Klitschnass würde er nicht unbedingt die beste Figur abgeben. Und mit panischer Angst in den Augen, wann der nächste Blitz die ganze Stadt erleuchten würde – wie genau in diesem Augenblick –, wollte er sich auch nicht zu ihr legen.

Er blieb kurz stehen und atmete tief durch. Er musste sich beruhigen, sich ausmalen, was ihn gleich erwartete – die Gedanken an ein wildes Schäferstündchen sollten ihn doch von diesem Unwetter ablenken.

Er schaute sich um. In was für einer finsteren Ecke wohnte diese Brigitte bloß? Hier war er noch nie gewesen. Hierhin hatte er höchstens mal einen seiner Mitarbeiter geschickt, um einen Bericht über die Unterprivilegierten der Stadt zu schreiben. Aber zu denen gehörte doch diese heiße junge Frau nicht!

Eine Windböe traf ihn so unvorbereitet, dass er sich den starken, schweren Holzstiel seines Schirms an den Kopf schlug. Das fehlte noch – eine Beule auf der Stirn. Er rieb sich darüber und merkte, wie die Stelle rasch anschwoll. Und mit ihr seine schlechte Laune.

All seine Bemühungen, dem Gewitter zu trotzen, gerieten ins Wanken. Erneut erhellte ein greller Blitz die hässliche Wohngegend, kurz darauf folgte der nächste Donner und mit ihm eine Finsternis, die Frisch daran zweifeln ließ, dass es mitten am Tag war – und dazu noch im Sommer!

Plötzlich hörte er ein Kichern. Eine Gänsehaut kroch ihm über den Nacken. Er lauschte, konnte aber außer dem platschenden Regen nichts vernehmen.

»Wer ist da?«, rief er.

Keine Antwort.

Seine Knie fühlten sich mit einem Mal butterweich an. Er schaute sich um. Sah er dort die Silhouette eines Mannes? Oder was schimmerte da in der Dunkelheit so bedrohlich? Vorsichtig näherte er sich der Stelle und fand sich plötzlich vor einer geöffneten Garageneinfahrt. Irritiert ließ er seinen Blick durch die Straße wandern. Wohin er auch blickte, überall glaubte er, verdächtige Schatten zu erkennen. War hier nicht erst vor Kurzem ein Drogendealer erstochen aufgefunden worden? Hatte er nicht selbst einen Bericht über diesen Vorfall geschrieben? Worauf hatte er sich nur eingelassen?

Für ein paar Sekunden überlegte er, ob Brigitte Felten wirklich die Frau war, die sie vorgab zu sein? Doch die Erinnerung an die attraktive und intelligente Frau ließ alle Zweifel in ihm schnell wieder verfliegen. Sie war jung. Sie war sexy. Sie wollte einen Job bei seiner Zeitung. Und sie wartete in ihrer Wohnung auf ihn. Und das sicher nicht nur zum Kaffeetrinken!

Mit beherzten Schritten setzte Frisch seinen Weg fort, steuerte sein Ziel an. Er passierte die nächste offenstehende Garage. Ins Innere konnte er nicht hineinsehen, weil dort alles in Schwärze versank.

Plötzlich spürte er einen Ruck. Sein Schirm wurde ihm aus der Hand gerissen. Er schaute sich um und sah nur noch, wie der schwere, massive Holzstiel auf seinen Kopf niedersauste.

*

Irgendetwas störte ihn. Ein Geräusch. Er wollte es nicht hören, hielt sich die Ohren zu. Aber es drang trotzdem durch bis zu seinem Gehörgang. Widerwillig öffnete Lukas Baccus die Augen.

»Huucch!« Der Schrei entfuhr ihm ohne sein Zutun.

Neben ihm – nur wenige Meter entfernt – lag Theo Borg und schnarchte. Seit fast zehn Jahren arbeiteten sie zusammen bei der Kriminalpolizeiinspektion in Saarbrücken. Darüber hinaus waren sie sogar Freunde geworden. Ihre Arbeit stellte sie oft auf eine harte Probe, weil sich hinter den grausamen Mordfällen, die sie aufklären mussten, private Schicksale und Tragödien verbargen, mit denen sie fertig werden mussten. Da war es für sie beide wichtig, Abstand zu gewinnen, weshalb sie immer häufiger ihre Freizeit gemeinsam verbrachten. Aber rechtfertigte das auch eine solche Vertrautheit?

Theo erschrak, machte eine hektische Bewegung und rutschte von dem schmalen Sofa auf den Boden. »Scheiße! Warum schreist du so?«

»Was tust du hier? Hast du etwa die ganze Nacht in meinem Zimmer verbracht?«, fragte Lukas fassungslos.

»Keine Sorge. Ich lag auf dem Sofa, bis vorhin, als du mich mit deinem Urschrei erschreckt hast.«

»Warum bist du nicht nach Hause gefahren?«

Theo warf Lukas einen vorwurfsvollen Blick zu, der wegen seines dichten, schwarzen Haars jedoch nur schwer zu erkennen war, und protestierte: »Weil ich bestimmt mindestens vier Promille hatte.«

Lukas kratzte sich am Kopf, der sich schwer anfühlte und höllisch schmerzte. Er konnte seinem Kollegen nicht wirklich widersprechen, weil er nicht wusste, wie der letzte Abend geendet hatte. Hatten sie wirklich so viel getrunken? Die fürchterlichen Kopfschmerzen und das Klingeln in seinen Ohren deuteten darauf hin, aber als Beweis wollte Lukas das noch nicht gelten lassen.

»Dann mach dich wenigstens nützlich und koch Kaffee!«

»Sind wir plötzlich verheiratet?«, entgegnete Theo.

»Wenn du unbedingt willst ...«

»Sag mal, willst du nicht endlich mal ans Telefon gehen?«, fragte Theo mürrisch, während er sich vom Boden erhob und wieder aufs Sofa pflanzte.

Lukas horchte auf. Tatsächlich! Das Klingeln kam nicht aus seinem Kopf. Es kam von seinem Telefon. Fast schon erleichtert ging er auf den Apparat zu und hob ab.

»Na endlich«, hörte er eine weibliche Stimme sagen, die ihm entfernt bekannt vorkam. »Hier ist Susanne ... Kleber! Erinnerst du dich noch an mich? Eine Freundin von Marianne ...«

Lukas räusperte sich, damit seine Stimme nicht zu rau klang: »Marianne und ich sind seit einem Jahr geschieden. Wo du sie erreichen kannst, weiß ich nicht. Ich weiß nur, dass sie wieder einen Neuen hat.«

»Ich will nicht Marianne sprechen, sondern dich.«

Lukas horchte auf.

»Mein Chef ist verschwunden«, fuhr Susanne fort, wobei ihre Stimme einen weinerlichen Ton annahm. »Er hatte vorgestern nach Dienstschluss noch einen Termin. Seitdem gibt es kein Lebenszeichen mehr von ihm.«

Lukas stöhnte. »Redest du von Erwin Frisch?«

»Ja! Wer sonst?«

Lukas erinnerte sich an den Chef der *Neuen* Zeit – aber diese Erinnerungen waren nicht besonders erfreulich. Frisch war der Chef einer der wenigen saarländischen Zeitungen, die über Fälle, in denen die Kripo der Landeshauptstadt ermittelte, berichtete. Allerdings interessierte ihn die Aufklärung der Fälle weniger als die Auflage seines Käseblatts. Und wenn er jetzt verschwunden war, dann war er halt verschwunden – wen kümmerte das schon?

»Bist du noch dran?«, plärrte Susanne so laut in sein Ohr, dass Lukas einen erneuten Stromstoß durch seinen Schädel zu spüren bekam. »Was ist denn mit dir?«

»Was soll mit mir sein? Wie alt ist Erwin Frisch?«

»Einundfünfzig. Warum?«

»Also ist er ein erwachsener Mann«, gab Lukas genervt zurück. »Wie lange ist er angeblich verschwunden?«

»Seit Freitagnacht! Er wollte sich mit einer Bewerberin für unsere Zeitung treffen.«

»Ach so ...« Lukas lachte auf. »Wer weiß, was für ein heißes Mäuschen dein Chef sich da an Land gezogen hat. Vielleicht ist er mit ihr in den Federn gelandet und hat darüber die Zeit vergessen.«

»Ich habe bereits versucht, diese Frau zu erreichen. Sie heißt Brigitte Felten und ist in der Hornungstraße 53 gemeldet. Als ich dort anrief, hieß es: *Kein Anschluss unter dieser Nummer.* Da stimmt doch was nicht.«

»Vielleicht hat die Felten ihren Telefonanschluss auch nur schnell gekündigt, weil sie verhindern wollte, dass sich Eifersuchtsdramen am Telefon abspielen, während sie deinem Chef einen bläst«, erwiderte Lukas genervt.

»Blödmann!« Susannes Stimme klang trotz dieses unfreundlichen Kommentars ernsthaft besorgt.

»Ich kann dir wirklich nicht helfen«, lenkte Lukas ein. »Zunächst mal wäre das eine Sache für den örtlichen Kriminaldienst. Er wird nur vermisst, damit habe ich nichts zu tun. Wir kommen erst, wenn einer tot ist. Außerdem ist dein Chef mehr als erwachsen, er kann tun und lassen, was er will. Deine Besorgnis klingt verdammt nach Eifersucht. Aber selbst, wenn ich mit dieser Annahme falsch liege – mit bloßen Vermutungen bringst du keinen Bullen dazu, nach ihm zu suchen.«

»Du bist echt ein Arschloch! Marianne hatte recht, dass sie dich verlassen hat«, schnaubte die Anruferin wütend. Lukas wollte antworten, bekam aber keine Chance mehr.

Klick. Leitung tot.

Lukas schnüffelte und stellte enttäuscht fest, dass kein Kaffeeduft durch seine Wohnung strömte. Der hätte vielleicht ungeahnte Lebensgeister in ihm wecken können.

Aber so ...

*

Erregung! Tatsächlich!

Wieder und wieder fiel der Blick auf das Geschlechtsteil, das keck in die Höhe stand.

Es gefiel ihm.

Das übertraf alle Erwartungen!

Das Werkzeug lag griffbereit neben der Bahre. Solange der Mann schlief, sollte nichts passieren. Es war wichtig, dass er in den vollen Genuss seiner Leiden kam. Das machte erst den ganzen Reiz aus. Als Genießer konnte er es bestimmt gar nicht erwarten, endlich an den Höhepunkt der Lust zu geraten.

Wieder ein vergnügtes Kichern, denn eines war sicher: Am Ende würde er nur noch schreien, stöhnen, um Hilfe betteln, flehen, jeden Stolz über Bord werfen. Ein ganzes Leben reduziert auf ein Häufchen Elend.

Das sollte sein Schicksal sein. Das hatte er sich redlich verdient.

Es war ja nicht so, dass es hier einen Unschuldigen erwischte.

Nein! Hier wurde der Gerechtigkeit Genüge getan.

Die Haut des mageren Körpers war mit Gänsehaut überzogen. Knochen standen an Schultern und Becken heraus. Ein übler Geruch ging von ihm aus.

Woher hatte dieser Mann eigentlich ein derart ausgeprägtes und übersteigertes Selbstbewusstsein?

Vermutlich waren es seine Designer-Klamotten. Damit konnte er prahlen. Und damit, dass er mit seiner Zeitung viel Geld verdiente. Mit seiner Zeitung, die über Aufstieg und Fall unschuldiger Menschen richten durfte. Mit der er manipulieren konnte, ohne dass jemals irgendjemand einen Rie-

gel davorgeschoben hätte. Aber das war nicht alles. Sein despotisches Gebaren als Chef kam hinzu.

Doch so, wie er jetzt auf der Pritsche lag, war nichts mehr von einem Despoten geblieben. Nichts mehr von einem Erfolgsmenschen. Und davon würde auch nie wieder etwas zu erkennen sein. Diese Zeiten waren für immer vorbei. Dieser Mann würde keine diffamierenden Artikel mehr schreiben. Und keinen Menschen mehr schikanieren.

Wie er da lag – so ohne teure Schale, ohne seine Aufgeblasenheit: Was war er da schon? Einfach nur bemitleidenswert. Ein ekelerregendes, zappelndes Bündel.

Tatsächlich. Er bewegte sich. Er wachte auf. Gleichzeitig verschwand seine Erregung. Zurück blieb ein schrumpeliges kleines Teil zwischen zitternden Beinen.

Sein erbärmlicher Anblick spiegelte sich im stählernen Keil der Axt. Es konnte beginnen.

*

Erwin Frisch wälzte sich lustvoll in den Kissen, genoss jede Berührung dieser aufregenden, jungen Frau. Ihre Finger fuhren in alle seine Körperöffnungen. Dann folgte ihre Zunge, dann ihre Zähne. Kleine Bisse überall, an jeder nur denkbaren Stelle seines Körpers. Mit gespreizten Beinen lag sie vor ihm und versetzte seinen Körper in eine ihm bislang unbekannte Ekstase. Er wurde immer geiler, sein Penis war steif wie lange nicht mehr.

Seine Hände griffen nach ihren Brüsten und drückten zu. Ihr lustvolles Quietschen erregte ihn noch mehr. Er ließ seine Hände an ihrem Körper herunter wandern, ertastete die Feuchtigkeit zwischen ihren Beinen und schob seinen Finger ganz tief in sie hinein. Ihr Stöhnen war der Beweis, dass sie es genauso wollte wie er. Seine Begierde wurde übermächtig, er fühlte sich berauscht, benebelt, trunken.

Jetzt war der Moment gekommen. Jetzt musste er sie nehmen.

Er wollte sie packen und in sie eindringen, doch er konnte sich plötzlich nicht mehr bewegen.

Panisch riss er die Augen auf. Was war das? Wo war er? Wo war Brigitte? Hatte sie nicht gerade noch vor ihm gelegen? Hatte nicht gerade noch sein Körper geglüht vor Erregung.

Stattdessen lag er auf dem Rücken und fror entsetzlich. Seine Augen nahmen alles nur verschwommen wahr. Hatte er geträumt? Oder spielte Brigitte ein verrücktes Spiel mit ihm? Hatte sie etwas in seinen Champagner getan?

Er wollte an sich herunterschauen, aber das war nicht möglich. Er war gefesselt – an den Armen und den Beinen. Sogar sein Kopf war fixiert. Jede Bewegung hinterließ einen unangenehmen Druck auf seinen Kehlkopf.

Auch ohne sehen zu können, spürte er, dass er tatsächlich nackt war. Aber es war eine andere Nacktheit als die, von der gerade geträumt hatte. Er war entblößt und hilflos. Was war mit ihm geschehen?

Allmählich kehrten seine Erinnerungen zurück. Er war auf dem Weg zu seinem Rendezvous gewesen. Es hatte geblitzt und gedonnert. Das Wetter war scheußlich. Doch dann? Ein Riss ... Bei Brigitte war er jedenfalls niemals angekommen.

War er krank? War er einem Fiebertraum erlegen? Wenn ja, dann wünschte er sich in diesen Traum zurück. So etwas Berauschendes hatte er noch nie erlebt. Diese Frau war unglaublich. Hatte er wirklich aufwachen müssen?

Ein Geräusch ließ ihn zusammenzucken. Jemand näherte sich ihm. Er wollte den Kopf drehen, aber das war nicht möglich. Es fühlte sich an, als sei er an seiner Unterlage festgeklebt. Nur die Augen konnte er noch einigermaßen frei bewegen. Er versuchte, einen Blick zu erhaschen, wer da neben ihm stand. Etwas Schwarzes beugte sich über ihn. Was war das? Ein Mensch? Ein Monster? Er konnte nur Schemen erkennen. Er wollte schreien, aber er brachte keinen Ton heraus.

Die Gestalt hob eine Axt, in deren glänzendem Keil er deutlich seine eigenen, weit aufgerissenen Augen erkennen konnte. In rasender Geschwindigkeit sauste das scharfe Teil auf ihn nieder. Und im selben Atemzug versank er in einem erlösenden Nichts.

*

»Sie haben Post! Sie haben Post! Sie haben Post!««
Irgendwann wurde es Lukas zu bunt. Was ging hier vor? Wer laberte ihm ständig denselben Satz ins Ohr?
Müde hob er den Kopf und schaute direkt in das hämisch grinsende Gesicht seines Kollegen Theo. Verwirrt blickte er sich um und stellte beschämt fest, dass er an seinem Schreibtisch im Büro der Landespolizeidirektion eingeschlafen war. Verlegen schob er die Tastatur seines Rechners an ihren Platz zurück und fragte murrend: »Was ist los?«
»Was los ist, fragst du?« Theos Stimme überschlug sich. »Es tut mir wirklich leid dir mitteilen zu müssen, dass du nicht fürs Schlafen bezahlt wirst. Was hast du gestern Abend denn noch getrieben? Unser Saufgelage war am Samstag. Davon kannst du heute nicht mehr so fertig sein.«
Lukas zuckte die Achseln, aber Theo gab keine Ruhe: »Hallo! Ich rede mit dir!«
Lukas wusste, dass er in letzter Zeit häufiger Fehler machte. Seit seiner Scheidung fühlte er sich beschissen. Marianne hatte ihn damals ausgerechnet wegen Theo verlassen. Darunter hatte die Zusammenarbeit zwischen Lukas und Theo lange Zeit gelitten. Auch ihre Freundschaft war auf eine harte Probe gestellt worden. Lukas hatte sich von Theo betrogen gefühlt und nur ihm die Schuld dafür gegeben, dass es so weit gekommen war. Inzwischen wusste er es besser: Er hatte selbst maßgeblich dazu beigetragen, dass Marianne ihn verließ, er konnte weder ihr noch seinem Freund einen Vorwurf machen. Schließlich hatte er seine Ehe wegen einer Affäre mit der Hauptverdächtigen in einem heiklen Mordfall aufs Spiel gesetzt; mit einer Frau, die nicht seine Kragenweite war und die ihn das auch schnell hatte spüren lassen.

Marianne hatte sich inzwischen von Theo getrennt und lebte nun mit einem Regierungsdirektor zusammen – ein Dienstgrad, von dem Theo und Lukas nur träumen konnten.

Vielleicht war es dieser Tatsache zu verdanken, dass Theo und Lukas heute wieder Freunde waren. Wenn Lukas sein eigenes Leben genauer betrachtete, musste er schnell feststellen, dass er wenig wirkliche Freunde hatte. Sein Beruf hatte ihn von seinen Kumpeln aus der Jugendzeit entfremdet, die Freizeit war vom ersten Tag an sehr knapp bemessen. Und seine Beziehungen waren selten über kurzfristige Affären hinausgegangen, wenn es sich nicht ohnehin um One-Night-Stands gehandelt hatte. Bis Marianne in sein Leben gekommen war. Sie hatte ihm einen erstaunlich starken Halt gegeben und ihm zu innerlicher Ruhe verholfen. Doch anscheinend hatte der Abenteuerdrang weiterhin in ihm geschlummert, bis er irgendwann ausgebrochen war, leider bei der absolut falschen Frau.

Seit dem Anruf am Wochenende fühlte sich Lukas schmerzhaft an seine Verfehlungen erinnert. Susanne Kleber hatte ihm unmissverständlich klargemacht, dass er sich oft wie ein komplettes Arschloch verhalten hatte. Ihre vorwurfsvollen Worte lasteten schwer auf ihm. Alkohol war auch keine Lösung, der half nur für den Moment, doch am nächsten Tag wurde alles nur noch schlimmer. Mit der Folge, dass er sich kaum noch auf seine Arbeit konzentrieren konnte und nun auch noch am Schreibtisch einschlief.

»Wieso habe ich Post?«, fragte er endlich. »Bekomme ich meine Briefe jetzt schon auf die Dienststelle geschickt?«

»Endlich bist du wieder unter uns«, kommentierte Theo und stellte einen Karton vor ihm auf den Tisch. »Wir hatten alle bereits das Vergnügen, den Inhalt dieses Päckchens genau zu studieren. Jetzt bist du an der Reihe.«

Lukas verstand nur Bahnhof. Es war ein DHL-Päckchen der Deutschen Post. Grellgelb leuchtete es ihn an. Die Farbe tat seinen Augen weh. An der oberen Hälfte erkannte er, dass es bereits geöffnet worden war – die Klebestreifen waren sehr präzise mit einem scharfen Messer aufgetrennt. Lukas ahnte, dass dies aus Sicherheitsgründen geschehen war. Es wäre nicht das erste Mal, dass eine Paketbombe auf einem Polizeirevier hochging.

Er schaute sich um und staunte nicht schlecht, als er sämtliche Kollegen um seinen Schreibtisch herum versammelt sah. Andrea Peperding, die Emanze, die immer etwas an Theo und ihm zu mäkeln hatte. Neben ihr stand die frisch gebackene Kommissarin Monika Blech, deren unscheinbares Äußeres täuschte, denn wenn es darauf ankam, konnte sie knallhart sein – eine Kollegin, wie man sie sich im Polizeidienst eigentlich wünschte, wäre sie nur nicht so sehr mit Andrea verbandelt. Und Dieter Marx aus der Drogenabteilung stand hinter den Kollegen, weil er alle um Haupteslänge überragte. Wie üblich schwadronierte er wieder einmal biblische Sprüche: »Verflucht seist du, der du diese Botschaft an uns gerichtet hast.«

Neben Marx stand der Dienststellenleiter Wendalinus Allensbacher und forderte ihn auf, mit seinen Prophezeiungen aufzuhören. Zu Lukas' Überraschung war auch Josefa Kleinert, Allensbachers Sekretärin, anwesend. Fehlte nur noch, dass sie ein Glas Wasser und eine Herztablette für ihren übergewichtigen und ständig schwitzenden Chef bereithielt. Nur Kriminalrat Hugo Ehrling glänzte durch Abwesenheit. Wenigstens war nicht auch er noch Zeuge seines Büroschlafs geworden.

»Willst du nicht endlich nachschauen, was in dem Päckchen ist?«, fragte Andrea. Ihre Stimme klang gelangweilt – wie so oft, wenn sie sich dazu herabließ, überhaupt mit Lukas zu sprechen.

»Ich glaube nicht«, meinte Lukas und erreichte damit genau das, was er wollte. Alle fielen laut schimpfend über ihn her. Er hatte ihnen die Show gestohlen. Vergnügt lachte er in sich hinein.

»Sie werden sich jetzt den Inhalt dieses Pakets anschauen und Ihre Meinung dazu sagen?«, befahl Allensbacher und wischte sich schon wieder den Schweiß von der Stirn.

Lukas schaute den Dienststellenleiter irritiert an, doch der zeigte keine Reaktion. Schließlich gehorchte er, stand auf und öffnete den gelben Karton. Zunächst sah er nichts. Alles schimmerte schwarz. Also griff er nach der durchsichtigen Folie, in die der Inhalt verpackt war, und zog sie heraus. In seinen Händen hielt er einen menschlichen Fuß.

2

Alle Augen waren auf Sandra gerichtet, als sie am Montagmorgen das Redaktionsgebäude der »Neuen Zeit« betrat. Sie fuhr sich durch ihre kurzen, blauen Haare und schaute verunsichert an sich herunter, ob auch ihre Kleidung richtig saß.

»Ich denke, der Chef hat dich entlassen«, schleuderte Susanne der Kollegin als Begrüßung entgegen.

»Anscheinend doch nicht«, gab Sandra schnippisch zurück. Daher diese Blicke, dachte sie und ließ sich an ihrem Schreibtisch nieder, als hätte das Streitgespräch zwischen ihr und Erwin Frisch am Freitagabend niemals stattgefunden. In aller Seelenruhe packte sie ihre Unterlagen aus, fuhr den PC hoch und tat so, als bemerkte sie nicht, dass alle sie immer noch anstarrten.

Ute Drollwitz, die Redakteurin für den Wirtschaftsteil der Zeitung, schenkte Sandra ein Lächeln und bemerkte: »Ich freue mich, dass der Chef es sich anders überlegt hat.«

Sandra schaute in das rundliche Gesicht der älteren Kollegin. Wie immer wirkte Ute nicht nur besänftigend, sondern sogar mütterlich, weshalb Sandra ihr Lächeln erwiderte und antwortete: »Danke Ute! Du bist die gute Seele unserer Zeitung. Was wären wir nur ohne dich?«

Vor Verlegenheit lief Ute rot an und winkte hastig ab.

»Da stimmt was nicht«, fauchte Susanne. »Was Erwin sich vornimmt, das macht er auch. Er ändert seine Meinung nicht. Es sei denn ...«

Der Blick, den Susanne auf die Kollegin mit ihren viel zu weiten Hosen und ihrem langen, formlosen T-Shirt warf, sprach Bände. Erstaunen und Ekel lagen gleichzeitig darin.

»Vergiss es!« Sandra lachte. »Wenn er dich mal wieder versetzt hat, dann bestimmt nicht meinetwegen.«

»Klar! So wie du aussiehst, muss ein Mann schon blind, taub und halb tot sein, wenn er sich auf dich einlässt.«

»Lieber laufe ich salopp herum und fühle mich dabei sauber, als dass ich für meinen Job die Beine breitmache und mich hinterher vor mir selbst ekle.«

Bernd Schöbel, der Sportreporter, verließ seinen bequemen Schreibtischstuhl. Mit einer desinteressierten Miene stellte er sich in die Nähe der streitenden Frauen und meinte: »Ihr wisst gar nicht, wie gut ihr es habt.«

»Hä?«

»Was?«

Bernd grinste böse und erklärte: »Ihr habt es so einfach, Karriere zu machen.«

»Einfach?« Sandras Stimme ging in Kreischen über.

»Ihr müsst nur mit dem Chef ins Bett, und schon findet ihr euch in einer Spitzenposition wieder. Wir Männer müssen uns durch unsere Arbeit beweisen. Und ich kann euch sagen, dass es nicht immer einfach ist, die verdiente Anerkennung zu bekommen.«

»Du glaubst doch wohl selbst nicht, was du da sagst?«, fragte Susanne fassungslos.

»Natürlich!« Bernds Grinsen wurde immer breiter.

»Zu so etwas würde ich mich nie herablassen.«

»Zu was denn sonst?«, keifte Sandra.

Ute versuchte, sich einzuschalten, aber niemand beachtete sie.

»Ich liebe Erwin.«

»Ach! Nennt man das jetzt so?« Sandra grinste höhnisch.

»Was weißt du schon von Liebe?«

Plötzlich redeten alle durcheinander.

»Seid ihr von Sinnen?«, schrie Manfred Sost, der neugierig aus dem Archiv geeilt kam. »Kaum ist der Chef nicht da, schon geht hier alles drunter und drüber!«

»Halt die Klappe, wenn du keine Ahnung hast!«, wies Sandra ihn zurecht. Und im nächsten Atemzug stieß sie einen lauten Schrei aus. Alle verstummten und schauten sie an. Sie zeigte auf den Sportreporter, der ein Diktafon in der Hand hielt.

*

In der klaren Flüssigkeit wirkte der Fuß übernatürlich vergrößert. Er war stümperhaft abgetrennt worden, was die ausgefransten Kanten bewiesen. Lukas betrachtete alles ganz genau, bis ihm plötzlich Gallensaft in den Hals schoss. Er drückte Theo die Tüte in die Hand und schaffte es gerade noch, sich in den Papierkorb zu übergeben.

»Zum Glück haben wir hier keinen Tatort«, murrte Theo. »Das sind wohl die Auswirkungen deiner Sauferei.«

»Ist ja schon gut«, wehrte Lukas schnell ab und eilte zur Herrentoilette. Als er an seinen Platz zurückkehrte, fand er die Situation unverändert vor. Alle standen immer noch um den Fuß herum versammelt.

»Warum schicken wir das nicht sofort zum Gerichtsmediziner?«, fragte Lukas erstaunt.

»Weil der zu uns kommt!«, antwortete Theo.

»Warum das?« Lukas staunte. »Ganze Leichen schicken wir doch auch nach Homburg. Warum machen wir bei einem einzelnen Fuß eine Ausnahme?«

»Weil unser guter Dr. Stemm sowieso gerade in der Stadt ist. Er muss auf dem Landgericht eine Aussage machen. Wenn er dort fertig ist, kommt er hier vorbei.«

»Woher weißt du das?«

»Schon mal was von Handys gehört?« Theo hielt seinem Freund ein kleines Mobiltelefon vor die Nase. »Ich habe ihn angerufen und ihm alles berichtet. Er konnte seine Vorfreude kaum verbergen. Am liebsten wäre er sofort gekommen, aber seine Aussage muss vorher noch gemacht werden.«

»Und was machen wir, bis er kommt?«

Nun war es an Dienststellenleiter Wendalinus Allensbacher, sich zu Wort zu melden. Mit brüchiger Stimme sagte er: »Sie gehen alle Vermisstenanzeigen der letzten Tage durch.«

»Glauben Sie ernsthaft, jemand hat seinen Fuß als vermisst gemeldet?«, fragte Lukas.

Die Kollegen hatten Mühe, ihr Lachen zu unterdrücken.

Allensbacher rieb sich permanent den Schweiß von der hochroten Stirn. »Lassen Sie mich doch ausreden«, schimpfte er. »Entweder gibt es ein Verbrechen, von dem wir noch nichts wissen. Und das Opfer könnte als vermisst gemeldet worden sein«

»Oder?«, fragten Lukas und Theo wie aus einem Mund.

»Oder, es handelt sich nicht um ein Verbrechen, sondern lediglich um einen schlechten Scherz.«

»Wie das?«

»Vielleicht kennt jemand eure provokante Art zu scherzen und wollte euch eine Freude machen«, gab Allensbacher unfreundlich zurück.

Lukas schluckte.

»Also, fragt in allen Krankenhäusern nach, die eine Pathologie haben, ob einem der Toten ein Fuß fehlt!«

Die Tür zum Großraumbüro ging auf und ein großer massiger Mann polterte herein – der Gerichtsmediziner Dr. Eberhard Stemm.

»Was habt ihr Schönes für mich?« Scheppernd schallte seine laute Stimme durch den großen Raum.

Alle wichen zur Seite, damit der Pathologe ungehindert an den Tisch treten konnte, auf dem das Paket abgelegt war. Er zog den Fuß aus dem Plastikbeutel heraus, betrachtete ihn von allen Seiten und meinte: »Hier haben wir einen Männerfuß.«

»Woran erkennen Sie das?«, fragte Lukas.

»Zunächst einmal die Größe. Dieser Fuß hat bestimmt die Größe von dreiundvierzig – eher noch mehr, was für einen Frauenfuß ungewöhnlich wäre«, antwortete Dr. Stemm. »Hinzu kommt, dass die Ferse breit ausgeprägt ist, was bei Männerfüßen häufiger vorkommt. Das Fußgelenk sitzt sehr hoch und die Sohle liegt sehr tief – vermutlich durch ein höheres Gewicht.«

»Oder er hatte Plattfüße«, kommentierte Theo.

»Und die Nase voll davon«, ergänzte Lukas.

»Ich sehe, ihr habt die Lösung schon gefunden.« Dr. Stemm

lachte so laut, dass sämtliche Schreibtische im Büro wackelten. Nachdem er sich beruhigt hatte, sprach er weiter: »Wenn ich mich nicht täusche, ist die Flüssigkeit, in der dieser Fuß schwimmt, Formalin.«

Alle nickten – sie hatten bereits das Gleiche angenommen.

»Wenn das der Fall ist, ist eine DNA nicht mehr zu ermitteln. Formalin macht totes Gewebe haltbar, zerstört jedoch die DNA. Wer euch diesen Fuß zugeschickt hat, war in doppelter Hinsicht gut informiert: Er wusste, wie er euch das Körperteil gut erhalten zuschicken kann – und genauso gut wusste er, wie er jegliche Identifizierung unmöglich macht.«

»Schade! Aber vielleicht finden Sie doch noch etwas Brauchbares für uns heraus«, meinte Allensbacher hoffnungsvoll.

»Ich werde den Fuß auf jeden Fall gründlich untersuchen. Nur wird das etwas dauern, ich habe nämlich zurzeit viel Arbeit auf dem Tisch.«

»Wir können aber nicht ewig warten«, murrte Allensbacher.

»Tut mir leid!« Der Pathologe zuckte die Schultern. »Wie Sie wissen, muss ich schon seit Ewigkeiten auf einen Assistenten verzichten. Die letzten Kandidaten haben sich ausnahmslos als Nieten erwiesen. Seit Dennis Welsch hatte ich keinen wirklich guten Mitarbeiter mehr.«

»Sie können Dennis doch zurückholen«, schlug Lukas vor, der Stemms ehemaligen Assistenten gut kannte und ihn mochte.

»Ausgeschlossen. Der Dummkopf hat nun mal geklaut, das konnte ich nicht durchgehen lassen. Ich hätte es ja nie geglaubt, aber ich habe ihn schließlich selber auf frischer Tat ertappt.«

»Das ändert nichts daran, dass wir das Ergebnis schnell brauchen«, drängte Allensbacher weiter.

»Ich gehe ja schon.« Dr. Stemm lachte. »Jede Minute, die ich hier mit euch verbringe, ist eine verlorene Minute.«

»Das haben Sie wirklich schön gesagt«, grummelte Allensbacher.

Das Lachen des Gerichtsmediziners konnten sie noch hören, als er schon lange das Büro verlassen hatte.

*

»Das war der dritte Anrufer, der sich beklagt, weil heute Morgen keine Zeitung in seinem Fach lag«, schimpfte Sandra und ließ das tragbare Telefon geräuschvoll auf den Schreibtisch fallen. »Was ist hier los? Ich habe einige super Artikel über das Saarlouiser Altstadtfest getextet, aber nichts ist passiert. Wurde die Zeitung gar nicht gedruckt?«

»Glaubst du, du hättest allein am Wochenende gearbeitet?««, kam es giftig von Susanne zurück. »Ich habe diesen Krimi extra gelesen, um eine Rezension verfassen zu können. Und nicht nur das. Auch der Artikel über diese Börsensache mit Hans Pont ...«

»Sag nur, du hast diese Verleumdung wirklich geschrieben?«, fiel Sandra der Kollegin ins Wort. »Damit zerstörst du Pont und seine Zeitung. Musste das sein?«

»Ja, das musste sein«, entgegnete Susanne. »Der Chef hat es angeordnet, also musste es sein.«

»Springst du auch in die Saar, wenn der Chef es anordnet?«

»Ruhe jetzt«, funkte Sost dazwischen. »Wir streiten uns hier über ungelegte Eier. Vermutlich kommt Erwin gleich rein und sagt, was los ist. Drucker kaputt oder so.«

»Ach, Manfred«, stöhnte Sandra, »aus welchem Jahrhundert bist du denn? Drucker kaputt! Ich lach mich schlapp? Der Olle hat sich mit der Bewerberin getroffen und um den Verstand gevögelt. Vermutlich hat er vergessen, dass er Chefredakteur seiner eigenen Zeitung ist.«

»Das ändert nichts daran, dass wir uns um eine neue Ausgabe kümmern müssen«, bestimmte Sost. »Gebt mir die Berichte, ich werde sie lesen und in die Druckerei weitergeben.«

»Warum ausgerechnet du?« Susanne staunte.

»Weil ich laut Vertrag die kommissarische Geschäftsführung übernehme, sollte es die Situation verlangen«, antwortete der Archivar.

»Du? Der Archivar?«

»Ja, ich! Ich war schon hier beschäftigt, da leitete noch Erwins Vater diese Zeitung. Er war es auch, der damals auf diesen Vertrag bestanden hat. In Erwins Todesfall erbe ich als Mitgesellschafter der GmbH dessen Gesellschaftsanteile.«

»Das glaubst du doch wohl selbst nicht«, fauchte Susanne böse »Das hätte Erwin mir doch erzählt.«

»Sei du lieber ruhig«, meldete sich Sandra zu Wort. »Nur weil du hier in deinem scharfen Kleidchen herumscharwenzelst, hast du noch lange keine Vorrechte. Erwin vögelt alles, was nicht schnell genug auf dem Baum ist. Also glaub bloß nicht, du hättest einen Sonderstatus bei ihm.«

Plötzlich stand Bernd hinter Sandra und grinste hämisch. Hastig riss die Blauhaarige seine Hände hoch, um zu sehen, ob er das Diktafon wieder bei sich trug. Aber da war nichts.

»Wenn wir hier schon darüber sprechen, wer ein Anrecht auf Erwins Nachfolge hat, dann stelle ich mal klar, dass ich das bin«, flötete der übergewichtige Kollege mit seiner Fistelstimme. »Immerhin hat mein Vater schon hier gearbeitet.«

»Klar! Und meine Oma hat einen unehelichen Sohn, das war Erwin. Also bin ich erbberechtigt«, spottete Sandra.

»Ich höre mir eure dummen Kommentare nicht länger an«, stellte Sost mit lauter Stimme klar. »Es gibt einen Vertrag, den könnt ihr alle einsehen. Und da steht es schwarz auf weiß, dass ich der kommissarische Geschäftsführer bin. Also reicht mir bitte eure Artikel ein, damit wir morgen wieder eine Zeitung ausliefern können.«

»Okay! Hier ist der Bericht über Hans Pontl« Susanne reichte Manfred einige beschriftete Seiten.

»Den werde ich zurückstellen, bis Erwin wieder da ist«, gab Manfred zurück. »So ein heißes Eisen fasse ich nicht an.«

»Okay! Dann bringst du aber bitte diese Rezension. Dafür habe ich nämlich eine ganze Nacht mit diesem schrecklichen Krimi verbracht«, gab Susanne nach.

»Warum sollen wir einen schlechten Krimi vorstellen, wenn ich hier eine Rezension über einen guten habe?«, fragte Sandra.

»Miranda hat wieder ein wahres Meisterstück abgeliefert.«

»Das ist nicht dein Ernst«, kreischte Susanne. »Hast du mal gesehen, was diese Wellenstein in ihrem Leben alles schon gemacht haben will: Zuerst einmal Hairstylistin – das ist nichts anderes als Friseuse! Dann hat sie ein abgebrochenes Medizinstudium – ihr IQ hat wohl nicht gereicht. Angeblich hat sie anschließend als Schauspielerin gearbeitet – nur hat sie nie jemand irgendwo gesehen. Dann erzählt sie etwas von Maskenbildnerin. Und was nicht fehlen darf: Seiltänzerin. Diese Frau kommt aus einem Wanderzirkus. Aber niemals ist sie eine ernst zu nehmende Autorin.«

»Du redest schon wie Erwin.« Sandra war schockiert. »Alle diese Tätigkeiten sprechen doch nur dafür, dass die Autorin sehr vielseitig ist. Das spricht für sie und nicht gegen sie.«

»Okay! Das Buch von dieser Wellenstein wird vorgestellt.« Das war das letzte Wort zu diesem Thema und es kam von Sost.

»Für dich ist es der reinste Glücksfall, dass Erwin weg ist.« Böse funkelte Susanne ihre Kollegin an.

*

Theo blickte konzentriert auf den Bildschirm. Seine Finger flogen über die Tastatur. Von Zeit zu Zeit stieß er ein leises Stöhnen aus und setzte dann sein Stakkato fort. Es dauerte eine Weile, bis er bemerkte, dass Lukas keinerlei Anstalten machte herauszufinden, zu wem der Fuß gehörte. Der Kollege war um seine Unbeschwertheit zu beneiden. Wie immer spürte Theo den Drang, seine Arbeit mit Bravour zu meistern – sich beweisen zu wollen. Bereits als Jugendlicher war er von diesem Ehrgeiz gepackt worden. Nach dem Tod seiner Eltern war er bei Verwandten aufgewachsen, die ihm ständig das Gefühl vermittelten, nur geduldet zu sein. Aus diesem Grund war er seit jeher bestrebt, alles besonders gut zu machen, während Lukas jede Aufgabe mit großer Gelassenheit hinnahm.

»Hey! Was ist mir dir?«, fragte er mürrisch, während sein Blick auf dem blassen, sommersprossigen Gesicht seines Kollegen haftete. An diesem Morgen leuchteten Lukas' Haare hellrot, was Theo noch nie am ihm aufgefallen war.

»Habe ich den Test bestanden?«, fragte Lukas grinsend zurück. »Oder muss ich durch den Nackt-Scanner?«

»Bloß nicht«, wehrte Theo ab. »Ich frage mich nur, warum ich alleine nach einer vermissten Person suche.«

»Das kann ich dir erklären.« Lukas' Grinsen wurde breiter. Er streckte genüsslich die Arme hinter seinen Kopf und genoss es, Theo staunen zu sehen.

»Jetzt spann mich nicht auf die Folter«, knurrte der.

»Also gut! Ich bin heute mal human und lasse dich nicht zappeln.« Lukas richtete sich auf und fragte: »Erinnerst du dich noch daran, dass ich vorgestern Morgen einen Anruf erhalten habe?«

Theo überlegte kurz und nickte.

»Das war Susanne Kleber, eine Freundin meiner Ex-Frau.«

»Das ist wirklich interessant.« Theo klang gelangweilt.

»Sie hat ihren Chef als vermisst gemeldet.« Damit kam Lukas endlich zur Pointe.

»An einem Sonntagmorgen?« Theo schaute ungläubig drein.

»Ich weiß, das klingt ein bisschen weit hergeholt. Vor allem, weil ich Susanne als echte Klette kenne. Solange ich mit Marianne verheiratet war, war Susanne auch fast immer dabei. Es war wie ein Sechser im Lotto, wenn ich meine Frau mal allein angetroffen habe.«

»Warum?«, fragte Theo. »Was hast du gegen einen flotten Dreier?«

Als Antwort kam ihm ein Schreibblock entgegen geflogen, den Theo lachend auffing.

»Jedenfalls hat Susanne am Sonntagmorgen behauptet, Erwin Frisch wäre verschwunden. Ich war zu verkatert, um mir über ihr Geschwätz Gedanken zu machen. Außerdem klang es sehr danach, dass sie sich jetzt an ihren Chef gehängt hat und herausfinden wollte, ob er bei einer anderen untergetaucht ist.«

»Ist das nicht der Redakteur der *Neuen Zeit*?«, fragte Theo erstaunt.

»Genau der!«

»Jetzt wird es interessant. Es gibt hier in der Stadt bestimmt einige, die diesen Kerl auf den Mond wünschen.«

Die beiden schauten sich vielsagend an und erhoben sich gleichzeitig, um das Büro zu verlassen, als ihnen plötzlich der Kriminalrat in den Weg trat.

»Kann es sein, dass Sie eine Spur haben?«, fragte Ehrling in strengem Tonfall.

»Was? Eine Spur? Und da wollen sie sich heimlich davonschleichen?«, mischte sich Andrea Peperding aus dem Hintergrund ein.

Lukas und Theo stöhnten; ausgerechnet Andrea musste ihr Gespräch mitbekommen haben.

»Sie wissen doch sicherlich, dass Sie Hauptkommissar Allensbacher melden müssen, welche weiteren Schritte Sie unternehmen wollen?«, fragte Ehrling nach.

»Dort wollten wir gerade hin«, log Theo unverfroren.

»Dann werde ich Sie begleiten.«

Wie die Schäfchen ließen sie sich vom Kriminalrat in Allensbachers Büro treiben, wo ihnen eine unerträgliche Hitze entgegenschlug. Große Fenster zu zwei Seiten ließen viel Sonne herein. Die heruntergelassenen Jalousien schafften es nicht, die Wärme draußen zu halten.

Allensbacher sah verschwitzt aus. Als er Hugo Ehrling hereinkommen sah, wuchtete er seinen übergewichtigen Körper ruckartig aus dem Chefsessel. Doch der Kriminalrat gab ihm ein Zeichen, sich wieder zu setzen.

»Die Herren Baccus und Borg haben einen Verdacht, zu wem dieser Fuß gehören könnte«, gab Ehrling zum Besten und ließ die beiden Ermittler sprechen.

Allensbacher hörte sich alles genau an und wischte sich dabei ständig den Schweiß von der Stirn. Als Lukas und Theo mit ihrem Bericht am Ende waren, ordnete er unverzüglich an: »Sie werden kein Wort über den Fuß verlieren. Ist das klar?«

Lukas und Theo nickten pflichtschuldig.

»Ihre Annahme, Frisch könnte tatsächlich in Bedrängnis geraten sein, ist nicht von der Hand zu weisen. Dieser Mann hat mit seiner Zeitung sehr vielen Menschen geschadet.« Wieder wischte sich Allensbacher den Schweiß von der Stirn. »Nicht zuletzt auch uns.«

Alle Anwesenden wussten, worauf Allensbacher anspielte: auf den Selbstmord eines ihrer Kollegen und die Einschätzung, dass die »Neue Zeit« dabei keine unwesentliche Rolle gespielt hatte.

»Ihr fahrt jetzt zur *Neuen Zeit*!«, wies Allensbacher an. »Sollte Frisch immer noch verschwunden sein, dann findet heraus, mit wem er sich noch treffen oder wo er hingehen wollte, damit wir jeden seiner Schritte nachvollziehen können. Bestimmt gibt es eine Spur.«

»Sollten wir auf eine Leiche ohne Fuß stoßen, sagen wir sofort Bescheid.« Theo salutierte, als sei er noch bei der Bundeswehr.

»Nein! Sie sagen vorher Bescheid. Wir werden die Kollegen der Bereitschaftspolizei rausschicken, um auch wirklich nichts zu übersehen.«

*

Der Anblick des Redaktionsgebäudes versetzte Lukas und Theo in Staunen. Obwohl das Haus nicht klein war, schien es doch, als duckte es sich vor dem gläsernen Hochhaus des ehemaligen Gesundheitsamtes. Der Eingang führte durch einen steinernen Rundbogen. Erker an den Seiten und Fenster mit geschwungener Form vermittelten dem Betrachter das Gefühl, in einer anderen Epoche gelandet zu sein. Nur der Lärm der Stadtautobahn brachte die beiden schnell in die Gegenwart zurück.

Hinzu kamen die lauten Stimmen, die aus dem Büro bis hinaus auf die Straße drangen. Lukas und Theo warfen einen Blick hinein. Dort ging es lebhaft zu. Die Beschäftigten stritten sich, und das offenbar sehr heftig.

»Besser kann es für uns nicht kommen«, stellte Lukas fest. »Wir gehen unauffällig rein und lauschen ein bisschen. Im Streit sind die Menschen unvorsichtig und lassen Sachen vom Stapel, die sie sonst verschweigen würden.«

»Sprach der Psychologe«, gab Theo seinen Senf dazu und folgte Lukas in das Gebäude.

Doch leider wurden sie sofort bemerkt. Ein älterer, hagerer Mann starrte sie wie versteinert an, eine Reaktion, die auch den anderen auffiel. Sie folgten seinem Blick, bis auch sie die beiden Männer entdeckten, die wortlos in der Tür standen.

Susanne erwachte als Erste aus ihrer Erstarrung. »Lukas«, rief sie. »Du hast also doch etwas unternommen.«

Sofort blickten alle auf die sexy Redakteurin, die in diesem Ambiente jedem sofort ins Auge stechen musste. Selbst Lukas, der sie seit Ewigkeiten kannte, hatte große Mühe, seinen Blick von der Freundin seiner Ex loszureißen.

»Die sieht ja heiß aus«, raunte Theo seinem Kollegen zu. »Und die hast du all die Jahre verschmäht?«

»Sag nur, du kennst sie nicht?«, staunte Lukas. »Immerhin warst du auch eine Zeit lang mit Marianne zusammen.«

»Vermutlich gilt Susannes Interesse mehr dir als Marianne. Deshalb ist sie mir nie begegnet.«

Unsanft rammte Lukas seinem Kollegen in die Seite.

»Wer ist das? Und was soll er unternommen haben?« Diese Fragen kamen von dem älteren hageren Mann.

Das war der Startschuss für die Kommissare, sich vorzustellen, womit sie die nächste Welle der Überraschung auslösten.

»Was? Der Chef vermisst?«

»Die Polizei sucht nach Erwin?«

»Wer hat den Chef als vermisst gemeldet?«

Susanne hob beide Hände und rief: »Ich habe Erwin als vermisst gemeldet, als er am Samstagabend nicht zu unserer Verabredung kam.«

»Du spinnst doch«, kam es unwirsch von Sandra.

»Und wer sind Sie?«, fragte Lukas die stämmige Frau in ihren weiten, unförmigen Klamotten.

»Sandra Gossert, die Feuilletonistin dieser Zeitung.« Ihre blauen Augen funkelten mit ihren Haaren um die Wette.

»Warum spielen Sie die Besorgnis Ihrer Kollegin so herunter?«

»Weil unser Chef jedem Rock nachstellt und weil er seine letzte Verabredung zufällig mit einer jungen Frau hatte. Angeblich einer sehr attraktiven. Warum sollte er sich da an Susanne erinnern, die er sowieso jederzeit haben kann?«

Lukas pfiff durch die Zähne und erwiderte: »Das sind harte Worte. Können Sie mir sagen, mit wem Herr Frisch verabredet war?«

»Ja klar, sie heißt Brigitte Felten und wohnt in der Hornungstraße.«

»Hat er ein Taxi genommen?«

»Nein, er ist zu Fuß gegangen«, erklärte der hagere Alte.

»Zu Fuß!« Theo schaute Lukas überrascht an. »Die Hornungstraße liegt nicht gerade um die Ecke.«

»Und außerdem hatten wir Freitagabend ein heftiges Gewitter«, fügte Lukas hinzu.

»Er hat sich meinen Schirm ausgeliehen«, erklärte wiederum der hagere Mann. »Ich bin Manfred Sost, der kommissarische Geschäftsführer, bis Erwin Frisch wieder da ist.«

»Soweit sind Sie also schon, dass Sie einen kommissarischen Geschäftsführer einsetzen?« Lukas staunte nicht schlecht. »Aber von einem rätselhaften Verschwinden Ihres Chefs wollen Sie nichts hören.«

Mit dieser zutreffenden Einschätzung rief er ein betretenes Schweigen hervor.

»Ich glaube, dass hier eine Menge vorgeht, was wir nicht wissen sollen«, fügte Lukas hinzu.

35

Jeder schaute in eine andere Richtung. Nur einer lachte vergnügt, als ginge ihn das alles überhaupt nichts an. Ein kleiner, rundlicher Mann, der auf seinem Schreibtisch saß und die Beine baumeln ließ.

»Und wer sind Sie?«, fragte Theo.

»Ich bin Bernd Schöbel, der Sportreporter.«

»Und was belustigt Sie so an der Situation? Wissen Sie zufällig etwas, was wir noch nicht wissen?«

Bernd verging das Lachen. Mit einem Räuspern rutschte er vom Schreibtisch herunter und wehrte ab: »Nein! Ich weiß auch nicht, wo der Chef ist.«

»Okay! Dann wollen wir uns mal auf das Wesentliche konzentrieren«, änderte Theo ungeduldig seinen Kurs. »Hatte der Chef sein Auto am Freitag dabei?«

»Nein! Er kommt immer zu Fuß – er hält sich gerne fit«, erklärte Sandra mit einem verächtlichen Schnauben.

»Können Sie uns sagen, in welche Richtung Erwin Frisch gegangen ist?«

In diesem Punkt waren sich die Mitarbeiter der »Neuen Zeit« einig – alle zeigten in die gleiche Richtung: in die Heuduckstraße. Im selben Augenblick hielt vor dem Redaktionsgebäude ein Polizeibus an. Die Schiebetür öffnete sich, und als Erster stieg ein sehr großer Mann in Uniform aus.

Lukas und Theo verließen das Redaktionsgebäude und traten auf den Kollegen zu. »Karl der Große«, meinte Theo zum Gruß und schüttelte ihm die Hand. »Auf dich ist immer Verlass.«

Der Hüne lachte. Sein Name Karl Groß und seine Körpermaße hatten ihm den Spitznamen »Karl der Große« eingetragen, den er im Lauf der Jahre akzeptiert hatte.

»Der Redakteur der *Neuen Zeit* ist laut Angaben seiner Mitarbeiter am Freitagabend hier entlanggegangen«, erklärte Theo. »Sein Ziel war die Hornungstraße. Diese Gegend müssen wir nach Hinweisen absuchen.«

Karl nickte und leitete die Angaben an seine Truppe weiter.

Die gute Stimmung trübte sich jedoch schnell, als eine junge Frau den Bus verließ: Marie-Claire Leduck, deren Gesicht blass und verhärmt wirkte.

Theo wollte auf sie zugehen, doch Lukas hielt ihn zurück.

»Was soll das?«

»Lass sie. Vielleicht will sie ihre Ruhe haben«, flüsterte Lukas ihm zu.

Doch Marie-Claire hatte jedes Wort verstanden. Sie ging auf die beiden Kriminalkommissare zu und sagte: »Ist schon gut! Ich war jetzt lange genug zuhause. Mein normales Leben muss ja irgendwann wieder weitergehen.«««

Nach dem Selbstmord ihres Vaters hatte sich die junge Polizistin für eine Weile zurückgezogen. Ein Vorwurf der Bestechlichkeit hatte den langjährigen Polizeibeamten zu Fall gebracht, bis er erhängt in seinem Speicher aufgefunden worden war. Ob Mobbing die Ursache für diese Kurzschlusshandlung war oder die Berichte in den Zeitungen, konnte bisher nicht geklärt werden. Aber eines stand fest: Die Korruptheit der deutschen Polizei hatte seit Kurzem ein Gesicht und einen Namen: Kurt Leduck.

»Du bist stark. Du schaffst das«, munterte Theo sie auf und nahm die zierliche Frau in die Arme, bevor sie mit der Suche nach Spuren begannen.

»Du kannst deine Finger wirklich von keiner Frau lassen«, schimpfte Lukas, als sämtliche Kollegen außer Hörweite waren. »Hast du Marie-Claire auch schon flachgelegt?«

»Ach, halt die Klappe! Du bist doch auch nicht besser«, wehrte sich Theo.

Lukas schüttelte den Kopf und schaute einem kleinen Jungen zu, der einen Ball stoisch gegen die Hauswand bolzte und einfing, um das Ganze ständig zu wiederholen. Als er die Polizeibeamten bemerkte, ließ er den Ball einfach Ball sein und stürmte mit tausend Fragen auf die Ermittler ein.

»Hey Kleiner! Geh spiel weiter und lass uns in Ruhe!«, schimpfte Theo, dem die Neugier des Kleinen schnell zu bunt wurde.

»Schlage nie ein fremdes Kind, es könnte dein eigenes sein«, drang es ihm plötzlich zu Ohren. Verlegen drehte sich Theo um und schaute in das lachende Gesicht seines Kollegen.

»Was redest du da für einen Blödsinn?«, fragte er erbost.

Zum Glück hatte der Junge schon erkannt, dass er hier keine Antworten bekommen würde, und zog mit einem Schmollmund davon.

»Das hast du gut gemacht«, lobte Karl der Große. »Sollte ich mal einen Kinderschreck brauchen, weiß ich, wen ich fragen muss.«

Theo brummte missmutig. Um von sich abzulenken, fragte er: »Wo sind wir hier überhaupt? Hier stehen die Häuser alle so dicht an der Straße, dass schon fast kein Sonnenlicht mehr durchdringt.«

»Wir sind hier zwischen der Malstatter Brücke und dem Saarbrücker Schloss«, antwortete Karl.

Sie passierten dunkle Straßen und Gassen, die von Durchfahrten in noch dunklere Hinterhöfe gesäumt wurden.

»Und was befindet sich in diesen Höfen?«

»Hier ist ein stillgelegtes Krankenhaus. Das Haus steht leer, weil es niemand kaufen will. Und dort ist ein ehemaliges Altenheim, das zu einem Mietshaus umgebaut wurde«, erklärte Karl und zeigte auf die jeweiligen Objekte.

»Du kennst du dich hier gut aus«, bemerkte Theo staunend.

»Das ist mein Revier«, erwiderte Karl lachend. »Wäre schlecht für mich, wenn ich mich hier nicht auskennen würde.«

Sie setzten ihre Suche fort. Lukas und Theo folgten der Mannschaft, spürten jedoch mit jedem Kopfschütteln ihre Resignation wachsen. Alle Hinterhöfe, alle Garagen und Toreinfahrten wurden akribisch abgesucht. Sogar Mülltonnen und Schuttplätze wurden durchwühlt. Doch es fand sich nicht der geringste Hinweis, dass Erwin Frisch irgendwo hier gewesen sein könnte.

Plötzlich ertönte die Melodie des Songs »Release me«. Lukas griff zu seinem Handy, nahm das Gespräch an und sagte dann mit bleicher Miene zu Theo und Karl: »Die Kollegen müssen ohne uns weitermachen – wir werden im Büro gebraucht. Es gibt Neuigkeiten.«

⋈

Das gelbe Postpaket sahen sie schon von Weitem auf Lukas' Schreibtisch stehen. Es war noch unberührt. Die Kollegen hatten auf Lukas und Theo gewartet.

»Wer sagt uns, dass es vom selben Absender ist?«, fragte Lukas nervös.

»Du wirst es uns sagen, wenn du das Paket geöffnet hast«, gab Andrea schlagfertig zurück.

»Du musst gerade noch die Klappe aufreißen«, schimpfte Lukas. »Es gab keinen Grund, damit auf uns zu warten.«

»Ruhe hier«, unterbrach Allensbacher den Streit. »Ich habe beschlossen, dass wir alle gleichzeitig informiert werden. Es besteht immer noch die Hoffnung, dass wir in diesem Paket Hinweise auf die vermisste Person finden ...«

Langsam und sorgfältig begann Lukas, die Pappe aufzuschneiden. Als er fertig war, mussten die Laschen nur noch nach oben geklappt werden. Aber er hielt inne. Alle schauten ihn überrascht an.

»Warum machst du nicht weiter?«, fragte Theo.

»Weil ich heute Morgen vor euren Augen erst einen Fuß aus einem Paket gefischt habe. Ich habe, ehrlich gesagt, keine Lust, noch mal so eine abartige Überraschung zu erleben.«

»Feigling!« Mit diesem Wort drängte sich Andrea nach vorn, griff in die Pappschachtel und zog den Inhalt heraus. Es war eine menschliche Hand.

Wieder in festes Nylon und in eine klare Flüssigkeit verpackt. Und wieder sah der Knochenstumpf ausgefranst aus, als sei die Hand stümperhaft abgetrennt worden.

»Was machen wir jetzt?«, fragte Monika zaudernd.

»Sie rufen den Gerichtsmediziner an!«, befahl Allensbacher.

»Vielleicht kann er uns schon etwas über den Fuß verraten.«

Lukas bediente das Telefon auf seinem Schreibtisch und stellte den Apparat auf Lauthören, damit alle das Gespräch mit verfolgen konnten.

Laut donnerte ein gebelltes »Gerichtsmedizin, Dr. Eberhard Stemm« durch den Äther. Sogar auf die Entfernung von zwanzig Kilometern und durchs Telefonnetz hindurch konnte der Pathologe mit seiner Stimme einen ganzen Raum ausfüllen.

»Wir haben wieder Arbeit für Sie«, begrüßte Lukas den Mediziner. »Dieses Mal ist es eine Hand.«

»Das ist wirklich interessant. Nur her damit«, rief Dr. Stemm. »Ich habe nämlich gerade den Fuß untersucht, also ist ein Seziertisch für den nächsten Körperteil frei.« Sein Lachen tat den Polizeibeamten in den Ohren weh.

»Das heißt, Sie können uns etwas über den abgetrennten Fuß sagen?«, hakte Lukas euphorisch nach.

»Allerdings! Nur nicht, wem er mal gehört hat.«

»Aber was können Sie uns denn sagen?«

Alle lauschten gespannt dem leisen Knistern des Lautsprechers, als Dr. Stemm sagte: »Als der Fuß abgetrennt wurde, hat der Mann noch gelebt.«

3

Erwin fühlte sich wie in einer dicken, milchigen Suppe. Seine Augen ließen sich nur zur Hälfte öffnen. Erkennen konnte er nichts, außer weiß und weiß und noch mal weiß.

Wo war er? Was war mit ihm geschehen?

Er spürte nichts. Keinen Schmerz, keine Emotionen, keine Regung. Lebte er noch? Oder war er auf dem Weg in den Himmel? Denn genauso sah es aus. Das viele Weiß, das milchige Weiß. Da gab es etwas ...

Denken konnte er auch nicht richtig. Und doch fiel es ihm ein: die Milchstraße! Sicherlich wandelte er auf der Milchstraße, fern jeglicher Schwerkraft. Ja, er schwebte. Er war körperlos. Alles um ihn herum war aus Watte. Daraus bestanden die Wolken. Er versank darin, fühlte sich eingelullt, versunken, verschluckt. Die Geräuschlosigkeit – die Gefühllosigkeit.

Er schloss die Augen, doch der milchige Anblick blieb. Er öffnete sie wieder, immer noch alles verschwommen. Etwas huschte an ihm vorbei. Wie ein Engel sah das nicht aus. Es unterbrach das einheitliche Weiß, weil es dunkel schimmerte.

Endlich spürte er eine Regung. Aber dieses Gefühl war nicht das, was er sich erwünscht hätte. Angst kroch langsam in ihm hoch. In seinen Kopf schlich sich etwas, das sich wie ein Brummen anfühlte. Lange dauerte es, bis er erkannte, dass dieses Brummen eine Stimme war – eine Stimme, die ihm etwas erzählen wollte. Aber er konnte kein Wort verstehen. Vielleicht sprachen Engel eine andere Sprache als Menschen.

Das Brummen wurde immer lauter. Aber seit wann brummten Engel? Sangen sie nicht lieblich?

Dunkle Umrisse näherten sich. Erwin spürte, wie seine Angst wuchs. Das Weiß verschwand vor seinen Augen. Die Konturen wurden immer deutlicher. Er erkannte, dass er nicht auf der Milchstraße wandelte, sondern irgendwo lag – angebunden, fixiert.

Bewegen konnte er sich nicht, auch spürte er weder Arme noch Beine. Er konnte nur sehen. Doch die Geräusche in seinen Ohren wurden immer deutlicher. Dann fiel es ihm wieder ein. Auf einmal waren die Erinnerungen da, haargenau und messerscharf – Erinnerungen, auf die er lieber verzichtet hätte. Er war ein Gefangener.

*

»Jetzt haben wir eine rechte Hand und einen rechten Fuß. Fehlt nicht mehr viel von unserem Mann.« Die laute Stimme des Gerichtsmediziners weckte sogar den müdesten Polizeibeamten zu dieser frühen Stunde.

»Hat der Mann immer noch gelebt, als die Hand abgetrennt wurde?«, fragte Allensbacher.

»Ja! Definitiv. Das kann ich daran feststellen, dass in der Knochenhaut, die den Knochen umgibt ...«

»Danke! Wir glauben Ihnen auch so«, fiel Allensbacher ihm ins Wort. Sein rotes Gesicht hatte sich leichenblass gefärbt.

»Zumindest können wir anhand der Fingerabdrücke herausfinden, zu wem diese Hand gehört«, stellte Lukas fest.

»Die habe ich schon im Labor abgegeben«, meldete sich Dr. Stemm sofort.

»Zum Vergleich muss jemand von euch Gegenproben besorgen, weil Frisch nicht bei uns registriert ist«, bestimmte Allensbacher und schaute fragend in die Runde.

Großes Schweigen war die Antwort.

Die Melodie von »Release me« unterbrach die Stille. Alle Blicke richteten sich auf Lukas, wie er das Handy umständlich aus seiner Hemdtasche zog.

»Wird das ein Privatgespräch?«, fragte Allensbacher unwirsch.

Lukas las den Namen auf dem Display und antwortete: »Nein! Das ist Susanne Kleber von der *Neuen Zeit*!«

»Vielleicht ist Frisch heute Morgen zur Arbeit gekommen,

als wäre nie etwas gewesen«, spekulierte Theo. »Und wir stehen wieder am Anfang mit unseren Ermittlungen.«

»Stellen Sie auf laut!«, befahl Allensbacher.

Susannes Stimme klang zart durch den Lautsprecher, sodass sich alle anstrengen mussten, sie zu verstehen.

»Das Büro des Chefs ist durchsucht worden«, berichtete sie. »Sandra, die blöde Kuh, will es nicht glauben. Aber ich erkenne so was sofort.«

»Du sprichst von Sandra Gossert?«, versicherte sich Lukas.

»Ja! Die solltest du mal unter die Lupe nehmen. Vielleicht weiß sie etwas«, zischelte Susanne.

»Was sollte Sandra wissen?«

»Keine Ahnung! Ich weiß nur, dass sie vom Verschwinden des Chefs profitiert. Erwin hatte sie nämlich am Freitag gefeuert und wollte genau an diesem Wochenende die Kündigung schreiben. Außerdem wollte er Sandras Text im Feuilleton nicht bringen, den sie jetzt groß und breit veröffentlicht hat.«

»Das sind harte Anschuldigungen«, stellte Lukas fest.

»Warum?« Ein Stutzen vom anderen Ende der Leitung. »Habt ihr etwas über Erwin herausgefunden?«

Das heftige Kopfschütteln seines Chefs war für Lukas deutlich genug, also verneinte er die Frage und fügte hinzu: »Ist es möglich, dass der Chef selbst heute Nacht zurückgekommen ist?«

»Warum sollte er heimlich in der Nacht sein eigenes Büro durchsuchen?««

Die Berechtigung dieser Frage war nicht von der Hand zu weisen. Mit seiner Vermutung lag Lukas wohl ziemlich daneben.

»Warum siehst du Spuren, deine Kollegin aber nicht?«, fragte er schnell weiter.

»Na ja!« Ein kurzes Zögern. »Wer immer das war, er hat sehr dezent gesucht. Auf den ersten Blick bemerkt man gar nichts. Es ist nur so, dass ich Erwin und seine Eigenheiten sehr gut kenne. Nur deshalb ist es mir aufgefallen.«

»Weißt du schon, was fehlt?«

»Nein! Ich habe dich sofort angerufen, als ich es bemerkt habe.«

»Wir werden mit der Spurensicherung anrücken«, versprach Lukas, während er gleichzeitig per Handzeichen von Allensbacher das Okay dazu erbat. »Am besten ist es, wenn niemand mehr von euch das Büro betritt. Denn sonst müssen wir eure Spuren von fremden unterscheiden.«

»Keine Sorge! Ich habe die Tür schon zugesperrt.«

Lukas beendete das Gespräch.

»Bei der Gelegenheit könnt ihr auch Fingerabdrücke von Frisch besorgen, um sie mit denen der Hand abzugleichen«, befahl Allensbacher. »Außerdem müssen wir diese Frau finden, mit der Frisch am Freitag verabredet war. Sie könnte der Schlüssel für unsere Ermittlungen sein, ich habe ...«

»Das mache ich«, fiel Andrea dem Chef mit einer Heftigkeit ins Wort, dass alle sie erstaunt anstarrten.

»Wie eifrig!«, lobte Theo. »Spekulierst wohl auf das Bundesverdienstkreuz?«

»Idiot!«, murrte Andrea. »Falls diese Frau so eine heiße Braut ist, wie behauptet wird, will ich nur verhindern, dass solche schwanzorientierten Typen wie ihr dorthin gehen und lediglich mit der Kenntnis von neuen Stellungen beim Sex zurückkommen.«

»Frau Peperding!« Allensbacher stand kurz vor einem Herzinfarkt. »Was sind das für Ausdrücke? Und noch viel schlimmer diese Unterstellungen? So etwas will ich in meiner Abteilung nicht hören.«

Andrea schrumpfte auf ihrem Stuhl zusammen und nickte verschüchtert.

»Gut so«, schnaufte der Dicke, als habe er einen Marathon hinter sich gebracht. »Also, was ich sagen wollte, bevor Frau Peperding mich unterbrach: Ich habe bereits mit der Mietgesellschaft des Hauses in der Hornungstraße gesprochen. Brigitte Felten ist vor kurzer Zeit verstorben, im Alter von gerade mal

58 Jahren. Sie wissen, was das für uns heißt?«

Diese Neuigkeit löste unter den Anwesenden allgemeines Erstaunen aus.

»Also müssen wir herausfinden, wer sich als Brigitte Felten ausgibt. Denn die Wohnung läuft weiterhin unter ihrem Namen. Die Miete wird pünktlich bezahlt. Nur ist nicht bekannt, wer jetzt dort wohnt.«

»Wie geht das?« Monika stutzte. »Ist der Mietgesellschaft egal, was in ihrem Haus passiert?«

»Nun, diese Gesellschaft verwaltet viele große Miethäuser in der Stadt, da kann den Angestellten schon mal was durchgehen. Deshalb werden Sie zusammen mit Frau Peperding dorthin fahren und die falsche Brigitte Felten zur Polizeiinspektion bringen. Alleingänge untersage ich.«

Alle staunten über Allensbachers strengen Tonfall. Der übergewichtige Mann schaute jeden Einzelnen an, um sich davon zu überzeugen, dass er ihn verstanden hatte. Das Nicken seiner Mitarbeiter genügte ihm. In ruhigerem Tonfall fügte er an: »Ich werde in der Zwischenzeit mit Staatsanwalt Renske über den Fall sprechen. Ich habe einen Termin mit ihm.«

*

Die Blicke, die ihnen entgegenschlugen, reichten von erstaunt über neugierig bis hin zu feindselig. Sandra brüllte: »Was soll dieser Aufwand? Nur weil der Chef sich mit irgendeiner Tussi irgendwo vergnügt?«

»Machen Sie Ihre Arbeit und wir unsere!«, gab Theo genauso lautstark zurück, womit es ihm gelang, die kleine, blauhaarige Frau aus dem Konzept zu bringen.

»Was suchen Sie bei uns?« Diese Frage kam von Manfred Sost.

Für eine ausweichende Erklärung kam Lukas die telefonische Mitteilung von Susanne gerade recht, das Büro des Chefs sei durchgewühlt worden. So konnte er geschickt den eigentlichen Grund verschweigen, wie es Allensbacher ihnen aufgetragen hatte.

»Ein Einbruch? Im Büro des Chefs? Das kann Ihnen nur Susanne gesteckt haben.« Sandra hatte ihre Stimme wiedergefunden.

»Klar!«, kam es spitz von Susanne. »Weil ich nichts zu verbergen habe. Im Gegensatz zu dir! Du profitierst doch nur vom Verschwinden des Chefs!«

»Dass ich nicht lache! Du glaubst doch wohl nicht im Ernst, dass ich mich so einfach feuern lasse? Wir leben schließlich nicht im 19. Jahrhundert.«

Manfred Sost stellte sich zwischen die beiden Frauen, um den Streit zu schlichten. Bernd Schöbel blieb wie gewohnt auf seinem Schreibtisch sitzen, ließ die Füße baumeln und beobachtete alles mit seinem süffisanten Grinsen.

»Es gibt keine Einbruchspuren.« Mit dieser Erklärung trat ein Kollege der Spusi auf Lukas zu.

»Es sieht danach aus, als hätte derjenige, der heute Nacht hier war, einen Schlüssel zum Büro«, vermutete Lukas. »Entweder war Ihr Chef selber noch einmal hier oder jemand, der seinen Schlüssel an sich genommen hat.«

»Das heißt im Klartext, dass Sie immer noch nichts wissen!« Mit diesem Einwurf traf Sandra den Nagel auf den Kopf.

Lukas erwiderte grimmig: »Würden Sie alle kooperativer sein, wären wir mit unseren Ermittlungen schon ein gutes Stück weiter.«

»Ermittlungen? Aber wenn ich Ihnen doch sage, dass der Chef sich mit dieser jungen Bewerberin amüsiert ...«

»Soweit sind wir auch schon! Diese Frau wird von uns überprüft. Sollte sich herausstellen, dass wir Ihren Chef in seinem Liebesnest aufgescheucht haben, werden wir Sie natürlich sofort informieren.«

Lukas folgte den Kollegen in ihren Schutzanzügen bis zur Tür des Chefbüros. Dort wurden gerade Computer und Notebook sorgfältig eingepackt und nach draußen befördert, während andere Kollegen sämtliche Schubladen durchwühlten, die Dokumente sicher in Folie verpackten und zur Kontrolle an Lukas und Theo weiterreichten, um mit ihrer Spurensuche fortfahren zu können.

Susanne stellte sich neben Lukas. Der Polizeibeamte ließ seinen Blick über die schlanke Frau wandern. Sie sah wirklich sexy aus in ihrem leichten, kurzen Sommerkleid, und ihr gebräuntes, von braunen Locken eingerahmtes Gesicht erschien ihm heute sehr viel hübscher, als er das in Erinnerung hatte.

»Gefällt dir, was du siehst?«, fragte sie plötzlich mit einem frechen Grinsen im Gesicht.

Lukas fühlte sich ertappt. Hoffentlich hatte keiner der Anwesenden diese Bemerkung mitbekommen – und schon gar nicht Theo.

Ein Kollege der Spusi, der in diesem Augenblick mit großen Taschen vor ihm auftauchte, riss Lukas aus seinen Gedanken. »Ich fahre jetzt ins Labor und werte die Fingerabdrücke aus«, verkündete der Mann und eilte mit seinem Gepäck hinaus.

*

Andrea musste lange suchen, bis sie einen Parkplatz für ihren großen Dienstwagen fand. Die Hornungstraße war komplett zugeparkt, die wenigen Lücken reichten für den Audi A6 nicht aus. Einige Straßen weiter wurde sie fündig. Doch der Weg zurück zu dem Mietshaus verbesserte ihre Laune nicht gerade. Mürrisch stapfte sie neben Monika her, ohne ein Wort zu sagen. Je näher sie dem Haus in der Hornungstraße 53 kamen, umso aufdringlicher wurde der Lärm. Es klang nach klassischer Musik.

»Meine Güte«, stöhnte Andrea. »Was kommt da auf uns zu? Bei dem Gejaule kann ich mich nicht konzentrieren.«

»Das Gejaule kommt von Maria Callas. Und das, was gerade über die Straße schallt, ist eines ihrer berühmtesten Werke: *Carmen Habanera*«, erklärte Monika.

»Kommst dir wohl ganz schön neunmalklug vor«, motzte Andrea. »Seit du die Prüfung zur Kommissarin gemacht hast, willst du alle mit deinen umwerfenden Kenntnissen beeindrucken.«

»Lieber mit Wissen imponieren als mit ordinären Kommentaren«, gab Monika genauso unfreundlich zurück.

»Ob dein Wissen dir weiterhilft, ist noch die Frage. An einer grauen Maus wie dir sind sogar unsere beiden Weiberhelden nicht interessiert. Und mit Bildung haben die ohnehin nichts am Hut.«

»Aber du!« Monika prustete laut los. »Dein Igel-Haarschnitt macht wirklich an.«

»Mein was?« Andrea stutzte.

»Deine tolle Frisur! Du hast deine Haare so kurz geschnitten, dass deine Kopfhaut durchschimmert.«

»Ja und! Zum Glück können mir Lukas und Theo nichts anhaben, ich habe andere Interessen.«

»Warum kannst du die beiden nicht einfach in Ruhe lassen? So schlimm sind sie gar nicht. Deine ordinären Sprüche helfen dir auch nicht weiter.«

»Jetzt hältst du den beiden auch noch die Stange.« Andrea stöhnte. »Was haben die nur, dass jede Frau auf sie reinfällt.«

Monika spürte Zorn in sich aufsteigen. Aber sie wollte nicht ausgerechnet hier, an einem Ermittlungsort, herumkeifen wie ein altes Marktweib. Das hielt sie angesichts ihrer neuen Position für unangemessen.

Mit mürrischen Gesichtern steuerten die beiden den düsteren Innenhof an, in dem sich ihr Ziel befand. Es war ein altes, verwittertes Eckhaus, einst im Renaissancestil erbaut, was die leicht geschwungenen Fenster verrieten. Die Fensterläden hingen zum größten Teil schief in den verrosteten Angeln. Der gelblich-braune Putz bröckelte großflächig von der Fassade ab. Die klassische Musik schallte in dem engen Hof unerträglich laut.

Sie studierten die Namen an den Klingelknöpfen.

»Dort steht alles, nur nicht *Felten*«, stellte Monika enttäuscht fest.

»Vielleicht hat die falsche Felten den Namen entfernt, als sie hier eingezogen ist«, überlegte Andrea laut. »Schau nur, wie viele Klingeln ohne Namen sind. Die Wohnungen stehen bestimmt nicht alle leer.«

»Müssen wir uns also durchfragen.« Monika stöhnte. Sie sah sich um. Den Hinterhof zierten überquellende Mülltonnen, dazwischen gelbe Stellen, an denen der Putz heruntergefallen war, und vereinzelte verdorrte Sträucher. An manchen Fenstern hingen Unterhosen, die bereits grau schimmerten, andere zierten abgestorbene Pflanzen. Auch die vielen Gesichter, die neugierig auf die beiden Frauen herunter starrten, wirkten alles andere als freundlich.

»Wer ist diese Brigitte Felten, dass sie in einem derart heruntergekommenen Haus wohnt?«, fragte Monika.

»Wir sind hier, um das herauszufinden.«

Andrea drückte den Klingelknopf zur Wohnung des Hausmeisters. Sofort hörten sie den Türsummer. Sie traten ein. Dunkelheit und Mief schlugen ihnen entgegen. Zum Glück mussten sie nicht lange suchen, schon kam ihnen ein großer, dicker Mann in grauem Kittel entgegen und stellte sich als Hausmeister vor.

»Wir suchen Brigitte Felten?«, erklärte Andrea, nachdem sie und Monika sich ausgewiesen hatten.

»Dann mal viel Spaß!« Der Mann lachte hämisch. Alkoholdunst ging von ihm aus.

»Das heißt, dass Sie nicht wissen, in welcher Wohnung sie lebt?«, hakte Andrea erstaunt nach und rümpfte angeekelt die Nase.

»Lebte! Als ich diese Dame das letzte Mal sah, hat sie mächtig gestunken, weil sie schon einige Tage tot im Hof lag. Leute, die in der Nähe wohnen, hatten sich über den Gestank beschwert.«

»Sie wurde im Hof gefunden?«

»Ja! Die Polizei war da und hat festgestellt, dass sie einen Sekundenherztod erlitten hat. Eigentlich ein Glücksfall für die Alte.«

»Wie konnte sie unbemerkt mehrere Tage im Hof liegen?«

»Haben Sie sich den Hof mal angeschaut? Dort wuchert das Gestrüpp«, entgegnete der Hausmeister.

»Und warum tun Sie nichts dagegen? Sie sind doch der Hausmeister?« Diese Frage konnte sich Andrea nicht verkneifen.

»Leck mich«, murmelte der dicke Mann, stapfte in seine Wohnung und warf die Tür hinter sich zu.

Ratlos standen die beiden Polizeibeamtinnen in dem miefigen Flur. Andrea zuckte mit den Schultern, brummelte ein verächtliches »Männer« vor sich hin und wies ihre Kollegin an: »Du fragst dich durchs Erdgeschoss, ich mich durch die erste Etage. Dann sehen wir weiter. Wir werden die Wohnung der falschen Felten schon finden.«

»Der Chef hat uns Alleingänge untersagt«, erinnerte Monika, doch Andrea schaute sie böse an und entgegnete: »Wir sind doch zu zweit in diesem Haus. Also kann von Alleingang keine Rede sein. Oder hast du Schiss, an den Wohnungstüren zu klingeln?«

Das wollte sich Monika nicht nachsagen lassen. Zielstrebig steuerte sie die erste Tür an und klingelte.

*

Großaufgebot vor dem Gebäude der Zeitungsredaktion. Der Anblick rief gemischte Gefühle in ihm hervor. Frischs Verschwinden wurde inzwischen also ernst genommen. Bisher war diese Tatsache eher nebensächlich behandelt worden.

Ein Grinsen machte sich breit.

Erwin Frisch, die Nebensache. Das geschah ihm recht.

War es möglich, dass jemand das Eindringen in die Zeitungsredaktion in der letzten Nacht bemerkt hatte?

Kaum zu glauben. Aber dieses Großaufgebot an Bullen schien die Bestätigung dafür zu sein.

Baccus und Borg durften bei diesem Schauspiel natürlich nicht fehlen. Sie überließen nichts dem Zufall, was die Typen in ihren Astronautenanzügen bewiesen. Sogar Fachleute von der Spurensicherung hatten sie herbestellt.

Nervosität machte sich breit.

Vorsicht war angesagt. Baccus und Borg zu unterschätzen könnte gefährlich werden.

Die Zeit war reif, in Erwins Wohnung Am Triller nachzusehen, ob es dort verräterische Spuren gab. Wer wusste schon, wann die Bullen auf den Gedanken kamen, dort weiter zu schnüffeln?

Ärgerlich, dass sie so schnell dahintergekommen waren. Die eigentliche Annahme war doch, dass sie nicht so schnell nach einem erwachsenen Mann suchen würden.

Irgendetwas hatte den Plan durchkreuzt.

Oder irgendwer ...

Also war keine Zeit zu verlieren. Schnell zu Frischs Wohnung fahren und dort alles durchsuchen. Bis die Polizei mit dem Büro fertig war, würde dort nichts mehr an seinem Platz sein.

Zumindest nichts, was gefährlich werden konnte.

*

»Die Polizei? Sie kommt, um mich zu holen? Ich wusste es! Ich habe es immer gewusst! Ich werde verfolgt, beobachtet, ausspioniert. Niemandem kann man mehr trauen. Mit niemandem mehr sprechen. Ich habe einen Fehler gemacht. Aber wo? Wo war ich unvorsichtig? Wem habe ich etwas gesagt? Ich spreche doch schon seit ewigen Zeiten mit niemandem mehr!«

Der kleine, ungepflegte Mann ließ die Wohnungstür offen stehen, während er in dem Raum, der aus Küche, Schlafzimmer, Wohnzimmer und Esszimmer gleichzeitig bestand, hin und her eilte und Selbstgespräche führte. Er trug ein Netz-Shirt, das seine übermäßig behaarte Brust nur allzu deutlich zeigte.

Monika schaute sich das Treiben eine Weile an, bis sie zu dem Schluss kam, den Mann in seinem Redefluss stoppen zu müssen.

»Herr Danzig! Ich bin nicht hier, um Sie zu holen. Ich bin hier, um Sie etwas zu fragen«, rief sie laut und überdeutlich, als spräche sie mit einem demenzkranken Schwerhörigen.

Der Mann bremste abrupt ab und hielt sich beide Ohren zu. »Ich werde keine Fragen beantworten! Mich erwischen sie nicht. Mich nicht. Ich werde schweigen wie ein Fisch. Schweigen wie ein Fisch.«

Monika gab auf. Sie verließ die muffige Wohnung und versuchte es an der Tür nebenan. Die Geräusche, die in den Korridor drangen, ließen ihren Mut noch tiefer sinken. Lautes Kindergeschrei, das gelegentlich von Männerbrüllen übertönt wurde. Fand hier gerade ein Verbrechen statt?

Die Tür polterte so laut und heftig auf, dass Monika erschrak. Dieses Mal stand ein überaus großer Mann vor ihr, der Bud Spencer zu seinen Glanzzeiten alle Ehre gemacht hätte. Mit heftigem Herzklopfen beschloss die junge Kommissarin, sich möglichst freundlich zu geben.

»Wir suchen eine Mitbewohnerin dieses Hauses. Sie heißt Brigitte Felten und ...«

»Glauben Sie, dass ich jemanden in meiner Bude verstecke?«, donnerte die Stimme des massigen Mannes auf Monika herab.

»Ich wollte nur fragen, ob Sie etwas über eine Brigitte Felten wissen?«

»Nein! Mit einer Ollen habe ich schon genug Scherereien.« Bums! Tür zu.

Entmutigt zog Monika weiter. Eine Tür weiter empfing sie ein Geistlicher. Monika traute ihren Augen nicht, als sie den Mann in einer Soutane mit einem scharlachroten Zingulum um die Hüfte sah. Zufällig wusste sie, dass scharlachrot die Farbe eines Kardinals war. Das Gesicht des Mannes verwirrte sie deshalb umso mehr. Es sah eher wie das eines entflohenen Sträflings aus. Hastig ging sie in Gedanken sämtliche Verbrechen dieses Tages durch, die in der Versammlung am Morgen angesprochen worden waren. Von einem Überfall auf einen Geistlichen hatte sie nichts gehört.

»Kann ich Ihnen helfen, meine Tochter?«, fragte der »Kardinal« doch tatsächlich in schwülstigem Tonfall.

»Entschuldigung. Ich habe mich in der Tür geirrt.« Mehr fiel Monika in ihrem Schrecken nicht ein. Sie notierte sich die Nummer der Wohnungstür und den Namen, der daran stand, um dieser Angelegenheit später genauer nachzugehen.

An der Wohnungstür Nummer dreizehn wollte die Kriminalbeamtin vorbeigehen, weil das ihre Unglückszahl war. Wer wusste schon, was sie dort erwartete? Doch als sie die Blumenverzierungen und das bunte »Herzlich Willkommen« sah, überlegte sie es sich anders. Sie klingelte und wurde wenige Sekunden später von einer netten alten Dame empfangen, deren Leben offensichtlich so langweilig verlief, dass sie sich über jeden Besuch übermäßig freute. Egal, wer gerade vor der Tür stand.

Monika wurde hereingebeten, mit Keksen und Kaffee abgefüllt und bekam immerhin zu hören, dass Brigitte Felten auf die nette alte Dame wie ein «leichtes Mädchen« gewirkt habe. Erst nach gut zehn Minuten wurde sie wieder in den muffigen Korridor entlassen.

Beschwingt durch diese erste wirkliche Information, nahm Monika mehrere Treppenstufen auf einmal, um in den zweiten Stock zu gelangen. Nur wenige Türen weiter entdeckte sie Andrea. Die Kollegin war mit einer Frau in ein angeregtes Gespräch vertieft. Neugierig näherte sich Monika, doch schnell musste sie erkennen, dass dieses Gespräch anscheinend privater Natur war. Mit einem Räuspern machte sie auf sich aufmerksam.

Die andere Frau verschwand so schnell hinter ihrer Wohnungstür, dass Monika keine Gelegenheit bekam, sie genauer anzusehen.

»Wer war das?«

»Schnüffelst du mir nach?«, kam es unwirsch von Andrea zurück. »Ich denke, du sollst die Leute im Erdgeschoss nach der Felten fragen.«

»Das habe ich gemacht.«

»Ja und?«

»Ein merkwürdiger Priester ist mir begegnet.« Monika rümpfte die Nase bei der Erinnerung daran. »Und eine ältere Frau hält Brigitte Felten für eine Prostituierte. Mehr war nicht herauszubekommen. Die meisten Mieter hier sind unfreundlich, ja, feindselig gegenüber der Polizei.«

»Dann machst du jetzt im zweiten Stock weiter!«

»Und was machst du, während ich mich mit den verrücktesten Typen herumschlage? Plauderst Du weiter mit deiner Bekannten?«

»Geh nicht zu weit!«

*

Die Wohnung stank entsetzlich. Das erschwerte das Suchen. Ein Blick auf den Vogelkäfig verriet den Grund des Verwesungsgeruchs. Der Vogel war schon seit Tagen tot.

So ein Mist! Nur schleppend ging die Suche nach verräterischen Spuren voran. Jede Bewegung, jeder Handgriff wurde durch den Geruch zur Qual.

Aber es gab es kein Zurück mehr. Die beiden Bullen hatten sämtliche Pläne durchkreuzt. Wer konnte damit rechnen, dass diese Spinner so effektiv arbeiteten?

Jetzt war Eile angesagt.

Mit zugehaltener Nase ging es leichter. Im hinteren Teil blickte man durch die Fenster in einen kleinen Garten, der durch einen niedrigen Zaun von der schmalen Seitenstraße abgetrennt wurde. Dort stand der rote Peugeot 107 in Fahrtrichtung zur Innenstadt startbereit.

Es war an alles gedacht worden.

Ein Gang durch jedes Zimmer, schon wurde die Aufteilung der Wohnräume klar. Eigentlich ganz einfach: Küche, Wohnzimmer und Esszimmer waren – lediglich durch ein Regal abgetrennt – zu einem großen Raum zusammengeschlossen worden. Vorn sowie hinten gab es eine Tür zu dem langen, dunklen Flur, der die gesamte Länge des Hauses einnahm.

Das Suchen in dem großen Raum wurde nervenaufreibend, weil sich in jeder Ecke eine Vitrine oder eine Kommode mit etlichen Schubladen befand. Leider stellten sich die Inhalte überall als unwichtig heraus. Vielleicht war es dumm gewesen, gerade hier anzufangen.

Weiter zum Schlafzimmer.

Doch dort verlief die Suche auch nicht ergiebiger, obwohl man gerade hier Geheimverstecke vermuten sollte.

Nun galt es noch, das kleine Büro rechts durchzuwühlen. Dort standen Regale mit vielen Fächern, ein überfüllter Schreibtisch und Kartons, die noch nicht ausgeräumt worden waren. Das sah interessant aus.

Plötzlich waren Motorengeräusche zu hören. In dieser ruhigen Straße zu dieser Zeit eine Seltenheit. Das Auto kam näher und näher. Dann erstarb der Motor.

Der Blick durch das große Fenster zur Straße verriet, dass es ein ziviles Polizeiauto war. Diese Kisten sahen alle gleich aus. Bei genauerem Hinsehen waren Baccus und Borg zu erkennen. Sie stritten sich im Wagen. Dann ging die Fahrertür auf und der Rothaarige stieg aus.

Ja, was war das denn?

Baccus kam tatsächlich allein auf das Haus zu. Schon war er an der der Eingangstür zu hören.

Ein Blick auf den Wagen. Borg saß immer noch auf dem Beifahrersitz. Er sprach in sein Handy.

Besser konnte es nicht kommen.

Schnell verstecken und auf den richtigen Moment warten. Und der würde kommen. Ein zufriedenes Lachen zischte durch die leere Wohnung.

Leise – unhörbar – fiel die Tür zum kleinen Büro ins Schloss.

*

»Konntest du nicht warten, bis die Spusis da sind?«, schimpfte Lukas, der am Steuer des Dienstwagens saß, während Theo vom Beifahrersitz aus telefonierte.

»Ich will nur auf Nummer sicher gehen«, erwiderte Theo. »Sollte Erwin Frisch gar nicht unser Opfer sein, besteht die Möglichkeit, dass er sich in seiner Wohnung herumlümmelt und sich über uns amüsiert.«

»Wie kommst du darauf, dass er nicht unser Opfer ist?«, fragte Lukas kopfschüttelnd.

»Die Tatsache, dass jemand in seinem Büro war, ohne die geringste Spur zu hinterlassen. Die Fingerabdrücke waren alle identisch, das konnten die Kollegen schon vor Ort feststellen. Sie müssen nur noch abgleichen, ob sie auch mit der uns geschickten Hand übereinstimmen. Aber im Büro war kein Fremder.«

»Es könnte doch sein, dass der Einbrecher Handschuhe trug.«

»Klar! Aber auch, dass jemand mit einem Schlüssel ›einbricht‹, macht mich stutzig. Wir haben bis jetzt lediglich einen Fuß und eine Hand ...«

»... und eine Vermisstenmeldung von Susanne«, ergänzte Lukas.

»Die du anfangs selbst angezweifelt hast«, widersprach Theo.

Sie erreichten das Wohnhaus Am Triller, in dem Erwin Frisch das gesamte Erdgeschoss bewohnte.

Das Autotelefon klingelte, während Lukas den Wagen vor dem Haus an einem schattigen Plätzchen abstellte. Theo stellte auf Laut. Die Stimme des Kollegen der Spurensicherung, der mit den Fingerabdrücken ins Labor zurückgekehrt war, schallte deutlich hörbar durchs Auto: »Die Fingerabdrücke sind absolut identisch. Das Opfer und der Mann, der in diesem Büro gearbeitet hat, sind ein- und dieselbe Person.«

»Also doch«, stöhnte Theo.

»Sagt uns das, dass der Fuß ebenfalls von Erwin Frisch kommt?«, fragte Lukas.

»Natürlich nicht!«

»Gibt es nicht so was wie Zehenabdrücke?«, fragte Lukas weiter.

Das schallende Lachen, das durch das Auto dröhnte, war Antwort genug. Theo schüttelte den Kopf, er hatte Mühe, nicht ebenfalls in Gelächter auszubrechen.

»Du hast wirklich Hilfe nötig. Ich sollte unsere Psychologin mal fragen, ob sie noch einen Termin für dich frei hat«, sagte er so gelassen wie möglich.

»Unsere gute alte Psychologin«, sinnierte Lukas. »Gibt es sie überhaupt noch?«

»Die gute alte Psychologin ist zwei Jahre jünger als du und hat sich sogar weitergebildet«, antwortete Theo.

Nun klingelte Theos Handy. Er zog es aus der Tasche, während Lukas bereits aus dem Wagen stieg und erklärte: »Ich gehe schon mal vor.«

»Wir sollen doch keine Alleingänge machen«, rief Theo.

»Ein Mann mit nur einem Fuß und nur einer Hand kann mir wohl kaum gefährlich werden«, entgegnete Lukas, schlug die Tür zu und ging zu Erwin Frischs Wohnung.

Er sperrte auf. Ein penetranter Gestank schlug ihm entgegen. Sofort hielt er sich ein Stück seines Hemdes vor die Nase und überlegte, ob womöglich die Überreste des Toten in der Wohnung abgelegt worden waren. Aber schnell erkannte er, dass er mit dieser Vermutung falsch lag. In einem großen Käfig lag ein toter Vogel, an dem sich schon die Maden zu schaffen machten.

Lukas wollte gerade das Fenster öffnen, um frische Luft hineinzulassen, als er ein Rascheln hörte. Hastig drehte er sich um. Nichts. Nur der tote Vogel und die weißen Maden. Im nächsten Augenblick vernahm er ein leises Poltern. Mit der Hand am Holster umrundete er den Raumteiler und sah einen Schatten in der Tür zum Flur verschwinden. Rasch zog er seine Waffe heraus und rief: »Halt stehen bleiben! Polizei!«

Nichts tat sich. Er ging auf die Tür zu und sicherte sich nach allen Seiten ab, bevor er in den düsteren Flur trat. Erst in diesem Augenblick erkannte er die Falle. Am anderen Ende des Flurs gab es eine Tür, die in den Raum zurückführte, aus dem Lukas gerade kam.

Er drehte sich rasch um, wollte sich in Deckung bringen, aber da war es schon zu spät. Eine schwarze Gestalt ließ die erhobenen Hände blitzschnell auf ihn niedersausen. Heftiger Schmerz breitete sich in seinem Kopf aus. Dann überfiel ihn eiskalte Schwärze.

4

Die Bilder seiner wunderschönen Frau beherrschten den Schreibtisch aus einfachem Kiefernholz. Hans Pont wollte es nicht gelingen, sie zu entfernen, obwohl sie ihn schon vor zehn Jahren verlassen hatte.

Er schaute sich um. Obwohl er Chefredakteur der *Deutschen Allgemeinen Zeitung* war, zierten sein Büro immer noch die billigen Möbel aus Schweden, immer noch hingen die gleichen gerahmten Drucke von Matisse und Paul Klee an den Wänden, immer noch stand hier der Blumenstock, den seine Frau ihm ans Fenster gestellt hatte, damit sein Büro mehr Wohnlichkeit ausstrahlte. Allerdings war er im wahrsten Sinne des Wortes nur noch ein Stock, Blätter gab es schon lange keine mehr daran.

Bald würde er jedoch für Veränderungen sorgen, bald würde er sein Büro seiner Position angemessener gestalten. Denn seine Zeitung würde nun endlich den Aufschwung erleben, auf den er schon seit Jahren hinarbeitete.

Die neuesten Entwicklungen machten ihn zuversichtlich. Ebenso die Tatsache, dass der Artikel über seine Börsen-Affäre immer noch nicht in der gegnerischen Zeitung gedruckt worden war. Er ahnte, dass das auch nicht mehr passieren würde. Pont grinste. Erwin Frisch hatte keine Gelegenheit mehr dazu. Ponts Grinsen wurde breiter.

Jetzt musste er nur noch Frischs Mitarbeiterin in den Griff bekommen, diese Kleber. Sie durfte keine Gelegenheit bekommen, in die Fußstapfen ihres Chefs zu treten.

Das schrille Läuten riss Pont aus seinen Gedanken. Unwirsch meldete er sich am Telefon und staunte nicht schlecht, als er hörte, was der Anrufer ihm zu berichten hatte: »Ich habe Informationen für Sie, die Sie interessieren werden.«

»Welche Informationen?«

»Über Erwin Frisch und seine Zeitung.«

Pont spürte, wie sein Pulsschlag sich beschleunigte. Hastig

richtete er sich auf, als könnte der Gesprächsteilnehmer diese Geste sehen, und sagte: »Ich bin ganz Ohr!«

»Dafür bekomme ich aber eine Gegenleistung.«

Erst jetzt bemerkte Pont, dass er gar nicht wusste, mit wem er sprach. Seine Neugier hatte ihn unvorsichtig gemacht. Fahrig strich er mit der freien Hand durch seine lichten, schwarzen Haare und versuchte zuerst einmal, ruhig durchzuatmen. Dann setzte er von neuem an, als würde das Gespräch gerade erst beginnen: »Mit wem spreche ich?«

»Lassen Sie mich doch erst mal ausreden!«, forderte die Stimme am anderen Ende der Leitung ihn ungeduldig auf. »Ich weiß zufällig, dass Erwin Frisch spurlos verschwunden ist ...«

»Das ist nichts Neues«, fiel ihm Pont ins Wort. »Die ganze Stadt spricht von nichts anderem.«

»Ja. Aber nur ich weiß, welche der Damen aus der Redaktion dahintersteckt.«

Pont fühlte sich wie elektrisiert.

»Ist das nicht ein spannendes Thema für Ihr Blatt?«, schallte es verführerisch durch den Äther.

Natürlich war es das! Pont sah die Schlagzeilen schon vor sich. Und die damit verbundenen Verkaufszahlen – seine Zeitung würde sich endlich aus dem Schatten der Konkurrenz befreien und zur Nummer eins der Region werden.

»Wer versichert mir, dass Sie nicht bluffen?«

»Ich kann es Ihnen beweisen. Dafür müssen wir uns jedoch treffen. Am Telefon ist mir das zu unsicher.«

Dem konnte der Journalist nur zustimmen. »Wann und wo?«

»Donnerstagabend im Bürgerpark«, schlug Ponts Gesprächspartner vor.

»Warum ausgerechnet dort?« Pont spürte, wie ihm mulmig wurde. Der Bürgerpark war nachts verdammt einsam.

»Weil uns dort niemand beobachtet.«

*

»Kommen Sie in mein Büro zur Besprechung!« Laut schallte Allensbachers Stimme durch das Großraumbüro. »Ich habe gerade unseren Gerichtsmediziner am Apparat. Es gibt weitere Untersuchungsergebnisse.«

Andrea, Monika und Dieter Marx folgten dem Ruf des Chefs. In Allensbachers Büro trafen sie auf Staatsanwalt Helmut Renske. Wie immer trug er einen dreiteiligen Anzug in hellem Grau. Trotz kräftiger Statur wirkte er elegant. Renskes Bart sah bei jedem Treffen dichter aus, während sein Kopfhaar immer lichter wurde. Seine dunklen Augen blitzten wachsam und intelligent. Ein amüsiertes Grinsen zog sich über sein rundliches Gesicht, als er den Polizeibeamten entgegensah. Mit seiner leisen, hellen Stimme erwiderte er den Gruß der Eintretenden, eine Stimme, die jeden überraschte, der sie zum ersten Mal hörte, weil sie so gar nicht zu seinem Äußeren passen wollte.

Wendalinus Allensbacher wartete, bis jeder an seinem Platz saß, bevor er die Besprechung eröffnete: »Unser Gerichtsmediziner Dr. Stemm ist in der Leitung. Damit fangen wir an.«

Er drückte auf einen Knopf, und schon donnerte Stemms Stimme durch den Lautsprecher: »Habe ich wieder einmal mit euch das Vergnügen!«, begann er mit lautem Lachen: »Ich stelle fest, dass einzelne Körperteile weitaus mehr Interesse erregen als eine Leiche am Stück.«

Der Staatsanwalt war der Einzige, der über diesen Spruch lachen konnte.

»Also, was wollt ihr heute von mir wissen?«

»Die erste Frage ist, ob wir ganz sicher davon ausgehen können, dass die Hand und der Fuß von ein- und derselben Person stammen?«, stellte Renske eine erste Frage.

»Das können Sie, Herr Staatsanwalt«, lautete die Antwort. »Anhand der Funde, von denen ich leider nur sogenannte *Kurze Knochen* zur Verfügung habe, konnte ich einwandfrei feststellen, dass beide Körperteile vom gleichen Mann stammen. Die

Knochensubstanz war in beiden Körperteilen identisch, also der Stand des Knochenabbaus gegenüber dem Stand des Knochenaufbaus. Diese Zellen nennt man Osteoblasten und Osteoklasten. Während die Osteoblasten für den Aufbau der Knochen sorgen, besteht die Hauptaufgabe der Osteoklasten in der Resorption der Knochensubstanz. Das Verhältnis zwischen diesen Zellen ist bei Hand und Fuß identisch. Weiterhin kann ich sagen, dass der Mann, von dem diese Körperteile kommen, sehr gesunde Knochen hat.«

»Ich möchte von Ihnen wissen, ob es möglich ist, dass Erwin Frisch noch lebt«, meldete sich Allensbacher schnell, bevor ihm der Staatsanwalt wieder zuvorkommen konnte.

Renske quittierte die Frage mit einem süffisanten Grinsen.

»Natürlich kann ein Mensch mit amputierter Hand und amputiertem Fuß noch leben.«

»Aber dafür sind doch medizinische Kenntnisse des Täters erforderlich, oder?«

»Klar! Die Wunden müssen versorgt und genäht werden, damit das Opfer nicht verblutet. Außerdem müssen Antibiotika verabreicht werden, damit keine Entzündungen entstehen. Und Schmerzmittel sind nötig, sonst könnte der Patient in ein Delirium fallen. Für diese Menge an Medikamenten müsste der Mann wohl an einem Tropf hängen.«

»Also können wir davon ausgehen, dass der Täter oder die Täter viel Platz brauchen«, spekulierte Allensbacher.

»Und medizinische Geräte sowie eine medizinische Ausbildung«, ergänzte Dr. Stemm.

Der Dienststellenleiter bedankte sich bei dem Pathologen und beendete das Gespräch.

Eine Weile hingen alle in Gedanken dem Gesagten nach. Obwohl die Hauptaufgabe der Abteilung in der Aufklärung von Kapitalverbrechen bestand und die Mitarbeiter hart gesotten waren, übertraf die Grausamkeit, mit der Erwin Frisch offensichtlich behandelte wurde, doch alles, was sie bisher erlebt hatten.

Eine Weile herrschte betretenes Schweigen im Raum, das

Allensbacher mit einem Räuspern unterbrach. Er ging zum nächsten Thema über und wandte sich an Andrea und Monika: »Was haben Sie in dem Mietshaus in der Hornungstraße herausgefunden?«

Andrea schaute ihre Kollegin an, was Monika als Aufforderung verstand. Das Erste, was sie berichtete, war ihre Begegnung mit dem Mann in der Soutane – ein Erlebnis, das sie sichtlich erschüttert hatte.

»Warum haben Sie den Mann nicht überprüft, der sich als Kardinal ausgegeben hat?«, erkundigte sich Renske.

»Tut mir leid«, stammelte Monika. »Die Soutane sah so echt aus, dass ich aus der Fassung geraten bin ...«

»Sie haben den Mann tatsächlich für einen Kardinal gehalten?«, fasste der Staatsanwalt ungläubig nach, womit er bewirkte, dass Monika purpurrot im Gesicht anlief.

Plötzlich erhob sich Dieter Marx, richtete sich mit seiner ganzen Körperlänge auf und schwadronierte: »Salomo schrieb, dass der Respekt vor Gott das Erste sei, was wir auf dem Weg zur Weisheit brauchen – dies sei der Beginn aller Erkenntnis.«

»Das hilft uns jetzt und hier aber nicht weiter«, bemerkte Allensbacher. »Wir müssen herausfinden, wer dieser Mann ist und was er zu verbergen hat.«

»Einen Diener Gottes sollte man ehrfürchtig behandeln!«, beharrte Dieter auf seinem Standpunkt.

»Vermutlich ist er ein Betrüger. Also kannst du dir deine frommen Sprüche sparen!«, warf Andrea ein.

Mürrisch ließ sich Marx zurück auf seinen Stuhl sinken und schwieg.

»Ich habe den Namen notiert, der an seiner Wohnungstür stand«, sagte Monika. »Otto Nowak.«

»Das ist schon mal ein Anfang. Dieser Nowak wird überprüft und vorgeladen!«, bestimmte Allensbacher.

»Sollte er sich weigern, zur Polizeiinspektion zu kommen, sofort festnehmen«, schaltete sich Renske ein. »Es besteht *Gefahr im Verzug.*«

Allensbacher nickte zufrieden.

»Dann gibt es dort einen Werner Danzig, der hat eine ausgereifte Paranoia und gehört für meinen Geschmack in die Psychiatrie«, berichtete Monika weiter.

»Das ist nicht unser Problem.«

Weiter erzählte Monika von der älteren, freundlichen Dame, die Brigitte Felten für eine Prostituierte hielt. Diese Aussage machte die Kollegen sofort hellhörig.

»Bringen Sie die Dame hierher, damit wir ein Phantombild von der falschen Felten machen können!«, bestimmte Allensbacher.

Nun richteten sich alle Blicke fragend auf Andrea. Die räusperte sich und räumte kleinlaut ein: »Ich habe gar nichts herausgefunden. Entweder, die Leute in diesem Haus blocken ab, oder sie wissen wirklich sehr wenig über ihre Mitbewohner.«

Monika warf ihrer Partnerin einen erstaunten Blick zu, der mit einer Heftigkeit erwidert wurde, dass sie sofort wegschaute. Niemandem fiel diese Geste auf, wofür Monika dankbar war.

»Das heißt für uns, dass wir jetzt nicht mehr auf die Hilfsbereitschaft der Bewohner vertrauen, sondern eine groß angelegte Hausdurchsuchung in der Hornungstraße durchführen werden«, ordnete der Staatsanwalt an.

»Aber ...«, stammelte Andrea. »Ist so ein Großaufgebot wirklich nötig?«

»Offensichtlich«, stellte Renske gelassen klar. »Sie haben nichts Verwertbares herausgefunden. Nur, dass diese Leute Geheimnisse hüten. Aber irgendwo steckt die Frau, die wir suchen. Und dass niemand etwas von ihr weiß, legt die Vermutung nahe, dass sie etwas zu verbergen hat. Vielleicht ist sie sogar für Frischs Verschwinden mitverantwortlich.«

Andrea starrte mit großen Augen auf den Staatsanwalt, der hinzufügte: »Und die Tatsache, dass der Mann vermutlich noch lebt, treibt uns zu größter Eile an.«

*

Er spürte nichts, gar nichts. Einfach dahin treiben lassen, wie eine Wolke am Himmel. Er spürte weder seine Arme noch seine Beine. In seinen Augen leuchtete nur dieses Weiß.

Was hatte das zu bedeuten? War er im Himmel?

Die blonde, engelsgleiche Gestalt passte dazu. Ja! Er war im Himmel.

Plötzlich ging ein Ruck durch seinen Körper. Das durfte nicht sein! Er durfte nicht im Himmel sein. Es war noch gar nicht seine Zeit.

Gefühle kehrten in seinen Körper zurück. Leider nur Schmerzen. Sein Kopf wollte explodieren. Weitere Empfindungen konnte er wahrnehmen. Er spürte seinen rechten Fuß nicht mehr. Verzweifelt versuchte er seine rechte Hand zu bewegen – aber auch da war nichts. Panik kam auf.

Eine Gestalt beugte sich über ihn. Sie hielt etwas in der Hand, das wie ein Skalpell aussah. Sie war dabei, seine linke Hand abzuhacken.

Er wollte fliehen, aber etwas hinderte ihn daran. Ein seltsames Brummen gesellte sich zu dem entsetzlichen Dröhnen in seinem Kopf. Er kämpfte um sein Leben. Niemals würde er aufgeben. Niemals!

Er stieß einen Schrei aus, der so laut war, dass er urplötzlich drei bekannte Gesichter vor sich sah. Alle blickten auf ihn herab. Sein eigener Schrei erstarb.

Verwirrt schaute sich Lukas um. Er lag in einem weiß bezogenen Krankenbett und davor standen Karl Groß, Marie-Claire Leduck und Theo. Was hatte das zu bedeuten?

Lukas fühlte sich beschämt. Er schaute an sich herunter. Seine rechte Hand war noch an ihrem Platz. Unter der Decke bewegte er seinen rechten Fuß. Der war auch noch da.

Langsam begann er zu verstehen. Er war aus einer Narkose aufgewacht. Das engelsgleiche Gesicht, das in ihm die Assoziation des Himmels heraufbeschworen hatte, war Marie-Claire, deren Gesichtsausdruck weiß Gott nichts mit Engeln zu tun hatte. Sie starrte ihn an, als wollte sie ihn im Krankenbett erwürgen.

Was hatte sich Lukas in der Narkose alles erlaubt, dass die Kollegin ihn so böse anstarrte? Und überhaupt: Warum Narkose? So viele Fragen auf einmal, vor Schreck brachte Lukas keine davon einzige heraus.

»Alles klar, alter Junge?«, erkundigte sich Theo.

Lukas schaute ihn zweifelnd an. Was wurde hier gespielt? Warum grinste Theo so? Warum lag er im Krankenhaus?

»Wo bin ich?«

»Du wirst es nicht glauben: Im Krankenhaus«, kam es von Theo zurück.

Karl der Große trat so dicht an sein Bett, dass Lukas das Gefühl überkam, das gesamte Zimmer verdunkle sich. In einem kumpelhaften Tonfall meinte er: »Gott sei Dank ist nicht mehr passiert!«

»Was ist denn passiert?«

»Dir hat jemand ganz schön eins übergebraten«, erklärte Theo. »Dein Anblick, als ich in die Wohnung kam, hat mich fast ebenfalls umgehauen. Dein ganzes Gesicht war blutüberströmt und du hast keinen Ton von dir gegeben. Ich dachte schon, du wärst tot.«

Lukas überlegte eine Weile, bis er sich erinnerte. Er war in Erwin Frischs Wohnung gegangen. Er konnte sich noch an einen unerträglichen Verwesungsgeruch erinnern, aber danach war alles aus seinem Gedächtnis gelöscht.

»Haben wir Frischs Leiche gefunden?«, fragte er.

»Nein!«

»Aber dieser Gestank?«

»Das war ein Kanarienvogel«, erklärte Theo.

»Kann so ein kleiner Vogel einen derartigen Gestank verbreiten?«

»Bei der Hitze und in geschlossenen Räumen ganz offensichtlich«, bestätigte Theo. »Denn wir haben das Haus vom Keller bis zum Speicher durchsucht. Dort war keine Leiche.«

Lukas lehnte sich zurück. »Seid ihr gekommen, um mich abzuholen?«, fragte er nach einer Weile.

»Nein! Du wirst noch ein Weilchen hierbleiben müssen. Zum Glück hat der Täter dich nur seitlich an der Stirn getroffen. Dort hast du eine dicke Beule und eine Platzwunde, die stark geblutet hat. Alle anderen Untersuchungen haben lediglich eine Gehirnerschütterung ergeben. Dein Heiligstes ist also glimpflich davongekommen.«

»Seit wann ist mein Gehirn mein Heiligstes?«

»Weil du Damenbesuch hast, wollte ich dick auftragen«, erwiderte Theo und rief damit lautes Gelächter hervor.

»Also kann ich doch gleich mit euch mitfahren«, beschloss Lukas und warf die Bettdecke zur Seite. Zu seinem Schreck hatte er sein Krankenhaushemd ebenfalls zur Seite geworfen und präsentierte sich vor seinen Kollegen in voller Pracht. Hastig deckte er sich wieder zu.

»Ich glaube eher, dass du einen Pfleger brauchst«, stellte Theo amüsiert fest.

»Ich habe keine Lust, hier herumzuhängen, während draußen ein Verrückter herumläuft und Körperteile von Menschen verschickt«, protestiert Lukas.

»Morgen wirst du von den Ärzten noch einmal gründlich untersucht. Danach entscheidet sich, ob du entlassen wirst oder nicht«, entgegnete Theo entschieden. Und ohne auf Lukas' Stöhnen einzugehen, fuhr er fort: »Jetzt sind wir nur hier, um mit dir über den Überfall zu sprechen. Kannst du dich an irgendetwas erinnern?«

Lukas schüttelte den Kopf, was einen neuen blitzartigen Schmerz auslöste, der ihn zusammenzucken ließ.

»Außerdem bekommst du Polizeischutz«, merkte Theo an. »Wenn der Täter die Absicht hatte, dich zu töten, besteht die Gefahr, dass er es noch einmal versucht.«

»Du machst dir ja richtige Sorgen um mich.« Lukas grinste. »Warum bist du keine Frau? Dann würde ich dich sofort heiraten.«

»Lass mal lieber! Eheleute gehen längst nicht so liebevoll miteinander um!«

»Was die Ehe angeht, kannst du nicht mitreden. Soweit warst du noch nicht.«

Karl mischte sich in das Geplänkel ein: »Ich gehe mal kurz auf den Flur und gebe über Funk durch, dass die Kollegen zur Wache ins Krankenhaus kommen sollen.« Mit wenigen Schritten war der große Mann aus dem Zimmer verschwunden.

»Woran erinnerst du dich noch, als du die Wohnung betreten hast?«, fragte Theo weiter. »Hast du nicht gesehen, dass alles durchwühlt war?«

»Tut mir leid«, gab Lukas resigniert zu. »Ich erinnere mich nur noch an den Gestank. Das ist alles.«

»Das kommt von der Gehirnerschütterung.«

»Sehr beruhigend.«

»Das ist normal – und wenn die Ärzte das sagen, dann wird es wohl stimmen«, bekräftigte Theo.

Eine Weile herrschte Stille im Krankenzimmer, bis Theo den Faden wieder aufnahm: »Ein roter Peugeot 107 ist aus der Seitenstraße gekommen, vor meinen Augen in den Triller eingebogen und in Richtung Innenstadt gefahren.«

»Glaubst du, dass das der Täter war?«, mischte sich Marie-Claire ein.

Theo rieb sich die Schläfen und überlegte eine Weile, ehe er einräumte: »Das könnte sein. So ein Mist, dass ich erst jetzt darauf komme.«

»Hast du auch eine Gehirnerschütterung?«, fragte Lukas grinsend.

»Nein. Aber dein blutverschmierter Anblick hat mich ganz schön aus der Fassung gebracht.«

»Rot steht mir nicht so gut.«

»Blödmann.«

Erst als Marie-Claire die Tür zum Flur geöffnet hatte, bemerkten die beiden, dass sich ihre Kollegin vom Krankenbett entfernt hatte.

»Wo willst du hin?«, erkundigte sich Theo.

»Ich gebe eine Fahndung nach einem roten Peugeot raus«, antwortete sie. »Kannst du mir irgendwas über das Nummernschild sagen?«

»Nur, dass es eine Saarbrücker Nummer war. Ansonsten habe ich nicht darauf geachtet. Tut mir leid.«

*

Die Parklücke lachte Andrea regelrecht an, direkt vor dem Haus in der Hornungstraße – besser ging es nicht. Mit Schwung stellte die Polizistin ihren Kleinwagen ab, stieg aus und steuerte den Innenhof an. Heute hörte sie hier keine laute Musik – ob das ein gutes Zeichen war?

Sie drückte den Klingelknopf, auf dem »Wellenstein« stand. Schon eine Sekunde später ging der Türsummer. Den Weg zur Wohnung der Krimiautorin konnte Andrea mit geschlossenen Augen zurücklegen, so oft war sie schon dort gewesen. Heute kam ihr das zugute, denn sie hatte es eilig. Ohne auf den Aufzug zu warten, sprang sie schwungvoll die Treppenstufen hoch. Im ersten Stock erwartete die junge Frau ihre Besucherin schon im Korridor. An Mirandas Blick erkannte Andrea sofort, dass etwas anders war.

»Ich bin nicht allein.«

»Ist das ein Problem für dich?«, fragte Andrea erstaunt.

»Für mich nicht. Aber vielleicht für dich. Es ist nämlich eine Reporterin der *Neuen Zeit*. Sie schreibt einen Bericht über mich, mein Leben und meine Bücher.«

»Und dabei störe ich?«

»Nein! Ich dachte nur, es könnte dir peinlich sein, weil du Polizistin bist. So erfährt die Reporterin, dass ich mit der Polizei zusammenarbeite.«

»Dass ich Polizistin bin, war mir noch nie peinlich. Warum gerade jetzt?«

Andrea ließ sich nicht aufhalten, sondern betrat die Wohnung der Autorin. Der Anblick der Reporterin traf sie mitten ins Mark. Eine kleine, kräftige Frau mit kurzen, blauen Haaren saß dort und setzte ein Grinsen auf, das frecher nicht sein konnte. Andrea spürte ein Kribbeln im Bauch – ein Gefühl, das sie schon lange nicht mehr empfunden hatte. Sie ging auf die Blauhaarige zu und stellte sich vor.

Mit einer angenehmen Bassstimme kam ein »Sandra Gossert« zurück. Andrea wusste sofort, wen sie vor sich hatte. Der Name war bei den Ermittlungen bereits mehrfach gefallen. Sie ließ sich auf einem freien Platz nieder und beschloss, dem weiteren Verlauf des Interviews, das Sandra mit Miranda führte, zu lauschen.

»Dieses Interview ist für mich eine Riesenchance«, erklärte Miranda stolz. »Bisher hat die *Neue Zeit* mich mit Verachtung gestraft, aber das ist jetzt vorbei.«

»Du sprichst vom Verschwinden des Chefredakteurs«, kombinierte Andrea.

Ein verschwörerisches Lachen von Sandra und Miranda war die Antwort. Andrea spielte das Spiel mit. Ständig wanderte ihr Blick zu Sandra und ihren blauen Haaren. Es juckte sie in den Fingern, diese Haare zu berühren. Noch nie hatte sie eine so provokante Frisur gesehen. Und nicht nur die Frisur – die gesamte Persönlichkeit der Journalistin wirkte so aufreizend, dass Andrea davon sofort gefesselt war.

»Warum bist du zurückgekommen?« Mit dieser Frage riss Miranda die Polizeibeamtin aus ihren Gedanken.

»Gut, dass du mich daran erinnerst.« Andrea lachte nervös. »Es findet gleich eine Hausdurchsuchung hier statt. Ich wollte dich warnen.«

»Wovor?«

»Dass du alles verschwinden lässt, was mich kompromittieren könnte.«

»Du willst wohl deine Unterlagen zurückhaben?« Miranda schaute Andrea fragend an.

»Genau! Wir sollten uns beeilen. Die Kollegen sind bestimmt bald da.«

Hastig zog Miranda einige Mappen aus ihren Schubladen, die sie Andrea überreichte. Damit verließ Andrea die Wohnung im Eilschritt. Erst im Innenhof bemerkte sie, dass Sandra ihr gefolgt war.

»Eine Razzia möchte ich nicht erleben«, erklärte die Reporterin lachend auf Andreas unausgesprochene Frage.

»Und was möchtest du gerne erleben?«, fragte Andrea, obwohl sie genau wusste, dass diese Frage falsch war.

Schon spürte sie Sandras Hand an ihrer Taille.

*

Sämtliche Untersuchungsergebnisse waren negativ. Lukas hielt die Entlassungspapiere des Krankenhausarztes in seinen Händen. Endlich! Er konnte es kaum noch erwarten, wieder in seinen gewohnten Alltag zurückzukehren. Kaum hatte er sein Hemdchen abgestreift und aufs Bett geworfen, da klopfte es an der Tür.

»Moment!«, rief er.

Trotzdem ging die Tür sofort auf und Susanne Kleber trat ein. Ihr Blick wanderte über Lukas' nackten Körper, dabei verzog sich ihr Mund zu einem amüsierten Grinsen.

Lukas wollte schnell wieder nach dem weißen Hemd greifen, als ihm schwindelig wurde. Taumelnd trat er einige Schritte zurück, bis er ans Bett gelangte. Langsam ließ er sich darauf sinken.

Erschrocken eilte Susanne auf ihn zu. »Meine Güte! Du bist ja plötzlich leichenblass geworden«, rief sie. »Sehe ich so schrecklich aus?«

»Blödsinn«, wehrte Lukas peinlich berührt ab und zog sich die Bettdecke über. »Vermutlich hat mich die Gehirnerschütterung doch mehr mitgenommen, als ich es wahrhaben will.«

»Dann musst du dich schonen.«

»Aber nicht hier«, stellte Lukas klar. »Hier sind meine Entlassungspapiere. Ich kann nach Hause. Eigentlich wollten die mich bis morgen hierbehalten, aber ich habe solange genervt, bis mich der Arzt noch mal durchgecheckt hat.«

Susanne setzte sich zu ihm aufs Bett und lachte. Dabei entblößte sie perfekte weiße Zähne in ihrem gebräunten Gesicht.

Lukas konnte seinen Blick nicht von ihr losreißen. War ihm früher wirklich nie aufgefallen, wie verführerisch sie aussah? Hatte er wirklich nur Augen für Marianne gehabt? Das spräche ja für ihn. Aber leider wusste Lukas nur zu gut, dass das nicht zutraf.

Bevor er noch auf dumme Gedanken kam, beschloss er, einen neuen Versuch zu wagen, sich anzuziehen. Dieses Mal erhob er sich langsamer. Nackt stellte er sich vor das Bett. Dabei versuchte er, Susannes Blicke zu ignorieren. Im Schrank lagen Jeans und T-Shirt, die Theo ihm mitgebracht hatte. Die kramte er schnell heraus und streifte sie sich über.

Anschließend verließen sie gemeinsam das Krankenzimmer. Der lange Flur war voller Menschen. Besucher, die nach den Zimmern ihrer Verwandten Ausschau hielten, Krankenschwestern auf der Suche nach Patienten und Ärzte auf der Suche nach Krankenschwestern.

Wieder spürte Lukas, dass ihm schwarz vor Augen wurde. Susanne nahm ihn liebevoll in den Arm und stützte ihn, sodass niemand seine Schwäche bemerken konnte. Langsam – wie ein altes Ehepaar – schwankten sie gemeinsam in Richtung Fahrstuhl.

Als die automatische Tür sich öffnete, stand ein bekanntes Gesicht vor Lukas. »Dennis? Du hier?«, rief er erstaunt aus.

Der junge Mann im Arztkittel lachte verlegen und meinte: »Ich hatte Glück. Anstatt in der Gerichtsmedizin an Toten zu schnippeln, arbeite ich jetzt in der Chirurgie und schnippele an Lebenden.«

»Ich freue mich für dich, dass du wieder einen guten Job gefunden hast.« Lukas schüttelte dem ehemaligen Assistenten des Gerichtsmediziners die Hand.

Dennis Welsch wand sich verlegen, bis er zugab: »Ich weiß ja, dass ich Mist gebaut habe.«

Lukas nickte.

»Aber das ist vorbei. Meine Freundin war drogenabhängig. Ich hatte für sie Spritzenbesteck geklaut, damit sie sich nicht mit dem verschmutzen Zeug, das sie auf der Straße aufgetrieben hatte, infiziert.«

»Und womit spritzt sich deine Freundin jetzt?«, fragte Lukas.

»Ich bin nicht mehr mit ihr zusammen«, antwortete Dennis mit einem stolzen Lachen. Seine dunklen Haare und sein dunkler Teint standen in einem starken Kontrast zu dem weißen Kittel. »Sie würde mich immer wieder in Schwierigkeiten bringen, weil sie gar nicht vorhat, mit dem Zeug aufzuhören.«

»Dann hast du richtig gehandelt«, lobte Lukas. »Und wer weiß? Vielleicht kommst du ja wieder zurück zu uns. Dr. Stemm ist eigentlich gar nicht so böse auf dich.«

Dennis' blaue Augen blitzten auf: »Eher werde ich Astronaut und fliege zum Mars.«

Der Arzt verließ den engen Fahrstuhl und ließ Lukas zusammen mit Susanne eintreten.

*

»Ein roter Peugeot 107 wurde gefunden.«

Theo glaubte fast nicht, was er da am Telefon hörte: »So schnell?«

»Ja! Da hat uns der Zufall in die Hände gespielt«, antwortete der Kollege der Bereitschaftspolizei. »Einige Spaziergänger haben zufällig beobachtet, wie jemand einen roten Kleinwagen in die Saar schubste.«

»Wann war das?«

»Heute Morgen! Kurz, nachdem wir die Anweisung bekamen, nach einem solchen Fahrzeug zu suchen, erhielten wir den Hinweis.«

»Selten, dass mal etwas so einfach ist«, stellte Theo erstaunt fest.

»Stimmt! Wir hatten schon alle Vorbereitungen getroffen, die Suche bis nach Frankreich auszudehnen – und dann das.«

»Konnten die Spaziergänger erkennen, wer das Auto in der Saar versenkt hat?«

»Nein! Dafür waren sie zu weit weg. Sie befanden sich außerdem auf der anderen Uferseite. Als sie an der Stelle ankamen, war von dem Auto nur noch das Dach zu sehen. Und der Täter war natürlich weg.«

»Und was könnt ihr mir sonst über den Wagen sagen?«, fragte Theo weiter. »Wer ist der Halter? Gibt es noch verwertbare Spuren?«

»Nein! Fehlanzeige! Tut mir leid.« Die Stimme am anderen Ende der Leitung klang betrübt. »Das Auto war gestohlen gemeldet. Und die meisten Spuren sind vom Wasser abgewischt worden. Die Spusis suchen zwar noch, aber sie haben keine große Hoffnung, noch etwas Verwertbares zu finden.«

Theo bedankte sich und legte auf. Sackgasse, dachte er verärgert und fuhr sich mit beiden Händen durch sein dichtes, schwarzes Haar. Er hob seinen Kopf, um den leeren Schreibtisch gegenüber zu betrachten. Sein Kollege und Freund fehlte ihm mehr, als er das je für möglich gehalten hätte. Die frechen Sprüche und die Heftigkeit ihrer Kabbeleien brachten Schwung in seinen Arbeitsalltag. Aber jetzt ...

Er erschrak. Dort, wo normalerweise Lukas saß, stand ein riesengroßer Vogelkäfig. »Hilfe!«, stieß er aus.

Sofort stand Dieter Marx vor ihm und fragte: »Seht her, die Hand des Herrn ist nicht zu kurz, um zu helfen! Welche Not ist über dich hereingebrochen?«

Theos Verwirrung wuchs. Er schaute auf den großen Mann, der den biblischen Spruch losgelassen hatte, und überlegte ernsthaft, ihm einen Fausthieb zu versetzen. Dieses Geschwafel war an gewöhnlichen Tagen schon schwer zu ertragen, und heute hatte er den Schock über Lukas' Unglück noch immer nicht verdaut.

Zum Glück kam genau in diesem Augenblick Monika herbeigeeilt und gab Theo die Erklärung, die er eigentlich haben wollte: »Du hast den Vogelkäfig mit einem stinkenden, toten Vogel bei der Spusi abgegeben. Die Jungs haben beschlossen, das Tier im Müll zu entsorgen und dir als Andenken den Käfig zu überlassen.«

»Wie schön, dass sie sich nicht für die umgekehrte Variante

entschieden haben«, stellte Theo naserümpfend fest, als er sich an den Gestank in Erwin Frischs Wohnung erinnerte.

»Die Spusis scheinen dich zu mögen«, bemerkte Monika keck.

Theo nickte lachend und fragte: »Wo ist Andrea?«

Sofort wirkte Monikas Gesicht betrübt. Theo registrierte ihre heftige Reaktion und wiegelte schnell ab »Keine Sorge! Wir machen alle schon mal Alleingänge. Deshalb renne ich nicht gleich zu Allensbacher.«

Mit dem Spruch »Segen ruht auf dem Haupt des Gerechten; aber auf die Gottlosen wird ihr *Frevel* fallen« verließ Dieter das Büro. Beide schauten dem Kollegen hinterher.

In die peinliche Stille hinein sagte Theo: »Immerhin hast du mich gerade vor einer großen Dummheit bewahrt.«

*

Wut – maßlose Wut kam auf!

Da spazierte Baccus doch tatsächlich schon wieder aus dem Krankenhaus heraus – lediglich mit einer Beule am Kopf.

Wie hart musste sein Schädel sein, dass er diesen Schlag überleben konnte?

Leblos und blutüberströmt hatte er dagelegen. Wie tot hatte er ausgesehen. Leider war keine Zeit geblieben, um zu prüfen, ob es noch einen Puls gab. Das Risiko wäre viel zu groß gewesen.

Noch dazu verließ Baccus das Krankenhaus in Begleitung dieser Reporterin.

Langsam fügte sich alles zu einem Bild. Der Anblick, wie die beiden verliebt auf das Auto der Frau zu schlenderten, war ein deutlicher Hinweis darauf, woher die Polizei so schnell wissen konnte, dass Erwin Frisch verschwunden war.

Die Kleber hatte den Plan durchkreuzt. Diese Frau war noch schlimmer als ein Parasit.

Nun war sonnenklar, was es als Nächstes zu tun galt: Diesem Störenfried musste eine Lektion erteilt werden.

5

Dunkelheit hüllte ihn ein. Alles verharrte in Stille. Gelegentlich hörte Hans Pont das leise Geräusch eines Autos auf der A620. Er fröstelte – trotz der sommerlichen Temperaturen.

Nachts allein im Bürgerpark auf einen Informanten zu warten – das entsprach nicht seinen Vorstellungen eines erfolgreichen Zeitungsredakteurs. Aber er hatte keine Wahl. Es gab Dinge, die durften nicht ans Tageslicht! Auf keinen Fall! Und das machte diese Vorsichtsmaßnahme erforderlich.

Plötzlich ertönte ein grelles, lautes Zischen. Pont zuckte zusammen und duckte sich erschrocken hinter einer Hecke. Im gleichen Augenblick sah er den großen Vogel, der aufflatterte und davonflog. Eine Schleiereule.

Mit zitternden Knien richtete er sich wieder auf und schalt sich selbst einen Feigling. Vor einem Nachtvogel so zu erschrecken!

Sein Blick wanderte aufmerksam durch die Dunkelheit. Der Mond lugte kurz zwischen den Wolken hervor. Dunkel und drohend erhoben sich die Schatten des antiken Wassertors über das silbern glitzernde Gewässer – ein Relikt aus der Zeit, als hier noch ein Hafengelände war. Für einen kurzen Moment glaubte der Journalist, die Silhouette eines Mannes zu sehen. Reglos stand die Gestalt unter einem der Rundbögen der alten Mauer. Sie wirkte klein und gedrungen.

Wurde er beobachtet? Sein Herz schlug schneller. Er blinzelte, suchte die Stelle noch einmal ab. Doch plötzlich tauchte der Mond hinter den Wolken ab, alles versank in tiefschwarzer Nacht. Was hatte das zu bedeuten?

Der Vorschlag, sich an diesem Ort zu dieser Zeit zu treffen, war von seinem Gesprächspartner gekommen, weil der nur hier und jetzt seine angeblichen Beweise übergeben wollte. Pont spürte Zweifel aufkommen, ob es wirklich eine gute Idee gewesen war, sich auf solche Bedingungen einzulassen. Was wusste der Anrufer wirklich? Die anfängliche Euphorie des Journalisten wurde deutlich gedämpft.

Schon wieder zischte es schrill. Ein Windhauch streifte durch sein Gesicht. Erschrocken schaute er hoch. Die große Schleiereule war ihm verdammt nah gekommen.

Mit unsicheren Schritten entfernte er sich von der Hecke und suchte sich einen Platz, von dem aus er alles beobachten, aber selbst nicht gesehen werden konnte. Das Rondell in der Mitte des Parks eignete sich dafür am besten. Dort war alles mit Hecken zugewachsen, hinter denen er sich gut verstecken konnte.

Er hörte ein Plätschern. Erschrocken schaute er sich um. Aber es war zu dunkel. Er konnte nichts erkennen.

Mit mulmigem Gefühl setzte er seinen Weg ins Zentrum des Bürgerparks fort, das die Form eines kleinen Amphitheaters aufwies. Dort ließ er sich auf einer der Zuschauerbänke nieder. Um sich die Zeit zu vertreiben, zählte er die Autos, die über die Autobahn auf der anderen Seite der Saar fuhren. Es wurden immer weniger.

Hatte er sich im Tag geirrt? Oder in der Zeit?

Ein Blick auf die Armbanduhr wäre überflüssig. Es war eine alte Uhr, ein Erbstück, auf das er normalerweise sehr stolz war. Aber leider leuchtete daran kein Display, sodass er ohne Uhrzeit auskommen musste.

Er schloss die Augen. Warten war das Schlimmste für ihn – ob im Wartezimmer eines Arztes, in der Schlange an der Kasse im Supermarkt oder in der Dunkelheit in einem einsamen Park. Seine innere Unruhe wuchs stetig an.

»Hallo!«, ertönte es plötzlich ganz dicht an seinem Ohr.

Pont erschrak und stieß einen unterdrückten Schrei aus.

Darauf folgte ein hämisches Lachen. Was hatte das zu bedeuten? »So ängstlich?«, sprach die Stimme weiter. »Wen erwarten Sie denn? Das Ungeheuer von Loch Ness?«

Es dauerte eine Weile, bis Pont sprechen konnte. Mühsam brachte er ein »Was soll das?« hervor.

»Ich bin gekommen, wie wir das vereinbart haben.«

Erst jetzt erkannte der Chefredakteur die Stimme, was ihn beruhigte – er hatte sie bereits am Telefon gehört. Er erhob sich und wandte sich dem Mann zu. Der war klein und gedrungen. Pont maß selbst gerade mal einen Meter und siebzig, und doch überragte er sein Gegenüber um einen halben Kopf.

»Welche Beweise haben Sie, dass eine Mitarbeiterin der *Neuen Zeit* hinter Erwin Frischs Verschwinden steckt?«, kam Pont ohne Umschweife auf den Grund dieses Treffens zu sprechen.

»Sie werden staunen«, kam es geheimnisvoll zurück.

»Damit haben Sie meine Frage nicht beantwortet.«

Der kleine Mann griff in seine Jackentasche. Pont spürte, wie ihm das Herz in die Hose ratschte. Wenn er jetzt eine Waffe herauszog ...? Aber es war keine Waffe, sondern ein kleines Päckchen.

Pont atmete tief durch. Sein Adrenalinpegel stand eindeutig zu hoch – ein Zeichen dafür, dass er für solche Abenteuer nicht geeignet war.

»Hier drin ist alles, was Sie wissen wollen.«

Pont griff danach, doch sein Gegenüber wich ihm aus. »Was bekomme ich als Gegenleistung?«

»Erst einmal muss ich mich vergewissern, dass das Material für mich verwertbar ist.«

Doch damit gab sich der Fremde nicht zufrieden. »Dann gebe ich die Informationen eben an eine andere Zeitung.«

»An welche denn? Hier im Saarland gibt es sonst keine.«

»Ach, auch in anderen Gegenden interessiert man sich bestimmt dafür, was sich hier so alles abspielt. Und dann gibt es ja immer noch dieses Blättchen mit den großen Buchstaben.«

Pont seufzte und meinte resignierend: »Also gut! Sie haben gewonnen. Sie bekommen einen Job in meiner Zeitung.«

»Ich will den Wirtschaftsteil«, beharrte der Mann.

Als Pont nickend zustimmte, drückte ihm sein Gegenüber das Päckchen in die Hand, drehte sich um und marschierte mit schnellen Schritten davon.

Der Journalist schaute dem kleinen Mann hinterher, wie er

das antike Wassertor passierte. Plötzlich stutzte er. Was war das? Löste sich da ein Schatten von der alten Mauer?

*

Lukas hätte sich am liebsten unsichtbar gemacht. Die Blamage fühlte sich übermächtig an. Noch nie in seinem Leben war ihm so etwas widerfahren. Dabei hatte ihn der Schlag doch nur auf den Kopf getroffen und nicht zwischen die Beine. Warum hatte er in dieser Nacht als Mann versagt? Ausgerechnet bei dieser aufregenden Frau?

Er blinzelte. Zu seinem Schreck blickte er genau in Susannes bernsteinbraune Augen, die hellwach wirkten und ihn beobachteten. Lukas wollte sich umdrehen, doch dabei schoss ein entsetzlicher Schmerz in seinen Kopf. Also blieb er liegen und verhüllte sein Gesicht mit beiden Händen.

Susanne sagte nichts. Er spürte an den Bewegungen der Matratze, dass sie aufstand. Neugierig schaute er auf. Sie war nackt. Er ließ seinen Blick über ihre Taille und ihren geschwungen Po wandern, aber in seinen Lenden regte sich nichts. Er schaute zu, wie sich Susanne in einen Bademantel hüllte und das Schlafzimmer verließ.

Das war der richtige Augenblick, sich unbemerkt aus dem Staub zu machen. Auf einen Kommentar zu seinem kläglichen Versagen konnte er gut verzichten.

Mit langsamen Bewegungen kroch Lukas aus dem Bett und zog sich an. Ein Geräusch ließ ihn innehalten. Er drehte sich um und sah Susanne im Türrahmen stehen. Sie hatte ihn beobachtet.

»Willst du dich davonschleichen?«

Lukas brummte unzufrieden. Konnte sie sogar Gedanken lesen?

»Du brauchst dir wegen heute Nacht keine Gedanken zu machen«, sagte Susanne. »So einen Schlag auf den Kopf steckt auch ein Lukas Baccus nicht ohne Weiteres weg.«

Lukas wusste nicht, wie er das verstehen sollte. Ohne es zu wollen, kam ihm die Frage über die Lippen: »Du glaubst, es hat mit meiner Gehirnerschütterung zu tun?«

»Das glaube ich nicht nur, das ist so«, antwortete Susanne überzeugt. »Du wirst es nicht für möglich halten, aber dein Sexualverhalten wird durch dein Gehirn gesteuert, nicht durch *Klein-Lukas*. Deine Potenz kommt vom Hypothalamus, das ist ein kleiner Teil in deinem Gehirn. Sämtliche Hormone, die für die Sexualität notwendig sind, werden dort produziert.«

»Das heißt im Klartext?«

»Dass deine Gehirnerschütterung deine Potenz beeinträchtigt hat.«

»Sehr beruhigend. Dann kann ich ja gleich ins Kloster gehen.«

Susanne lachte. »Das wird schon wieder.«

Damit gelang es ihr jedoch nicht, Lukas zu trösten oder aufzuheitern. Das Gegenteil war der Fall. Vor Scham wusste er nicht, in welche Richtung er schauen sollte.

»Glaubst du wirklich, für mich ist das Wichtigste, wie potent ein Mann ist?«

Lukas horchte auf. Nun schaute er doch in Susannes Gesicht. Ihre ebenmäßigen Züge, ihre mandelförmigen Augen – daraus sprach eine Ehrlichkeit, an der er nicht zweifeln konnte. Lukas erinnerte sich, dass sie ihm früher oft auf die Nerven gegangen war, weil Marianne ihrer Freundin so viel Platz in ihrem Leben eingeräumt hatte. Nun glaubte er, seine Ex ein wenig zu verstehen. Susanne war sehr einfühlsam. Und das tat ihm in diesem Augenblick extrem gut, sie nahm ihm die Angst, sich als Versager zu fühlen.

»Du kannst dich bestimmt erinnern, dass ich damals oft bei euch zuhause war«, sprach Susanne nach einer Weile weiter. »Damals hatte ich mich schon heimlich in dich verliebt.«

»Obwohl ich so charmant zu dir war?«

»Komisch was?« Susanne lachte. »Aber das war gut so. Denn ich hätte meine beste Freundin niemals hintergangen.«

»Und heute?«, fragte Lukas. »Bist du nicht mehr mit Marianne befreundet?«

»Nein! Seit sie mit diesem komischen Vogel aus dem Ministerium zusammen ist, haben wir uns nichts mehr zu sagen.«

Dieser Satz löste in Lukas eine heftige Reaktion aus. Plötzlich musste er sich übergeben. Im Galopp sprintete er zur Toilette. Der Schlag auf den Kopf hatte offensichtlich mehr Schaden angerichtet, als er sich eingestehen wollte. Wenn er den Mistkerl erwischte, der ihm eins übergebraten hatte ...

Plötzlich schrak er zusammen. Gehörte dieses Klingeln in seinem Kopf auch zu den Symptomen seiner Gehirnerschütterung?

Verzweifelt wusch er sich durchs Gesicht, besah sich im Spiegel und zuckte erneut zusammen: Ein dunkelblaues Hämatom zog sich von seiner Beule auf der Stirn über das linke Auge und ließ den Rest seines Gesichtes umso blasser wirken.

Erst jetzt registrierte er die Geräusche draußen. Susanne sprach mit jemandem. Neugierig trat Lukas hinaus. Am Ende des Korridors sah er einen Postboten an der Haustür stehen, der Susanne ein Paket überreichte. Also hatte es doch nicht in seinem Kopf geklingelt, sondern an der Haustür. Sofort fühlte sich Lukas besser.

Susanne kehrte mit einem gelben Karton in die Wohnung zurück und stellte ihn auf dem Küchentisch ab.

»Komisch«, meinte sie. »Ich habe gar nichts bestellt.«

Lukas beachtete nicht, was sie sagte. Er fühlte sich schlecht – von Kopf bis Fuß. Lieber suchte er seine sieben Sachen zusammen, um so schnell wie möglich von hier zu verschwinden. Susannes Geständnis, dass sie schon damals in ihn verliebt war, verunsicherte ihn. Was würde sie sagen, wenn seine Impotenz – trotz all ihrer gegenteiligen Behauptungen – ein Dauerzustand bleiben würde. Diese Sorge rumorte in seinem schmerzenden Kopf. Vielleicht wäre er besser beraten, wenn er mal für eine Weile generell die Finger von Frauen ließe.

Susannes Aufschrei riss ihn aus seinen düsteren Gedanken.

Erschrocken ließ er die Jacke fallen, die er gerade überstreifen wollte, und schaute die Frau an, die leichenblass neben dem Küchentisch stand. Lukas nahm sie in die Arme und führte sie zum Sofa, bevor sie umfallen konnte.

»Was ist denn?«

Susanne konnte nicht sprechen. Hilflos zeigte sie auf das gelbe Postpaket. Auf der Stelle überkam Lukas ein mulmiges Gefühl. Erst jetzt kam ihm zu Bewusstsein, dass in DHL-Paketen in letzter Zeit nicht immer nur erwünschte Lieferungen verschickt wurden. Er war viel zu sehr mit seinem Selbstmitleid beschäftigt gewesen, um auf diesen Gedanken zu kommen, und dafür hätte er sich jetzt am liebsten geohrfeigt.

Vorsichtig ließ er seinen Blick über die Kante des Kartons wandern, bis er seine Befürchtungen bestätigt fand. Ein weiterer Körperteil schwamm in Formalin in einem durchsichtigen Nylonsack. Lukas trat langsam näher heran, obwohl sich alles in ihm dagegen sträubte. Sein Innerstes warnte ihn vor dem, was er gleich zu sehen bekommen würde. Doch er war Kriminalbeamter und durfte jetzt nicht die nächste Schwäche vor Susanne zeigen. Eine genügte.

Also atmete er tief durch und schaute hinein. Sein Blick fiel auf ein abgetrenntes männliches Geschlechtsteil.

*

»Ach, wie aufregend! Eine Hausdurchsuchung! In meiner Wohnung!« Die alte Dame war außer sich vor Freude, als sie die vielen Polizeibeamten vor ihrer Wohnungstür stehen sah. Ohne auf den Durchsuchungsbeschluss zu achten, den ihr Monika vor die Nase hielt, ließ sie die Beamten eintreten. »Kommen Sie nur herein und schauen Sie sich um, ob ich Diebesgut versteckt habe.«

Die alte Dame führte sich auf wie eine Gastgeberin.

»Frau Kees, wir suchen nach Brigitte Felten, nicht nach Diebesgut«, erklärte Monika geduldig.

»Ach, Sie kenne ich doch!« Maria Kees' Augen leuchteten auf. »Sie waren doch erst gestern bei mir und haben nach dieser unangenehmen Person gefragt.«

»Stimmt!« Monika nickte und wollte weitersprechen, doch die alte Dame war schon mit blitzschnellen Schritten in der Küche verschwunden.

»Ich koche uns Kaffee! Wer so viel arbeiten muss, braucht auch einen guten Kaffee, damit er sich konzentrieren kann«, schallte ihre schrille Stimme durch die Räume.

Monika erkannte, dass weitere Erklärungsversuche keinen Zweck hatten. Kurze Zeit später kehrte Maria Kees mit einer vollen Kaffeekanne und Tassen zurück. Wie durch Zauberhand saßen plötzlich mehrere Polizeibeamte bei ihr am Tisch, tranken Kaffee und aßen die angebotenen Kuchenteilchen.

Theo eilte durch den Hausflur und steuerte zielstrebig die Treppe zum ersten Stock an, als sein Blick durch die geöffnete Tür in die Wohnung der alten Dame fiel.

»Das glaube ich jetzt nicht«, stöhnte er. »Hey! Kollegen! Wisst ihr eigentlich, was ihr hier macht?«

Ertappte Gesichter blickten den Kriminalkommissar an.

»Jeder hier im Haus weiß, dass eine Durchsuchung stattfindet«, fuhr Theo fort. »Wer etwas zu verbergen hat, bekommt durch eure improvisierte Kaffeepause genügend Zeit, alles Verdächtige schnell verschwinden zu lassen.«

Im Nu war die gemütliche Kaffeerunde aufgelöst und die Beamten gingen wieder ihrer Arbeit nach.

Theo setzte seinen Weg in die erste Etage fort. Monika folgte ihm. Fast gleichzeitig sahen beide, in welche Wohnung Andrea Peperding verschwand. Genau dort hatte Monika ihre Partnerin am Vortag mit der jungen Frau bei einer angeregten Unterhaltung beobachtet. Mit gemischten Gefühlen folgte sie Theo, der die Wohnungstür ansteuerte und heftig anklopfte.

Die Frau, die öffnete, hatte Monika noch nie gesehen. Und doch wusste sie sofort, wen sie vor sich hatte: die Krimiautorin Miranda Wellenstein. Seit Erwin Frischs Verschwinden verging kein Tag mehr ohne Zeitungsartikel über die saarländische Autorin und ihre Bücher. Die leuchtend roten Haare und deren seltsamer schiefer Schnitt waren unverwechselbar.

»Wir befinden uns mitten in einer Hausdurchsuchung und möchten gern mit unserer Kollegin Peperding sprechen«, begrüßte Theo die Frau unfreundlich und hielt ihr seinen Dienstausweis unter die Nase. Kaum hatte er ausgesprochen, da tauchte Andrea schon vor ihm auf.

»Was machst du hier?«, fragte Theo unfreundlich. »Dir ist wohl klar, dass Durchsuchungen nicht allein und unauffällig durchgeführt werden. Oder hast du gefehlt, als dieses Kapitel in der Polizeischule durchgenommen wurde?«

Andrea verließ wortlos das Zimmer, warf Monika einen bitterbösen Blick zu und stürmte die Treppe hinunter.

Monika fühlte sich in einer Zwickmühle. Wem sollte sie jetzt folgen? Sie spürte, dass sie keine andere Wahl hatte, als sich loyal gegenüber ihrer Partnerin zu verhalten, was ihr allerdings schwerfiel. Denn die Tatsache, dass Andrea mit der Autorin privat verkehrte, konnte wichtig für die Ermittlungen sein. Immerhin suchten sie einen sadistischen Täter, der seinem Opfer Körperteile abtrennte – und es gab irgendetwas, das Andrea verschwieg, das spürte Monika instinktiv.

In ihrer Not blieb sie wie angewurzelt im Flur stehen, bis Theo sie am Arm packte und in die Wohnung der Krimiautorin zerrte.

»Das ist ja spannender als in einem Krimi«, bemerkte die Wellenstein und musterte Monika mit einem belustigten Blick. Dabei funkelten ihre grünen Augen, als könnte sie in die Polizeibeamtin hineinsehen.

Monika fühlte sich einer Konfrontation mit dieser Frau nicht gewachsen, solange sie nicht wusste, welche Rolle die Schriftstellerin in Andreas Leben spielte. Deshalb vermied sie jeglichen Blickkontakt und durchsuchte akribisch jedes Zimmer, allerdings ohne nennenswertes Ergebnis.

Plötzlich entstand im Hausflur ein Tumult. Gleichzeitig eilten Monika und Theo hinaus, um nachzusehen. Dort trafen sie auf Karl Groß, der berichtete: »Ich habe die Wohnung gefunden, in der die richtige Felten bis zu ihrem Tod gewohnt hat. Das müsst ihr euch ansehen.«

Die beiden folgten Karl dem Großen in die dritte Etage. Die Tür zum letzten Zimmer in dem langen Flur stand offen. Darin fanden sie eine Gestalt auf dem Boden sitzend vor. Alle starrten auf den schmalen Rücken der blonden Frau. Keiner sagte ein Wort.

Theos Herz schlug höher. Er zog seine Pistole aus dem Holster, tippte der Frau an die Schulter und entsicherte in der gleichen Sekunde die Waffe in seiner Hand. »Polizei! Keine falsche Bewegung!«

Die Blondine drehte sich um. Theo erstarrte – er richtete seine SIG Sauer P6 9mm Para direkt auf das Gesicht seiner Kollegin Marie-Claire Leduck.

*

Entsetzte Blicke registrierten, wie Lukas mit einem Paket unter dem Arm das Großraumbüro betrat. Dabei war nicht eindeutig zu erkennen, was die Kollegen mehr erschreckte: das blau verfärbte Gesicht des Kollegen oder der gelbe Karton in seiner Hand.

»Guten Morgen, meine tatenfreudigen Beamten«, rief Lukas. »Ich sehe euch an, wie sehr ihr nach Arbeit lechzt«

Seine gute Laune wirkte aufgesetzt, was keinem entging. Umso angespannter warteten alle darauf, was sich in dem Paket verbarg.

»Nun, liebe Kinder, gebt fein acht ... *ich hab' euch etwas mitgebracht*«, witzelte Lukas weiter.

»Danke, Sandmännchen«, knurrte Theo. »Zum Glück hält uns der Anblick deines Gesichts wach.«

»Freut mich, Kumpel!« Lukas griente. »Und der Inhalt meines Überraschungspakets wird euch noch lange am Einschlafen hindern.«

Die Neugier wuchs. Lukas schlug die Klappe auf und entnahm einen durchsichtigen Nylonsack, in dem der besagte Körperteil in Formalin schwamm.

Ein Aufschrei des Entsetzens ging durch die Runde. Monika fiel in Ohnmacht. Andrea erbrach sich in den Papierkorb. Dieter Marx verhaspelte sich beim Beten, und Allensbacher wurde von seiner Sekretärin unvermittelt mit einer Herztablette versorgt. Niemand bemerkte, wie der Gerichtsmediziner den Raum betrat.

»Da spielt einer ein ganz übles Spiel mit uns.« Mit dieser Bemerkung gelang es dem großen, kräftigen Mann, die Aufmerksamkeit von dem neu übersandten Körperteil abzulenken.

Kriminalrat Ehrling fand als Erster die Sprache wieder: »Ganz zu schweigen von dem Opfer.«

»Stimmt! Ich werde das Stück mitnehmen und sofort untersuchen. Darin könnten noch Reste von verwertbarem DNA-Material sein, weil das Geschlechtsteil bekanntlich sehr gut durchblutet ist«, erklärte Dr. Stemm in einem ernsten Tonfall, den niemand der Anwesenden von ihm kannte. »Es sei denn, es wurde schon vor längerer Zeit entfernt, was ich für das Opfer nun wirklich nicht hoffe.«

Ein neues Würgen lenkte die Beamten ab. Wieder war es Andrea. Inzwischen hatte sie sich auf ihrem Schreibtischstuhl niedergelassen und den Papierkorb auf ihren Schoß gestellt.

Dieter half Monika, sich ebenfalls zu setzen, ihr Gesicht war so blass, dass jeder den nächsten Ohnmachtsanfall befürchtete.

»Woher hast du das Paket?«, fragte Theo.

Lukas ärgerte sich über seinen Freund. Hatte er diese Frage unbedingt stellen müssen, während alle zuhörten?

»Es war an Susanne Kleber adressiert.«

»Warum ausgerechnet an Frau Kleber?«, fragte Allensbacher. »Das ist doch seltsam.«

Lukas schwieg. Würde er sich verraten, wenn er die Wahrheit sagte? Plötzlich fiel sein Blick auf seinen Schreibtisch, der zu seinem Erstaunen von einem großen Vogelkäfig besetzt war.

»Oha, hast du schon einen würdigen Nachfolger für mich gefunden?«, fragte er Theo, um von der ihm peinlichen Frage abzulenken.

Doch das missglückte. Ehrling funkelte Lukas mit seinen hellwachen, grauen Augen an und hakte unerbittlich nach: »Wollen Sie uns nun endlich eine Erklärung geben? Oder gibt es etwas, dass Sie uns verschweigen?«

Lukas überlegte fieberhaft, wie er sich aus dieser unangenehmen Situation herauswinden konnte.

»Sie kennen Frau Kleber besser als wir«, hakte Ehrling nach. »Also gehe ich davon aus, dass Sie auch wissen, warum dieser Körperteil ausgerechnet an die Mitarbeiterin der *Neuen Zeit* geschickt wurde.«

Lukas spürte, wie sein Gesicht knallrot wurde. Er stellte den Vogelkäfig auf den Tisch, ließ sich auf den Stuhl sinken und antwortete: »Vermutlich, weil sie Frischs Geliebte war.«

»Unser Täter beweist aber eine gehörige Portion Sarkasmus«, stellte Allensbacher fest, während er sich mit einem Taschentuch durch das hochrote Gesicht fuhr.

»Da stellt sich die Frage, was er uns damit sagen will«, fügte Ehrling dazu. »Wir sollten mal mit unserer Kriminalpsychologin Silvia Tenner über den Fall sprechen. Sie kann uns bestimmt ein Täterprofil erstellen.«

»Das ist die richtige Aufgabe für dich«, flüsterte Theo in Lukas' Ohr. »Für dich wird sie alles tun.«

Lukas wollte seinem Kollegen ans Bein treten, aber Theo war schneller. Er hatte seine unangenehmen Auseinandersetzungen mit der Kriminalpsychologin nicht vergessen, es war absolut überflüssig, dass Theo ihn daran erinnerte. Auch die Tatsache, dass Silvia Tenner inzwischen promoviert hatte, machte es ihm nicht leichter, dieser Frau gegenüberzutreten. Deshalb hoffte er, dass dieser Kelch an ihm vorüberzog.

Nachdem sich der Gerichtsmediziner verabschiedet hatte, fragte Ehrling: »Was hat die Hausdurchsuchung ergeben?«

»Wir haben herausgefunden, dass die Wohnung nach dem Tod der Mieterin wohl tatsächlich von der falschen Brigitte Felten bewohnt wurde. Leider ist unser Vögelchen ausgeflogen. Die Spusi ist noch vor Ort und wertet alles aus«, antwortete Theo.

»Hat sich Marie-Claire von deinem bewaffneten Überfall wieder erholt?«, fragte Andrea in die Runde. Ihre Gesichtsfarbe wirkte inzwischen wieder normal, ihr Gesichtsausdruck hämisch wie gewohnt. Der Papierkorb stand allerdings noch immer direkt neben ihr auf dem Boden.

»Hast du dich von deiner Begegnung mit einem männlichen Geschlechtsteil wieder erholt?«, entgegnete Theo nicht weniger provokativ.

»Ich muss doch bitten!«, schaltete sich der Amtsleiter ein. »Ich möchte nur die Fakten der Hausdurchsuchung wissen. Zum Beispiel würde mich brennend interessieren, ob Sie den Kardinal gefunden haben?«

»Nein!«, antwortete Theo. »Aber wir haben eine Fahndung nach Otto Nowak veranlasst. Die Personenbeschreibung ist leider dürftig. Und es ist kaum anzunehmen, dass er mit der Kardinalskutte herumrennt.«

»Das ist eine Soutane – keine Kutte«, korrigierte ihn Dieter.

Theo sprach schnell weiter, damit der Kollege nicht auf den Gedanken kam, sie alle mit biblischen Flüchen zu belegen. »Und dieser Danzig hatte seine Wohnung zwar hermetisch abgeriegelt, aber auch dort gab es keinen Hinweis, dass er jemanden versteckt. Der Mann leidet tatsächlich an einer schweren Paranoia. Wir haben ihn in die Psychiatrie einweisen lassen.«

»Eine gute Tat für den Tag«, bemerkte Ehrling sarkastisch. Ihm war deutlich anzumerken, dass ihn das Schicksal dieses Mannes nicht interessierte.

Also fuhr Theo mit seinem Bericht fort: »Frau Kees kommt morgen früh, um ein Phantombild von der falschen Brigitte Felten anzufertigen. Sie ist die Einzige, die unsere Verdächtige gesehen hat. Oder die das zumindest zugibt.«

*

»Ab sofort bin ich der neue Mehrheitsgesellschafter unserer GmbH«, stellte Manfred Sost fest und setzte dabei eine Miene auf, als sei ihm das gar nicht recht.

»Das glaubst du doch selbst nicht«, gab Sandra sofort zurück. »Du hast von der Führung einer Zeitung überhaupt keine Ahnung. Alte Akten zu wälzen kann man wohl kaum als Berufserfahrung ansehen.«

»Wenn du Einwände hast, musst du den Vertrag der Familie anfechten«, entgegnete Sost gelassen. »Schon Erwins Vater hat damals auf dieser Regelung bestanden. In Erwins Todesfall erbe ich als Mitgesellschafter der GmbH dessen Gesellschaftsanteile. Der Sohn hat das Testament unverändert übernommen. Vermutlich wäre Erwin niemals der Gedanke gekommen, dass er vor mir gehen könnte. Aber genau das ist jetzt passiert, wie es aussieht.«

»Trotzdem taugst Du nicht dazu, die Redaktion zu leiten«, schimpfte Sandra. »Ich bin doch diejenige, die dieses Käseblatt erst interessant gemacht und die Absatzzahlen in die Höhe getrieben hat. So ein Fossil wie du gehört höchstens als Ausstellungsstück ins Museum. Aber als Chefredakteur bist du ein Witz.«

»Bevor du Ansprüche erhebst, bin ich erst mal an der Reihe«, ertönte die helle Stimme von Bernd Schöbel. Er hatte seinen dicken Hintern von der Schreibtischplatte herunter bewegt und fuchtelte mit dem erhobenen Zeigefinger vor der blauhaarigen Kollegin herum. »Schon mein Vater war bei dieser Zeitung beschäftigt und ich habe hier schon mein Volontariat gemacht. Wenn jemand Anspruch auf den Job des Chefredakteurs hat, dann ja wohl ich.«

»Da lachen ja die Hühner.«

»Wenn ich euch noch länger zuhöre, habe ich einen guten Stoff für einen neuen Krimi«, mischte sich unerwartet Miranda Wellenstein in den Streit ein.

»Du kommst gerade recht«, kreischte Bernd. »Seit Erwin verschwunden ist, wird täglich über dich berichtet. Da stellt sich allmählich die Frage, ob du nicht etwas mit seinem Verschwinden zu tun hast.«

»Jetzt aber mal halblang ...«, gab Miranda zurück. »Jetzt gehst du gehst wirklich zu weit ...«

»Wer wird denn hier mit Mordverdächtigungen um sich schmeißen ...«, warf Sost ein.

Und dann redeten und schrien alle durcheinander. Niemand von ihnen bemerkte die beiden Polizeibeamten, die schon seit geraumer Zeit in der Tür standen und der angeregten Diskussion lauschten.

»Ich glaube, der Fall löst sich gerade vor unseren Ohren von selbst«, spekulierte Theo grinsend.

»Oder es findet gleich ein weiterer Mord statt – vor unseren Augen«, ergänzte Lukas laut.

Die beiden lachten, womit es ihnen gelang, die Aufmerksamkeit der Streithähne auf sich zu lenken. Verdutzt starrten alle zur Tür, als wären dort Außerirdische aufgetaucht.

»Was geht denn hier ab?« Sandra erwachte als Erste aus ihrer Lähmung. »Haben wir heute den Tag der offenen Tür?«

»Die Tür zu öffnen war gar nicht nötig«, erwiderte Theo lakonisch. »Ihr schreit so laut, dass man euch bis auf die Straße hört.«

Wieder sprachen alle durcheinander, was Theo durch einen lauten Pfiff unterbrach. »Wir wollen euch ja gern zuhören. Aber redet bitte einzeln«, bemerkte er.

Endlich kehrte Stille ein. Miranda griff nach ihrer Handtasche, die auf Sandras Schreibtisch lag, und steuerte zur Tür. Doch Theo stellte sich ihr in den Weg und sagte: »Sie können jetzt nicht einfach gehen. Eben noch habe ich Sie in Ihrer Wohnung gesehen und jetzt sind Sie hier. Weshalb?«

»Ich bin Krimiautorin und die *Neue Zeit* schreibt einen Bericht über mich und meine Bücher«, antwortete die Rothaarige.

Theo mochte kaum glauben, was er da hörte. Krimiautorin?

Vorhin hatte er seine Kollegin Andrea während der Hausdurchsuchung in der Wohnung dieser Frau verschwinden gesehen. Was hatte das zu bedeuten?

»Diese Dame sollten Sie sich mal genauer anschauen«, kam es herablassend von Bernd.

»Warum?«

»Erwin hat all die Jahre verhindert, dass über ihre Bücher berichtet wurde. Sein Prinzip war, im Feuilleton nur über echte Literatur zu schreiben und nicht über Triviales«, erklärte Schöbel. »Aber seit dem Verschwinden des Chefs steht sie täglich in unserer Zeitung.«

Gemurmel ging durch die Menge. Am deutlichsten war Sandra zu vernehmen: »Kannst du nicht einmal deine verdammte Klappe halten.«

»Nur weil du scharf auf diese Mieze bist?«, kam es hämisch zurück.

»Unbewiesene Verdächtigungen helfen uns nicht weiter«, griff nun Lukas ein. »Erwin Frisch steckt in großen Schwierigkeiten. Und wir tun alles, um ihn zu finden. Sie sollten uns dabei unterstützen, statt sich gegenseitig zu zerfleischen.«

»Mit Ihnen hat das ja offensichtlich schon jemand getan«, giftete Sandra zurück. »Oder wollen Sie uns sagen, dass Sie gegen einen Baum gelaufen sind?«

Plötzlich war nur noch der Verkehrslärm von der Straße zu hören. Lukas hatte Mühe, sich unter Kontrolle zu halten, am liebsten wäre er der Blauhaarigen an die Gurgel gegangen. Zum Glück griff Theo im richtigen Moment ein, um die brenzlige Situation zu entschärfen: »Wir brauchen von jedem von Ihnen die Alibis für die Zeit nach Frischs Verschwinden. Niemand wird sich dem entziehen können ...«

»... oder?«, kam es von Sandra zurück.

»... er oder sie begleitet uns in Präsidium und darf sich dort ganz viel Bedenkzeit nehmen.«

»Wo wollen Sie uns denn sonst ausfragen?«, meldete sich abermals Sandra mit lauter Stimme zu Wort. »Hier vor allen

Kollegen. Damit jeder seinem Voyeurismus frönen kann?«

»Was hast du schon zu verbergen?«, fragte Bernd grinsend. »Dass du lesbisch bist und Weiber aufreißt, wissen hier doch ohnehin alle.«

»Okay! Ich habe verstanden«, rief Theo dazwischen »Wir gehen zur Befragung ins Büro des Chefs.«

*

»Diese Gossert wird mich noch kennenlernen«, schimpfte Lukas, als sie zur Kriminalpolizeidirektion zurückfuhren. »Danach leuchten nicht nur ihre Haare blau, sondern ihre beiden Augen gleichzeitig.«

»Immer mit der Ruhe«, versuchte Theo seinen Kollegen zu besänftigen. »So wie du herumläufst, provozierst du es doch nur, dass die Leute über dich spotten. Du hättest auf den Rat des Arztes hören und dich ein paar Tage krankmelden sollen.«

»Willst du mich loswerden?« Lukas' Stimme überschlug sich. »Du bist wohl scharf auf die nächste Beförderung?«

»Blödmann«, entgegnete Theo. »Ich will dich einfach nur wieder so zurückhaben, wie du vorher warst. Oder glaubst du ernsthaft, es macht mir Spaß, allein im Büro zu sitzen, mich dem Geschwafel von Andrea aussetzen oder mich ständig vor Dieters Bibelsprüchen fürchten zu müssen?« Theo warf seinem Freund einen vorwurfsvollen Blick zu. »Ich habe den Vogelkäfig nicht als Dekoration auf deinen Platz gestellt. Nein! Ich bin schon soweit und unterhalte mich mit dem Ding.«

Lukas musste lachen. »Ich habe mich schon gewundert, was dieser Käfig zu bedeuten hat.«

Sie steuerten den großen Parkplatz des Polizeigebäudes an und stellten den Wagen ab. Doch niemand stieg aus. In die Stille hinein fragte Theo: »Ist dir eigentlich aufgefallen, wen Sandra Gossert als Alibi genannt hat?«

»Ja, diese Krimiautorin. Und die hat das bestätigt.«

»Und wer hat einen Vorteil von Frischs Verschwinden?«

»Sag mal, wird das hier das neue Quiz von Jörg Pilawa?«, gab Lukas unfreundlich zurück.

»Nein! Das nennt man Polizeiarbeit. Also: Wer hat einen Vorteil vom Verschwinden des Chefredakteurs?«

»Die Wellenstein?«

»Ja, sie profitiert auch davon. Aber in erster Linie doch die Gossert«, fügte Theo hinzu. »Erinnerst du dich? Deine Susanne hat uns gleich zu Anfang erzählt, Frisch wollte sie feuern. Aber dann ist er ja zufällig spurlos verschwunden und kam nicht mal mehr dazu, die Kündigung zu schreiben.«

»Stimmt!«, rief Lukas aus. »Die Alibis der beiden sind wertlos. Sie decken sich gegenseitig.«

6

»Ja, was meinen Sie mit ›Augenbrauen‹, junger Mann? Die Dame hatte ein komplettes Gesicht, nicht nur Augenbrauen«, empörte sich Maria Kees, als ihr lediglich verschiedene Formen von haarigen Wülsten auf dem Bildschirm gezeigt wurden.

Der Phantomzeichner wurde hochrot im Gesicht. Die Kollegen lachten herzhaft. »Wir wollen nach Ihren Beschreibungen das komplette Gesicht dieser Frau Felten zusammenstellen, damit wir am Ende wissen, wie sie aussah ... oder aussieht«, erklärte er geduldig.

»Dann zeigen Sie mir doch komplette Gesichter. Und ich sage Ihnen, ob sie so ausgesehen hat oder nicht.«

»Bei diesem Programm gibt es keine kompletten Gesichter. Die werden hier erst nach und nach zusammengestellt.«

»Dann ist das Programm aber fehlerhaft«, stellte Maria Kees mit Kennermiene fest. »Wer läuft denn nur mit Augenbrauen herum?«

Wieder brachen die Kollegen in Gelächter aus. Die Zeugin fühlte sich bestätigt, und der Phantomzeichner lud eilig ein neues Programm auf den Rechner, damit er ihren Wünschen gerecht werden konnte.

Lukas näherte sich dem seltsamen Treiben, um zu sehen, wer hier für eine derartige Erheiterung unter den Kollegen sorgte. Er staunte nicht schlecht, als er eine kleine, zerbrechliche alte Frau dort sitzen sah, deren Augen listig funkelten.

Als ihre Blicke sich trafen, schlug sie die Hand erschrocken vor den Mund und rief aus: »Meine Güte! Haben Sie sich bei einem Einsatz verletzt?«

Lukas musste über die Naivität dieser Frage schmunzeln. »Ja, gnädige Frau. Aber Sie sollten mal sehen, wie mein Gegner aussieht.«

Maria Kees lachte und rief: »Ist das aufregend. Ich helfe der Kriminalpolizei bei Ermittlungen. Hoffentlich werde ich nicht von einem Verbrecher verfolgt. Ich bin nämlich nicht mehr so stark wie Sie.«

»Sie bekommen von uns natürlich Personenschutz«, versprach Lukas mit einem Augenzwinkern. »Mit Blaulicht und Eskorte werden Sie nach Hause gefahren.«

»Ich glaube, es reicht jetzt«, hörte Lukas plötzlich eine Stimme nah hinter sich. Er drehte sich um und blickte in das verschwitzte Gesicht von Allensbacher. »Versprechen Sie der Dame nichts, was Sie nicht halten können.«

»Bis das Phantombild fertig ist, hat sie mein Versprechen schon lange vergessen«, wehrte Lukas ab.

»Täuschen Sie sich mal nicht. Im Leben der Zeugin passiert nicht mehr allzu viel. Dieser Ausflug zur Polizei ist für sie etwas ganz Besonderes. Sie könnte sich mehr merken, als uns lieb ist.«

Erneutes Gelächter unterbrach diesen Disput. Neugierig schauten Allensbacher und Lukas auf den PC. Das Gesicht, das ihnen dort entgegenblickte, sah aus, als sei Maria Kees einem Werwolf begegnet.

»Diese Frau zu finden ist bestimmt nicht schwer«, kommentierte Lukas lakonisch. »Sie fällt in der Menge auf.«

»Ach was! So hat sie doch gar nicht ausgesehen«, wehrte die alte Frau peinlich berührt ab. »Ich kann nur nicht mit einzelnen Nasen oder Mündern arbeiten.«

»Aber Frau Felten hatte doch eine Nase und einen Mund. Oder?«

»Sie nehmen mich auf den Arm!«, schimpfte die Zeugin.

»Das käme mir nie in den Sinn«, beteuerte Lukas im Brustton der Überzeugung.

»Gut! Dann fangen wir noch mal von vorne an«, beschloss sie und nahm dem Phantomzeichner damit die letzte Hoffnung auf eine Mittagspause.

Lukas entfernte sich von der kleinen Gruppe und steuerte seinen Schreibtisch an. Der Vogelkäfig stand schon wieder auf seinem Stuhl. Er nahm ihn weg und platzierte ihn so auf dem

Schreibtisch, dass er Theo nicht sehen musste, wenn er nicht wollte. Erst jetzt fiel ihm auf, dass sein Kollege gar nicht da war.

Suchend schaute Lukas sich um. Er konnte ihn nirgends sehen. Dafür Dieter Marx. Den wollte er auf keinen Fall nach Theo fragen. Langsam schlenderte er an den leeren Schreibtischen vorbei und steuerte das Fenster zum Hof an.

Da sah er ihn. Theo spazierte mit Marie-Claire langsam über den sonnigen Parkplatz.

*

Theo führte Marie-Claire tief ins Zentrum der Altstadt von Saarbrücken. Die Gassen wurden schmaler, alte Häuserwände rückten immer näher. Die Sonne schaffte es nicht mehr, sich ihren Weg dorthin zu bahnen. Langsam schlenderten die beiden über das Kopfsteinpflaster, bis Theo seine Begleiterin durch einen winzigen Durchgang in einen Innenhof dirigierte, der mit rustikalen Tischen und Stühlen ausgestattet war. In der Mitte stand ein steinerner Brunnen, über dem ein kunstvoll geflochtener Korb schwebte. Wasserplätschern begleitete sie im Hintergrund. Bourgainvilleen prangten in Pink an den Steinwänden. Dazu erklangen leise Töne instrumentaler Musik.

Sie fanden einen freien Tisch in der Mitte. Dort ließen sie sich nieder. Eine Speisekarte wurde gereicht, die sie wortlos studierten.

Theo wagte kaum, die harmonische Atmosphäre zu unterbrechen, aber das Bedürfnis, Marie-Claire etwas Wichtiges zu sagen, drängte ihn. Das war einer der Gründe, warum er die Kollegin zu einer gemeinsamen Mittagspause eingeladen hatte. Mit einem Räuspern überwand er sich und sagte: »Es tut mir leid, dass ich dich in der leer stehenden Wohnung mit der Waffe bedroht habe.«

Marie-Claire lachte, ein Lachen, das Theo gut tat. Sofort spürte er, wie sich sein schlechtes Gewissen in Nichts auflöste. Ihre blauen Augen bekamen ein Leuchten, das er noch nie an ihr bemerkt hatte. Das gefiel ihm. Er stimmte in das Lachen ein.

»Warum warst du in der Hornungstraße?«, fragte er. »Du hast doch heute dienstfrei. Oder nicht?«

»Na ja.« Marie-Claire wand sich ein wenig, bis sie zugab: »Mein Zuhause ist so still und einsam geworden, seit mein Vater nicht mehr da ist.«

Theo verschluckte sich an seiner Cola. Fast hätte er vergessen, dass Marie-Claire immer noch um ihren Vater trauerte.

»Früher konnte ich mit ihm immer über alles reden. Da wir den gleichen Beruf hatten, gab es auch viel zu erzählen. Mein Vater und ich waren wie gute Freunde. Ich habe mich immer für ein Glückskind gehalten. Bis ...« Ihre Augen wurden feucht.

Theo griff nach ihrer Hand und drückte sie sanft. Marie-Claire ließ es geschehen. Mit traurigem Blick schaute sie zu Theo, hob ihre andere Hand, um ihm eine Strähne aus den Augen zu streichen, und bemerkte ausweichend: »Du hast so schöne schwarze Haare und dazu diesen blassen Teint. Wie kommt das?«

»Ich müsste mich mal in die Sonne legen. Aber wann? Meine Wohnung ist winzig. Und ins Büro scheint die Sonne auch nicht.«

»Mein Haus hat eine riesige Dachterrasse.« Marie Claire schnaubte verächtlich. »Mein Haus! Wie das klingt. Mein Vater hat das Haus für uns beide gekauft. Aber jetzt ist es viel zu groß für mich. Seit er nicht mehr da ist, spiele ich mit dem Gedanken, es wieder zu verkaufen.«

»Wo wohnst du denn genau?«

»Am Rothenbühl.« Auf Theos anerkennenden Pfiff hin lachte Marie-Claire verlegen und fügte hinzu: »Ich weiß, das ist ein teures Wohnviertel. Mein Vater hat einiges geerbt. Und dieses Haus ist zwangsversteigert worden. Deshalb konnten wir es uns leisten. Nicht, weil er Geld von der Drogenfahndung unterschlagen hat.«

Theo erinnerte sich nur zu gut: Die Korruptionsvorwürfe waren entstanden, weil sich Kurt Leduck zu einem Zeitpunkt ein neues Haus und ein neues Auto gekauft hatte, als eine große Summe Geld verschwunden war. Theo hätte sich für seine Reaktion selbst ohrfeigen können.

»Ich habe deinen Vater niemals für schuldig gehalten«, erklärte er. »Und es wäre einfach nur schade, wenn die Mühe und Fürsorge deines Vaters am Ende umsonst gewesen sein sollten. Überleg' dir also gut, ob du wirklich verkaufen willst.«

»Auf dem Haus liegt ein Fluch«, murmelte Marie-Claire. »Du kannst dir vielleicht vorstellen, dass ich mich da nicht mehr wohlfühle.«

Theo nickte. Wie alle Kollegen wusste auch er, dass Marie-Claire ihren Vater im Speicher dieses Hauses gefunden hatte. Er wünschte, er könnte das Thema wechseln, ohne dabei allzu plump zu wirken.

»Weißt du, ich bin immer noch Kommissaranwärterin. Ich verdiene nicht gerade viel. Der Verkauf des Hauses könnte mir in zweifacher Hinsicht helfen: Ich bin das verfluchte Ding los und habe gleichzeitig ein bisschen Geld auf der hohen Kante.«

»Warum kommst du nicht zu uns, zur Kriminalpolizei«, schlug Theo vor und war dankbar für seinen Geistesblitz. »Du bist verdammt gut. So eine Kollegin könnten wir gebrauchen.«

»Ihr seid doch voll besetzt.«

Theo verzog das Gesicht und grummelte: »Die Peperding könnten wir versetzen – oder besser gleich in die Wüste schicken. Mit der ist es unmöglich zusammenzuarbeiten.«

»So schlimm?«

»Noch schlimmer! Ständig versucht sie Lukas und mich in die Pfanne zu hauen.«.

»Bei uns sind auch nicht alle Kollegen perfekt.« Marie-Claire lachte. »Damit muss man halt leben.«

»Oder auch nicht ...«, erwiderte Theo geheimnisvoll.

Marie-Claire horchte auf.

»Ihre Freundschaft mit Miranda Wellenstein wollte sie unbedingt geheim halten. Das gibt mir zu denken.«

»Du glaubst, dass sie Interna der Ermittlungen an die Autorin ausplaudert?«

*

Die Stille im Großraumbüro war erschreckend. Maria Kees hatte den Phantomzeichner fast in den Wahnsinn getrieben, bevor sie, von mehreren Polizisten begleitet, das Büro verlassen hatte.

Lukas saß an seinem Platz und schaute sich um. Alle Schreibtische gähnten leer. Die Wanduhr tickte. Irgendwo in dem langen Flur piepste ein Faxgerät. Ein Auto mit defektem Auspuff fuhr über den Parkplatz. Dann herrschte wieder Stille. Gelangweilt drehte sich Lukas auf seinem Stuhl, bis der große Vogelkäfig an ihm vorüberzog.

Der Vogelkäfig! Lukas starrte lange darauf, in der Hoffnung, eine Assoziation zu dem Überfall in Frischs Wohnung wachzurufen. Aber in seinem Hirn regte sich nichts. Seine Erinnerung reichte bis zu dem penetranten Gestank – dann war Schluss.

Schritte kamen näher. Überrascht schaute Lukas auf die gläserne Tür zum Flur und sah, wie der Staatsanwalt Helmut Renske das Zimmer des Amtsleiters betrat. Doch schon Sekunden später stand er wieder auf dem Flur. Sein Blick fiel durch die Glastür auf Lukas. Als hätte der ihn zu sich gewinkt, steuerte er das Großraumbüro und Lukas' Schreibtisch an.

»Was tun Sie hier so allein?«, fragte er.

»Ich versuche mich an den Überfall zu erinnern«, antwortete Lukas, weil ihm gerade nichts anderes einfiel. »Klappt am besten, wenn alles still ist.«

»Und? Erinnern Sie sich?«

»Nein!«

»Das ist auch kein Wunder.«

Verblüfft schaute Lukas den Staatsanwalt an, der sich bequem auf dem Besucherstuhl vor ihm niedergelassen hatte. Seine kleinen, dunklen Augen blitzten wachsam, seine Gesichtszüge zeigten keine Spur von Spott.

»Was glauben Sie eigentlich, was Sie sich damit antun, dass Sie in Ihrem Zustand zum Dienst antreten?«

Lukas fühlte sich unwohl unter Renskes prüfendem Blick. Er wusste nicht, was er antworten sollte.

»Sie haben eine schwere Verletzung erlitten – eine Gehirnerschütterung. Dass Ihre Erinnerung nicht zurückkommt, ist kein Wunder. Es dauert Wochen, bis sich das Gehirn von so etwas erholt. Sie tun sich und auch Ihren Kollegen keinen Gefallen damit, dass Sie in dem Zustand zur Arbeit kommen.«

»Aber ... Es geht mir gut«, stammelte Lukas.

»Das sieht man Ihnen an.« Jetzt war ein leiser Spott unüberhörbar. »Ich kann Ihren Ehrgeiz verstehen. Sie wollen sich beweisen und die Kollegen nicht mit den schwierigen Ermittlungen allein lassen. Aber mit Ihrem Verhalten beweisen Sie nur, wie verantwortungslos Sie mit sich selbst umgehen.«

Lukas schluckte. Wie kam der Staatsanwalt dazu, ihn dermaßen zurechtzuweisen?

Renske unterzog den Polizeibeamten einem langen, prüfenden Blick, unter dem sich Lukas zunehmend unwohler fühlte. Dann hob er die rechte Augenbraue nach oben und sein Gesicht verzog sich zu einem schelmischen Grinsen. »Und was Sie auch bedenken sollten«, fuhr er fort: »Ihr übertriebener Einsatz ist für manche Kollegen eine Provokation. Denn, was einer schafft, können andere auch. Ein Chef gewöhnt sich gern und schnell an aufopferungsvolle Mitarbeiter. Da werden ganz schnell neue Maßstäbe gesetzt. Damit verderben Sie den Kollegen jede Aussicht auf einen Krankenschein, wenn die mal einen Schlag auf den Kopf bekommen sollten. Etliche sehen das gar nicht gern.«

Jetzt hatte Lukas Mühe, ein Lachen zu unterdrücken. Daran hatte er wirklich nicht gedacht.

»Rauchen ist hier verboten, oder?«, fragte Renske zusammenhanglos und nestelte nervös an seiner Westentasche.

Lukas nickte.

»Dann muss die Notlösung her.« Wie von Zauberhand tauchte ein Päckchen »Fisherman's Friend« vor Lukas' Nase auf. »Möchten Sie eins?«

Lukas bediente sich, schob das Bonbon in den Mund und spürte fast gleichzeitig eine strenge Frische durch Mund und Nase ziehen, die einen heftigen Niesanfall auslöste.

»Da sehen Sie mal! Sogar für ein *Fisherman's Friend* sind Sie zu schwach. Und uns wollen Sie vormachen, arbeitsfähig zu sein.«

Der kurze Anflug von freundschaftlichen Empfindungen war in Lukas sofort wieder erloschen. Böse funkelte er den Staatsanwalt an und fragte: »Warum sagen Sie so etwas?«

»Weil ich Sie und Borg schätze«, gab Renske zu. »Ich arbeite gern mit Ihnen zusammen. Sie haben unkonventionelle Arbeitsmethoden, die dazu noch effektiv sind. Das bringt frischen Wind in alte Gassen. Ich möchte noch lange in den Genuss Ihrer Gesellschaft kommen.«

Fast hätte Lukas sich verschluckt, er musste heftig husten, um wieder zu Atem zu kommen.

»Schauen Sie sich nur an! Sehr belastbar sind Sie wirklich nicht«, kommentierte der Staatsanwalt trocken.

Als Lukas wieder aufschauen konnte, sah er in zwei kleine, amüsierte Augen in einem schmunzelnden Gesicht.

»Warum sind Sie wirklich hier?«, fragte Lukas endlich. »Um mich vorzuführen?«

»Vor wem? Vor Ihnen selbst?« Das Grinsen wurde eine Spur breiter.

Lukas erkannte, dass er seine Frage falsch gestellt hatte. Diesem Mann war er einfach nicht gewachsen.

»Ich habe einen Termin mit dem Kriminalrat, erklärte Renske. »Wo bleibt der bloß?«

Lukas erinnerte sich an eine Staumeldung im Radio. »Auch ein Kriminalrat kann nichts gegen einen Stau auf der A620 ausrichten. Soviel ich weiß, hat er die Mittagspause zusammen mit seiner Tochter in Saarlouis verbracht.«

»Nicht weiter schlimm!«, bemerkte Renske. »So hatten wir beide das Vergnügen, uns mal etwas länger zu unterhalten.«

Lukas war sich nicht sicher, ob dieses Vergnügen wirklich beidseitig gewesen war. Ehe er etwas entgegnen, unterbrach eine schrille Stimme das Gespräch der beiden: »So läuft das also! Ihr schleimt euch beim Staatsanwalt ein.«

Erschrocken drehte sich Lukas um und sah Andrea mit hochrotem Gesicht neben seinem Schreibtisch stehen. Renske erhob sich und verließ wortlos das Büro. Durch die gläserne Tür hindurch konnte Lukas erkennen, dass Ehrling soeben eingetroffen war.

*

»Wir haben herausgefunden, dass die Reporterin der *Neuen Zeit*, Sandra Gossert, ein Medizinstudium begonnen, aber vorzeitig abgebrochen hat«, verkündete Allensbacher.

Diese Neuigkeit löste ein lautes Stimmengewirr im Großraumbüro aus.

»Das sieht nach einem Durchbruch aus«, stellte Monika fest, wofür sie einen heftigen Seitenhieb von Andrea einstecken musste.

Theo war der Einzige, der dies mitbekam. Er wollte Lukas antippen, doch der Kollege war nicht nur von blauen Flecken gezeichnet, sondern auch leichenblass. Deshalb ließ Theo ihn lieber in Ruhe.

»Aber das ist noch nicht alles an Neuigkeiten.«

Alle starrten gebannt auf ihren Vorgesetzten.

»Miranda Wellenstein hat ebenfalls ein Medizinstudium begonnen und abgebrochen. Nach unseren Ermittlungen zur gleichen Zeit und an der gleichen Universität wie Frau Gossert. Jetzt ist es an uns herauszufinden, ob die beiden Damen sich schon seit ihrer Studienzeit kennen und ob sie womöglich im Studium die Fertigkeiten für Operationen erworben haben, denen unser Opfer ausgesetzt worden ist.«

»Operation ist wohl etwas übertrieben«, wandte Andrea ein. »Der Fuß und die Hand sind stümperhaft abgetrennt worden. Das bringt auch ein Amateur fertig.«

»Und das Geschlechtsteil?«, hielt Allensbacher dagegen. »Das sah fachmännisch aus. Außerdem hat das Opfer offensichtlich noch gelebt, nachdem die Körperteile abgetrennt worden sind.«

»Wir wissen nicht, ob alles an einem Tag abgetrennt und anschließend in Formalin aufbewahrt wurde«, widersprach Andrea abermals.

Allensbacher geriet erneut ins Schwitzen. »Stimmt! Dazu müssen wir unseren Gerichtsmediziner noch mal befragen.«

»Und wie sollen wir herausfinden, dass die beiden Frauen sich seit Studienzeiten kennen?«, kam Monika wieder auf den Ausgangspunkt der Kontroverse zurück. »Es ist kaum davon auszugehen, dass sie das einfach so zugeben.«

»Warum sollten sie es abstreiten?«, fragte Allensbacher. »Die beiden Damen wissen nicht, warum wir danach fragen. Ich gehe davon aus, dass keine Informationen über den Fund der Körperteile nach außen gegangen sind.«

»Wenn sie die Täterinnen sind, wissen sie sehr wohl, warum wir sie danach fragen«, warf Lukas ein.

»Das werden wir schon sehen«, wehrte Allensbacher genervt ab und wandte sich an Theo: »Sie werden die Gossert befragen. Die Dame sitzt schon im Vernehmungsraum. Sie können sich bestimmt vorstellen, dass sie nicht den geduldigsten Eindruck macht.«

»Warum soll ausgerechnet Theo die Gossert befragen?«, kreischte Andreas aufreizende Stimme durch das Büro. »Glauben Sie, dass er Geheimnisse aus ihr herauslocken kann, nur weil er ein Mann ist?«

Alle starrten sie entsetzt an.

»Ich habe nicht vor, mir von Ihnen vorschreiben zu lassen, wie ich meine Arbeit zu machen habe«, schnaubte Allensbacher wütend.

Diese öffentliche Zurechtweisung zeigte Wirkung. Andrea erblasste und schwieg.

»Manfred Sost wartet ebenfalls auf seine Befragung. Den dürfen Sie übernehmen.«

Andreas Miene zeigte deutlich, was sie von Auftrag hielt. Aber sie traute sich nicht, zu protestieren.

»Solange ich der Leiter dieser Dienststelle bin, verteile ich die Aufgaben. Und ich hoffe, dass das in Ihren Köpfen angekommen ist«, fügte Allensbacher wütend hinzu und wischte sich den Schweiß aus dem Gesicht.

Josefa Kleinert trat aus ihrem Büro. Mit einer einzigen knappen Handbewegung gab Allensbacher ihr zu verstehen, dass ihre Hilfe nicht gebraucht wurde. Kopfschüttelnd machte sie mit ihrem Wasserglas in der Hand wieder kehrt.

Die Stille im Raum war plötzlich so bedrückend, dass die Polizeibeamten kaum noch wagten zu atmen.

»Also«, sagte der Dienststellenleiter schließlich und richtete seinen Blick auf Theo: »Habe ich mich unklar ausgedrückt? Worauf warten Sie noch?«

Erschrocken sprang der Kommissar auf und steuerte das Vernehmungszimmer an. Als er bemerkte, dass Lukas ihm folgte, meinte er: »Du bleibst mit deinem Gesicht besser draußen.«

»Ich werde mich hüten, mich in meinem Zustand mit dir zusammen blicken zu lassen«, murrte Lukas sarkastisch. »Du kannst so gut mit Frauen, da überlasse ich dir gern das Feld allein.«

»Was willst du damit sagen?«

»Ich habe dich mit Marie-Claire in die Mittagspause gehen sehen«, antwortete Lukas. »Es sah so aus, als würde sie deine Gesellschaft genießen.«

»Und? Ist das so schwer zu verstehen?«

»Ich finde es nicht fair, weil Marie-Claire derzeit eine schwierige Phase durchmacht. Du nutzt ihre Trauer doch nur aus.«

Abrupt blieb Theo vor seinem Kollegen stehen und erwiderte wütend: »Was geht dich das an? Ich mische mich auch nicht in deine Herzensangelegenheiten ein. Für Susanne könnte ich dir genau das gleiche Motiv unterstellen, nämlich, dass du *ihre* Trauer um ihren Geliebten ausnutzt.«

Lukas schluckte. So hatte er das bislang nicht gesehen. Zu allem Unglück fiel ihm ausgerechnet in diesem Augenblick sein Versagen der letzten Nacht ein. Hätte er doch nur den Mund gehalten.

»Mit Susanne ist es anders als zu denkst«, gab er schwach zurück.

»Natürlich! Es ist immer anders. Vermutlich habt ihr beide Hänsel und Gretel gespielt und die ganze Nacht Lebkuchenherzen gegessen.«

»Ich will einfach nur auf der anderen Seite der Spiegelwand mithören, was die Journalistin dir erzählt«, lenkte Lukas rasch vom Thema ab.

»Dann sag das doch gleich.« Mit diesen Worten ließ Theo seinen Kollegen im Flur zurück und verschwand in dem Zimmer, in dem Sandra schon seit einer halben Stunde auf ihre Vernehmung wartete.

»Was soll das, mich hier so lange warten zu lassen«, schallte es Theo als Begrüßung entgegen. »Glauben Sie, ich habe nichts Besseres zu tun, als hier herumzusitzen?«

»Ich glaube, dass Sie keine andere Wahl haben. Sie stehen nämlich auf unserer Liste der Verdächtigen ganz weit oben«, gab Theo bissig zurück. Damit beschwor er eine Reaktion von Sandra herauf, die er nicht erwartet hatte.

»Wenn das so ist, verlange ich nach einem Anwalt.«

Damit war die Befragung beendet.

Wutschnaubend verließ Theo den Raum. Zu seinem großen Verdruss traf er Andrea vor der Tür, die alles mitbekommen hatte.

»Gut gemacht«, plärrte sie. »Allensbacher sollte sich in Zukunft sehr genau überlegen, wem er verantwortungsvolle Aufgaben überträgt.«

»Frau Peperding«, schallte plötzlich die Stimme des Dienststellenleiters durch den Flur. »Ich erinnere mich, Ihnen den Auftrag erteilt zu haben, mit Herrn Sost zu sprechen. Ihre Partnerin wartet schon auf Sie. Im Gegensatz zu Ihnen hält sich Frau Blech an meine Anweisungen und beginnt die Befragung nicht allein.«

Wie ein Wiesel huschte Andrea davon.

»Von Baccus bin ich solche unüberlegten Handlungen ja gewohnt«, wandte sich Allensbacher nun an Theo. »Deshalb habe ich die Aufgabe, Frau Gossert zu befragen, Ihnen aufgetragen, weil ich Sie für den besonneneren Kollegen gehalten habe.«

Theo wusste nicht, was er zu seiner Verteidigung sagen sollte. Er hatte sich von seinen negativen Gefühlen dieser Frau gegenüber hinreißen lassen, und darüber ärgerte er sich gewaltig. Dafür nun auch noch einen Rüffel von Allensbacher einstecken zu müssen, machte die Situation noch peinlicher.

»Die Wellenstein ist ebenfalls hier«, fuhr Allensbacher zum Glück fort, ohne weitere Kommentare zu Theos Versagen abzugeben. »Ich hoffe, dass Sie Ihre Lehren gezogen haben und diese Befragung etwas geschickter angehen.«

Lukas und Theo schauten dem übergewichtigen Mann nach, wie er mit schweren Schritten durch den langen Flur stampfte.

»Dann wollen wir mal«, forderte Theo seinen Kollegen auf.

Lukas schaute ihn überrascht an und fragte: »Soll das heißen, dass wir wieder zusammenarbeiten?«

»Klar! Schlimmer kann es nicht mehr werden.«

*

Manfred Sost wirkte in dem schmucklosen Raum noch älter und hagerer, als die Polizistinnen ihn in Erinnerung hatten. Seine Wangenknochen standen hervor, seine Stirn wölbte sich breit unter dem zurückweichenden Haaransatz. Seine langen, dünnen Finger bewegten sich unentwegt und seine Füße trippelten nervös auf dem Boden.

Andrea und Monika setzten sich ihm direkt gegenüber. Andrea schaltete das Aufnahmegerät ein und sprach die Daten der Anwesenden sowie die Uhrzeit auf das Band. Doch bevor sie ihre erste Frage stellen konnte, kam ihr der Archivar zuvor: »Ist der Grund für diesen großen Aufwand das Geschlechtsteil, das heute Morgen bei Susanne eingetroffen ist?«

Den Polizeibeamtinnen verschlug es die Sprache. »Woher ...«

»Susanne ist heute Morgen in der Redaktion aufgetaucht und hat sich bei mir ausgeweint, bevor sie sich krankgemeldet hat«, erklärte Sost.

»Wann und wo haben Sie darüber gesprochen?«

»Ich sagte doch: heute Morgen.«

»Und wo?«

»Im Archiv – ein eigenes Büro habe ich noch nicht.«

»Und wer war bei dem Gespräch dabei?«

»Niemand! Wir waren allein«, beteuerte Sost.

Andrea rieb sich durch ihre kurzen Haare und schnaufte. Monika nutzte die kurze Pause und fragte: »Waren die anderen Kollegen schon in der Redaktion?«

»Ja! Aber von denen verirrt sich niemand so schnell zu mir ins Archiv.«

»Warum kommt Frau Kleber ausgerechnet zu Ihnen mit dieser schrecklichen Nachricht?«

»Sie wollte mit jemandem reden.«

»Und warum mit Ihnen?«

»Warum nicht mit mir?«, entgegnete Sost mit leiser Empörung. »Wir arbeiten schon sehr lange zusammen. Außerdem bin ich Erwins Nachfolger. Ich bin jetzt der Chef der *Neuen Zeit*.«

»Sie? Der Archivar?« Andrea mochte kaum glauben, was sie da hörte.

»Ich war nicht von Anfang an Archivar«, erklärte Sost. »Sie werden es nicht glauben, aber ich habe schon als Wirtschaftsredakteur gearbeitet. Hinzu kommen noch einige Jahre für den politischen Teil.«

»Was ist passiert, dass Sie auf den uninteressantesten Posten versetzt wurden, den eine Zeitungsredaktion zu bieten hat?«

»Ich habe immer die besten Jobs bekommen, als Erwins Vater noch die Zeitung geleitet hat. Doch nach seiner Pensionierung wurde Erwin Chef und verbannte mich ins Archiv.«

»Und wie kommen Sie jetzt dazu, uns weismachen zu wollen, dass Sie sein Nachfolger sind? Das passt doch irgendwie nicht zusammen.«

Jetzt grinste Sost süffisant. »Erwins Vater hat einen Gesellschaftsvertrag aufgesetzt, in dem er mich nach seinem Tod als Mitgesellschafter bestimmt hat.«

»Und als Mitgesellschafter landen Sie im Archiv?«

»Ist das jetzt in irgendeiner Weise relevant? An eine solche Möglichkeit hatte Erwins Vater wohl nicht gedacht. Wichtig ist doch, weshalb ich jetzt Erwins Nachfolge antrete. Wollen Sie wissen, warum?«

»Natürlich.«

»Im Gesellschaftsvertrag bin ich als Erbe von Erwins Anteilen eingetragen, falls der ohne direkte Nachkommen bleibt. Das wollte der alte Frisch so. Erwin hätte diesen Vertrag vielleicht anfechten können, hat das aber nie getan. Vermutlich hat er nicht damit gerechnet, dass er vor mir gehen könnte.«

»So ganz freiwillig ist er ja offensichtlich auch nicht gegangen«, stellte Monika fest.

»Stimmt!« Sost schaute mit säuerlichem Blick in Richtung seines Schoßes. »So will wohl keiner enden.«

»Den Gesellschaftsvertrag werden wir prüfen müssen«, bemerkte Andrea.

»Sagen Sie nur, Sie haben das noch nicht gemacht?« Sost staunte.

»Wir hatten bisher keinen Grund zu der Annahme, dass Erwin Frisch tot ist«, antwortete Andrea.

»Aber ...« Sost wirkte verwirrt.

»Was *aber*?«, hakte Andrea nach.

Eine Weile druckste Sost herum, bis er mit herausrückte: »Man munkelt, dass noch mehr Körperteile aufgetaucht sind.«

Es dauerte lange, bis Andrea das bedrückende Schweigen

brach, das auf diese Bemerkung folgte: »Wer sagt so etwas?«

»Bei uns in der Redaktion wird darüber gesprochen.«

»Und woher wollen Sie oder Ihre Kollegen etwas darüber wissen?«

Sost verzog sein Gesicht zu einem hämischen Grinsen und antwortete: »Keine Ahnung! Vielleicht von Ihnen.«

Entsetzt starrte Monika auf ihre Kollegin. Doch Andreas Augen funkelten sie so böse an, dass sie ihren Blick schnell wieder abwandte.

»Ich verbitte mir derartige Unterstellungen!«, erwiderte Andrea bestimmt.

Der Archivar erschrak angesichts des scharfen Tonfalls.

»Außerdem weise ich Sie an, kein Wort über diese Befragung zu verlieren. Wir müssen einen schwierigen Fall klären. Da brauchen wir keine Einmischungen von außen.«

Mit diesen Worten beendete Andrea die Befragung des Zeugen.

*

Lukas fühlte sich erschöpft wie noch nie. Dabei hatte er den ganzen Tag im Büro verbracht. Müde schleppte er sich an seinen Schreibtisch, um seine Autoschlüssel herauszuholen. Da fiel sein Blick auf Monika. Sie saß an ihrem Schreibtisch und tippte etwas in ihren PC. Neugierig gesellte sich Lukas zu der Kollegin. Erst als er ihr direkt gegenübersaß, sah er, dass ihre Augen verweint waren.

»Was ist los?«, fragte er.

Monika erschrak. Es sah aus, als hätte sie ihn vorher nicht bemerkt. Sie schaute Lukas eine Weile stumm an, schien innerlich mit sich zu ringen, was sie ihm erzählen konnte und was nicht.

»Hey, Monika! Wir sind Kollegen! Wir sollten doch an einem Strang ziehen. Also, Du kannst mir vertrauen«, versuchte er, die Kollegin aufzumuntern.

»Es ist nicht so einfach, wie du denkst«, wich Monika aus.

»Ich werde jetzt einfach den Bericht über unsere Befragung fertigstellen und dann nach Hause gehen.«

»Habt ihr etwas Interessantes erfahren?«

»Das kann man so sagen.«

Damit gelang es Monika, Lukas' Erschöpfung endgültig zu vertreiben. »Was denn?«

»Mit Sosts Karriere ging es steil bergab, nachdem Frisch die Nachfolge seines Vaters angetreten hat. Und das, obwohl er nach dem Tod des alten Frisch Mitgesellschafter wurde. Es sieht ganz so aus, dass er den größten Nutzen vom Verschwinden seines Chefs hat.

»Inwiefern?«

»Ich habe den Gesellschaftsvertrag der GmbH geprüft. Hier steht: ‚Beim Tod eines Gesellschafters kann der Geschäftsanteil des verstorbenen Gesellschafters eingezogen werden. Statt der Einziehung kann die Gesellschaft – in unserem Fall Manfred Sost – verlangen, dass der Anteil ganz an die Gesellschaft selbst abgetreten wird, um das Geschäft fortführen zu können.«

»Das ist wirklich interessant«, staunte Lukas. »Dabei wirkt der alte Knabe so unauffällig.«

»Könnte eine Masche sein«, bemerkte Monika ausweichend und widmete sich wieder ihrem Bildschirm.

Lukas kehrte an seinen Schreibtisch zurück, den immer noch der große Vogelkäfig zierte. Durch die Gitter hindurch erblickte er Theo.

»Bist du noch hier oder schon wieder hier? Oder sehe ich eine Fata Morgana?«

»Keine Sorge! Ich habe nur meine Schlüssel vergessen und verschwinde gleich wieder«, brummte Theo.

»Was machst du heute Abend?«

»Keine Ahnung. Warum?«

»Wir könnten bei mir zuhause auf dem Balkon ein Bier trinken und über die Befragung der Krimiautorin sprechen«, schlug Lukas vor.

»Du willst deinen Feierabend mit Arbeit verbringen?« Theo stutzte. »Dein Gehirn hat einen größeren Schaden erlitten, als wir alle ahnen.«

»Oder ich habe ein besseres Gespür für Zwischentöne bekommen. Ich glaube nämlich, dass die Aussage der Wellenstein einstudiert war.«

Theo überlegte eine Weile, dann nickte er: »Stimmt! Auf deinem Balkon bei einem kühlen Bier kommen wir bestimmt dahinter, mit wem sie sich abgesprochen hat.«

»Spätestens nach dem zehnten Bier sind wir uns ganz sicher, dass Godzilla der Täter ist.«

»Oder der aus den Flammen entstiegene Freddy Krüger.«

»Oder Frankenstein, der einen neuen Menschen basteln will.«

»Klingt wirklich verlockend. Also! Worauf warten wir noch!«, rief Theo grinsend.

Als sie im Flur ankamen, machte Lukas noch mal kehrt: »Halt! Jetzt hätte ich um ein Haar meine Schlüssel vergessen.«

Während er an seinen Schreibtisch zurückeilte, stellte sich Theo ans Fenster und schaute zum Parkplatz hinunter. Laut rief er: »Was sehe ich denn da?«

Im Nu tauchte Lukas neben ihm auf und bekam gerade noch mit, wie Andrea zusammen mit der Blauhaarigen in deren Auto stieg und davon fuhr.

»Damit kriegen wir sie«, meinte Lukas. »Noch ein falsches Wort und unsere Freundin muss sich warm anziehen.«

»Wie gut, dass ich so ein Adlerauge habe«, lobte sich Theo selbst.

»Wie gut, dass dich der Zufall ans Fenster geschickt hat«, entgegnete Lukas, während sie durch das Treppenhaus nach unten eilten.

An der Pforte saß ein junger Mann, dessen Gesicht eingefallen und blass aussah. Als er die beiden Kommissare sah, rief er erstaunt: »Wie? Ihr seid noch hier?«

»Nach was sieht es denn aus?«, entgegnete Lukas.

»Ich habe euch doch eben wegfahren sehen.« Der Pförtner wirkte irritiert.

»Da war wohl der Wunsch der Vater des Gedankens. Ich wollte wegfahren, was ohne Schlüssel aber nicht funktioniert«, erklärte Theo. »Warum?«

»Eben wollte ein Kurier ein Paket für euch abgeben. Ich habe ihm gesagt, dass ihr nicht mehr im Haus seid. Da hat er es wieder mitgenommen.«

»Ein Paket?«, schrien Lukas und Theo gleichzeitig.

Der Pförtner wurde schlagartig noch blasser.

»Was für ein Kurier?«, fragte Theo.

»Wie sah das Paket aus?«, fiel ihm Lukas ins Wort.

»Für welchen Kurierdienst ist der Mann gefahren?«

»Wer hat ihm das Paket gegeben?«

»Welche Größe hatte das Paket?«

Diese Fragen droschen alle gleichzeitig auf den Pförtner ein, der immer mehr in sich zusammenschrumpfte.

»Hast du nicht mitbekommen, was hier in letzter Zeit los ist?« Nun war es schon soweit, dass Theo den eingeschüchterten Mann anbrüllte.

»Nein! Ich war zwei Wochen krank. Und als ich heute meinen Dienst wieder angetreten habe, hatte sich mein Kollege krankgemeldet. Es war also niemand hier, der mir irgendetwas hätte erzählen können.«

7

»»Leichenteile sind alles, was von ihm übrig bleibt!«

So lautete die Überschrift in großen, fett gedruckten Buchstaben auf der ersten Seite der »Deutschen Allgemeinen Zeitung«. Diese Schlagzeile sprang den Leser förmlich an, ließ ihm gar keine andere Wahl, als den gesamten Artikel zu lesen.

»Der vermisste Chefredakteur der ›Neuen Zeit‹ ist wieder aufgetaucht. Aber nicht so, wie wir uns das vorgestellt und gewünscht haben. Nein. Dieses Verbrechen übertrifft unsere kühnsten Vorstellungen von Grausamkeit. Einzelne Körperteile sind bei der Polizei eingetroffen, die eindeutig Erwin Frisch zugeordnet werden konnten.

Trotz der besonderen Schwierigkeit, diesen Fall aufzuklären, hat die Polizei bereits eine Spur. Frischs engste Mitarbeiterin steht im Verdacht, diese unfassbare Tat begangen zu haben. Ihre Vorkenntnisse hat die Angestellte für einen gefährlichen Mord missbraucht. Aber wer kommt schon auf den Gedanken, dass eine Frau mit abgebrochenem Medizinstudium ihre Fähigkeiten für solch eine perfide Tat einsetzen würde?«

Lukas und Theo standen vor dem Schreibtisch, auf dem die Zeitung so platziert war, dass sie den Artikel gar nicht übersehen konnten. Keiner von beiden wusste, was er dazu sagen sollte.

Hinter ihnen schnaufte Allensbacher. Hinter Allensbacher sahen sie Hugo Ehrling. Alle Kollegen waren versammelt. Keiner sprach sagte ein Wort. Die Stille im Großraumbüro war erdrückend. Der Zeitungsartikel machte die ganze Arbeit der Polizei mit einem Schlag zunichte. Ihre Bemühungen, die brisanten Informationen über die aufgefundenen Körperteile zurückzuhalten, waren gescheitert.

»Haben wir eine undichte Stelle in unserer Abteilung?«, fragte der Kriminalrat und schaute mit strengen Blicken durch die Runde. Plötzlich redeten alle gleichzeitig, jeder beteuerte verzweifelt, mit niemandem von der Presse gesprochen zu haben.

Ehrling klatschte laut in die Hände und sorgte damit für Ruhe. »Ich verstehe! Niemand hat ein Sterbenswörtchen gesagt. Aber woher hat die *Deutsche Allgemeine* dann diese Insiderinformationen?«

Lukas und Theo schauten zu Andrea, die sofort mit hochrotem Gesicht loskeifte: »Warum fragen Sie nicht Baccus? Er hat mit der Kleber geschlafen, als das Paket eingetroffen ist. Wer weiß, was er noch alles ausgeplaudert hat, während er mit ihr unter der Decke lag.«

»Woher willst du so genau wissen, was ich wann, wo und mit wem gemacht habe?«, erwiderte Lukas. »Spionierst du mir neuerdings nach?«

»Nein! Aber ich kann drei und drei zusammenzählen. Du kommst am frühen Morgen mit einem Paket, das an die Kleber adressiert war, hier hereinspaziert. Das sagt doch alles.«

»Und das gibt dir das Recht, mich hier vor allen Kollegen mit deinen voreiligen Mutmaßungen zu denunzieren?« Lukas Gesicht leuchtete zwischen den blauen Flecken hochrot. »Dann werde ich jetzt auch mal meine Überlegungen hier raus lassen. Du hattest noch viel mehr Gelegenheiten zum Ausplaudern von Interna. Oder willst du uns weismachen, dass deine Verabredung gestern Abend mit Sandra Gossert rein platonisch war?«

Andreas Gesicht verfärbte sich auf einen Schlag kalkweiß. Sie war so durcheinander, dass ihr nicht mal die naheliegende Entgegnung einfiel, weshalb Sandra sich selbst schaden sollte; immerhin wurde sie ja durch den Artikel in der *Deutschen Allgemeinen* eindeutig unter Verdacht gestellt.

»Nicht nur, dass du mit der Hauptverdächtigen flirtest, du hast auch noch privaten Kontakt zu Miranda Wellenstein«, fügte Theo hinzu. »Wir haben herausgefunden, dass die Krimiautorin neuerdings bei der *Neuen Zeit* ein- und ausgeht, als wäre sie dort zuhause.«

Andrea funkelte die beiden Kollegen böse an, sagte aber nichts mehr.

»Das hat uns natürlich dazu veranlasst, mal etwas mehr über

diese Autorin zu recherchieren«, fuhr Lukas fort. »Und siehe da: Seit fünf Jahren veröffentlicht sie Bücher. Aber erst, seit Frisch verschollen ist, wird fast täglich in seiner Zeitung über sie berichtet. Ihre Bekanntheit wächst und wächst und wächst. Und wir sollen da an Zufälle glauben?«

»Dann hätte sie genauso ein Motiv, Hans Pont von der *Deutschen Allgemeinen* umzubringen«, hielt Andrea schwach dagegen. »Der hat bis jetzt auch nichts über ihre Bücher gebracht.«

»Und das wird er auch nicht, weil die *Deutsche Allgemeine* keine Literaturseite hat«, erklärte Lukas mit süffisantem Grinsen.

»So kommen wir nicht weiter«, rief Kriminalrat Ehrling dazwischen. »Ich hatte Sie alle um Stillschweigen hinsichtlich der uns zugesandten Körperteile gebeten. In der Pressekonferenz konnte ich dieses Detail geschickt umgehen, sodass ich mir ganz sicher war, dass nichts nach außen dringt. Wir sollten uns jetzt besser darauf konzentrieren, wer – außer uns – noch diese detaillierten Informationen hatte.«

»Der Mörder«, kam es prompt von Monika.

»Vielleicht suchen wir ja zwei Täter«, spekulierte Theo.

»Wie kommen Sie darauf?«

»Es besteht die Möglichkeit, dass die Täter sich zerstritten haben und der eine dem anderen eins auswischen will, indem er Details über die Tat an die Presse weitergibt.«

Ehrling grübelte über diese Theorie eine Weile nach, ehe er die nächste Frage stellte: »Woher weiß er oder wissen die Täter, dass Sandra Gossert verdächtigt wird? Wer außer der Polizei weiß von ihrem Medizinstudium? Wer – außer uns – weiß von der Kündigung, die durch Frischs Verschwinden nicht geschrieben wurde?«

»Die Kollegen«, bemerkte Lukas.

»Jetzt wird es wirklich interessant«, murmelte Allensbacher.

»Ich habe doch gleich gesagt, dass Sost ein starkes Motiv hatte, Frisch zu töten«, schaltete sich Monika wieder ein. »Er hat den größten Nutzen, weil er jetzt der Chef ist. Und wer weiß besser über die Mitarbeiter Bescheid, als der Dienstälteste?«

»Aber hat er auch die medizinischen Kenntnisse und die körperlichen Voraussetzungen, um eine solche Tat zu begehen?«, fragte Allensbacher. »Und warum bringt er diesen Artikel nicht in seiner eigenen Zeitung?«

»Vielleicht will er verhindern, dass der Verdacht auf ihn fällt«, schlug Monika vor.

»Und ruiniert gleichzeitig die Zeitung, die er gerade übernommen hat?« Allensbacher zog sein Taschentuch aus der Jackentasche, wischte über sein Gesicht und schnaufte. »Ich glaube, wir drehen uns im Kreis.«

»Borg und Baccus – Sie beide fahren zur Redaktion der *Deutschen Allgemeinen* und sprechen mit Pont«, beendete der Kriminalrat die Diskussion. »Er muss uns seinen Informanten nennen, sonst bekommt er Ärger. Seine Einmischung in unsere Arbeit hat uns nämlich geschadet.«

*

Sämtliche Knochen schmerzten ihm, als Hans Pont durch ein Poltern aus dem Schlaf gerissen wurde. Er schaute sich verwirrt um. Wo war er?

Er saß auf seinem unbequemen Wohnzimmersessel, vor ihm stand ein halb ausgetrunkenes Rotweinglas. Jetzt erinnerte er sich. Er hatte auf die erste Morgenausgabe seiner Zeitung gewartet, den Moment genüsslich ausgekostet und jeden Buchstaben einzeln auf sich einwirken lassen. Vermutlich war er darüber eingeschlafen.

Wieder hörte er ein Krachen, das eindeutig nichts mit den üblichen Geräuschen in seiner Wohnung zu tun hatte. Die Zeitungsredaktion lag direkt darunter. Aber auch von dort drangen normalerweise keine solchen Laute zu ihm nach oben. Das Haus war schalldicht, was bei einer Zeitung mit eigener Druckerei unter ein und demselben Dach nicht anders denkbar wäre.

Er erhob sich vom Sessel. Ein Blick auf das Fenster zeigte die erste Morgenröte. Langsam machte er einige Schritte. Sein

Kreislauf war schwach, er vertrug den Alkohol nicht. Ihm wurde schwarz vor Augen. Er wollte mit der Hand über die Augen wischen, um wieder klarer sehen zu können, als er plötzlich begriff, dass ihm nicht schwarz vor Augen wurde, sondern sich Dunkelheit über das Zimmer legte. Jemand huschte am Fenster vorbei.

Pont konnte nicht reagieren, nicht schreien, nicht weglaufen. Nichts. Verschwommen sah er eine Silhouette, die lautlos aus dem Zimmer verschwand. Die Tür fiel ins Schloss.

Mit zitternden Händen suchte er den Wohnzimmertisch nach seiner Brille ab. Es dauerte eine Weile, bis er sie ertastete. Hastig setzte er sie auf die Nase und lief hinaus in den Korridor. Niemand zu sehen. Auch nichts zu hören.

Hatte er sich das alles in seinem alkoholisierten Kopf nur eingebildet? Aber das Zittern seiner Beine verriet deutlich, dass er nicht halluzinierte. Es war wirklich jemand in seiner Wohnung gewesen.

Er stieg die Treppenstufen hinab. Im Erdgeschoss fand er die Tür zu den Büroräumen angelehnt. Er lauschte lange, hörte aber nichts. Nicht das geringste Geräusch, das auf die Anwesenheit eines anderen hingewiesen hätte.

Was sollte er tun? Pont fühlte sich ohnmächtig. War es richtig gewesen, auf das verlockende Angebot seines mysteriösen Informanten einzugehen und diesen brisanten Artikel zu drucken? Wie es aussah, hatte er bereits einen Unbekannten damit aufgeschreckt. Wer wusste schon, wie viele sich durch seinen Artikel noch bedroht fühlten?

Lange verharrte er im Flur, bis er sich selbst lächerlich vorkam. Entschlossen riss er die Tür auf und ging hinein. Das Bild, das sich ihm bot, ließ ihn vor Schreck zusammenzucken. Alles versank im Chaos. Die Schreibtischschubladen waren herausgerissen, sämtliche Schranktüren aus den Angeln gehoben und auf den Boden geworfen. Einige Rechner liefen, aus anderen hingen Drähte heraus. Akten, Unterlagen und Papiere türmten sich auf dem Boden. Sogar die kümmerlichen Pflanzen waren umgestoßen worden. Die Erde verteilte sich über den Boden.

Pont ließ die Tür hinter sich zufallen und schaltete das Licht ein, um alles genauer betrachten zu können. Vor dem Haus hörte er ein Auto mit aufbrausendem Motor wegfahren. Aber das kümmerte ihn nicht. Vielmehr versuchte er, sich dieses Chaos zu erklären. Der Artikel war doch bereits veröffentlicht. Oder hatte er nur die halbe Wahrheit geschrieben und der Täter war hier eingebrochen, um sich zu vergewissern, was Pont noch alles über dieses Verbrechen wusste?

Ein eiskalter Schauer lief ihm über den Rücken. Er kniete sich nieder und begann, das Chaos aufzuräumen. Die Arbeit erschien ihm unendlich.

In die Stille hinein drang das Geräusch von Schritten, die immer näher kamen. Erschrocken schaute er auf. Es war taghell. Wie lange kramte er hier bereits in den zerwühlten Unterlagen herum?

Die Tür zur Redaktion öffnete sich und herein traten zwei Männer, die er nicht kannte. Gefährlich wirkten sie nicht. Im Gegenteil! Einer der beiden sah aus, als sei er gegen einen Laternenmast gelaufen. Der andere wirkte unversehrt, strich seine dunklen, langen Haare glatt und lächelte ihn sogar an.

»Theo Borg und Lukas Baccus von der Kriminalpolizei«, stellte der Dunkelhaarige sie beide vor. »Und wie es hier aussieht, kommen wir wohl keine Sekunde zu früh.«

»Ich habe Sie nicht her bestellt«, entgegnete der Journalist schroff, erhob sich mühsam und stellte sich vor die beiden Polizeibeamten. Erst jetzt erkannte er, dass beide ihn um mindestens einen Kopf überragten.

»Warum nicht?««, entgegnete Theo. »Oder sieht es immer so bei Ihnen aus?«

Pont spürte, wie er errötete, was ihn ärgerte. Er drehte sich hastig von den beiden Männern weg und antwortete in Richtung Fenster: »Sehen Sie es, wie Sie wollen.«

»Okay! Dann sehe ich das Offensichtliche. Es gibt keine Einbruchspuren.«

Erschrocken drehte sich Pont wieder um. Der Gesichtsausdruck des Polizeibeamten sprach Bände. Dieser Kerl war ja schlimmer als Sherlock Holmes.

»Und woran erkennen Sie das so schnell?«

»An den unversehrten Türschlössern«, bemerkte Theo.

»Vermutlich hat der letzte Mitarbeiter meiner Zeitung gestern Abend vergessen zuzusperren.«

»Deshalb also auch keine Anzeige.« Theo grinste den kleinen Mann ironisch an. »Sie haben den Einbruch also selbst verschuldet.«

»Warum sind Sie hier?« Mit dieser Frage versuchte Hans Pont, schnell auf ein anderes Thema zu lenken. Doch was die Kriminalbeamten ihm nun erzählten, machte es auch nicht besser.

»Ihr Artikel von heute Morgen hat uns auf den Plan gerufen«, erklärte Theo. »Nun würden wir gerne von Ihnen wissen, wer Ihnen solche brisanten Informationen gibt.«

»Sie erwarten doch nicht, dass ich meinen Informanten preisgebe?«

»Doch! Genau das erwarten wir.«

Während Theo mit dem Zeitungsredakteur sprach, schlenderte Lukas durch das Chaos und schaute sich suchend um. Pont wusste nicht, auf welchen von beiden er achten sollte. In seiner Not stellte er sich dem rothaarigen Mann mit dem lädierten Gesicht in den Weg und sagte forscher, als ihm eigentlich zumute war: »Wenn Sie einen Durchsuchungsbeschluss haben, können Sie sich hier gern umsehen.«

»Oha! Der Zeitungsreporter kennt sich mit der Justiz gut aus«, schnarrte Lukas und warf dabei einen Blick auf seinen Kollegen. »Ist wohl besser für ihn. Denn ihn erwartet eine Festnahme, wenn er unsere Fragen nicht beantwortet.«

»Festnahme?« Ponts Stimme überschlug sich. »Warum in aller Welt wollen Sie mich festnehmen?«

»Ganz einfach: Weil nur der Täter wissen kann, was mit Erwin Frisch passiert ist«, erklärte Theo. »Und Ihr Bericht war so detailliert ...«

»Ich werde meinen Informanten nicht preisgeben«, beharrte der Journalist, kam dabei jedoch stark ins Schwitzen. Seine Gesichtsfarbe wechselte von aschfahl in dunkelrot. Seine Haare klebten an seinem Schädel. Ständig schob er seine Brille auf den Nasenrücken zurück.

»Sie haben das Recht zu schweigen ...«, setzte Lukas an.

»Halt! Was soll ich denn verbrochen haben?««

»Sie haben Erwin Frisch entführt und zerstückelt.«

»Das ist doch ...« Dem kleinen Mann verschlug es fast die Sprache, er starrte seine Besucher entsetzt an. »Das ist doch absurd. Und außerdem: Fragt die Polizei normalerweise nicht nach einem Alibi? Ich kann Ihnen zum Glück ganz genau sagen, wo ich war, als Erwin Frisch verschwunden ist.«

»So, so ...« Der Schwarzhaarige zog die Stirn kraus, ehe er ironisch lächelnd hinzufügte: »Da frage ich mich doch, woher Sie so genau wissen, wann der Chef Ihres Konkurrenzblattes verschwunden ist. Wir sind nämlich selbst noch nicht so ganz dahintergekommen, wann das war.«

»Aber ...« Pont schrumpfte immer mehr in sich zusammen. »Ich weiß doch auch nur von den Gerüchten, dass er am Freitagabend verschwunden ist. Und da war ich stundenlang bei meinem Finanzberater.«

»Schön! Dann hätten wir das geklärt. Und jetzt sagen Sie uns noch, wer Ihr Informant ist!«, hakte Lukas nach. »Dann sind wir ganz schnell wieder verschwunden und Sie können hier ungestört weiter aufräumen.«

»Nein! Es gilt ein Ehrenkodex für uns Journalisten, Informanten nicht preiszugeben.«

»Ist Ihnen klar, dass Sie vermutlich einen gefährlichen Mörder decken?«, warf Theo ein.

Pont reagierte auf diese Bemerkung anders als erwartet. Er straffte seine Schultern und entgegnete: »Aus Ihren Worten entnehme ich, dass Frisch tot ist. Woran starb er denn? Und wurden ihm die Körperteile post mortem abgehackt oder als er noch lebte?«

*

Die Morgensonne spiegelte sich in den großen Scheiben des ehemaligen Gesundheitsamtes, das dem Redaktionsgebäude direkt gegenüberstand. Bernd Schöbel musste die Augen mit einer Hand abschirmen, um nicht von den grellen Lichtspiegelungen geblendet zu werden. Die Vögel zwitscherten so laut, dass es ihnen fast gelang, den Verkehrslärm der Stadtautobahn zu übertönen. Einige Autofahrer hupten. Andere ließen ihre Auspuffrohre laut dröhnen. Wieder andere hatten die Musik voll aufgedreht und unterhielten ihre gesamte Umwelt mit donnerndem Bass. Abgase stanken in der Hitze. Eilig betrat der Sportreporter die Redaktion. Kaum war die Tür ins Schloss gefallen, verstummten sämtliche Geräusche von draußen. Für einen kurzen Augenblick sah er nur schwarz. Die Umstellung vom grellen Sonnenlicht auf die schummrige Beleuchtung im Inneren tat seinen Augen nicht gut. Was er jedoch in aller Deutlichkeit registrierte, war die Stille im Büro. Dabei erwartete ihn gewöhnlich um diese Zeit der Zentraldrucker, der den ganzen Tag vor sich hin ratterte, oder die Stimmen der Kollegen. Nichts davon war zu hören.

Erst nach und nach tauchten wieder Bilder vor seinen Augen auf. Er sah Susanne an ihrem Arbeitsplatz sitzen. Sie hatte sich wohl von ihrem Schock erholt. Am Schreibtisch daneben saß Sandra, die Kampflesbe, deren Gesichtsausdruck nichts Gutes verriet. Ute Drollwitz, die sich gern die gute Seele nannte, saß den beiden Kolleginnen gegenüber. Alle starrten ihn wortlos an.

»Was ist denn los?«, fragte Bernd. »Warum glotzt ihr so dämlich?« Keine Antwort. »Dann eben nicht.«

Er setzte den Weg zu seinem Platz fort. Und da sah er es: Sämtliche Schubladen an seinem Schreibtisch waren aufgebrochen worden. Ebenso der Schrank dahinter. Die Schlösser waren herausgebrochen, die Türen nur angelehnt.

»Was ist das für eine Sauerei?« Er drehte sich um, fixierte sofort die blauhaarige Kollegin und schrie: »Das kannst doch nur du gewesen sein.«

»Beweis das erst mal!«, kam es gelassen von Sandra zurück.

»Du wirst nicht glauben, was ich jetzt tue.« Bernds Fistelstimme schlug noch eine Oktave höher, so erregt war er. Er schnappte sich das Telefon vom Schreibtisch, doch erst, als er es in der Hand hielt, bemerkte er seinen Fehler. Die Wahlwiederholung zeigte eine andere Nummer an als die, die er zuletzt gewählt hatte. Entsetzt schaute er auf das Gerät. Im Hintergrund hörte er Sandra laut lachen.

Wütend knallte er das Telefon wieder in die Box, um nicht noch weitere Spuren zu kontaminieren, und kramte sein Handy aus der Hosentasche.

Plötzlich wurde ihm schwindelig. Er schnappte nach Luft, griff nach seiner linken Brustseite, als er schon zwei starke Hände spürte, die ihn zu seinem Stuhl führten. Dankbar ließ er sich nieder. Er wagte kaum nachzuschauen, wer ihm gerade geholfen hatte, so sehr schämte er sich für seinen Schwächeanfall. Doch als er die dunkle Stimme von Sost hörte, fühlte er sich erleichtert. Was hatte er auch anderes erwartet? Die Weiber hätten sich einen Spaß daraus gemacht, ihn hilflos auf den Boden fallen zu sehen.

»Hier ist dein Handy«, sagte Sost und hielt ihm ein kleines Mobiltelefon vor die Nase. Schöbel griff danach und suchte im Speicher die Telefonnummer des Polizeibeamten heraus, der erst vor Kurzem in der Redaktion gewesen war. Diesen Mann hatte er in guter Erinnerung, weil er Sandra schlagfertig über den Mund gefahren war. So etwas schaffte nicht jeder.

»Bist du dir ganz sicher, dass es nötig ist, die Polizei zu rufen?«, fragte Sost. »Immerhin ist die Eingangstür nicht aufgebrochen worden. Sie war noch verschlossen, als ich heute Morgen gekommen bin. Es kann also nur jemand von uns gewesen sein. Deshalb halte ich es für besser, wenn wir das unter uns klären.«

»Ich nicht«, widersprach Bernd. »Ich weiß, dass Sandra hinter dieser Schweinerei steckt. Damit soll sie nicht einfach so durchkommen.«

»Glaubst du wirklich, die Polizei rückt mit der Spurensicherung an, nur weil dein Schreibtisch aufgebrochen wurde?«, bemerkte Sandra lachend.

»Das werden wir ja sehen.«

Bernd drückte auf »Anrufen«. Es dauerte nicht lange, da meldete sich Theo Borg. Bernd verhaspelte sich mehrfach, weil er nicht wusste, wo er eigentlich anfangen sollte.

»Immer mit der Ruhe, Herr Schöbel«, funkte Theos Stimme dazwischen. »Was wollen Sie uns sagen?«

»Mein Schreibtisch ist aufgebrochen worden. Ich bitte Sie, dass Sie herkommen und alles nach Spuren absuchen. Ich habe nämlich einen Verdacht, wer das gewesen sein könnte.«

»Immer langsam mit den jungen Pferden«, bremste der Polizeibeamte den Eifer des Sportreporters und fragte: »Haben Sie nachgesehen, ob etwas fehlt?«

»Nein! Ich will doch keine Spuren kontaminieren.«

»Das tun Sie auch nicht, weil Ihre Fingerabdrücke mit Sicherheit überall zu finden sein werden«, hielt der Beamte dagegen. »Jetzt schauen Sie bitte nach, ob etwas gestohlen wurde.«

Bernd gehorchte und öffnete die oberste Schublade, in der er normalerweise sein Pausenbrot aufbewahrte. Sie gähnte leer. Dann zog er nach der zweiten Schublade. Dort kam ihm ein furchtbares Chaos entgegen. Aber er konnte nicht feststellen, ob etwas fehlte. Plötzlich traf es ihn wie ein Schlag. Er schnappte nach Luft.

»Was ist?«, horchte der Polizist am anderen Ende der Leitung sofort auf. »Vermissen Sie etwas?«

Bernd ahnte, wonach Sandra gesucht hatte: sein Diktiergerät. Das hatte er immer in der untersten Schublade liegen. Er öffnete sie und fand seine Befürchtungen bestätigt – das Gerät war verschwunden.

»Nein! Fehlalarm«, sagte er in das Mobiltelefon. »Es ist alles in bester Ordnung.«

*

Lukas und Theo staunten nicht schlecht, als sie das Großaufgebot im Büro sahen. Neben Kriminalrat Ehrling entdeckten sie Staatsanwalt Renske und den Gerichtsmediziner Dr. Stemm. Auch Karl der Große und Marie-Claire waren anwesend. Alle versammelten sich um jemanden, den die beiden von ihrem Platz aus nicht sehen konnten.

»Gibt es Neuigkeiten in unserem Fall?«, fragte Theo, woraufhin sich alle Gesichter ihm zuwandten.

Allensbacher klärte die beiden Neuankömmlinge endlich auf: »Unsere Kriminalpsychologin hat ein Profil erstellt. Wir haben nur auf euch gewartet, damit sie mit ihrem Vortrag beginnen kann.«

Aus der Menschentraube trat nun Dr. Silvia Tenner hervor, warf den beiden einen abfälligen Blick zu und begann ohne weiteren Kommentar mit ihren Erläuterungen:

»Nach den Fakten, die ich von Ihnen bekommen habe, würde ich sagen, dass wir es mit einem Täter mit geringem Selbstwertgefühl zu tun haben. Mit Sicherheit ist er nicht zum ersten Mal gewalttätig geworden. Meistens beginnt es damit, dass diese Menschen in der Jugend Tiere quälen oder die Mädchen in ihrer Schulklasse ärgern. Später folgen Diebstahl und möglicherweise auch Körperverletzung. Die Schwere der Verbrechen steigert sich bis hin zum Mord. Außerdem kann ich dem Täter eine hohe Intelligenz zusprechen.«

»Fast hätte das Profil auf unseren guten Lukas zugetroffen«, bemerkte Theo schmunzelnd.

»Warum?«, brummte Lukas.

»Geringes Selbstwertgefühl – schau dich doch nur an! Und Mädchen hast du mit Sicherheit in der Schule geärgert. Aber die hohe Intelligenz traue ich dir nicht zu.«

Die Kollegen lachten. Nur Lukas knurrte böse.

»Darf ich mit meinem Vortrag fortfahren?«, fragte die Psychologin pikiert.

»Auf jeden Fall«, forderte der Kriminalrat sie auf. »Und Sie beide bitte ich, sich zurückzuhalten.«

»Der Auslöser für diese schreckliche Tat könnte in unserem Fall sein, dass Erwin Frisch den Täter auf eine Weise behandelt hat, die dieser als ungerecht empfand, weshalb er sich selbst als Opfer sieht.«

»Er sieht sich als Opfer?«, funkte Lukas schon wieder dazwischen.

»Herr Baccus! Wenn Sie so weitermachen, kommen wir mit dem Profil unseres Täters niemals voran«, maßregelte der Dienststellenleiter den Kollegen.

»Menschen mit einer bestimmten Form von Persönlichkeitsstörung – auf die ich noch zu sprechen komme – neigen dazu, sich selbst als Opfer anzusehen. Damit meine ich, sie fühlen sich ungerecht behandelt oder übergangen.« Silvia bedachte Lukas mit einem stechenden Blick, der ihn vor weiteren Kommentaren warnen sollte. »Durch das Abtrennen der Körperteile schafft der Täter sich selbst eine Position, in der er endlich die Macht hat: Er bestimmt, ob das Opfer lebt oder stirbt. Er bestimmt, wie lange er das Opfer zu seinen Bedingungen leben lässt. Er bestimmt auch, unter welchen Umständen das Opfer schließlich zu Tode kommt. Wir haben es hier offensichtlich mit einer narzisstischen Persönlichkeitsstörung zu tun.«

Eine Weile ließ die Psychologin ihre Worte wirken, bevor sie weitersprach: »In den meisten Fällen ist eine Prädispositionierung für den Narzissmus das Elternhaus. Gefühlsarme Kindheit, weil die Eltern das Kind nicht wollten, oder ständige Überforderung, denen er als Kind niemals gerecht werden konnte, können einen Minderwertigkeitskomplex fördern. Jetzt sind wir an dem Punkt, dass sich der Täter durch eine Erfahrung im Umgang mit Frisch als Opfer gefühlt haben könnte. Eine bestimmte Handlung des Getöteten, ein falsches Wort oder vielleicht sogar auch nur ein Zeitungsartikel könnte der Auslöser für diese Tat gewesen sein.«

»Da fällt mir prompt die Wellenstein ein«, fuhr erneut Lukas dazwischen. Doch der ermahnende Blick von Allensbacher riet ihm, es bei diesem Einwurf zu belassen.

»Aber in unserem Fall bin ich mir sicher, dass die Persönlichkeitsstörung noch weiter fortgeschritten ist. Hier liegt maligner Narzissmus vor. Diese Menschen neigen dazu, andere zu erniedrigen, zu beleidigen, zu vergewaltigen, psychisch oder physisch unter Druck zu setzen, zu beherrschen und im Extremfall zu töten. In emotionaler Hinsicht ist der Täter eiskalt. Er hat nur seinen eigenen Vorteil im Sinn, ist aber durchaus in der Lage zu erkennen, dass er Unrecht tut.«

Zaghaft hob Lukas die Hand – er fühlte sich dabei wie ein zehnjähriger Schüler vor seiner strengen Lehrerin.

»Was haben Sie jetzt schon wieder auf dem Herzen?«, brummte Allensbacher.

»Was sagt uns, dass der Täter in der Lage ist zu erkennen, dass er Unrecht tut?«

»Die Vorsicht, mit der er arbeitet. Die Pakete kommen mit der Post. Es sind keine verräterischen Spuren dran. Der Tatort wurde nie entdeckt. Er tritt nicht mit der Polizei in Verbindung. Diese Merkmale lassen mich vermuten, dass er über ein gesundes *Über-Ich* verfügt.«

»Über-Ich?«, fragten mehrere Kollegen gleichzeitig.

»Das *Über-Ich* ist eine psychische Instanz, die Wertvorstellungen, Normen und moralische Prinzipien repräsentiert, die den Menschen dazu befähigen, durch Selbstbeobachtung das eigene Verhalten mit dem Idealbild in Übereinstimmung zu bringen. Bei Abweichungen von diesem Ideal – wie in unserem Fall einen Menschen zu töten und zu zerstückeln – wirkt sich das Über-Ich auf den Menschen in Form des Verspürens von Schuldgefühlen aus.«

»Amen!«

»Ich habe nur auf eure Fragen geantwortet.«

»Und dafür hast du studiert?«, fragte Lukas.

Hugo Ehrling klatschte in die Hände, um den Polizeibeamten zum Schweigen zu bringen. Dann stellte er seine erste

Frage, seit die Psychologin mit ihrem Vortrag begonnen hatte: »Können Sie uns eine Erklärung dafür geben, warum der Täter ausgerechnet einen Fuß abhackt, danach eine Hand und dann das Geschlechtsteil?«

Eine Weile überlegte die Kriminalpsychologin, ehe sie antwortete: »Der Fuß erschien schon zu Urzeiten als besonders wertvoll, weil die Füße den Körper tragen. Also war die Gesundheit des Fußes lebenswichtig. Erkrankte der Fuß oder wurde er schwach, war der ganze Mensch gehemmt, sogar gefesselt. Das könnte heißen, dass dem Opfer durch das Abhacken des Fußes – auf symbolische Weise – die Möglichkeit der Flucht genommen werden sollte.«

»Und die Hand?«

»Schon in der Bibel steht geschrieben«, begann Silvia, nicht ohne Dieter Marx einen ironischen Blick zuzuwerfen, »dass zur Besiegelung der Freundschaft die rechte Hand gereicht wurde.«

»Im Brief an die Galater schrieb Paulus, dass Jakobus, Petrus und Johannes ihm die rechte Hand zum Zeichen der Gemeinschaft gaben, als Paulus auf seiner Missionsreise das wahre Evangelium verkündete.«

Silvia sprach schnell weiter, damit Marx keine Gelegenheit bekam, seine biblischen Ausführungen ins Unendliche auszudehnen: »Heute ist es eine Form der Begrüßung. Das Händeschütteln ist das Symbol der Eintracht.«

»Und was will uns der Täter damit sagen, dass er uns die abgehackte Hand zuschickt?«, hakte Ehrling nach.

»Vermutlich, dass er dem Opfer jegliche Möglichkeit einer Verhandlung nehmen wollte.«

»Grausam«, murmelte Karl der Große. Doch jeder verstand ihn. Alle empfanden genauso.

Ehrling räusperte sich und wollte gerade zu seiner nächsten Frage ansetzen, doch Silvia kam ihm zuvor:

»Die Entmannung kann natürlich vieles bedeuten. Dazu fällt mir ein, dass zu früheren Zeiten die Eunuchen zu hohen Ehren und großem Ansehen gelangen konnten, weil keine Gefahr von ihnen ausging. Die Ehemänner konnten sich der Treue ihrer Frauen sicher sein.«

»Dann müssen die Ehemänner aber besonders hässlich und die Eunuchen besonders hübsch gewesen sein, wenn solche brutalen Maßnahmen nötig waren«, ertönte die helle, schneidende Stimme des Staatsanwalts.

»Oder die Ehemänner wollten es sich einfach machen«, hielt die Psychologin dagegen.

»Und welche Botschaft steckt für uns dahinter?«

»Durch die Penektomie wird dem Opfer die Würde genommen.« Silvia zuckte mit den Schultern. »Psychologisch betrachtet muss der Mann mit der Entmannung auf alles verzichten, was seine Persönlichkeit und seinen Geltungsdrang ausmacht. Das ist als eine totale Entmachtung zu interpretieren.«

Auf diese Worte folgte betretenes Schweigen.

»Um mein Profil vervollständigen zu können, müsste ich von Dr. Stemm wissen, ob die Körperteile gleichzeitig oder nacheinander abgetrennt wurden«, fügte Silvia nach einer Pause hinzu.

Der Pathologe räusperte sich und antwortete mit seiner donnernden Stimme: »Anhand des Stadiums der Zersetzung der Zellen in den einzelnen Körperteilen kann ich mit Bestimmtheit sagen, dass die Körperteile zu unterschiedlichen Zeiten abgetrennt wurden. Wären alle gleichzeitig abgetrennt worden, so hätte sich die Lagerzeit der Hand im Formalin um einen gewissen Zeitraum verlängert, der die Knochenstruktur erheblich angegriffen und eine genaue Analyse unmöglich gemacht hätte. Das ist hier nicht der Fall. Die Zersetzung der Zellen von Hand und Fuß waren identisch, das Eintreffen der beiden Körperteile fand jedoch in einem Abstand von vierundzwanzig Stunden statt. Zwischen der Ankunft des Geschlechtsteils und derjenigen der Hand lagen sogar mehrere Tage. Da ich jedoch in dem Geschlechtsteil eine Mitochondrial-DNA feststellen konnte, ist davon auszugehen, dass auch dieses Körperteil nicht lange gelagert wurde, bevor es bei uns eintraf.«

»Und welches Ergebnis hat die DNA-Analyse gebracht?«, fragte Ehrling.

»Das Geschlechtsteil kann nach Untersuchung der Vergleichsproben eindeutig Erwin Frisch zugeordnet werden.«

Eine kurze unangenehme Stille trat ein, bis Ehrling die Kriminalpsychologin aufforderte, mit ihrem Täterprofil fortzufahren.

»Das bestätigt meine Theorie, dass unser Täter sein Opfer etappenweise verstümmelt und dabei in der Entwicklung seiner Taten eine progressive Steigerung zeigt.«

»Was heißt das?«, fragte der Staatsanwalt.

»Er wird mutiger.«

»Und das zeigt sich in seiner Auswahl der Körperteile?«

»Zum Beispiel.« Silvia nickte in Renskes Richtung. »Auch seine anderen Handlungen weisen darauf hin: Die ersten Pakete wurden mit der Post geschickt – also anonym. Aber gestern sollte eine Lieferung von einem Kurier direkt bei der Kriminalpolizeiinspektion abgegeben werden.«

Leises Gemurmel unterbrach die Psychologin, bevor sie anfügte: »Den Zeitungsartikel dürfen wir auch nicht vergessen. Er könnte von ihm selbst stammen. Er fühlt sich immer sicherer.«

»Und wie war das mit dem gesunden Über-Ich?«, meldete sich schon wieder Staatsanwalt Renske zu Wort. »Erteilt sich der Täter selbst die Absolution, weil er sich für unfehlbar hält?«

»Sein Erfolg gibt ihm die Bestätigung seiner Grandiosität. Das ist das Ziel, auf das er hingearbeitet hat.«

»Sie sprechen hier immer von einem ER«, schaltete sich Allensbacher in das Gespräch ein. »Wenn Ihr Profil nur auf einen Mann zutrifft, dann frage ich mich, welche Rolle Brigitte Felten bei dem Ganzen spielt.«

»Nach dem körperlichen Einsatz zu urteilen, der für dieses Verbrechen nötig ist, halte ich es für möglich, dass mehr als ein Täter am Werk ist.« Silvia zögerte Bruchteile von Sekunden, ehe sie ergänzte: »Damit will ich sagen, dass durchaus eine Frau an dem Verbrechen beteiligt sein kann.«

»Sie meinen, es sind mehrere Täter?«, Renske staunte.

»Hab' ich es nicht gleich gesagt?«, erinnerte Theo an seinen Geistesblitz, als sie über die Zeitungsartikel gesprochen hatten. »Ich könnte auch Profiler werden.«

»Blödsinn!«, bremste Lukas den Eifer des Kollegen. »In der Sache mit dem Zeitungsartikel hast du nämlich total daneben gelegen.«

»Es ist tatsächlich nicht auszuschließen, dass hier mehrere Täter am Werk sind«, unterbrach Silvia das Geplänkel der beiden. »Das Abtrennen eines Körperteils ist mit viel Aufwand verbunden – zumal das Opfer den Eingriff überlebt hat und das auch so gewollt war. Stellen Sie sich eine OP vor! Da arbeitet der Chirurg auch nicht allein.«

»Toll! Wir haben schon Probleme, einen zu finden«, murrte Lukas. »Und wie soll ein Profil auf zwei Menschen zutreffen. Jeder Mensch ist anders.«

»Stimmt, Lukas«, bestätigte die Kriminalpsychologin. »Im Falle von zwei Tätern ist immer einer von beiden der Dominierende. Auf den trifft das zu, was ich hier gesagt habe.«

»Und der andere?«

»Vielleicht ein Lebensgefährte oder ein Schutzbedürftiger, für den unser Täter diese Verbrechen begeht.«

»Sie haben auf jede Frage eine Antwort.« Der Staatsanwalt lächelte die Kriminalpsychologin bewundernd an.

»Eine Frage kann ich leider nicht beantworten«, hielt Silvia dagegen.

»Und welche?«

»Wer der Täter ist.«

Schmunzelnd bemerkte Renske jetzt: »Nun stelle ich Ihnen eine Frage, auf die Sie bestimmt antworten können, nachdem Sie uns das Prinzip der Progression erklärt haben: Welches Körperteil vermuten Sie in dem Paket, das gestern Abend abgegeben werden sollte?«

Die Psychologin überlegte eine Weile, ehe sie bestimmt antwortete: »Den Kopf.«

8

Unfassbar!!

Kaum sieht er, dass jemand in seinem Haus war, schon ruft er die Polizei. Wer hätte das Hans Pont zugetraut? Dem Mann, der gerade erst eine mutige – wenn nicht sogar gefährliche – Behauptung in seiner Zeitung aufgestellt hatte.

Es hatte zwar einige Stunden gedauert, bis die beiden Möchtegern-Helden auf der Bildfläche auftauchten. Aber sie waren am Ende doch dort. Und hatten sich lange genug mit Pont unterhalten, um alles über den Einbruch in Erfahrung zu bringen.

Nun galt es, dem Journalisten eine Lehre zu erteilen.

Diese Art von Naseweis gehörte bestraft, und das sollte Pont rechtzeitig erfahren, bevor er weitere unangemessene Details in seiner Zeitung preisgab. Er sollte etwas bekommen, das ihm verdeutlichte, wie gefährlich sein Handeln wirklich war.

Vorher gab es noch ein weiteres Ärgernis zu beseitigen: Wer war der Informant?

Es würde ein Leichtes sein, das herauszufinden. Pont war vielleicht pfiffig – aber er war auch ein Angsthase. Sein Anblick im Wohnzimmer, als er begriffen hatte, dass außer ihm noch jemand im Raum war, hatte Bände gesprochen.

Ein Kichern ertönte. Blicke wurden gewechselt.

Schnell einen neuen Beobachtungsposten aussuchen. Auffallen war das Letzte, was jetzt noch passieren durfte.

Endlich ging die Haustür auf. Das Warten hatte sich gelohnt.

Pont schaute sich nach allen Seiten um. Er ahnte, dass er beobachtet wurde. Das war nicht gerade förderlich. Denn jetzt passte er noch besser auf als ohnehin schon.

Zum Glück bemerkte der hypernervöse Zeitungsredakteur nichts. Er stieg in seinen Wagen und fuhr fort.

Es konnte losgehen.

*

»Wie kommt der Pont dazu, solche Sachen über dich zu schreiben?«, fragte Andrea mit hochrotem Kopf.

Sandra saß ihr gegenüber auf dem bequemsten Sessel, den Andrea in ihrer Wohnung hatte. Ohne zu fragen, war sie hereingestürmt und hatte sich darauf breitgemacht. Andrea hievte ihren Hintern auf den niedrigen Tisch, der unter ihrem Gewicht verdächtig ächzte, und wartete auf eine Antwort.

»Das weiß ich doch nicht«, antwortete Sandra aufgebracht. »Er hat einen Informanten – soviel ist sicher. Und ich glaube, ich weiß auch, wer ihm diese Sachen gesteckt hat.«

»Du glaubst nicht, dass es der Täter selbst war?«

»Nein!«

»Wer dann?«

»Das sag ich dir nicht.«

Andrea fühlte sich wie vor den Kopf gestoßen. Da saß sie einer Frau gegenüber, für die sie so viel empfand, und bekam eine solch barsche Abfuhr.

»Du verstehst das falsch«, lenkte Sandra schnell ein, als sie das enttäuschte Gesicht ihrer Geliebten bemerkte. »Immerhin bist du Polizistin. Ich will dich einfach nur schützen.«

»Indem du mir Informationen vorenthältst?« Andrea schnaubte. »Schöne Art, mich zu schützen. Ich könnte genauso gut mit dem Namen des Informanten auf meine Dienststelle zurückkehren und ein paar Lorbeeren einheimsen.«

»Und alle leben friedlich weiter bis an ihr Lebensende ...«

»Was willst du damit sagen?«

»Dass der Informant mit seinen boshaften Beschuldigungen einfach so davonkommt«, antwortete Sandra stinksauer. »Der Typ unterstellt mir doch glatt, dass ich meinem Chef die Eier abgeschnitten habe?«

»Hast du?«

»Nein!«, grunzte Sandra. »Da ist mir jemand zuvorgekommen. Leider!«

»Aber du hättest es fertiggebracht?«

»Klar! Mit der Kneifzange – jederzeit.« Sandra griente.

»Du bist so herrlich abartig.« Andrea versank in Sandras blauen Augen, die schalkhaft aufblitzten.

Als fühlte sie sich angespornt, lockte sie Andrea nahe zu sich heran und flüsterte in ihr Ohr: »Es gibt noch jemandem, der sich seiner Männlichkeit nicht mehr sicher fühlen sollte.«

»Wer?«

»Pont! Ich habe den Dämlack nämlich in Schutz genommen, als Susanne den Bericht über seine Börsenschweinerei veröffentlichen wollte. Und jetzt hat er keine Hemmungen, mich in aller Öffentlichkeit eines Verbrechens zu beschuldigen. Ich bin mir nicht sicher, wie lange er noch Hans ist und nicht Hanna.«

»Du hast Pont vor diesem Enthüllungsbericht bewahrt?« Andrea konnte kaum glauben, was sie da hörte. »Warum?«

»Das weiß ich selbst nicht mehr. Wahrscheinlich, weil Frisch sich mit diesem Artikel profilieren wollte. Das hätte seine ekelhafte Selbstverliebtheit nur noch mehr gesteigert, und so was geht mir einfach gegen den Strich.«

»Woher kommt dein Hass auf Männer?«, fragte Andrea neugierig.

»Was soll die Frage?«, konterte Sandra. »Du liebst sie doch auch nicht.«

»Nein! Bewahre! Ich glaube, ich war schon lesbisch, als ich auf die Welt gekommen bin.« Andrea schaute Sandra zu, wie sie ihre blauen Haare mit der linken Hand durchwühlte. Ein wohliger Schauer ging durch ihren Körper. »Und du?«

»Meine Lebensgeschichte willst du gar nicht wissen.«

»Doch«, beharrte Andrea.

»Ich weiß, dass du das nicht wissen willst. Es ist nämlich vorbei, und das ist gut so. Jetzt will ich an etwas anderes denken, sonst vergeht mir doch glatt die Lust.«

Andrea wollte noch etwas entgegnen, da spürte sie schon zwei Hände, die sie vom Tisch auf den Sessel zogen. Sie schlang ihre Arme ungewöhnlich heftig um Sandra, weil sie nicht auf den Boden fallen wollte. Plötzlich schlängelte sich Sandras Zunge in ihren Mund. Dabei berührten sich ihre Lippen – ein Gefühl, das Andrea elektrisierte. Sandras Brüste rieben sich an Andrea, bis sich ihre Brustwarzen fest aufrichteten. Mit voller Wucht überkam ihre beiden Körper eine Leidenschaft, die sie beide vom Sessel auf den Boden warf. Pullover und Bluse flogen durch den Raum, gefolgt von Turnschuhen und Sandalen. Weiße Haut kam zum Vorschein, rieb sich aneinander, bis beide ein wollüstiges Stöhnen ausstießen.

Sandra griff nach Andreas Jeans und zog sie unsanft herunter. Dabei zerriss der Slip, was Andrea in diesem Augenblick nicht störte. Sie konnte sich nicht schnell genug von den lästigen Klamotten befreien, so sehr begehrte sie danach, Sandra überall zu spüren.

Die Musik im Hintergrund passte sich der Stimmung an, die in dem kleinen Raum herrschte. Die Fantastischen Vier sangen *Gebt uns ruhig die Schuld (den Rest könnt ihr behalten)*. Der Rhythmus war schnell, zu schnell – oder doch nicht. Der Text wurde immer undeutlicher, versank immer mehr im Rausch der Gefühle. Der Takt wurde immer besser. Er bestimmte den wilden Tanz der ungezügelten Bewegungen, wie sich Sandra nackt und auf allen Vieren Andrea näherte und wieder entzog. Dann griffen ihre Hände nach ihr, zogen ihre Beine auseinander. Sandra schmiegte sich an die Innenseite der Schenkel und liebkoste Andrea, erforschte jede Falte, ertastete jede Öffnung ihres Körpers, bis Andrea sich nicht mehr zurückhalten konnte und einen Schrei der Ekstase ausstieß. In ihren geöffneten Mund legte Sandra ihre rechte Brust und nahm sich die gleichen Liebkosungen zurück, bis sie unter Andreas Händen und Zunge ebenfalls zum Höhepunkt kam.

*

Lustlos näherte sich Lukas dem Eingang des Krankenhauses. Der weiße Bau blendete ihn in der grellen Sonne. Er schirmte seine Augen ab, weshalb er um ein Haar im Eingangsbereich mit einem Mann zusammengestoßen wäre.

Erschrocken schaute er auf und blickte direkt in das Gesicht von Dennis Welsch. Der junge Arzt schüttelte den Kopf und meinte: »Der Schlag auf deinen Kopf war wohl doch härter als du dachtest.«

Lukas staunte über diese Begrüßung. »Du warst auch schon mal besser drauf. Gefällt es dir hier nicht mehr?«

»Doch!« Dennis setzte ein Lächeln auf, das seine weißen Zähne in dem gebräunten Gesicht aufblitzen ließ. »Aber ich schiebe zurzeit ziemlich viele Überstunden. Und das bei dem Wetter.«

»Du siehst aber nicht so aus, als würdest du zu wenig Sonne abbekommen.«

»Im Gegensatz zu dir«, hielt Dennis dagegen. »Zwar hast du jede Menge Farbe ins Gesicht bekommen, aber leider kein Braun.«

»Danke! Ich weiß, wie ich aussehe«, murrte Lukas. »Ich habe einen Nachuntersuchungstermin. Deshalb bin ich hier.«

»Um diese Zeit?« Dennis schaute auf seine Uhr. »Hey! Termine für Nachuntersuchungen machen wir normalerweise am Vormittag.«

»Du weißt doch, wie es bei uns zugeht. Heute Morgen war eine Dienstbesprechung, da konnte ich einfach nicht fehlen.«

»Klar! Die Toten gehen vor.«

»Da bringst du mich auf einen guten Gedanken. Dr. Stemm sucht immer noch einen Assistenten. Er würde dich bestimmt gerne wieder zurücknehmen.«

Dennis schüttelte den Kopf. »Tut mir leid. Ich gehöre nicht zu den Typen, die zu Kreuze kriechen, nur um einen Job zu bekommen. Hier geht es mir bestens, ich habe gute Chancen, zum Chefarzt aufzusteigen. Ich bleibe.«

»Schade!« Lukas verabschiedete sich und setzte seinen Weg zur Ambulanz fort.

Kaum hatte er den Flur erreicht, sah er, wie sein behandelnder Arzt aus einem Zimmer trat und die Tür absperren wollte. Als ihre Blicke sich trafen, rief er: »Sie gefallen mir! Unser Termin war heute Morgen.«

Lukas entgegnete nichts – er hoffte, dass der Mann ihn trotzdem noch untersuchen würde.

»Wenn ich mir Sie so anschaue, bekomme ich das Gefühl, dass Sie direkt nach ihrer Krankenhausentlassung wieder zum Dienst angetreten sind.«

Lukas nickte. Lügen wäre ohnehin zwecklos.

»Sie nehmen Ihre Gehirnerschütterung wohl nicht sehr ernst?«

»Doch! Natürlich!«, beteuerte Lukas. »Es ist nur so, dass wir gerade an einem äußerst heiklen Fall arbeiten. Da wird jeder gebraucht.«

»Ich verstehe. Ohne Sie käme die gesamte Polizeiarbeit ins Stocken.«

Lukas wurde allmählich wütend. Seit er das Krankenhaus betreten hatte, schlug ihm nur Ironie entgegen. Er unterdrückte den Impuls, dem Arzt zu sagen, was er dachte. Stumm schaute er ihm dabei zu, wie er das Behandlungszimmer wieder aufsperrte. »Also, dann wollen wir mal.«

Lukas setzte sich auf die Liege und ließ eine Reihe von Untersuchungen und Tests über sich ergehen, bis der Arzt meinte, keine neurologischen Störungen bei ihm feststellen zu können.

»Warum kann ich mich dann nicht daran erinnern, wer mich niedergeschlagen hat?« Das war die Frage, die dem Polizisten bleischwer auf dem Herzen lag. Hoffentlich gab ihm der Arzt eine Antwort, die ihn optimistisch stimmte.

»Ganz einfach: Sie leiden an einer retrograden Amnesie.«

Lukas spürte, wie ihm schlecht wurde. Er atmete heftig und gab sich alle Mühe, dass es dem Arzt nicht auffiel. Doch vergebens. Mit einem Lächeln quittierte sein Gegenüber die Reaktion und bemerkte: »Das ist ganz normal. Sie müssen sich keine Sorgen machen. Sie haben einen Gedächtnisverlust für den

Zeitraum kurz vor dem Überfall erlitten.«

»Kommt die Erinnerung wieder zurück?«

»Warum ist Ihnen das so wichtig?«, fragte der Mediziner verwundert.

»Ganz einfach: Weil mich vermutlich der Mann niedergeschlagen hat, den wir verzweifelt suchen.«

»Und wer sagt Ihnen, dass Sie ihm von Angesicht zu Angesicht gegenüberstanden?«

»Schauen Sie sich mal an, wo er meinen Schädel getroffen hat!«, entgegnete Lukas und fuhr sich dabei mit der Hand an die Stirn. »Eindeutig an der Schläfe. Also habe ich ihn zwangsläufig sehen müssen. Er stand nämlich entweder direkt oder seitlich vor mir. Wäre er von hinten gekommen, würde ich mich bestimmt nicht so anstrengen, die Erinnerungen zurückzuholen.«

»Da muss ich Sie leider enttäuschen. Die Amnesie dient als psychische Schutzfunktion infolge eines Schocks beziehungsweise eines traumatischen Erlebnisses. Deshalb auch retrograd, das heißt rückwirkend. Und sie betrifft den Zeitraum vor dem Eintreten des schädigenden Ereignisses. Die im Gedächtnis gespeicherten Bilder oder Zusammenhänge können nicht mehr in das Bewusstsein zurückgeholt werden.«

»Das heißt im Klartext, es wird mir überhaupt nicht mehr einfallen, wer mich überfallen hat?«

Der Arzt nickte.

»Auch nicht, wenn die betreffende Person mir direkt in die Augen schaut?«

»Auch dann nicht.«

»Keine Chance auf eine Assoziation – oder wie man das unter Neurologen so nennt?«

Ein entschiedenes Kopfschütteln war die letzte Antwort, die er bekam.

Frustriert verließ Lukas das Behandlungszimmer und schlurfte durch den langen Flur auf den Ausgang zu. Die Aussage des Arztes entmutigte ihn. Seine Hoffnung, dass irgendwo in seinen Hirnwindungen eine Erinnerung – so wertvoll wie ein kriminalistisches Juwel – steckte und nur darauf wartete, von ihm hervorgelockt zu werden, war dahin. Blieb ihm und den Kollegen also nur die klassische Ermittlungsarbeit.

Er trat hinaus in die Sonne und fühlte sich sofort wieder geblendet. Es dauerte einige Sekunden, bis sich seine Augen an das grelle Licht gewöhnten. Zielstrebig steuerte er sein Auto an, stieg ein und lehnte sich zurück. Es wollte ihm nicht gelingen, einfach über die Diagnose des Arztes hinwegzusehen und weiterzumachen wie gewohnt. Er hatte dem Täter unmittelbar gegenübergestanden und konnte sich nicht mehr daran erinnern. So etwas als Schutzfunktion zu bezeichnen, empfand Lukas als Hohn. Das Gegenteil war der Fall. Denn sollte er diesem Mann ein zweites Mal gegenüberstehen, würde er ihn nicht wiedererkennen. Also war der Täter ihm gegenüber klar im Vorteil. Verschärfend kam hinzu, dass der vermeintliche Mörder nicht wissen konnte, dass er von Lukas nichts zu befürchten hatte.

Er wollte gerade den Motor starten, als sein Blick auf einen Mann und eine Frau fiel, die sich heftig stritten. Beide schrien gleichzeitig und gestikulierten so wild, dass Lukas schon mit dem Gedanken spielte, einzugreifen, bevor die beiden sich gegenseitig erschlugen. Er wollte gerade seine Autotür öffnen, da erkannte er Dennis Welsch.

Sofort ließ er seine Hand wieder sinken. Das Gesicht der Frau konnte er nicht erkennen, weil sie ihm den Rücken zuwandte. Aber die Neugier hatte Lukas gepackt. Und siehe da, sie drehte sich um. Es war Marie-Claire.

Das Gesicht der Polizistin war hochrot vor Zorn, als sie sich von Dennis abwendete und davon marschierte. Dabei kam sie Lukas' Wagen bedrohlich nahe. Hastig griff er nach der alten Broschüre auf dem Beifahrersitz und vertiefte sich scheinbar in seine Lektüre.

*

Hans Pont spürte sofort, dass etwas nicht stimmte. Kaum hatte er die Haustür geöffnet, befiel ihn ein Gefühl der Beklemmung. Oder lagen seine Nerven immer noch blank von den Eindrücken der letzten Nacht? Ein Einbruch am Tag reichte ihm vollkommen.

Mit zitternder Hand suchte er nach dem Lichtschalter und legte ihn um. Ein Flackern – und alles erstrahlte im grellen Neonlicht. Schon von Weitem sah er es. Es lag auf dem hintersten Schreibtisch – dem einzigen ohne Monitor. Ein großes Paket.

Ponts Herz setzte einen Schlag aus. Ohne sich einen Schritt nähern zu müssen, ahnte er bereits, was sich in diesem Paket befand. Er hatte mit seinem Artikel den grausamen Mörder auf den Plan gerufen.

Was sollte er jetzt tun? Mit wackeligen Beinen ging er auf das Objekt des Schreckens zu. Er hoffte, dass eine Nachricht dabei lag – ein Hinweis oder eine Anweisung, was er als Nächstes tun sollte.

Aber außer dem Paket konnte er nichts entdecken. Es stand keine Adresse darauf und wie zu erwarten schon gar kein Absender. Der Mörder spielte mit ihm. Das hatte er nun von der Veröffentlichung seines brisanten Artikels: Die Auflagenhöhe war regelrecht explodiert, aber war das den Preis wert, sich mit einem gefährlichen, hinterhältigen Mörder anzulegen?

In seiner Not griff Pont nach dem Telefon und wählte die Nummer seines Informanten. Der Mann war der Einzige, mit dem er über dieses Paket sprechen konnte, ihm traute er die Nervenstärke zu, die richtige Entscheidung zu treffen.

Erleichtert hörte Pont, wie sich jemand am anderen Ende der Leitung meldete. Hastig erzählte er, was auf seinem Schreibtisch stand. Dabei überschlug sich seine Stimme mehrmals, bis er endlich mit seinem Bericht am Ende war. Die Reaktion seines Gesprächspartners übertraf jedoch seine kühnsten Erwartungen.

»Haben Sie das Paket geöffnet?«

»Nein! Wo denken Sie hin? Es könnte ein weiterer Körperteil darin sein. Damit will ich nichts zu tun haben.«

»Sie sehen das falsch«, kam es aus der Leitung zurück. »Wir sollten uns den Inhalt ganz genau ansehen und überlegen, was wir daraus machen können.«

»Niemals ...«

»Sie sind ein Glückspilz«, sprach der Informant einfach weiter. »Und Ihre Glückssträhne hat gerade erst begonnen. Also kneifen Sie jetzt nicht, sondern nehmen Sie dieses Geschenk an.«

»Okay«, gab der Journalist schließlich nach. »Was soll ich tun?«

»Wir sehen uns an unserem vertrauten Treffpunkt. Und denken Sie daran, das Überraschungs-Ei mitzubringen.«

Pont schüttelte den Kopf. Wie hätte er das vergessen können?

*

»Ich wär so gern so blöd wie du, dann hätt ich endlich meine Ruh«, kreischten *Tic Tac Toe* in voller Lautstärke. Andrea war froh, schon auf dem Boden zu liegen, sonst wäre sie spätestens jetzt dort gelandet, so heftig erschrak sie.

Sandra griff zu ihrem Handy und schlagartig verstummte das schreckliche Lied. Aber auch die gute Stimmung war dahin. Kaum hatte die Blauhaarige aufgelegt, machte sie schon Anstalten, in großer Eile aufzubrechen.

Andrea fühlte sich wie vor den Kopf gestoßen. Mit diesem Telefonat war der Rausch der Verliebtheit urplötzlich verflogen. So, als hätte jemand bei Sandra einen Schalter umgelegt.

»Warum läufst du weg?«, fragte Andrea verunsichert. »Hast du schon bereut, was wir getan haben?«

»Blödsinn«, kam es bestimmt von Sandra zurück, während sie ihre Turnschuhe zuschnürte. »Ich tue immer, was ich tun will. Glaub mir, Süße! Unser Sex war geil und schreit nach mehr.«

Andrea spürte, wir ihr die Schamesröte ins Gesicht schoss.

»Was ich jetzt mache, hat mit uns beiden nichts zu tun. Aber es muss sein. Es duldet keinen Aufschub.«

»Nimm mich mit!«

»Nein. Das geht wirklich nicht. Du bleibst hier und wartest, bis ich wiederkomme!«

»Du behandelst mich wie eine minderbemittelte Ziege, die du für deine Zwecke abgerichtet hast«, begehrte Andrea auf. »Das lasse ich nicht mit mir machen.«

Sandra hielt in ihrer hastigen Bewegung inne, drehte sich um und schaute Andrea an. Der Zorn in den Augen ihrer Freundin war nicht zu übersehen.

»Es tut mir leid, wenn ich dich verletzt habe.« Sandra trat auf Andrea zu und wollte sie in die Arme nehmen, doch die wich zurück.

»Was hast du vor? Etwas Illegales? Kannst du mich deshalb nicht mitnehmen?«

»Weißt du, Andrea, mein Leben hat nicht erst angefangen, als ich dich kennengelernt habe. So einen schmalzigen Scheiß wirst du von mir nie hören, weil es so was nicht gibt. Entweder du findest dich damit ab, dass ich auch noch ein Leben außerhalb unserer Liebkosungen habe, oder du überlegst dir gut, wie das mit uns weitergehen soll.«

Andrea konnte kein Wort hervorbringen. Wie vom Donner gerührt stand sie da und schaute ihrer Geliebten nach, wie die durch die Wohnungstür verschwand.

*

Das Paket wurde mit jedem Schritt schwerer. Hans Pont ärgerte sich, dass er nicht in der Lage war, selbst eine Lösung für dieses Problem zu finden. Der Gedanke, mit dem grausamen Mord an Erwin Frisch in Verbindung gebracht zu werden, behagte ihm ganz und gar nicht. Aber nun war es passiert. Der Mörder trieb ein Spiel mit ihm. Und das verdankte er seinem Informanten. Oder war es seine eigene Geltungssucht?

Wenn er genau darüber nachdachte, konnte er eine Mitschuld an seinem Dilemma nicht ganz von sich weisen. Wäre er mit seinem kleinen, unbedeutenden Blatt zufrieden gewesen, würde er jetzt nicht in der Klemme stecken. Aber nein! Er wollte hoch hinaus. Wollte so einflussreich sein wie Frisch. Nur, wohin hatte der Erfolg seinen Konkurrenten letztlich gebracht? Er endete in Einzelteile zerlegt in Pappkartons. Das war das Letzte, was Pont ihm nachmachen wollte.

Er schritt immer tiefer in den Bürgerpark hinein. Die Nacht war hell durch das Mondlicht. Aber nicht hell genug, um alles erkennen zu können, was sich hinter den Hecken verbarg. Das Rauschen und Rascheln machte ihn nervös. Was brachte diese Büsche in Bewegung? Er schaute sich um. Es war windstill.

Plötzlich hörte er schleifende Geräusche. Das konnte niemals schon seine Verabredung sein.

Hastig sprang er zur Seite in einen dichten Busch, der sich zu seinem Unglück als Brombeerstrauch herausstellte. Die Dornen bohrten sich schmerzhaft in sein Fleisch. Pont biss die Zähne zusammen und schaute zurück auf den Weg, den er gekommen war. Er konnte niemanden sehen. Auch hören konnte er nichts. Litt er schon an Verfolgungswahn?

Mühsam kroch er aus dem Strauch heraus, befreite sich von den Dornen und setzte seinen Weg fort. Die Kiste wackelte verdächtig in seinen Armen. Welcher Körperteil da wohl drin lag? Er wollte lieber nicht genauer darüber nachdenken.

In der Mitte des Parks angekommen, stellte der Journalist frustriert fest, dass sein Informant noch nicht angekommen war. Wieder musste er warten, was ihm unter den gegebenen Bedingungen nicht leicht fiel. Er setzte sich auf eine der Bänke, stellte das Paket neben sich ab und schloss die Augen.

Es dauerte nicht lange, da hörte er Schritte. Er richtete sich auf, damit er ihn dieses Mal rechtzeitig kommen sah. Eine peinliche Überraschung wie bei ihrem ersten Treffen wollte er sich ersparen. Aber es kam niemand.

Erstaunt ging Pont einige Schritte auf und ab. Noch immer war niemand zu sehen. Wie war das möglich? Er hatte doch deutlich Schritte gehört.

Wieder ein Geräusch. Ein Stöhnen. Pont spürte, wie Gänsehaut ihn am ganzen Körper überzog. Das Stöhnen wurde lauter. Dann hörte er ein Schleifen, als würde jemand etwas über den Boden ziehen. »Wer ist da?«, rief er in seiner Panik.

Alle Geräusche verstummten, von einer Sekunde auf die andere herrschte Grabesstille.

Hätte er doch den Mund gehalten. Denn jetzt hatte Pont die absolute Gewissheit, dass hier jemand war, der nicht von ihm gesehen werden wollte. Und das bedeutete nichts Gutes.

Mit unsicheren Schritten näherte er sich der Stelle, von der aus er das Geräusch gehört zu haben glaubte. Dafür musste er den inneren Kreis des Bürgerparks verlassen und sich der antiken Mauer nähern. Auch hier wurden beide Seiten von dichten Hecken gesäumt. Pont trat entschlossen mitten hindurch und fühlte sich plötzlich wie auf dem Präsentierteller. Trotzdem ging er weiter. Eine morbide Neugier trieb ihn an.

Da sah er ihn. Ein Mann lag auf dem Boden. Ponts Adrenalinspiegel stieg in ungeahnte Höhen. Wie angewurzelt stand er da. Je länger er auf den Daliegenden starrte, umso sicherer wurde er sich, dass dort sein Informant lag. Tot! Mausetot! Die Augen weit aufgerissen.

Von ihm war also dieses grauenhafte Stöhnen gekommen. Meine Güte, was war passiert, während Hans Pont nur wenige Meter entfernt auf diesen Mann gewartet hatte? Hatte der Informant um sein Leben gekämpft? War der Mörder womöglich noch hier?

Pont drehte sich auf dem Absatz um und rannte davon.

*

Lukas öffnete die Tür und staunte nicht schlecht, als er Theo gegenüberstand. »Du?«, fragte er gelangweilt. Lukas hatte genug mit sich selbst zu tun, was wollte sein Freund jetzt noch?

»Nach was sieht es denn aus?«, kam es bissig zurück.

Lukas schlurfte in seine Wohnung zurück und ließ sich auf den Sessel fallen, auf dem er sich gerade noch in seinem Selbstmitleid gesuhlt hatte. Der Arztbesuch hatte ihn erschüttert. Er konnte an nichts anderes mehr denken. Ihm stand nicht der Sinn nach Besuch.

Theo folgte ihm auch ohne Aufforderung, marschierte direkt zum Kühlschrank und kehrte mit zwei Bierflaschen zurück, die er im Wohnzimmer öffnete.

»Scheiß Weiber«, murrte er, hob seine Flasche und trank.

»Warum? Was ist passiert?«

»Marie-Claire hat mich versetzt«, antwortete Theo zerknirscht. »Wir waren verabredet. Aber ich hab umsonst gewartet.«

»Kein Wunder.«

Theo horchte auf. »Was willst du damit sagen? Ist es so unwahrscheinlich, dass eine Frau sich mit mir trifft?«

»Huch! Habe ich dich jetzt in deiner Eitelkeit verletzt?«, bemerkte Lukas abfällig.

»Wie bist du denn drauf?« Theo war fassungslos.

»Ich bin mies drauf, weil ich gerade vom Krankenhaus komme. Dort habe ich Marie-Claire zusammen mit Dennis gesehen.«

Für eine Weile herrschte Stille in der Wohnung, bis Theo sich zur nächsten Frage durchrang: »Mit *wem* hast du sie gesehen?«

»Mit Dennis Welsch. Weißt du nicht mehr? Der ehemalige Assistent unseres Gerichtsmediziners.«

»Natürlich weiß ich, wer das ist«, fauchte Theo. »Aber was hat sie bei dem zu suchen?«

»Keine Ahnung! Ich habe nur gesehen, dass sie sich gestritten haben – und zwar so heftig, dass die Fetzen geflogen sind.«

Theo konnte sich ein Grinsen nicht verkneifen. »Worüber denn?«

»Das habe ich nicht gehört. Ich hab die beiden nur zufällig

bemerkt, weil sie so laut waren. Und das ausgerechnet ganz nah bei meinem Auto.«

»Was haben sie gemacht?«

»Weiß ich nicht.«

»Du musst doch etwas gesehen haben.«

»Klar! Die Bedienungsanleitung meines Wasserkochers, den ich schon vor zwei Jahren in den Müll geworfen habe.«

»Häää?« Theo verstand jetzt gar nichts mehr.

»Ich wollte nicht gesehen werden, deshalb habe ich mich in das vertieft, was gerade auf dem Beifahrersitz lag«, gab Lukas zu.

»Und warum wolltest du nicht gesehen werden? Wolltest wohl spannen!«

»Idiot!«

Theo warf Lukas einen bösen Blick zu, erhob sich von seinem Platz und ging hinaus auf den Balkon. Als er merkte, dass Lukas ihm nicht folgte, kehrte er nach einigen Minuten wieder zurück und fragte: »Was hast du überhaupt im Krankenhaus gemacht?«

»Ich bin zur Nachuntersuchung gegangen.«

»Und? Hast du noch Überlebenschancen?«

Lukas atmete tief durch und überlegte, ob er seinem Kollegen wirklich die Diagnose des Arztes verraten sollte. Seit der Untersuchung fühlte er sich unwohl – so als sei ein Stück aus ihm herausgerissen worden. Ein Stück Erinnerung, das ihm fehlte und das er so dringend gebraucht hätte.

»Hey!«, versuchte Theo ihn aus seinen Gedanken wachzurütteln. »Du siehst sowieso schon ziemlich mitgenommen aus – von den blauen, grünen und gelben Flecken im Gesicht mal ganz abgesehen. Also kannst du mir ruhig die Diagnose verraten. Schlimmer kann es nicht mehr kommen.«

»Sehr witzig«, murrte Lukas und trank von seinem Bier. »Ich habe den Arzt gefragt, wie lange es erfahrungsgemäß dauert, bis meine Erinnerung an den Überfall in Frischs Wohnung zurückkehrt.«

»Und? Was hat er gesagt?«

»Dass ich an einer retrograden Amnesie leide, die durch den Schlag auf den Kopf ausgelöst wurde, und dass diese Erinnerung niemals zurückkommen wird.«

»Und deshalb bläst du Trübsal?« Theo lachte. »Wolltest wohl allen imponieren, indem du uns wie von Zauberhand den Täter präsentierst, nachdem deine Erinnerung wieder gekommen ist. Aber nein! Der Arzt hat dir diese Illusion zerstört. Das zieht runter. Verstehe.«

»Du verstehst gar nichts«, gab Lukas wütend zurück. »Das heißt im Klartext, dass ich dem Täter sogar höchstpersönlich gegenüberstehen kann, ohne ihn zu erkennen.«

»Stimmt!« Theo nickte. »Das ist wirklich übel. Aber kein Grund, den Kopf in den Sand zu stecken.«

»Aber der Täter wird *mich* erkennen. Und er weiß dann nicht, dass ich völlig ahnungslos vor ihm stehe. Verstehst du endlich, was mich beschäftigt.«

Theo ging vor dem Balkonfenster auf und ab und ließ sich Lukas' Worte durch den Kopf gehen. Bis ihm ein Licht aufging: »Klingt ganz schön gefährlich.«

»Klingt nicht nur so, ist auch so. Und ich kann überhaupt nichts dagegen tun.« Lukas fuhr sich verzweifelt durch seine roten, krausen Haare, bis sie in Büscheln vom Kopf abstanden.

»Ich hätte eine Idee«, schlug Theo vor. »Du hängst dir einfach ein Schild um, auf dem steht, dass du dich an nichts mehr erinnern kannst.«

Zu Lukas großer Enttäuschung duckte sich Theo gerade noch rechtzeitig, als der Flaschenöffner ihm entgegen flog.

*

Seine Hände zitterten so stark, dass ihm der Schlüssel mehrere Male auf den Boden fiel, bis es Hans Pont endlich gelang, sein Auto aufzusperren und einzusteigen. Hastig schlug er die Tür hinter sich zu und verriegelte sie. Dann lehnte er sich zurück und versuchte sich zu beruhigen.

Ständig hatte er das Bild des Toten vor Augen. Noch nie in seinem Leben hatte er eine Leiche gesehen. Der Anblick im Schein des Vollmondes bei Mitternacht in einem verlassenen Park hatte ihn zutiefst schockiert. Zumal der Täter ganz in seiner Nähe gewesen sein musste, den verdächtigen Geräuschen nach zu urteilen.

Pont wollte nicht weiter darüber nachdenken. Lieber fuhr er schnell nach Hause und überlegte, wie es mit dem Paket weitergehen sollte.

Paket!!!! Wie ein Stromstoß fuhr ihm die Erkenntnis durch alle Glieder. Er hatte das Paket im Zentrum des Bürgerparks vergessen. Was sollte er jetzt tun? Es einfach liegen lassen und so tun, als ginge es ihn das alles nichts an?

Der Gedanke war verlockend. Trotzdem zögerte er, einfach loszufahren. Er war nicht allein im Park gewesen. Außer seinem toten Informanten war mindestens noch eine Person dort gewesen, die ...

Der Journalist wollte den Gedanken nicht zu Ende denken. Sein Herz schlug immer noch wie wild. Es wollte ihm nicht gelingen, seine Nerven zu beruhigen. Das Paket dort zurückzulassen, könnte sich als schwerer Fehler herausstellen. Er befürchtete, dass der unbekannte Dritte daraus einen Nutzen ziehen könnte – und zwar gegen ihn.

Entmutigt öffnete er die Autotür und stieg schwerfällig aus. Die klare Sommernacht hätte ihm unter normalen Umständen gut gefallen können. Aber so?

Ängstlich stolperte er in den dunklen Park zurück. Dieses Mal umfing ihn eine unheimliche Stille – kein Rufen eines Nachtvogels, kein Brummen eines Automotors auf der Autobahn, nichts. Dafür hatte er das Gefühl, dass seine Schritte laut schallten. Also ging er auf Zehenspitzen weiter, um so leise wie möglich zu sein.

Am kleinen Amphitheater angekommen, sah er schon von Weitem, dass das Paket noch unberührt an der gleichen Stelle lag wie vorhin. Erleichtert nahm er es an sich und wollte umkehren. Doch da schoss ihm der Gedanke durch den Kopf, noch einmal nach dem Toten zu sehen.

Er schlug denselben Weg ein wie wenige Minuten zuvor, als er dieses verdächtige Stöhnen gehört hatte. Und fand die Stelle wieder, wo sein Informant tot auf dem Boden gelegen hatte. Aber jetzt war hier nichts mehr.

Hans Pont blinzelte mehrmals mit den Augen, weil er seinen Sinnen nicht mehr traute. Er schaute wieder auf den Rasen. Nichts. Er suchte die gesamte Umgebung ab. Nichts. Die Leiche war verschwunden.

9

Bernd Schöbels Stuhl gähnte leer. Susanne starrte ständig dorthin. In ihren Augenwinkeln erkannte sie, dass Sandra der Abwesenheit des Kollegen anscheinend überhaupt keine Bedeutung beimaß. Sie arbeitete an ihrem PC, als sei alles wie immer.

»Weiß jemand von euch, wo Bernd steckt?«, rief Susanne laut in die Runde.

»Sag nur, du interessierst dich für den vollgefressenen Sack?«, entgegnete Sandra schroff. »Hast wohl schon eine Vermisstenanzeige aufgegeben.«

»Vermisstenanzeige?« Susanne schaute Sandra staunend an. Doch aus dem Blick der Kollegin schlug ihr nur boshafte Ironie entgegen. »Was geht hier vor? Wo steckt Bernd?«

»Ruf doch mal bei der *Deutschen Allgemeinen* an!«, schlug Manfred Sost vor. »Ich habe gehört, Pont hat ihn abgeworben.«

»Welches Interesse sollte Pont an einem Sportreporter wie Bernd haben? Seine Zeitung hat doch schon den besten, den man hier in der Gegend kriegen kann.«

»Bist du so blöd oder tust du nur so?«, giftete Sandra. »Bernd hält sich für was Besseres. Als Sportreporter fühlt er sich doch total unterfordert. Vermutlich hat ihm Pont eine bessere Stellung angeboten.«

»Und wie, bitte, soll der auf ihn aufmerksam geworden sein?«, gab Susanne zurück.

Darauf wusste niemand eine Antwort.

Susanne schaute von einem Gesicht zum nächsten. Überall sah sie das Gleiche, nämlich die Anstrengung, ihren Blick möglichst nicht zu erwidern. Das war für sie die endgültige Bestätigung dafür, dass hier etwas vorging, was sie nicht wissen sollte.

»Was verheimlicht ihr mir?«, platzte es wütend aus ihr heraus.

Sandra lachte schrill: »Du glaubst wohl an die große Verschwörung – alle gegen dich. Was?«

»Ja! Genau das! Ich merke doch, dass hier etwas nicht stimmt«, begehrte Susanne auf. »Wenn ihr nicht gleich den Mund aufmacht, rufe ich die Polizei an und melde Bernd tatsächlich als vermisst. Wollen wir doch mal sehen, wer dann noch lacht.«

»Nur weil du den Typ mit der polierten Fresse vögelst, musst du dir nicht einbilden, dass wir jetzt Angst vor dir haben.« Sandra lachte boshaft.

»Ruhe bitte, die Damen!«, schaltete sich Ute Drollwitz in das Streitgespräch ein. »Warum könnt ihr euch nicht wie erwachsene Menschen benehmen und ernst darüber diskutieren, was wir jetzt machen sollen?«

»Ach – Ute, du geile Stute«, stöhnte Sandra lustvoll. »Wenn du nicht so verdammt vernünftig wärst, würde ich dich glatt vernaschen.«

Utes Gesicht lief hochrot an. »Hoffentlich ist bei dir nur das Mundwerk so locker ...«

»Sonst? Sprich es nur aus!«, forderte Sandra sie frech heraus.

»Sonst würde ich dir alles Mögliche zutrauen. Bisher habe ich ja auch nicht gewusst, dass du medizinische Kenntnisse hast.«

»Und ich wusste nicht, dass du lesen kannst.«

»Da siehst du mal wieder, ich kann sogar zwischen den Zeilen lesen, nämlich, dass du nicht nur von der *Deutschen Allgemeinen* verdächtigt wirst.«

»Von wem denn noch?«, schrie nun Sandra aufgebracht.

»Von der Polizei! Einen anderen Grund kann es ja wohl nicht geben, dass Pont so eine Anschuldigung in seine Zeitung setzt.«

»Schluss mit dem Zickenkrieg«, mischte sich Sost ein.

»Spiel hier bloß nicht den Boss!«, keifte Sandra zurück.

»Klappe!«

Diese barsche Reaktion zeigte endlich Wirkung, Sandra erwiderte nichts mehr.

»Bevor du darüber nachdenkst, die Polizei zu alarmieren, liebe Susanne, solltest du bei der Redaktion der *Deutschen Allgemeinen* anrufen und fragen, ob Bernd schon dort ist und sogar arbeitet, was er bei uns ja stets zu vermeiden wusste ...«, fuhr Sost etwas milder fort. »Denke, das wäre sinnvoll, bevor wir hier die Pferde scheu machen!«

»Er kann doch nicht einfach von heute auf morgen bei Pont anfangen«, wandte Susanne ein. »Dafür müsste er doch erst mal bei uns kündigen?«

»Soweit müsstest du Bernd inzwischen kennen, dass er keine Anstrengung unterlässt, uns zu ärgern.«

»Trotzdem kann er nicht gleichzeitig zwei Jobs haben.«

»Sag *ihm* das!« Sost warf Susanne einen ungeduldigen Blick zu. »Und wenn du ihn an der Strippe hast, richte ihm bitte aus, dass er hier vorbeikommen und seine schriftliche Kündigung abholen kann. Die liegt nämlich schon auf meinem Schreibtisch.«

Susanne tat wie geheißen und rief in der Redaktion der *Deutschen Allgemeinen* an. Dort wusste jedoch niemand etwas von einem Bernd Schöbel.

*

Theo fühlte sich wie erschlagen, als er aus seiner Wohnung in den Korridor des Mietshauses trat. Nun stand er vor der Wahl, ob er den Fahrstuhl oder die Treppe nach unten benutzen sollte. Zehn Stockwerke galt es, zu bezwingen. Der Fahrstuhl hatte die unangenehme Angewohnheit, häufiger mal stecken zu bleiben. Hinzu kam das Gewitter, das draußen tobte. Das legte schon mal die Technik lahm. Ob er das seiner schlechten Laune zumuten konnte?

Die ganze Nacht hatte er darüber nachgegrübelt, warum Marie-Claire ihn versetzt hatte. Eigentlich wollte er ja gar nichts von ihr. Sie war eine Kollegin – da sollte er Vorsicht walten lassen. Und doch hatte sie etwas in ihm berührt. Es war ihre Verletzlichkeit, ihre Trauer um den toten Vater, die ihn so empfänglich für diese Frau machten. Dabei stand Theo eigentlich viel mehr auf starke, selbstständige Frauen – vor allem solche, die nach einer Nacht nicht gleich von der großen Liebe sprachen. Marie-Claire war das Gegenteil davon, sie wirkte auf ihn schutzbedürftig wie ein zartes Pflänzchen.

Rasch schüttelte Theo den Gedanken ab. Gestern hatte sie ihn versetzt. Also konnte er seine Vorstellung vom edlen Ritter in glänzender Rüstung, der sie gegen die Unbilden der Welt schützte, schnell wieder vergessen. Vermutlich konnte Marie-Claire mit ihrer fragilen Ausstrahlung jeden Mann locker einwickeln.

Müde schlurfte er auf den Fahrstuhl am Ende des Flurs zu. Plötzlich hörte er ein Krachen. Hellwach richtete sich Theo auf, zog seine Waffe aus dem Holster und drückte sich zum Schutz in die Türnische einer Wohnung. Dann flackerte es grell, bevor alles in Dunkelheit versank. Notleuchten an den Decken schalteten sich ein. Stromausfall durch das Gewitter!

Theo war heilfroh, dass ihn niemand so schreckhaft gesehen hatte. Schnell verstaute er seine Waffe wieder. Den Fahrstuhl brauchte er nicht mehr anzusteuern. Blieb ihm nur die Treppe. Hinter sich hörte er plötzlich ein dumpfes Rumpeln, als sei jemand auf den Boden gefallen. Er warf einen Blick zurück, konnte aber niemanden sehen. Achselzuckend setzte er seinen Weg fort.

Im Treppenhaus gab es ebenfalls nur eine Notbeleuchtung. Müde begann er, die vielen Stufen hinunterzusteigen, um endlich in das Parkhaus zu gelangen. Doch schon nach wenigen Minuten flackerten die grellen Neonlampen auf und schalteten sich ein. Der Strom war wieder da. Sollte er das Treppenhaus verlassen und doch zum Fahrstuhl gehen?

Theo überlegte nicht lange. In der Hoffnung, die körperliche Anstrengung könnte ihn von seinen zermürbenden Gedanken ablenken, beschloss er, auch die restlichen sieben Etagen bis ins Kellergeschoss zu laufen.

Unten angekommen fühlte er sich jedoch um keinen Deut besser. Schwüle Luft schlug ihm entgegen. Durch die schmalen, hohen Ritze unterhalb der Decke des Parkhauses konnte er gerade sehen, wie ein Blitz draußen alles erhellte. Der Donner folgte unmittelbar und mit ihm der nächste Stromausfall. Schlagartig war Theo von undurchdringlicher Schwärze umgeben. Zum Glück hatte er immer eine Taschenlampe dabei. Die zog er aus seinem Gürtel und schaltete sie ein.

Sah er da einen Schatten hinter einem Betonpfeiler verschwinden? »Hallo?«

Keine Antwort. Er hatte sich wohl getäuscht.

Schulterzuckend setzte Theo seinen Weg zwischen den parkenden Autos hindurch fort. Wieder glaubte er, eine Silhouette am Rand des Lichtkegels seiner Taschenlampe zu erkennen. Spielten seine Nerven verrückt?

Endlich fand er seinen guten Toyota Corolla. Obwohl das Auto schon alt war, hing Theo daran. Es hatte ihn noch nie im Stich gelassen. Und inzwischen zierte ihn so manches Extra, mit dem er seinen Wagen im Laufe der Jahre aufgetunt hatte. Besitzerstolz erfüllte ihn jedes Mal, wenn er mit der topp gepflegten Kiste durch die Straßen fuhr und dabei die immer futuristischer anmutenden Neuwagen mit Missachtung strafte.

Er öffnete die Tür, stieg ein, steckte den Schlüssel ins Zündloch und wollte starten. Nichts tat sich. Ein zweiter Versuch. Wieder Stille.

Theo wollte es nicht glauben und versuchte es wieder und wieder und wieder. Aber vergebens. Enttäuscht lehnte er sich zurück, stützte seinen Ellenbogen an der Seitenscheibe ab, ohne zu merken, dass er dabei die Zentralverriegelung betätigte. Noch nie hatte ihn der Wagen im Stich gelassen. Warum ausgerechnet jetzt? Die Dunkelheit in der Tiefgarage ging ihm auf die Nerven. Ständig hörte er Donnern, Rappeln, Rascheln. Sogar ein Rütteln erfasste sein Auto. Ein Erdbeben? Nein, das würde sich anders anfühlen.

Er schaltete die Scheinwerfer ein. Schatten huschten davon.

Ein Blitz zuckte durch den schmalen Spalt unterhalb der Decke – die einzige Verbindung zur Außenwelt.

Frustriert schaltete Theo das Licht wieder aus und zog sein Handy aus der Hosentasche, suchte Lukas' Nummer aus dem Kurzwahlspeicher und wählte.

*

»Release me« brachte Lukas endgültig aus dem Konzept. Das Gewitter hatte ihn unsanft geweckt. Und so mies, wie der Tag begonnen hatte, sollte es auch weitergehen. Mit Kopfschmerzen hastete er die Treppe hinunter und wäre fast über die letzten Stufen gestolpert. Ein Blick in den Hof ließ ihn erschrocken zurückweichen. Es goss in Strömen.

In der Haustür blieb er stehen, zog sein Handy aus der Hemdtasche und meldete sich mit den Worten: »Deine Sehnsucht nach mir muss ja verdammt groß sein. Wie viele Stunden ist es her, dass wir uns getrennt haben?«

»Einfach zu viele«, kam es von Theo brummig zurück. »Ich sitze hier in meinem Auto und kann es nicht starten.«

»Und wie kann ich dir dabei helfen?«

»Indem du mich abholst.«

Lukas rümpfte die Nase. Ein Blitz zerriss gerade den Himmel in zwei Teile, der darauffolgende Donner krachte so laut, als sei ein Schuss gefallen. Vor Schreck ließ Lukas das Handy auf den Boden fallen. Er hob es hastig auf, aber die Verbindung war abgebrochen.

So ein Mist. Hastig wählte er die Nummer von Theo. Besetzt. Na ja, das war ja fast zu erwarten gewesen.

Lukas überlegte, ob er einen Sprint zu seinem Auto wagen sollte. Aber die Wassermassen, die gerade vom Himmel fielen, hielten ihn davon ab. Der nächste Blitz, der nächste Donner. Lukas schauderte. Fast hätte er das nächste »Release me« überhört.

»Also, was ist jetzt?«, plärrte Theo. »Soll ich etwa zu Fuß bei dem Wetter zur KPI gehen?«

»Ich komme ja schon.«

Endlich konnte er sich aufraffen. Mit hastigen Schritten sprang er zielsicher in jede Pfütze, bis er von oben bis unten tropfnass in seinen Wagen einsteigen konnte. Fluchend startete er und fuhr los.

Kaum hatte er den Parkplatz verlassen, ertönte schon wieder der vertraute Klingelton. Während Lukas mit einer Hand steuerte, zog er mit der anderen das Handy wütend aus der Hemdtasche. Das Display verriet ihm, dass »Susanne Kleber« anrief. Das war natürlich etwas anderes. Voller Erwartung meldete er sich.

»Es ist schon wieder ein Mitarbeiter unserer Zeitung verschwunden«, erklärte Susanne mit gehetzter Stimme.

Lukas hatte sich eigentlich einen anderen Grund für ihren Anruf erhofft, aber er wollte nicht unhöflich sein, denn Susannes Besorgnis war ihr deutlich anzuhören. Also fragte er: »Wer?«

»Bernd Schöbel, unser Sportreporter.«

Lukas konnte sich an den kleinen, dicken Mann mit dem ewigen Grinsen im Gesicht erinnern. Er hatte auf dem Schreibtisch gesessen, die Füße baumeln lassen und keine Gelegenheit ausgelassen, Sandra Gossert zu beleidigen.

Schon wieder die Gossert! Ob das etwas zu bedeuten hatte? Sofort wurde ihm mulmig. Vielleicht war Schöbel ja wirklich in großer Gefahr.

»Ich bin gerade auf dem Weg zur Berliner Promenade und hole Theo dort ab. Sein Auto ist nicht angesprungen. Dann kommen wir sofort«, versprach er.

Er warf das Handy auf den Beifahrersitz und konzentrierte sich aufs Fahren. Die Scheibenwischer konnten die Regenmassen kaum noch bewältigen. Lukas sah die Straßen durch den Wasserschleier nur verschwommen, was ihn dazu anhielt, extrem langsam zu fahren. Er erreichte den Kreisverkehr, der ihn in die Straße unterhalb der Berliner Promenade führte. An deren Ende befand sich die Tiefgarage des »SaarCenters«, in dem Theo wohnte. Wie zu erwarten, war der Eingang versperrt.

Lukas stellte seinen Wagen ab und rannte durch den Regen auf die Eingangstür zu. Ein Blitz huschte über den schwarzen Himmel und blendete ihn. Wie blind betrat er das dunkle Parkhaus, setzte vorsichtig einen Schritt vor den anderen. Dabei streckte er seine rechte Hand aus, während er mit der linken über seine Augen rieb. Plötzlich ertastete er etwas. Es fühlte sich an wie Stoff. Da stand jemand vor ihm und sagte kein Wort. Lukas riss die Augen auf. Er konnte nur schemenhaft einen großen Mann erkennen.

Der Unbekannte bewegte sich, hob einen Arm. Doch Lukas war schneller. Er stieß einen Schrei aus, rief etwas von »Polizei« und wollte nach dem erhobenen Arm greifen, als sich der Mann umdrehte und wegzulaufen versuchte. Aber Lukas' Adrenalinspiegel war viel zu hoch, er konnte und wollte nicht zusehen, wie dieser Kerl einfach in der Dunkelheit verschwand. Mit einem Satz sprang er ihm auf den Rücken, womit es ihm gelang, den Flüchtenden zu Boden zu zwingen. In dieser Position drehte er ihm die Hände auf den Rücken und rief: »Sie sind festgenommen.«

Danach begann er die ganze Latte der vorgeschriebenen Rechtsbelehrungen herunterzuleiern, bis Theo plötzlich neben ihm stand und fragte: »Was tust du da?«

»Siehst du das nicht?« Lukas zeigte auf den Daliegenden. »Er hat mir aufgelauert, wollte mich niederstrecken. Vielleicht haben wir hier den Mann, den wir suchen.«

Ein Stöhnen drang unter Lukas hervor. Lukas half dem Festgenommenen dabei, sich umzudrehen. Zu seiner und auch Theos Überraschung blickten sie in das vertraute Gesicht von Dennis Welsch.

»Was machst du denn hier?«, fragte Lukas, als er sich von seinem Schrecken erholt hatte.

Dennis richtete sich auf und suchte seinen Koffer, der bei Lukas' Angriff weggeflogen war. Böse starrte er den Polizisten an und antwortete: »Ich bin zu einem Notfall gerufen worden.«

»Notfall?«

»Ja! Ein Notfall! Falls du dich erinnerst, ich bin Arzt. Da wird man schon mal zu einem Notfall gerufen.«

»Und warum fällst du dann über mich her?«

»Wer hier über wen hergefallen ist, wäre noch zu klären«, keifte Dennis. »Ich wollte schnell zu den Aufzügen laufen, da kommst du angeschwankt wie ein Besoffener und haust mich fast um.«

Lukas verstand die Welt nicht mehr. »Von wo bist du gekommen?«, fragte er.

Dennis zeigte auf eine Tür, die noch halb offen stand. Lukas hatte sie in seiner Eile, so schnell wie möglich vom Auto ins Parkhaus zu gelangen, nicht gesehen.

»Aber, warum hast du den Arm gegen mich erhoben?«

»So ein Blödsinn. Ich wollte dir ausweichen und hätte fast das Gleichgewicht verloren.«

»Dann geh lieber zu deinem Einsatz«, lenkte Lukas ein, der endlich begriff, dass er überreagiert hatte.

»Hoffentlich lebt die alte Dame noch.« Mit diesen Worten setzte Dennis seinen Weg zum Aufzug im Laufschritt fort.

»Ich glaube, du solltest dich wirklich krankschreiben lassen«, schaltete sich Theo ein.

»Fängst du jetzt auch noch an, an mir herumzumäkeln?«

»Nein! Ich mache mir nur Sorgen um deine Geistesverfassung«.

»Was soll das?« Lukas schnaufte wütend.

»Deine Amnesie macht dich total gaga! Ich sehe schon vor mir, wie du eines Tages Kriminalrat Ehrling in Handschellen abführst, aus fester Überzeugung, er wäre derjenige, der dich überfallen hat.«

*

Andrea wusste, dass es nicht richtig war, was sie gerade tat. Alleingänge seiner Mitarbeiter hatte Allensbacher streng untersagt. Und doch stand sie jetzt allein vor dem antiken Gebäude der *Neuen Zeit*. Ihre Emotionen drohten sie allmählich in den Wahnsinn zu treiben. Sie hatte sich Hals über Kopf in Sandra verliebt, aber seitdem war gleichzeitig auch ihr Misstrauen geweckt worden. Ihre neue Loverin vermochte sie zwar um den Verstand zu bringen, aber doch noch lange nicht so sehr, dass Andrea darüber den Verstand verlor. Vielmehr glaubte sie, dass Sandra eine starke Hand brauchte, die sie wieder auf den rechten Weg zurückführte. Denn irgendetwas heckte sie aus. Nur was?

Durch die Glasscheibe in der Eingangstür konnte Andrea erkennen, dass Sandras Schreibtisch leer war. Aber nicht nur der – sämtliche Arbeitsplätze waren verwaist. Wo Sandra wohl steckte? Soweit Andrea informiert war, musste sie heute arbeiten. Oder hatte sie ihr auch da etwas vorgeschwindelt?

Der starke Gewitterregen trieb die Polizisten trotzdem in das Redaktionsgebäude. Wenn sie Glück hatte, war die Gesuchte vielleicht gerade bei ihrem neuen Chef im Archiv.

Kaum war die Tür hinter Andrea ins Schloss gefallen, tauchte der jedoch schon vor ihr auf. Sosts Lächeln war undefinierbar. Andrea machte sich auf alles gefasst. Es wäre ja möglich, dass er ihr die unhöfliche Befragung immer noch übel nahm. Doch die Freundlichkeit, mit der er sie begrüßte, überraschte sie.

»Was kann ich für unsere ermittelnde Kommissarin tun?«, fragte er. »Haben Sie neue Erkenntnisse?«

»Leider nein«, gab Andrea zu. »Ich bin gekommen, weil ich mit Frau Gossert sprechen muss. Wo ist sie denn?«

»Sie muss jeden Augenblick hier sein. Aber solange können Sie mich gerne in mein Büro begleiten und wir beide unterhalten uns.«

Höflich komplimentierte Sost die Polizeibeamtin in das Büro, das ursprünglich Erwin Frisch gehört hatte, und bot ihr an, sich zu setzen. Andrea fühlte sich regelrecht überrannt. Sie ließ sich tatsächlich auf dem Stuhl nieder, obwohl sie das eigentlich gar nicht wollte.

»Sie müssen also mit Sandra sprechen«, leitete Sost die Unterhaltung jovial ein. »Darf ich fragen, in welcher Angelegenheit?«

»Es geht immer noch um den Mord an Frisch«, antwortete Andrea. »Oder wissen Sie inzwischen mehr als wir.«

»Nein! Es ist nur so, dass uns der Artikel in der *Deutschen Allgemeinen* alle nervös gemacht hat. Wie viel Wahrheit in solchen Berichten steckt, weiß wohl niemand besser als ein Reporter.«

»Sie glauben also auch, dass Sandra etwas mit dem Mord an Frisch zu tun hat?« Andrea war sprachlos.

Sost schien die heftige Reaktion seines Gegenübers zu bemerken. Er lächelte, um seinen Worten die Schärfe zu nehmen, als er erwiderte: »Sandra ist in der Tat die Einzige in unserem Haus, die ein Motiv haben könnte.«

»Das sieht die Polizei anders.«

»Ach ja? Und wie?«

»Es dürfte Ihnen wohl klar sein, dass ich mit Ihnen darüber nicht sprechen darf«, wich Andrea aus.

»Ja natürlich! Nur macht es mich nervös zu wissen, dass immer noch ein grausamer Mörder auf freiem Fuß ist, der Zeitungsreporter in Stücke hackt.«

»Sie sprechen in der Mehrzahl«, bemerkte Andrea sofort. »Gibt es einen weiteren Fall?«

»Haben Sie das noch nicht gehört?«

Andrea atmete deutlich hörbar aus, um zu zeigen, dass sie solche Spielchen überhaupt nicht mochte.

Der Journalist verstand die Geste und antwortete ungefragt: »Seit heute Morgen wird Bernd Schöbel vermisst.«

»Was heißt vermisst? Ist es nicht ein bisschen vorschnell, sofort von *vermisst* zu sprechen, wenn ein Mann vorübergehend mal verschwunden ist? Immerhin ist er Reporter. Er könnte doch bei einer Recherche sein. Oder ein Interview führen, von dem Sie nichts wissen.«

»Ich rede nicht einfach so daher.« Sost grinste süffisant. »Wir haben überall angerufen, um herauszufinden, wo er sein könnte. Niemand hat ihn gesehen. Und das seit gestern Abend.«

»Und wer sollte ein Motiv haben, einen Sportreporter zu töten?«

»Fragen Sie Sandra«, schlug der Journalist vor. »Die Spannungen zwischen den beiden waren schon lange nicht mehr zu übersehen. Schöbel hat auch nichts dafür getan, von den anderen Kollegen akzeptiert zu werden.«

»Deshalb bringt man ihn einfach um?«

»Keine Ahnung! Finden Sie es heraus!«

»Klar! Und wenn es nach Ihnen ginge, sollte ich am Besten gleich Sandra einer Tat verdächtigen, von der wir noch nicht mal wissen, ob sie überhaupt begangen wurde.« Andrea rümpfte die Nase. »Ich glaube, Herr Frisch hätte eine bessere Methode gewählt, um missliebige Mitarbeiter loszuwerden. Eine Kündigung ist unkomplizierter und unmissverständlicher.«

»Und manchmal tödlich!«, fügte Sost hinzu.

Wütend verließ Andrea das Büro. Sie beschloss, im Großraumbüro auf Sandra zu warten. Doch die Überraschungen sollten heute anscheinend nicht enden: Auf Schöbels Platz saß Miranda Wellenstein.

»Miranda! Was machst du denn hier?«

»Arbeiten!« Die rothaarige Frau grinste stolz, während sie in die Tastatur hackte. »Sost hat mich halbtags eingestellt. Von meinen Büchern allein kann ich nicht leben. Deshalb bin ich froh, einen Job zu haben, der immerhin noch ein bisschen mit Schreiben zu tun hat.«

»Aber du bist doch keine Sportreporterin.«

»Nein! Ich schreibe eine Serie über Recherchen im Saarland, die ich für meine Krimis gemacht habe. Manfred ist von der Idee total begeistert.«

»Wie schön für dich«, bemerkte Andrea ehrlich.

»Und was machst du hier?«

»Ich will mit Sandra sprechen. Also leiste ich dir ein bisschen Gesellschaft, während ich hier auf sie warte.«

»Da kannst du lange warten«, erwiderte Miranda. »Sie kommt heute nicht mehr ins Büro.«

»Aber ...« Andrea stutzte. »Sost sagte eben noch, dass sie jeden Augenblick hier auftauchen müsste.«

»Dann hat er geflunkert. Sandra war kurz hier – aber nur, um einen Urlaubsantrag abzugeben.«

*

»Bernd Schöbel ist verschwunden!« Mit dieser Nachricht traten Lukas und Theo vor den Dienststellenleiter.

»Wer behauptet das?« Allensbacher rieb sich den Schweiß aus dem Gesicht.

»Wir!«

»Und wie kommen Sie darauf?« Allensbacher lief rot an. »Mein Gott! Muss ich Ihnen denn jedes einzelne Wort aus der Nase ziehen?«

»Sie sind aber schlecht drauf«, stellte Theo erschrocken fest.

»Natürlich bin ich das! Sie kommen zu spät. Draußen tobt ein Gewitter und legt meine Nerven blank. Und dann muss ich mir auch noch einen Vortrag von Ehrling über Pflichtbewusstsein anhören, weil ich Sie beide angeblich nicht im Griff habe.« Allensbacher atmete tief durch, bevor er hinzufügte: »Und jetzt erzählen Sie mir auch noch was von einem weiteren Vermissten!«

Lukas und Theo starrten ihren Chef staunend an. Beide hatten nicht verstanden, was er ihnen sagen wollte.

»Wir bearbeiten keine Vermisstenanzeigen«, wurde Allensbacher endlich deutlicher. »Wir sind für Kapitalverbrechen wie Mord und Sexualdelikte zuständig. Also, was soll ich jetzt Ihrer Meinung nach tun?«

»Ich glaube, wir haben das Thema falsch angepackt«, gab Theo zu. »Wir vermuten einen Zusammenhang mit dem Mord an Frisch. Deshalb sind wir mit dieser Angelegenheit zu Ihnen gekommen, in der Hoffnung, bei Schöbel schneller reagieren zu können.«

»Sie glauben also, es ist derselbe Täter im Spiel, der auch

Frisch getötet hat?«

»Wir können das jedenfalls nicht ausschließen! Und wir meinen, dass wir durch schnelles Eingreifen vielleicht verhindern können, dass Schöbel ebenfalls in Einzelteile zerlegt wird.«

»Schon gut! Ich habe verstanden.« Allensbacher winkte ab. »Gehen Sie sein gesamtes Privatleben durch. Durchsuchen Sie seine Wohnung – aber bitte dieses Mal, ohne sich die Köpfe einschlagen zu lassen ...« Lukas grummelte mürrisch. »... und lassen Sie sich von niemandem aufhalten. Unsere Devise heißt *Gefahr im Verzug*. Verstanden? Ich informiere inzwischen den Staatsanwalt.«

»Verstanden!«, sagte Lukas und rückte im Gleichschritt mit Theo ab.

»Wo fangen wir an?«, fragte er seinen Kollegen, während beide im Laufschritt den Dienstwagen ansteuerten und eilig einstiegen, um nicht völlig durchnässt zu werden.

»In seiner Wohnung«, bestimmte Theo. »Dort ist am ehesten damit zu rechnen, dass wir persönliche Unterlagen von ihm finden.«

»Und wo wohnt unser Sportsfreund?«

»In Burbach, Hochstraße 147. Das habe ich eben schon abgefragt.«

Der Regen trommelte auf die Windschutzscheibe. Langsam ließ Theo den Wagen durch die endlose Straße des Saarbrücker Stadtteils rollen, während sie bei schlechter Sicht versuchten, das richtige Haus auszumachen. Hier stand ein Reihenhaus dicht an dem anderen. Das Mistwetter ließ die Gegend noch düsterer und grauer erscheinen, als sie ohnehin schon war. Männer mit Kapuzen über den Köpfen standen am Straßenrand und diskutierten. Kinder schossen einen Fußball gegen eine Hauswand, an der der Putz abbröckelte. Ein Obdachloser durchwühlte eine der zahllosen Mülltonnen, die die Straße säumten.

Endlich fanden sie das Miethaus, in dem Schöbels Wohnung lag. Es unterschied sich nicht von den anderen. Zum Glück hing eine Hausnummer aus rostigem Eisen neben der Haustür, sonst wären die beiden Kommissare womöglich noch daran vorbeigefahren.

»Dieses Mal gehst du vor«, bestimmte Lukas.

»Nein! Dieses Mal gehen wir zusammen rein, wie das eigentlich auch Vorschrift ist«, entgegnete Theo.

»Musst du ausgerechnet jetzt auf unseren Vorschriften herumreiten?«

Theo schaute seinen Kollegen überrascht an. Lukas' Gesicht wirkte blass, seine Augen gehetzt. »Scheiße Mann! Du hast ja Angst, dort reinzugehen.«

»Blödsinn«, wehrte Lukas hastig ab. Um Theos Verdacht zu widerlegen, stieg er couragiert aus dem Wagen und steuerte die Haustür an.

»Halt! Wir gehen zusammen rein«, rief Theo ihm hinterher.

Sie drückten den Klingelknopf des Hausmeisters, und es dauerte nicht lange, bis der Türsommer ertönte. Immerhin hatten sie es schon mal bis ins Treppenhaus geschafft. Ein Mann lugte aus seiner Wohnung. Als Lukas und Theo sich auswiesen, führte er sie zu Schöbels Wohnung und öffnete die Tür, ohne weitere Fragen zu stellen.

Die Kommissare betraten die Wohnung des Sportreporters und ließen die Tür hinter sich sofort wieder zufallen. Ein unangenehmer Geruch schlug ihnen entgegen. Lukas spürte, dass ihn seine Beine nicht weitertragen wollten. Erlebte er gerade ein Déjà-vu?

Theo ging durch den dunklen Flur. Mit schweren Schritten folgte Lukas seinem Kollegen. Sie gelangten in einen Raum, der vermutlich als Wohnzimmer, Esszimmer und Küche gleichzeitig diente. Den üblen Geruch verursachte offensichtlich eine angebrochene Mahlzeit. Fliegen surrten um den Teller und stritten sich um die Reste.

»Das sieht nach einem übereilten Aufbruch aus«, stellte Theo fest. »Was ihn wohl dazu veranlasst hat?«

Lukas spürte, wie seine innere Anspannung nachließ. Er schlenderte durch die Zimmer und schaute sich überall um, bis ihm ein Einfall kam. Er nahm das Telefon aus der Ladestation und drückte auf Wahlwiederholung. Gleichzeitig stellte er den Lautsprecher an, damit Theo mithören konnte.

Schon nach kurzem Läuten meldete sich Hans Pont am anderen Ende der Leitung. Erschrocken legte Lukas auf. »Was hat das zu bedeuten?«, fragte er.

»Das hättest du Pont fragen sollen und nicht mich«, schimpfte Theo. »Warum hast du aufgelegt?«

»Weil ich nicht wusste, was ich ihm sagen sollte«, gestand Lukas ein. »Vielleicht hat der ja was mit Schöbels Verschwinden zu tun. Dann wäre es keine so gute Idee gewesen, ihn mit der Nase darauf zu stoßen, dass wir ihm schon auf der Spur sind.«

»Du hast recht. Wir müssen uns erst mal ein Bild davon machen, welche Rolle Pont in Schöbels Leben gespielt hat. Soweit ich weiß, konkurriert dessen *Deutsche Allgemeine* mit der *Neuen Zeit*.«

»Aber geht dieser Konkurrenzkampf wirklich so weit, dass Pont alle Mitarbeiter der gegnerischen Zeitung ausschaltet?«, fragte Lukas ungläubig.

»Wir sind hier, um das herauszufinden«, erinnerte Theo seinen Kollegen und setzte die Durchsuchung der Wohnung fort.

Lukas ließ sich an Schöbels Schreibtisch nieder. Aber dort fand er nichts, was ihm weiterhelfen konnte.

Plötzlich stieß Theo einen Jubelschrei aus. Lukas schaute hoch und sah seinen Kollegen mit einem Blatt Papier aus dem Schlafzimmer des Sportreporters kommen. »Was hast du gefunden?«

»Einen Arbeitsvertrag zwischen Pont und Schöbel.«

»Also kein Konkurrenzkampf auf Leben und Tod, sondern Abwerben von Mitarbeitern«, kommentierte Lukas. »Aber warum ausgerechnet Schöbel? Die *Deutsche Allgemeine* hat einen verdammt guten Sportreporter. Pont wäre doof, den gegen Schöbel einzutauschen.«

Die beiden Polizisten überlegten eine Weile, bis Theo den

zündenden Einfall hatte: »Vielleicht soll Schöbel als Belohnung einen besseren Job bekommen. Den Wirtschaftsteil oder die Politik!«

»Belohnung wofür?«

»Bernd Schöbel ist Ponts mysteriöser Informant.«

Lukas überlegte, ehe er nachhakte: »Was macht dich da so sicher?«

»Er arbeitet schon lange mit der Gossert zusammen. Also weiß er über ihr abgebrochenes Medizinstudium Bescheid. Außerdem wusste er von der Kündigung und somit auch, dass sie ein Motiv hatte, Frisch zu töten.«

»Stimmt! Das passt alles«, erkannte Lukas. »Nur – wo ist unser Vermisster jetzt?«

»Vielleicht sollten wir der Gossert diese Frage stellen.«

»Ja, aber noch besser wäre, zuerst auf der Dienststelle vorbeizufahren und dem Chef unsere Erkenntnisse mitzuteilen«, schlug Lukas vor. »Ich will nicht Schuld daran sein, falls unser Dickerchen einen Herzinfarkt bekommen sollte.«

*

»Endlich! Wo bleiben Sie denn?«, lautete Allensbachers Begrüßung, als Lukas und Theo das Großraumbüro in der Kriminalpolizeidirektion betraten. Alle Kollegen waren anwesend – ein Zeichen dafür, dass wieder irgendetwas passiert war.

»Wurde Schöbel gefunden?«, fragte Lukas.

»Nein!«

»Frisch?«

»Nein!«

»Der Täter gefasst?«

»Würden Sie die Augen öffnen, könnten Sie es sehen.« Allensbacher wurde ungeduldig.

Lukas und Theo taten wie geheißen. Auf dem Tisch in der Mitte des Raums stand ein Paket. *Das* war die Antwort.

Theos Interesse galt in diesem Augenblick viel mehr Marie-

Claire, die neben Karl Groß in der hinteren Ecke des Büros stand. Ihr Blick haftete wie magisch angezogen auf dem Karton. Sie bemerkte Theo gar nicht. Sie sah nur dieses Paket. Ihre Gesichtsfarbe wirkte grau. Um ihre Augen zeichneten sich dunkle Ränder ab.

Wieder spürte Theo einen heftigen Anflug von Beschützerinstinkt. Vergessen war der Groll darüber, dass sie am Vortag mit einem anderen zusammen gewesen war und ihn hatte warten lassen. Er hätte sie am liebsten in die Arme genommen. Aber das wäre äußerst unklug – vor den Augen aller Kollegen. Also wandte er sich ebenfalls dem verdächtigen Objekt zu, über das die Kollegen heftig diskutierten.

»Ist es dasselbe, das vor zwei Tagen schon mal abgegeben werden sollte?«, fragte Staatsanwalt Renske an Lukas gewandt.

»Woher sollen wir das wissen?«, bekam er zur Antwort.

»Sie müssen es doch gesehen haben.«

»Nein! Das Paket hat nur der Pförtner gesehen. Ihn müssten wir fragen.«

»Das haben wir schon versucht«, bemerkte Allensbacher genervt. »Er ist schon wieder krankgeschrieben. Und Zuhause haben wir ihn auch nicht erreicht.«

»Also warten wir nicht länger, sondern schauen rein«, drängelte der Staatsanwalt ungeduldig.

Alle hatten den ausführlichen Vortrag der Kriminalpsychologin noch gut im Gedächtnis. Deren Prognose, dass der Kopf des Ermordeten in diesem Paket liegen könnte, machte jeden der Anwesenden sichtlich nervös.

»Wo ist Silvia eigentlich?«, fragte Lukas, der erst jetzt die Abwesenheit der Psychologin bemerkte.

»Sie hat einen Termin«, erklärte Allensbacher.

»Ausgerechnet jetzt.«

»Ja! Sie ist in der Justizvollzugsanstalt. Dort kann sie sich das leider nicht einfach so aussuchen.«

»Die Ärmste«, kam es ironisch von Lukas zurück. »Aber es musste ja irgendwann soweit kommen.«

Niemand konnte über diese Bemerkung lachen, der gelbe Karton lag immer noch wie eine stumme Mahnung vor ihnen. Alle schauten zu, wie es schließlich von Allensbacher höchstpersönlich geöffnet wurde. Er klappte den Deckel hoch und schaute hinein. Das Staunen war ihm deutlich anzusehen. Aber er sagte kein Wort.

Kriminalrat Ehrling trat neben ihn und warf ebenfalls einen Blick auf den Inhalt. Auch sein Gesichtsausdruck wirkte ratlos. Er griff hinein und zog die durchsichtige Tüte heraus. Alle konnten es sehen: In der Formalinlösung schwamm ein linker Fuß.

10

Der Vollmond stand rund und leuchtend vor dem Fenster. Hans Pont versuchte ihn zu ignorieren, doch es wollte ihm nicht gelingen. Er saß im Dunkeln in seinem Arbeitszimmer und starrte immer wieder auf das verfluchte Paket.

Die Worte seines Informanten – *Ihre Glückssträhne hat gerade erst begonnen. Also kneifen Sie jetzt nicht, sondern nehmen Sie dieses Geschenk an* – hatten ihn unvorsichtig werden lassen. In dem Glauben, er könnte seine Zeitung mit einem weiteren Enthüllungsbericht über die Grenzen des Saarlands hinaus bekannt machen, hatte er die Postsendung geöffnet und sich den Inhalt angeschaut. Das hätte er besser nicht getan. Das Bild, das sich seinen Augen geboten hatte, fraß sich in seinen Gedanken fest. Er bekam es nicht mehr los. Alle Bemühungen, über schöne Dinge nachzudenken, endeten mit der Erinnerung an diese grausige Fracht.

Von wegen *Glückssträhne*! Er schnaubte verächtlich, ärgerte sich über seine Dummheit, den Verheißungen des Informanten vertraut zu haben. Die Gräueltat, die der Inhalt des Pakets bezeugte, überstieg seine Vorstellungskraft. Es wollte ihm einfach nicht gelingen, daraus einen persönlichen Vorteil zu schlagen. Dabei hatte er doch sein ganzes Leben lang auf eine solch einmalige Chance gehofft. Hier bot sie sich ihm. Und was tat er? Er zweifelte. Verzweifelte.

Wieder ging er mit großen Schritten durch das Zimmer. Am Fenster hielt er inne. Der Mond beleuchtete die Gärten zwischen den Häusern. Weißblau schimmerten die Bäume und Sträucher in dem fahlen Licht. Dazwischen sah er ein Stück Wiese, das zu seinem Grundstück gehörte. Sein ganzes Leben hatte er hier verbracht. Und in dieser Stunde – fast um Mitternacht – stellte er mit Entsetzen fest, dass sich in all den Jahren nichts verändert hatte. Oh doch! Die Bäume waren gewachsen. Mehr aber auch nicht.

Als Kind hatte er in diesem Garten eine Schaukel gehabt, als Jugendlicher durfte er sich einen Hund halten. Und als Erwachsener hatte er zusammen mit seiner Frau auf Kinder gehofft, die den Garten wieder füllen würden. Aber er hatte keine Kinder zeugen können – der Kreislauf des Lebens sollte anscheinend bei ihm enden. Hoffentlich nicht zu früh.

Dieser Gedanke erinnerte den Journalisten wieder an sein Problem. Er warf einen Blick auf den Karton und trat darauf zu. Die oberen Klappen hatte er durch eine Schere voneinander getrennt, sodass er sie mit nur einem Finger öffnen konnte. Aber das wollte ihm nicht mehr gelingen, seit er wusste, was sich darin verbarg. Er spürte, wie seine Hände sofort zu zittern begannen, sobald er es auch nur versuchte.

Erneut trat er ans Fenster und betrachtete das freie Stück Wiese in seinem Garten. Und dann fasste er einen Entschluss ... Er zögerte nicht länger. Hastig zog er eine große Nylonplane aus dem Schrank, in die er das Paket einwickelte, und marschierte damit hinaus in die Nacht.

Eine Schippe lehnte an die Rückwand seines Hauses – für den Fall, dass er seinen Garten mal umgraben wollte. Dass er diese Schippe zum Ausheben eines tiefen Loches benötigen würde, hätte er nie für möglich gehalten, als er sie am Baumarkt funkelnagelneu erstand.

Seine anfängliche Euphorie verwandelte sich schnell in Verzweiflung, als er feststellte, wie mühsam es war, ein Loch in festgetretener Erde auszuheben. Lange musste er graben – viel zu lange –, bis er mit der Tiefe zufrieden war. Feierlich legte er das Paket hinein und füllte das Loch mit der lockeren Erde wieder auf. Die obere Grasschicht, die er ganz vorsichtig abgetragen hatte, bettete er auf die umgegrabene Erde, sodass auf den ersten Blick nichts mehr von dem imaginären Grab zu sehen war.

Mit schmerzenden Gelenken kehrte er ins Haus zurück, stellte sich ans Fenster, das auf diese Stelle im Garten zeigte und wartete.

Pont wartete und wartete. Darauf, dass seine innere Ruhe zurückkehren würde. Aber nichts dergleichen geschah. Nach wie vor fühlte er sich getrieben von dem Gefühl, in eine Falle gestolpert zu sein. War es wirklich richtig gewesen, das Paket einfach so zu entsorgen?

Plötzlich reifte eine neue Idee in ihm. Er fasste sich an den Kopf und ärgerte sich über sich selbst. Warum war er nicht schon viel früher darauf gekommen? Sein Informant hatte ihm einen entscheidenden Tipp gegeben. Und dessen Tod sollte nicht umsonst gewesen sein.

*

Loni Dressel erwachte aus einem unruhigen Schlaf. Sie öffnete die Augen, ließ den Blick zum Fenster schweifen und fand dort sofort die Antwort darauf, warum sie nicht schlafen konnte. Alles schimmerte in einem hellen, bläulichen Weiß – es war Vollmond. Sie brauchte kein Licht einzuschalten, um zu erkennen, dass das Bett ihrer Mutter leer war.

Das fehlte noch. Erschrocken hievte sie ihren schweren Körper aus den Federn, zog sich einen Bademantel über und ging durch den schmalen Flur in die Küche. Seit ihre Mutter an Multipler Sklerose erkrankt und an einen Rollstuhl gefesselt war, spielte sich beider Leben nur noch auf einer Etage ihres Hauses ab. Das obere Stockwerk diente nur noch dazu, dass Loni dort regelmäßig sauber machen durfte. Als Hartz IV-Empfängerin hätte sie ja genug Zeit, meinte ihre Mutter immer, wenn Loni sich gegen diese stumpfsinnige Arbeit auflehnen wollte.

Müde schlurfte sie über die alten, zerkratzten Dielen des Parkettbodens ins Wohnzimmer, das zur Straße zeigte. Dort stellte ihre Mutter ihren Rollstuhl gern ab und beobachtete das Treiben draußen – seit Jahren ihre Lieblingsbeschäftigung.

Doch das Wohnzimmer gähnte leer. Loni kehrte um und steuerte den hinteren Teil des Hauses an, der zum Garten führte. Dort fand sie ihre Mutter. Sie saß am Küchenfenster und schaute mit einer Miene in die Nacht hinaus, als würde sie sich einen spannenden Krimi im Fernsehen anschauen.

»Hilde«, rief Loni aus. Schon vor vielen Jahren hatte sie sich angewöhnt, ihre Mutter beim Vornamen zu rufen. Dabei fühlte sie sich erwachsener. »Was tust du denn hier ... mitten in der Nacht?«

»Schau dir das an!«, rief die alte Frau anstelle einer Antwort.

Loni stöhnte laut hörbar und schimpfte: »Es ist fast Mitternacht!«

»Das ist es ja gerade«, entgegnete Hilde unerschütterlich. »Was vergräbt der Herr Pont wohl um Mitternacht in seinem Garten?«

Nun wurde auch Loni neugierig. Sie stellte sich hinter den Rollstuhl ihrer Mutter und schaute hinaus. Tatsächlich konnte sie im Licht des Vollmonds deutlich erkennen, wie sich ihr Nachbar abmühte, ein Loch in die Erde zu buddeln. Neben ihm lag ein Sack.

»Er hatte doch gar keinen Hund«, sprach Hilde ihre Gedanken aus.

»Vielleicht hat er sich bereit erklärt, den Hund eines Freundes zu begraben«, überlegt Loni.

»Ja! Das wäre ihm zuzutrauen. Der Mann ist immer so hilfsbereit.« Hilde Dressel begann zu schwärmen. »Wie sehr habe ich all die Jahre gehofft, er würde dir den Hof machen ...«

»Hilde!«, unterbrach Loni sie hastig. »Du kennst doch die Frau, die er geheiratet hat.«

»Das habe ich nie verstanden! Diese Person hat nicht zu ihm gepasst. Das habe ich sofort erkannt. Und es hat sich ja auch bestätigt. Sie ist ihm einfach davongelaufen.«

Loni ließ ihren Blick wieder auf den Garten schweifen, in dem der Mann arbeitete, von dem sie gerade sprachen. Schon immer hatte sie für den Journalisten geschwärmt. Heimlich natürlich. Selbst ihrer Mutter gegenüber hätte sie ihre Schwäche für den Nachbarn niemals zugeben. Denn Hans Pont hatte keine Augen für sie. Noch nicht einmal, wenn sie sich auf dem schmalen Bürgersteig begegneten. Ein Gruß, der lediglich aus einem Nicken bestand – mehr nicht. Oder hatte sie sich sogar dieses Nicken nur eingebildet?

Jetzt sah sie ihm zu, wie er einen großen Nylonsack nahm und in das Loch hineinlegte. Die Küchenuhr schlug zwölf Mal. Ihr wurde schwindelig. Beobachtete sie gerade ein Verbrechen? Auch ihrer Mutter verschlug es die Sprache.

»Er vergräbt keinen Hund«, sprach Loni aus, was beide dachten. »Das würde er niemals heimlich in der Nacht tun.«

*

Lukas Baccus ließ seinen Wagen über den Behördenparkplatz rollen. Die Sonne schien, als hätte es das Gewitter am Vortag nicht gegeben. Das brachte ihn auf andere Gedanken. Seit seiner peinlichen Nacht mit Susanne war ihr Kontakt auf ein Minimum geschrumpft. Ihre aufmunternden Worte zu seinem Versagen verblassten immer mehr in seinem Gedächtnis. Stattdessen wuchs seine Scham. Er sehnte sich nach Susanne, doch genauso spürte er große Hemmungen, sich bei ihr zu melden. Dass auch sie sich zurückhielt, verunsicherte ihn zusätzlich, er befürchtete eine Abfuhr. Deshalb unterließ er es lieber gleich, sie anzurufen, und versuchte sich mit Arbeit abzulenken. Und sein aktueller Fall stellte ja nun wirklich eine große Herausforderung dar. Den zu lösen, ja, *das* war seine Aufgabe.

Ein bekanntes Auto wurde in unmittelbarer Nähe abgestellt – der Toyota Corolla seines Freundes.

Lukas stieg aus, steuerte Theo an und fragte: »Konntest du den Wagen selbst wieder in Gang bringen?«

Theo lachte und meinte: »Klar! Ich bin nicht nur ein Super-Bulle! Ich bin auch ein Automechaniker der Extraklasse!«

»Klar, wie konnte ich das nur vergessen? Was war denn nun mit der Kiste?«

»Also, das Wort *Kiste* will ich überhört haben«, schimpfte

Theo wie erwartet los. »Dieser Wagen ist mein Heiligtum. Deshalb kenne ich ihn auch von innen wie von außen. Die Verteilerklappe war locker. Das war alles.«

Lukas staunte. »Kommt so was öfter vor?«

»Keine Ahnung. Seit ich den Wagen habe, war es das erste Mal. Aber weil er schon ziemlich alt ist, ist das nicht so verwunderlich. Da hilft einfach nur noch gute Pflege.«

Gemeinsam betraten sie den großen Gebäudekomplex der Landespolizeidirektion, in dessen 4. Stock ihr Büro untergebracht war. Kaum hatten sie den Fahrstuhl verlassen, da spürten sie schon, dass heute etwas anders war als sonst. Zögerlich gingen sie durch den Flur. Karl Groß begegnete ihnen mit Leichenmiene.

»Habt ihr heute schon die Zeitung gelesen?«, fragte er zur Begrüßung.

»Nein!«

»Dann macht euch auf was gefasst. Wir sollen alle in Ehrlings Büro kommen. Der Staatsanwalt, der Gerichtsmediziner und unsere Psychologin sind auch schon da.«

Lukas und Theo folgten dem hünenhaften Mann bis ans Ende des langen Flurs zum Büro des Kriminalrats. Mit gemischten Gefühlen traten sie ein. Dicke Luft schlug ihnen entgegen. Von Kaffeeduft keine Spur. Alle standen. Die Stühle waren achtlos zur Seite geschoben.

»Jetzt sind wir vollzählig«, merkte Allensbacher an, als sich die Tür hinter den drei Polizeibeamten schloss.

Lukas erkannte, was der Auslöser für die miese Stimmung war: Die *Neue Zeit* lag auf dem Schreibtisch. Die Titelseite wurde fast komplett durch ein Farbfoto eingenommen, ein Foto, das jedem den Atem stocken ließ. Ein menschliches Gehirn war dort abgebildet. Darunter stand in fetten Buchstaben »Unsere Schaltzentrale!«

Den weiteren Text konnte Lukas von seiner Position aus nicht lesen. Aber das war auch nicht nötig, denn Hugo Ehrling fing sofort an zu schimpfen: »»Dieser Bericht enthüllt Dinge, die niemals an die Öffentlichkeit gelangen sollten. Die Abbildung des Gehirns könnte eine Provokation sein. Unsere Spezialisten überprüfen die Echtheit des Fotos, haben bisher aber noch kein Ergebnis.«

»Und welche Dinge enthüllt der Bericht, die niemals an die Öffentlichkeit sollten, wenn das Foto getürkt ist?«, fragte Lukas.

»Unsere Kollegin Peperding liest uns jetzt den Text vor, den Sandra Gossert dazu verfasst hat«, lautete Ehrlings knappe Antwort.

Die Angesprochene stand mit hochrotem Kopf neben dem Kriminalrat. Ohne jeglichen Kommentar begann sie laut vorzulesen:

»Sieht so die ehemalige Schaltzentrale unserer Zeitung aus? Wenn ja, spricht es für eine Unerschrockenheit des Täters, die keine Vergleiche kennt. Denn dieses menschliche Gehirn wurde in einem Paket der Post abgeliefert, als handele es sich hier um eine ganz normale Fracht. Aber das ist nicht die einzige Frage, vor der wir hier stehen. Warum schickt der Täter das Paket an die Zeitung? Treibt er ein perfides Spiel mit der Polizei? Vermutlich! Denn die Fähigkeiten der Fahnder lassen offensichtlich sehr zu wünschen übrig, was den Mörder immer mutiger macht. Seit dem Verschwinden des wichtigsten Mannes unserer Zeitung haben die Ermittler nicht nur keinerlei Ergebnisse vorzuweisen. Nein. Es kommt noch schlimmer. In der Zwischenzeit ist ein zweiter Mann spurlos verschwunden. Und zwar ein weiterer Mitarbeiter der Neuen Zeit: *unser Sportreporter Bernd Schöbel.«*

Ein mürrisches Geraune ging durch die Menge, doch Andreas ließ sich davon nicht stören. Unbeirrt las sie weiter:

»Seit Erwin Frischs Verschwinden leben wir in großer Ungewissheit. Denn es kommen weitere Vermisstenfälle hinzu, die aus Ungewissheit Angst werden lassen. Die Polizei fahndet nämlich inzwischen auch nach einem Mann der Kirche – einem wirklichen oder vermeintlichen Kardinal. Dabei wissen wir nicht, ob dieser Mann im Verdacht steht, Täter oder ebenfalls Opfer zu sein. Da wir uns auf die Polizei nicht mehr verlassen können, nötigt uns diese Angst dazu, selbst mit der Suche nach unserem vermissten Kollegen zu beginnen, in der Hoffnung, ihn vor dem Schlimmsten bewahren zu können.«

Andrea legte die Zeitung auf den Schreibtisch und wollte sich den neugierigen Blicken sämtlicher Kollegen entziehen. Doch Ehrling befahl ihr, stehen zu bleiben.

»Frau Peperding! Woher weiß Sandra Gossert von dem falschen Kardinal, den wir immer noch erfolglos suchen?«, fragte er mit einer Schärfe in der Stimme, die Glas schneiden konnte.

»Ich weiß es nicht.« Andreas Stimme war nur mehr ein hilfloses Flüstern.

»Sie wissen, dass ich Sie von dem Fall abziehen muss. Mit allen Konsequenzen«, fuhr der Kriminalrat fort.

»Warum? Ich habe nichts getan«, protestierte Andrea.

Doch der Vorgesetzte war nicht zu erschüttern. »Sie sind die Einzige, die privaten Kontakt zu der Reporterin und gleichzeitig zu dieser Krimiautorin pflegt. Und wie wir inzwischen erfahren haben – was Sie ebenfalls nicht für nötig hielten, uns zu sagen –, arbeitet diese Dame seit Neuestem auch noch für die *Neue Zeit*.«

Sofort brandete wieder erstauntes Gemurmel auf, bis Ehrling sich laut räusperte und fortfuhr: »Gestern hatte Frau Wellenstein ihren ersten Arbeitstag in der Redaktion und heute lesen wir die erstaunlichsten Berichte über unsere Arbeit. Sie waren gestern zufällig im Redaktionsgebäude und haben die Autorin dort angetroffen.«

Andrea schrumpfte vor den Augen der Kollegen in sich zusammen.

»Deshalb werden Sie nicht mehr an dem Fall weiterarbeiten. Sie dürfen jetzt die Dienstbesprechung verlassen.«

Totenstille herrschte in dem großen Büro. Alle Blicke waren auf Andrea gerichtet, die mit unsicheren Schritten die Tür ansteuerte, sich noch einmal umdrehte, in der Hoffnung, Ehrling habe es sich anders überlegt, bevor sie hinausging und die Tür hinter sich ins Schloss warf.

Eine Weile verharrten alle Beamten in Schweigen, bis der Staatsanwalt den Anfang machte, um die Besprechung wieder in Gang zu bringen: »Wie kommt Sandra Gossert an dieses brisante Paket? Können wir davon ausgehen, dass der Täter selbst es ihr zugeschickt hat?«

Die Polizeipsychologin räusperte sich und erklärte: »Das wäre möglich. Jedenfalls würde es meine Theorie untermauern, dass sein Erfolg ihm die Bestätigung für seine Allmacht gibt. Die Tatsache, dass die Polizei ihm nicht auf die Spur kommt, macht ihn mutiger. Oder wütender. Ich weiß nicht, welche von beiden Möglichkeiten letztlich zutrifft. Eines ist aber sicher: Ein menschliches Gehirn an eine Zeitung zu schicken, grenzt schon an Überheblichkeit. Damit will er uns provozieren.«

»Willst du damit sagen, dass er uns eins auswischen wollte, weil wir das Paket an diesem Abend nicht angenommen haben?«, hakte Lukas nach.

»Genau das! Ihr habt seine Arbeit nicht gewürdigt.«

»Hä?«

Silvia lachte trocken und fügte erläuternd hinzu: »Unser Täter hält sich für großartig, was ihn mit jedem neuen Tag, den die Polizei im Dunkeln tappt, größenwahnsinniger werden lässt.«

»Heißt das auch, dass er gefährlicher wird?«, fragte der Kriminalrat.

Die Psychologin nickte.

»Was bedeutet das genau?«

»Er könnte sich ein neues Opfer suchen.«

»Hat er das nicht schon getan?«, fragte der Staatsanwalt. »Ich denke da an diesen Fuß, der gestern hier eingetroffen ist.«

Auf diese Bemerkung hin meldete sich der Gerichtsmediziner zu Wort. Mit donnernder Stimme berichtete er: »Der linke Fuß stammt eindeutig nicht von Erwin Frisch. Wir haben es also tatsächlich mit zwei Opfern zu tun. Aber ...«

»Was aber?«, drängelte der Staatsanwalt. »Machen Sie es nicht so spannend!«

»Hier liegt ein anderer Modus Operandi vor. Und zwar wurde der Fuß von einem Toten abgetrennt. Außerdem war die Formalinlösung nicht so konzentriert, sodass noch verwertbares DNA-Material zu finden war. Auch konnten die Kollegen der

Spurentechnik feststellen, dass ein anderes Werkzeug verwendet wurde, um den Fuß abzutrennen – eine alte Axt mit vielen Riefen in der Klinge. Hier wurde wesentlich stümperhafter gearbeitet als in den Fällen zuvor.«

»Kann es sein, dass wir es mit einem Trittbrettfahrer zu tun haben?«, fragte Renske die Kriminalpsychologin. »Oder ist es üblich, dass ein Täter seine Vorgehensweise so dramatisch ändert?«

Silvia antwortete zögerlich: »Ich vermute tatsächlich einen Trittbrettfahrer. Das heißt, wir haben es mit zwei verschiedenen Tätern bzw. Tätergruppen zu tun. Sollte unser Haupttäter das herausfinden, wird er vermutlich noch gefährlicher.«

»Noch gefährlicher?« Der Staatsanwalt schaute die junge Psychologin ungläubig an. »Geht das denn?«

Silvia ließ ihren Blick durch die Runde der Versammelten wandern, ehe sie aussprach, was alle beschäftigte: »Wenn er von seinem Nachahmer erfährt, könnte sein neues Opfer jemand sein, der es in seiner Wahnvorstellung nicht anders verdient hat, nämlich ...«

»... einer von uns«, vollendete Hugo Ehrling Silvias Satz.

*

Lukas war nicht gerade begeistert darüber, mit Monika zusammenarbeiten zu müssen. Die Kollegin saß zusammengesunken auf dem Beifahrersitz und schwieg eisern. Das konnte ja lustig werden, wenn er ihr jedes Wort aus der Nase ziehen musste. Also hing auch er lieber seinen Gedanken nach und steuerte den Dienstwagen wortlos über die Autobahn A620 zum Gebäude der *Neuen Zeit*.

Die neuesten Erkenntnisse ließen ihn nicht los. Zu gut erinnerte er sich an einen schwierigen Fall, den sie damals nur mit knapper Not aufklären konnten. Und er wäre dabei fast draufgegangen. Eine solche Erfahrung schüttelte man nicht einfach ab. Lukas wünschte sich, er hätte der heutigen Besprechung gar nicht erst beigewohnt. Den Zeitungsartikel hätte er auch selbst lesen können. Dafür brauchte er keine Peperding. Und Zusammenhänge erkannte er auch so.

Wer konnte schon wissen, wen sich der Täter als nächstes Opfer aussuchen würde? Seit Silvia dieses Studium hinter sich hatte, neigte sie zur Dramatisierung. Vermutlich steckte gar nichts hinter ihrer Prognose und er machte sich umsonst verrückt.

Er verließ die Autobahn und steuerte auf eine Kreuzung zu.

»Vorsicht!«, kreischte Monika plötzlich.

Lukas schaute auf und sah, dass die Ampel auf Rot umgesprungen war. Heftig trat er auf die Bremse und kam mit quietschenden Reifen einen Millimeter vor einer Fußgängerin zum Stehen, die ihn mit bösem Blick fixierte.

»Danke«, keuchte er in Richtung Beifahrerin.

»Keine Ursache«, kam es leise zurück. »Ich will nicht noch mehr Tote! Die, die wir haben, reichen aus.«

Lukas staunte über diesen Zynismus. Er warf Monika einen Blick zu, den sie nicht erwiderte.

»Bist du frustriert, weil Andrea raus ist?«, wagte Lukas zu fragen.

Es dauerte lange, bis seine Kollegin sich endlich zu einer Antwort durchrang: »Ich bin sauer, weil sie sich mir nicht anvertraut hat. Dass sie Fehler machte, habe ich sofort gemerkt. Ich hätte sie gern vor dem Rausschmiss bewahrt – aber sie hat mir keine Chance gegeben.«

Lukas staunte. In letzter Zeit war ihm schon aufgefallen, dass es zwischen Monika und Andrea Spannungen gab, aber er hatte das auf die Unterschiedlichkeit der beiden Kolleginnen zurückgeführt. Jetzt erkannte er, dass er mit dieser Annahme falsch gelegen hatte. Ihre Probleme gingen tiefer – und Monika hatte sich gegenüber Andrea auf eine bewundernswerte Art und Weise loyal verhalten. Die junge Kommissarin schaffte es immer wieder, ihn zu überraschen. Auch eine Offenheit wie eben hätte er nicht erwartet. Aber er war froh darüber. Nur so war eine gute Zusammenarbeit möglich. Auf einmal sah Lukas seine unfreiwillige Partnerschaft mit Monika mit anderen Augen. Er lächelte sie verständnisvoll an und setzte die Fahrt aufmerksamer fort.

An ihrem Ziel angelangt, bog Lukas in eine Seitenstraße ein, steuerte den Parkplatz der *Neuen Zeit* an und stieg aus. Als Monika zögerte, bückte er sich, um in das Wageninnere sehen zu können. Ihr rundliches Gesicht wirkte blass und eingefallen.

»Was ist denn los?«, fragte Lukas erstaunt.

»Hast du keine Angst, dass Sandra Gossert tatsächlich unsere Täterin sein könnte?«

Lukas überlegte kurz, ehe er mit einer Gegenfrage antwortete: »Welche Täterin? Vergiss nicht, wir suchen inzwischen mehrere.«

Monika schnaubte: »Gefährlich ist es immer, egal, welche Täterin wir vor uns haben.«

»Davor habe ich keine Angst, im Gegenteil, ich würde es mir wünschen. Dann könnten wir sie festnehmen und der Fall wäre geklärt. Aber so einfach ist es leider selten.«

»Stimmt!«

»Und hier im Zeitungsgebäude wird sie uns bestimmt nicht massakrieren.«

»Sie könnte allein sein. Dann gibt es keine Zeugen.«

»Dann sind wir immer noch zwei gegen eine.« Lukas rümpfte die Nase: »Was ist jetzt? Kommst du mit oder soll ich allein reingehen?«

»Nein! Ich komme mit. Ich lasse dich doch nicht allein in die Höhle der Löwin gehen.«

Endlich stieg sie aus. Lukas wunderte sich über ihr Verhalten, kommentierte es aber nicht weiter.

Als er in Begleitung der Kollegin das Redaktionsgebäude betrat, bemerkte Lukas sofort die prüfenden Blicke, mit denen Susanne Monika musterte. Sofort fühlte er sich etwas besser, glaubte er doch, so etwas wie Eifersucht in Susannes Mimik zu erkennen. Aber er ließ sich nichts anmerken. Der Grund, der ihn heute hier hergeführt hatte, war zu tragisch, um dabei an schöne Dinge zu denken. Also begrüßte er seine Freundin mit den Worten: »Wir müssen mit Sandra sprechen. Weißt du, wo sie steckt?«

Susanne nickte: »Sie ist beim neuen Chef. Sost ist ja genau ihr Typ. Die beiden hecken alles gemeinsam aus. Nur so konnte sich Sandra mit diesem Schundartikel überhaupt durchsetzen.«

»Na ja, das muss dann aber eine ganz frische Freundschaft sein«, entgegnete Lukas. »Theo hat mir erzählt, Sost hätte seine Mitarbeiterin bei seinem letzten Besuch hier ziemlich belastet. Aber egal, das klären wir schon. Doch sag mal, hast du wirklich nichts von diesem widerlichen Aufmacher gewusst?«

»Nein! Der Artikel wurde heute Nacht kurz vor Drucklegung geschrieben, sodass niemand von uns etwas mitbekommen konnte. Ich war heute Morgen mindestens genauso überrascht wie du.«

»Ich bin froh, dass es so ist«, gestand Lukas und näherte sich Susanne einen Schritt.

»Warum?«

»Weil so wenigstens kein Verdacht auf dich fällt.«

»Wie bitte?« Susanne erschrak. »Willst du damit ernsthaft sagen, du verdächtigst mich, das Geschlechtsteil meines früheren Geliebten abgetrennt und mit der Post verschickt zu haben?«

»Natürlich nicht«, Lukas schnell ab. »Ich doch nicht. Aber meine Kollegen haben so eine Vermutung schon ausgesprochen.«

»Nicht alle Kollegen«, korrigierte Monika ihn. »Nur Andrea.«

»Stimmt! Und die ist jetzt raus aus dem Fall«, bestätigte Lukas nickend.

»Gut zu wissen«, kommentierte Susanne mit sichtlicher Erleichterung. »Eure Kollegin war mir nicht gerade geheuer. Jedenfalls ließ ihre Objektivität sehr zu wünschen übrig.«

Sie lächelte Lukas an. Der hätte sie am liebsten in den Arm

genommen, doch sie waren leider nicht allein. Also ging er mit einem Räuspern zum dienstlichen Teil über: »Okay! Wir gehen jetzt in das Büro des Chefs.«

Er steuerte die Tür an, klopfte laut und trat ein, ohne ein »Herein« abzuwarten. Einträchtig saßen dort Sandra Gossert, Miranda Wellenstein und Manfred Sost beisammen. Dieser Anblick ließ in Lukas sofort sämtliche Alarmglocken schrillen. Stand er hier einem Mordkomplott gegenüber? Die Voraussetzungen dafür waren bei allen Dreien gegeben, ebenso hatten sie Motive und Gelegenheit zur Ausführung der Tat. Nur leider fehlte es an Beweisen. Wie gerne hätte er jetzt zugeschlagen, alle festgenommen und zur Kriminalpolizeiinspektion gebracht. Aber das würde die Verdächtigen im schlimmsten Fall nur warnen und noch gefährlicher machen, sobald sie wieder auf freien Fuß kamen. Und das würden sie garantiert, denn er hatte keine zwingenden Beweise.

»Oh, habe ich Ihr Kaffeekränzchen gestört«, bemerkte er sarkastisch, um seinem Frust Luft zu machen. »Das tut mir aber leid.«

»Sie können die Tür gern wieder von außen schließen, dann ist der Schaden nur begrenzt«, konterte Sandra bissig.

»Da muss ich Sie leider enttäuschen, Frau Gossert. Denn gerade Sie sind der Grund für mein Auftauchen in dieser illustren Runde.«

Sandra schnaubte laut hörbar, doch Lukas ließ sich nicht beeindrucken. An Monika gewandt flüsterte er: »Sprich bitte mit der Wellenstein in einem anderen Zimmer. Die sollen keine Gelegenheit bekommen, sich noch weiter abzusprechen.«

Monika warf Lukas einen ängstlichen Blick zu, worauf der Kollege sofort seine Anweisung korrigierte: »Geh mit ihr zu Susanne. Dann bist du nicht allein mit der Verdächtigen.«

Monika nickte zufrieden und tat wie geheißen. Kaum hatten die beiden Frauen das Zimmer verlassen, bat Lukas auch Manfred Sost, ihn mit Sandra Gossert allein zu lassen. Doch der neue Chef der *Neuen Zeit* weigerte sich.

»Das ist mein Büro«, stellte er klar. »Hier sagen Sie mir nicht, was ich zu tun habe.«

Lukas gab sich geschlagen. Er setzte sich auf den Platz, der freigeworden war und fragte: »Wie sind Sie an ein menschliches Gehirn gekommen?«

»Mitten in der Nacht wurde mir ein Paket vor die Tür gestellt«, antwortete Sandra.

»Und wo ist das jetzt?«

»Im Archiv«, antwortete Sost. »Sie können es gerne mitnehmen – wir haben keine Verwendung mehr dafür.«

»Danke!« Lukas räusperte sich. »Wie haben Sie mitbekommen, dass Ihnen jemand mitten in der Nacht ein Paket vor die Tür gestellt hat?«

»Der Idiot hat geklingelt. Er wollte, dass ich das mitbekomme.« Sandra lachte verächtlich.

»Haben Sie gesehen, wer Ihnen das Paket dorthin gestellt hat?«

»Ja?«

Lukas staunte, mit dieser Antwort hatte er nun wahrlich nicht gerechnet. »Und wer?«

»Das sage ich Ihnen doch nicht. Sie können es morgen früh in der Zeitung lesen, da werde ich nämlich morgen früh für die nächste Sensation sorgen.«

»Das werden Sie nicht. Wenn Sie mir den Namen nicht sagen, nehme ich Sie fest wegen Behinderung der Polizeiarbeit.«

»Dass ich nicht lache. Ich soll eure Arbeit machen, so sieht es doch aus.«

»Okay! Sie haben das Recht zu schweigen. Alles, was Sie jetzt sagen, kann gegen Sie verwendet werden«, begann Lukas seinen juristischen Spruch herunterzuleiern ... Doch Manfred Sost unterbrach ihn: »Es war Hans Pont.«

*

Die Hitze im Wagen machte Theo zu schaffen. Neben ihm saß die schärfste Polizistin, die er je kennengelernt hatte, die Sonne schien vom azurblauen Himmel und lenkte seine Gedanken ständig auf seine Beifahrerin. Blonde Locken kräuselten sich auf den schmalen Schultern, die in Uniform gehüllt waren. Feingliedrige Finger lagen auf langen, schlanken Schenkeln. Die Fingernägel schimmerten dunkelrot. Theo hatte Mühe, nicht von der Straße abzukommen. Das kleine Waldstück rechts der Mainzerstraße könnte ihn auf dumme Ideen bringen.

»Dort musst du links abbiegen.« Mit diesen Worten weckte Marie-Claire ihn aus seinen Tagträumen. Theo konzentrierte sich wieder auf den Verkehr und bog ab in Richtung Eschberg.

Nach wenigen Minuten hatten sie die Straße erreicht, in der Hans Ponts Haus stand. Theo parkte gerade ein, als sein Handy klingelte. Er hob ab, bevor er ausstieg, und wechselte ein paar Worte mit dem Anrufer. Marie-Claire stellte sich in einer Pose vor den Dienstwagen, die seine Konzentrationsfähigkeit erneut auf eine harte Probe stellte. Ihr Po füllte die sonst so unauffällige grüne Polizeiuniformhose auf eine Weise aus, die ihn um den Verstand zu bringen drohte. Und sie beugte sich zu ihm, sodass er gleichzeitig ihre Brüste sehen konnte, die sich deutlich unter der Bluse abzeichneten. Was für ein Anblick! Er beendete das Gespräch hastig, stieg aus und stellte sich neben sie.

»Wir wissen jetzt, dass Pont das Paket zur Gossert gebracht hat.«

»Woher?«

»Lukas hat es von ihr selbst erfahren. Sie hat den Journalisten von ihrem Fenster aus dabei beobachtet.«

»Und was heißt das für uns?«

»Dass wir vorsichtig sein müssen«, antwortete Theo. »Jetzt steht auch Pont unter Verdacht, unser Täter zu sein.«

Das Domizil des Inhabers der *Deutschen Allgemeinen Zeitung* war ein kleines, weißes, unauffälliges Gebäude in einer Reihe von Häusern, die alle die gleiche Bauweise aufzeigten. Keine Menschenseele befand sich auf der Straße, keine streunenden Hunde und keine Katzen. Lediglich eine Bewegung nahm Theo wahr – und zwar an jenem Haus, das links neben dem von Pont stand. Eine Gardine wackelte dort auffällig. Sie überquerten die Straße und steuerten Ponts Haustür an.

Theo drückte auf die Klingel.

»Soll ich nicht die Rückseite im Auge behalten, für den Fall, dass er fliehen will?«, fragte Marie-Claire.

Theo schüttelte den Kopf. »Zu spät. Ich habe gerade geklingelt.«

»Du bist vielleicht ein Superbulle«, stöhnte Marie-Claire. »Normalerweise sorgt man dafür, dass der Verdächtige nicht einfach so abhauen kann.«

Theo lachte und schaute in das ebenmäßige Gesicht seiner Begleiterin. »Vielleicht will ich einfach nicht, dass du dich in Gefahr begibst. Pont kriegen wir so oder so, wenn er der Täter ist. Aber jetzt und hier ist mir deine Sicherheit wichtiger.«

Marie-Claire schaute Theo überrascht an. Ihre großen blauen Augen wirkten dabei so unschuldig, dass es ihm fast den Atem raubte. Er trat einen Schritt auf sie zu, umfasste mit einer Hand ihre leuchtend blonden Locken und kam ihrem Gesicht bedrohlich nahe. Ihr süßer Duft betörte ihn, ihre vollen Lippen erregten ihn. Er sah, wie sie ihre Augen schloss – wie eine Einladung, sie zu küssen.

»Herr Wachtmeister!«, kreischte es plötzlich.

Theo riss sich erschrocken von der uniformierten Kollegin los und schaute in die Richtung, aus der dieser störende Ruf gekommen war. Auf dem Bürgersteig stand ein Gespann, wie er es noch nie gesehen hatte: Eine kleine, dicke Frau in geblümtem Kleid schob eine andere kleine, dicke Frau im Rollstuhl über den Bordstein. Der Rollstuhl war komplett ausgefüllt mit ebenfalls bunt geblümtem Stoff. Dieser Anblick schmerzte in Theos Augen.

183

Verärgert trat er auf die beiden Frauen zu und sagte: »Einen Wachtmeister gibt es nicht mehr. Ich bin Oberkommissar Borg und das ist Kommissaranwärterin Leduck. Was haben Sie uns zu sagen?«

»Leduck?«, wiederholte die jüngere der beiden Frauen und musterte Marie-Claire argwöhnisch. »Den Namen kenne ich doch.«

»Stören Sie uns deshalb bei einer polizeilichen Ermittlung?«, wies Theo die Frau brüsk zurück.

Sie schüttelte hastig den Kopf: »Ich heiße Loni Dressel. Und das ist meine Mutter Hilde.«

»Schön! Dann haben wir das schon mal geklärt.« Theo spürte Ungeduld. Er ließ sich nicht gern dabei stören, wenn er sich einer wunderschönen Frau näherte! Und schon gar nicht von solchen Gestalten, die auf ihn den Eindruck machten, als wollten sie sich wenigstens einmal in ihrem Leben wichtig fühlen.

»Wir wohnen direkt neben Herrn Pont«, sprach Loni Dressel weiter.

Theo nickte und knirschte leise mit den Zähnen.

»Heute Nacht haben wir etwas Unheimliches beobachtet.«

Theo horchte auf. Jetzt wurde es doch noch spannend.

Die kleine Dicke berichtete von ihren Beobachtungen der letzten Nacht: Der Chef der *Deutschen Allgemeinen* hatte in seinem Garten angeblich ein großes Loch gegraben und dort einen verdächtigen Sack hineingeworfen.

»Kann es ein Abfallsack gewesen sein?«, fragte Theo. »Manche Leute wollen so Müllkosten sparen.«

»Und warum sollte er das um Mitternacht tun?«, fragte Loni zurück. »Unsere Küchenuhr hat genau in diesem Moment zwölf Mal geschlagen.«

»Abfallentsorgung im Garten ist illegal«, erklärte Theo.

»Und ein Mann, der ganz allein wohnt, hat so viel Müll, dass er ihn illegal entsorgen muss?«, mischte sich nun die Mutter ein und richtete dabei ihren Blick nach oben, um in Theos Gesicht schauen zu können. Ihre Augen funkelten böse. »Es kostet meine Tochter schon große Mühe, Ihnen von unseren Beobachtungen zu erzählen, immerhin ist Herr Pont schon seit Jahrzehnten unser Nachbar und ein sehr angenehmer Mensch. Da möchte ich Sie doch bitten, Loni ernst zu nehmen.«

»Jetzt weiß ich auch wieder, woher ich den Namen Leduck kenne«, meldete sich Loni wieder zu Wort. »Ihr Vater hat sich doch das Leben genommen, weil ...«

»Und warum verdächtigen Sie einen so angenehmen Nachbarn eines Verbrechens?«, fiel Theo der Frau unfreundlich ins Wort.

»Wir verdächtigen doch niemanden«, erwiderte Loni kleinlaut. »Wir halten es nur für unsere Pflicht, der Polizei zu helfen.«

»Gut! Dann sagen Sie uns, warum Sie sich so sicher sind, dass Ihr Nachbar etwas Verbotenes in seinem Garten getan hat.«

»Wir haben nur zufällig mitbekommen, dass er gestern Nacht irgendwas heimlich vergraben hat«, berichtete Loni. »Und am nächsten Morgen lesen wir in der Zeitung, dass ein weiterer Mann spurlos verschwunden ist. Da haben wir es schon mit der Angst zu tun bekommen.«

Theo konnte diesen Argumenten nichts wirklich entgegenhalten, er musste reagieren, so unangenehm ihm diese beiden Zeuginnen auch waren.

»Ich rufe die Kollegen, damit sie den Garten umgraben«, schlug Marie-Claire vor.

»Okay!« Theo nickte. »Und ich rufe den Staatsanwalt an, damit wir eine Genehmigung dafür bekommen.«

Marie Claire drückte erneut auf den Klingelknopf an Ponts Haustür. Auch dieses Mal passierte nichts. »Ich fürchte, unser Vogel ist ausgeflogen«, meinte sie.

Sie umrundeten das Haus und versuchten von der Rückseite aus etwas zu erkennen, aber ohne Ergebnis.

»Wir können unsere Durchsuchung auch ohne ihn starten«, stellte Theo klar. »Wird ein schöner Schock für ihn, wenn er zurückkommt und seinen Garten umgegraben vorfindet.«

Es dauerte nur wenige Minuten, bis die ersten Polizeifahrzeuge vorgefahren kamen. Die Kollegen rüsteten sich mit Schaufeln aus und eroberten den Garten. Dort ließen sie sich den Platz zeigen, an dem Pont um Mitternacht angeblich gearbeitet hatte.

»Gut getarnt«, rief ein Kollege aus. »Ohne den Hinweis der Zeugin hätten wir diese Stelle nie gefunden.«

»Also! Worauf warten wir noch?«, ertönte die helle, schneidende Stimme des Staatsanwaltes. Renske war höchstpersönlich gekommen, um dieser Aktion beizuwohnen.

Das Warten war wie immer das Schlimmste. Fast schon beneidete Theo die Kollegen mit ihren Schaufeln darum, dass sie etwas zu tun hatten, während er dicht neben Marie-Claire stand und sich ihr nicht nähern durfte. Also beobachtete er den Staatsanwalt, der sich angeregt mit Loni Dressel und ihrer Mutter unterhielt. Der Mann war ein wahrer Charmeur, er behandelte die beiden Frauen mit einer Aufmerksamkeit, die sie regelrecht aufblühen ließen.

Plötzlich ertönte ein Ruf: »Hier ist etwas!« Eilig liefen sämtliche Kollegen zu dem ausgehobenen Loch. Weiß hoben sich Gegenstände von der dunklen Erde ab: Knochen!

11

Die Temperaturen wollten nicht heruntergehen. Leise surrte die Klimaanlage in Lukas' Wagen, während er durch die nächtlichen Straßen der Stadt fuhr. Monika saß neben ihm. Da ihre Wohnung auf seinem Heimweg lag, hatte er ihr angeboten, sie nach Hause zu bringen. Ihre Zusammenarbeit war bislang nicht schlecht verlaufen. Monika arbeitete effektiv, aber leider ohne jegliche Eigeninitiative. Das gefiel vermutlich den Vorgesetzten. Lukas stand allerdings mehr auf Spontaneität, was ihm die Arbeit stets ein bisschen interessanter erscheinen ließ.

Monikas Gründlichkeit hatte dafür andere Vorteile. Sie konnte Details in Aussagen erkennen und Nuancen in den Gesten der Befragten ausmachen, die Lukas vermutlich entgangen wären. So erwiesen sich die gemeinsamen Ermittlungen als konstruktiv, wenn auch langweilig.

Monika schwieg wieder mal eisern. Das konnte sie bestens. Während Lukas mit Theo fast keine ruhige Sekunde hatte, in der er mal nachdenken konnte, erlebte er hier eine Stille, die ihn zu Gedanken verleitete, die er sich sonst niemals gemacht hätte.

Während sie den Kollegen beim Umgraben von Ponts Garten zugesehen hatten, war es Lukas nicht entgangen, wie auffällig sich Theo zu Marie-Claire hingezogen fühlte. Allerdings wusste Lukas nicht, wie tief diese Gefühle gingen. Bisher hatte er seinen Kollegen und Freund nur als oberflächlichen Casanova erlebt, der die Frauen so schnell wieder fallen ließ, wie er sie erobert hatte. Sogar Lukas' Ex war eines seiner Opfer geworden. Obwohl Lukas seine Frau gut zu kennen geglaubt und ihr ein sicheres Gespür für Männer zugetraut hatte, war sie Theo auf den Leim gegangen. Welche Absichten hegte er nun gegenüber Marie-Claire, die durch den tragischen Verlust ihres Vaters schon genug Sorgen mit sich herumschleppte? War es überhaupt ratsam, eine Liebesaffäre unter Kollegen zu beginnen?

Lukas versuchte diese Gedanken abzuschütteln, aber das gelang ihm nicht. Dabei war er sich nicht einmal sicher, was ihm größeren Verdruss bereitete: Die Tatsache, dass Theo mehr Erfolg als er bei der Jagd nach Frauen hatte? Oder die Befürchtung, dass er durch einen Fehltritt seines Freundes im schlimmsten Fall auf seinen Partner verzichten musste, weil Theo versetzt werden könnte? Die Aussicht, den Rest seiner Dienstzeit mit Monika verbringen zu müssen, behagte ihm nicht. Gelegentliche Schichten mit ihr zu teilen war okay. Aber das genügte auch.

»Dort musst du rechts abbiegen und dann wieder rechts, weil die Kantstraße eine Einbahnstraße ist«, bemerkte Monika und riss ihn damit aus seinen Gedanken.

Lukas fuhr, wie die Kollegin ihn navigiert hatte. So gelangte er von der anderen Seite in die Straße, in der sie wohnte. Rechts lag ein Park, der zu dieser nächtlichen Stunde verlassen wirkte. Links reihte sich ein Haus an das andere. Vor jedem wucherten dichte Hecken, wodurch die Eingangstüren von der Straße aus fast nicht zu erkennen waren.

»Hier ist es.«

Lukas bremste ab.

»Danke!« Monika lächelte Lukas schüchtern an.

»Keine Ursache! Ich wohne nur einen halben Kilometer weiter. Da kann ich dich doch mitnehmen, solange du kein Auto hast!«

»Das ist echt nett von dir ...«

Lukas spürte, dass Monika noch etwas sagen wollte, aber unentschieden zu sein schien. Also drängte er sie nicht, sondern wartete geduldig ab, bis er an ihrer Mimik erkannte, dass sie es sich doch anders überlegt hatte. Sie öffnete die Wagentür und stieg aus.

Lukas schaute ihr nach, wie sie den Wagen umrundete und auf ihre Haustür zuging. Er fuhr langsam los. Doch plötzlich glaubte er zu erkennen, wie sich ein Schatten aus der Hecke dicht vor dem Eingang löste. Er versuchte, sich seiner Wahrnehmung durch einen Blick in den Rückspiegel zu versichern, doch dort war es nur dunkel. Sollte er zurückstoßen? Wenn er sich geirrt hatte, machte er sich lächerlich. Also fuhr er bis zum Ende der Straße, bog zweimal rechts ab, um erneut von oben in die Kantstraße einzubiegen. Als er Monikas Haus im Schritttempo erreichte, erkannte er, dass er richtig gesehen hatte. Monika stand nicht allein vor der Haustür. Eine schattenhafte Gestalt beugte sich über sie.

Hastig zog er seine Waffe aus dem Holster, entsicherte sie und sprang aus dem Wagen. »Polizei! Keine Bewegung!«, schrie er.

Gleichzeitig schaltete sich das Licht über der Haustür ein und erleuchtete den gesamten Eingang. Vor Lukas standen Andrea und Monika und starrten ihn entsetzt an.

Lukas fühlte sich peinlich berührt. Verlegen steckte er seine Waffe wieder weg, stieg in seinen Wagen und fuhr davon.

*

»Was war das denn?«, fragte Andrea ihre Kollegin verärgert, kaum dass Lukas' Wagen in der Dunkelheit verschwunden war. »Seit wann hat dieser Aufreißer denn einen Beschützerinstinkt für dich entwickelt?«

»Er hat vermutlich nur Schatten gesehen, weil der Bewegungsmelder nicht immer funktioniert«, versuchte Monika, die Situation zu erklären.

Aber Andreas Wut war nicht zu bremsen. »Hat er dich also auch schon flachgelegt? Lukas hätte ich doch mehr Geschmack zugetraut. Dass er sich ausgerechnet eine graue Maus wie dich vorknöpft, hätte ich jetzt nicht gedacht; er steht eigentlich mehr auf Püppchen. Aber vielleicht hat er ja Notstand.«

Monika sperrte wütend die Tür auf, ging hinein und wollte sie vor Andreas Nase zuschlagen. Doch die aufgebrachte Kollegin war schneller.

»Glaub' bloß nicht, dass du mich so schnell wieder loswirst«, keifte sie, nachdem sie sich ebenfalls ins Haus gedrängt hatte.

Monika spürte, wie unangenehm ihre Lage war. Lukas hatte

gesehen, wer sie mitten in der Nacht besuchte. Aber war ihm auch aufgefallen, dass Andrea unangekündigt hier aufgetaucht war? Monika durfte nicht mehr mit ihrer Kollegin über den Fall sprechen. Und wie die Dinge standen, würde es ihr nicht leicht fallen, bei so viel Aggressivität zu schweigen. Bisher hatte sie noch immer aus Angst vor Andrea alles ausgeplaudert, damit sie ihre Ruhe hatte. Aber jetzt lag eine andere Situation vor, Andrea war suspendiert worden. Monika hätte heulen können. Verunsichert ging sie in die kleine Küche, Andrea folgte ihr auf dem Fuß.

»Hast du Bier im Haus?«

»Nein. Ich trinke so was nicht.«

»Was trinkst du denn? Milch?«

»Manchmal!« Monika schaute Andrea trotzig an.

Andrea ließ sich auf den unbequemen Küchenstuhl sinken und schwieg. Monika setzte sich ihr gegenüber und schwieg ebenfalls. Sie fühlte sich innerlich angespannt und überfordert. Noch nie war ihr eine derart große Verantwortung übertragen worden. Und sie wollte alles tun, um das Vertrauen nicht zu enttäuschen, das Lukas und die anderen Kollegen ihr entgegenbrachten. Deshalb musste sie höllisch aufpassen, nichts zu verraten, was Andrea nicht erfahren durfte. Noch nie hatte sie sich so zwischen allen Stühlen gefühlt. Ihr Leben war bisher immer einfach verlaufen. Umso mehr wuchs die Angst, schon bei der ersten großen Herausforderung alles falsch zu machen.

»Was läuft da zwischen dir und Lukas?«

Schon Andreas erste Frage war derart provozierend, dass es Monika nicht schwerfiel, sich innerlich zu verschließen.

»Deine plumpen Beleidigungsversuche kannst du dir sparen«, entgegnete sie und tat dabei gelassener, als sie sich fühlte. »Das Einzige, was du damit bisher erreicht hast, ist ein Rausschmiss! Ist es das wert?«

»Pah!«, schrie Andrea so laut auf, dass Monika zusammenzuckte. »Diesen Kerlen muss man zeigen, wo es lang geht. Und nicht die Beine breitmachen in der Hoffnung, damit bei ihnen Anerkennung zu finden.«

»Ich bitte dich, jetzt zu gehen«, sagte Monika. Dabei schlug ihr Herz ganz wild. »Wir haben uns nichts mehr zu sagen.«

Andrea verstummte – eine solche Reaktion hatte sie von ihrer Kollegin nicht erwartet. Sie schaute Monika eine Weile fassungslos an, ehe sie in gemäßigterem Ton weitersprach: »Ich weiß, dass ich mir den Ärger selbst eingehandelt habe. Aber ich bin nicht entlassen. Es wird noch darüber entschieden, ob ich versetzt werde oder wieder in meine alte Abteilung zurückkommen kann. Also besteht noch Hoffnung.«

»Was willst du denn überhaupt bei uns? Du hast doch an jedem was auszusetzen.«

»Das stimmt nicht«, widersprach Andrea. Sie warf Monika einen undurchschaubaren Blick zu und wartete eine Weile. Auf Monikas beharrliches Schweigen fügte sie hinzu: »Ich arbeite gern mit dir zusammen.«

»Das Märchen brauchst du mir nicht zu erzählen.«

»Doch! So ist es wirklich.« Andrea atmete tief durch. »Du hast Prinzipien, bist bodenständig, und ich weiß immer, wo ich bei dir dran bin.« Eine kurze Pause entstand. »Und seit du in der Gunst unserer Abteilung aufgestiegen bist und sogar den persönlichen Schutz von Baccus genießt, zeigst du eine Ernsthaftigkeit und Zuverlässigkeit, die dir ganz geile rote Flecken ins Gesicht zaubern.«

Monika blickte Andrea erstaunt an, die nun auflachte: »Das bestätigt den Eindruck, den ich schon lange von dir habe. Du bist ein Pfundskerl!«

»Genug gesülzt«, wehrte Monika ab. »Deshalb lauerst du mir doch nicht nachts vor meiner Haustür auf.«

»Nein! Ich will dir einfach nur eine Hilfestellung im Fall Frisch geben.«

Misstrauisch beäugte Monika ihre sonst so resolute Kollegin, die in diesem Augenblick eher kleinmütig wirkte. »Was für eine Hilfestellung?«

»Ich habe wirklich den Fehler gemacht, Interna auszuplaudern. Aber nicht im Zusammenhang mit unserem Fall.« Das war ein Geständnis, das Monika fast vom Stuhl gehauen hätte. »Ich habe Miranda einige Tipps für neue Krimis gegeben. Unter anderem auch die Idee, etwas über einen falschen Kardinal zu schreiben.«

»Warum erzählst du mir das?«

»Weil die Details, die hinterher in der Zeitung standen, nicht von mir stammen. Wie es aussieht, weiß Miranda mehr als ich. Schon seit einiger Zeit hege ich den Verdacht, sie könnte die überall gesuchte Brigitte Felten sein.«

*

Alle Brücken der Landeshauptstadt waren übervölkert. Menschenmassen drängten sich an den Geländern, um besser ins Wasser schauen zu können. In den frühen Morgenstunden war die Meldung, dass eine Leiche in der Saar gesehen wurde, durch die Medien gegangen. Die Faszination war groß. Alle wollten dieses Schauspiel verfolgen.

Mehrere Boote der Wasserschutzpolizei trieben langsam in der Strömung. Uniformierte hielten ebenfalls Ausschau nach verdächtigen Objekten im Wasser. Die Meldungen waren so mysteriös wie die Leiche, die sich immer mehr zu einem Phantom zu entwickeln schien.

»Sie ist aufgetaucht!«, ertönte plötzlich ein Ruf durch das Megafon eines der Polizeiboote. »Ohs« und »Ahs« gingen durch die Menschenmenge. Dann endlich sah man es: Ein länglicher Körper trieb kurz an der Wasseroberfläche. Er hatte die gleiche dunkelbraune Farbe wie die Saar angenommen. Der Kopf war auszumachen, Arme und Beine verschmolzen mit dem Körper. Den Bruchteil einer Sekunde dauerte es, dann war die Leiche wieder verschwunden.

Lukas stellte den Dienstwagen mitten auf der Straße ab, eine andere Parkmöglichkeit gab es hier nicht. Zur Vorsicht schaltete er das Blaulicht ein und sprintete auf die erste Brücke zu, wo Theo bereits auf ihn wartete.

»Was ist denn hier los?«, fragte er außer Atem.

»Die Bereitschaftspolizei schafft es nicht, die Schaulustigen zu vertreiben«, antwortete sein Kollege. »Dummerweise haben die nämlich schon vor uns von der Wasserleiche gewusst.«

»Wissen wir, wer es ist?«

»Nein! Woher? Ich habe bislang auch nur gesehen, dass da wirklich ein Körper in der Dreckbrühe treibt. Aber erkennen konnte ich auf die große Entfernung nichts.«

»Und wo ist sie jetzt?«

»Wieder abgetaucht.«

Lukas starrte Theo ungläubig an, der daraufhin nur ein freudloses Lachen ausstieß. »Das ist ja das Problem. Die Leiche taucht immer wieder unter und an anderer Stelle wieder auf. Und wir können schlecht den gesamten Fluss absperren.«

»Hast du wenigstens sehen können, ob etwas fehlt? Der Kopf oder ein Fuß?«

»Der Kopf war dran – das konnte ich erkennen. Der Rest sah aus wie eine einheitliche, längliche, dunkle Masse.«

»Dann ist es nicht Erwin Frisch.«

»Nein! Aber vielleicht der Mann, dem der linke Fuß abgehackt wurde. Doch das ist von hier aus auch nicht zu erkennen«, bestätigte Theo.

Ein Handyklingeln unterbrach die beiden Polizeibeamten. Theo meldete sich, legte nach einem kurzen Wortwechsel auf und sagte: »Auf zur nächsten Brücke. Dort ist sie gerade wieder aufgetaucht.«

»Das kann ja lustig werden«, stöhnte Lukas und steuerte seinen Dienstwagen an.

»Wo ist eigentlich Monika?«, fragte Theo, kaum, dass sie im Wagen saßen. »Ist sie dir nicht zugeteilt?«

»Doch!« Lukas grinste. »Sie schreibt die Protokolle über die Befragungen von gestern.«

»Was?« Theo warf seinem Freund einen schrägen Blick zu. »Deins auch?«

Lukas versuchte den Anschein zu erwecken, er würde sich

angestrengt auf den Straßenverkehr konzentrieren. Theo durchschaute ihn trotzdem. »Und du wolltest uns hinterher weismachen, du hättest deinen Bericht selbst geschrieben.«

Lukas schwieg.

»Ganz schön raffiniert! Aber glaub mir! Das wäre aufgefallen. Monikas Berichte sind verdammt gut, das weiß bei uns jeder.«

»Stimmt auch wieder«, gab Lukas schließlich zu. »Aber zumindest habe ich mir diese schnöde Arbeit erspart.«

»Wie hast du denn die Gunst deiner dir erst gestern zugeteilten Partnerin so schnell erworben?«

Lukas zögerte eine Weile mit seiner Antwort, was Theo sofort registrierte. »Hast du sie genagelt?«

»Blödmann! Es war ganz anders.«

»Dann sag doch wie!«

Endlich rückte Lukas mit der Sprache heraus: Er hatte sich in der letzten Nacht Sorgen um Monika gemacht, als er verdächtige Bewegungen vor ihrem Haus wahrgenommen hatte. Auch dass er Andrea mit Waffengewalt gestellt hatte, erzählte er, obwohl ihm das immer noch peinlich war.

Theo rümpfte die Nase und meinte: »Oha! Und ich dachte, deine Paranoia wäre besiegt.«

»Das hat doch damit nichts zu tun. Ich hatte nur Schatten gesehen und dachte, Monika könnte meine Hilfe brauchen. Aber vor Andrea muss ich sie nicht schützen«

»Monika sich höchstens selbst, sie weiß ja, dass sie nichts ausplaudern darf«, meinte Theo.

»Da mache ich mir bei Monika keine Sorgen. Sie ist loyal.«

»Deshalb also tut sie das alles! Um nicht von dir angeschwärzt zu werden?«

»Sie schreibt den Bericht, weil sie es kann. Und nicht, weil ich sie dazu nötige.« Lukas brauste auf.

»Mann! Lukas! Diese Monika hat dich ja voll erwischt. Mach bloß keine Dummheiten!«

»Dito!«, kam es mürrisch zurück.

Theo hob beide Hände, womit er das Thema hastig beendete.

Im gleichen Augenblick erreichten sie die nächste Brücke, stiegen aus und stürzten sich in die Menschenmenge, die laute, aufgeregte Schreie ausstieß. Erst, als sie sich bis ans Flussufer durchgekämpft hatten, sahen sie, dass die Wasserschutzpolizei ein braunes Bündel an einem langen Strick versuchte an Land zu ziehen.

»Scheiße!«, brüllte einer der Kollegen. »Warum entwischt sie mir immer?« Wieder zog er an dem Strick. Das Ende war leer. »So was ist mir noch nie passiert.«

Die Suche ging weiter. Das Boot folgte der Strömung in langsamem Tempo, Lukas und Theo fuhren mit dem Auto hinterher. Inzwischen war der Saarleinpfad geräumt worden, sodass sie über diesen schmalen Weg dem Boot direkt am Fluss folgen konnten. Dabei beobachteten sie das gelegentliche Auf- und Abtauchen der Wasserleiche, bis es den Kollegen der Wasserschutzpolizei endlich gelang, sie ans Ufer zu befördern.

Lukas und Theo schauten sich den Toten genau an. Das aufgedunsene Gesicht bestand aus einer dunklen, fast schwarzen Masse. Ein kleines Loch klaffte genau zwischen den offenstehenden Augen. Die Hände waren vorne zusammengebunden und mit undefinierbaren Stofffetzen verwickelt. Ein Seil ging um die aufgeblähte Taille, wodurch das Gewebe so stark eingeschnürt wurde, dass die Umstehenden schon befürchteten, der Rumpf könnte aufplatzen. An dem Seil war ein schwerer Stein befestigt, der den Körper immer wieder unter Wasser gezogen hatte. Die unteren Extremitäten waren ebenfalls gefesselt. Wie die beiden Kommissare sehen konnten, waren noch beide Füße vorhanden.

*

»Hundeknochen?« Renske konnte es nicht fassen. »Dafür dieser Aufwand? Führt uns Pont an der Nase herum?«

Die Polizeibeamten hatte Mühe, nicht in Gelächter auszubrechen, solange der Staatsanwalt noch anwesend war. Höchstpersönlich hatte er dieser wichtigen Aktion beiwohnen wollen, was sich durch die Untersuchung der Knochenfunde und deren Ergebnis als äußerst überflüssig erwiesen hatte.

»Ich weiß, ich weiß«, grummelte der korpulente Herr in seinem maßgeschneiderten Anzug. »Da hat mich meine Intuition im Stich gelassen. Ich habe wirklich an einen Durchbruch geglaubt.«

»Weil die beiden Zeuginnen so überzeugend waren?«, hakte Theo nach, der sich an die schrulligen Gestalten noch gut erinnern konnte.

Renske lachte über den Scherz, eine Geste, die Theo mit einem erstaunten Blick zur Kenntnis nahm. Er schaute auf Lukas, dessen Mimik dieselben Gedanken verriet: Der Mann verstand tatsächlich Spaß.

»Nur eines ist sicher«, sprach der Staatsanwalt weiter. »An dieser Stelle ist erst kürzlich gegraben worden. Hinzu kommt, dass Pont diese Stelle so geschickt kaschiert hat, dass wir sie nur durch die genauen Beobachtungen der Zeuginnen finden konnten. Was hat er dort wirklich getan?«

»Vielleicht wollte er nur sichergehen, dass sein Wuffi immer noch dort liegt«, schlug Lukas vor.

Leises Gelächter ging durch den Raum.

»Nach dem Bericht der Spurensicherung liegen diese Knochen schon sehr lange dort. Vermutlich zwanzig Jahre«, hielt Renske dagegen.

»Vielleicht sieht er ja in regelmäßigen Abständen nach, ob noch alles da ist.« Lukas feixte.

»Ihr Scharfsinn ist beneidenswert.« Renske kratzte sich an seinem kurz geschorenen Kopf. »Aber mein Verdacht ist eher, dass er etwas anderes dort verstecken wollte, was er jedoch wieder ausgrub, als er sich beobachtet fühlte.«

Theo meldete sich zu Wort: »Die Theorie ist nicht schlecht. Denn als ich mit der Kollegin Leduck« – dabei warf er einen Blick auf Marie-Claire, die einige Meter entfernt von ihm stand – »vorgefahren bin, konnten wir deutliche Bewegungen im Haus der Zeuginnen ausmachen. Das zeigt, dass die Frauen auffallen, wenn sie am Fenster spannen.«

»Heißt das für uns, wir sollten weiterhin Polizeiposten vor Ponts Haus abstellen?«, fragte Allensbacher dazwischen.

»Nein! Nur auf die Möglichkeit hin, dass er etwas im Garten vergraben haben könnte, können wir keine Observation veranlassen«, beschloss der Staatsanwalt.

»Okay! Dann ziehen wir die Männer wieder ab.« Allensbacher räusperte sich, bevor er sich an Lukas wandte: »Was ist bei Ihrer Befragung von Sandra Gossert herausgekommen?«

»Das Gehirn ist ihr in einem Postpaket mitten in der Nacht von Pont vor die Haustür gestellt worden«, berichtete Lukas. »Inzwischen ist es bei Dr. Stemm, dessen Leichenkeller sich in letzter Zeit immer mehr füllt.«

»Um wie viel Uhr hat sie das Paket bekommen?«, fragte Renske.

»Mitten in der Nacht! Genauer wollte sie das nicht erläutern.«

Eine Weile beobachteten alle die Gesichtszüge des Staatsanwalts, die sich von verkniffen über nachdenklich bis hin zu erleuchtet wandelten. »Ich hab's!«, rief er aus. »Pont hat das Paket vergraben. Das haben die beiden Nachbarinnen beobachtet. Dann hat er es sich anders überlegt und es wieder ausgegraben. Das haben die Zeuginnen nicht mitbekommen. In der Zwischenzeit sind sie wieder schlafen gegangen. Irgendetwas hat Pont dazu veranlasst, den brisanten Inhalt nicht einfach verschwinden zu lassen. Nur – warum bringt er das Gehirn ausgerechnet zur Gossert?«

»Weil er sie für verdächtig hält«, mutmaßte Theo.

»Wie kommen Sie darauf?«

»Er hat es in seiner Zeitung öffentlich verkündet. Und nach unseren Ermittlungen hat vermutlich der Sportreporter Schöbel ihn zu dieser Anschuldigung veranlasst. Er hat einen Arbeitsvertrag von Pont bekommen, kurz nachdem der Bericht in der *Deutschen Allgemeinen* erschien. Das sieht verdammt nach einer Belohnung aus.«

»Und wie weit sind unsere Ermittlungen im Fall Bernd Schöbel?«, nahm der Staatsanwalt diesen Faden auf.

»Keine Spur!«, gestand Theo. »Außer dem linken Fuß, auf dessen Zuordnung wir noch warten. Dr. Stemm hat zurzeit viel zu tun. Aber sobald er das Ergebnis hat, meldet er sich bei uns.«

Eine kurze Stille trat ein.

»Inzwischen hat er auch mal wieder eine vollständige Leiche auf dem Tisch, was sicher für angenehme Abwechslung sorgt«, bemerkte Renske. »Hat Dr. Stemm schon mit der Obduktion begonnen?«

»Nein!«

»Wann ist es soweit?«

»Morgen früh«, antwortete Lukas. »Jemand von uns muss dabei sein. Wir losen noch aus, wer der Glückliche ist.«

»Gibt es schon Hinweise, wer der Tote sein könnte?«

»Nur eine Vermutung!« Lukas schaute in die Runde. Niemand widersprach ihm.

»Der falsche Kardinal?«, tippte Renske.

Lukas nickte.

»Gut! Morgen ist auch noch ein Tag! Haben wir damit alles für heute besprochen?« Allensbacher machte mit dieser Frage deutlich, dass ihm der Feierabend vorschwebte. Doch niemand reagierte so, wie er gehofft hatte. Stattdessen richteten sich alle Augen auf Monika. Die versuchte Hilfe suchend Lukas' Blick einzufangen, der dies jedoch nicht bemerkte. Er spielte gerade an dem großen, leeren Vogelkäfig herum, der immer noch seinen Schreibtisch zierte.

»Wie ich den Protokollen entnehme, haben Sie Miranda Wellenstein befragt«, wurde Allensbacher deutlicher, um Monika zur Eile zu nötigen. »Erzählen Sie uns doch bitte, wie dieses Gespräch verlaufen ist!«

Monika räusperte sich und erklärte: »Diese Frau spielt nicht mit offenen Karten.«

»Wie kommen Sie darauf?«

»Ich habe festgestellt, dass alles, was sie nicht sagt, sie verdächtig macht.«

Geraune unter den Kollegen breitete sich aus.

»Ihre Aussagen sind sehr widersprüchlich«, fügte Monika hinzu. »Sie behauptet, dass ihr ein Mordverdacht angehängt würde, wäre gut. Das würde den Verkauf ihrer Bücher in die Höhe treiben. Auf meine Frage, wie sich die Zahlen in der letzten Zeit entwickelt haben, gab sie nur ausweichende Antworten. Also habe ich mal recherchiert und herausgefunden, dass die Verkaufszahlen miserabel waren, weil ihr die Presse fehlte – was sie wiederum Frisch verdankte. Der Verlag wollte sie schon rauswerfen. Eine allerletzte Chance hat ihr der Verleger doch noch gegeben. Und ups! Schon ist der Chef der *Neuen Zeit* verschwunden.«

»Woher wissen Sie das so genau?«, hakte Allensbacher nach.

»Ich habe mit dem Verleger telefoniert.«

»Das klingt wirklich verdächtig.« Der Dienststellenleiter nickte anerkennend, nicht ohne erneut auf seine Armbanduhr zu schauen.

Wieder warf Monika einen fragenden Blick zu Lukas, der ihn endlich erwiderte. Mit einem Nicken gab er ihr zu verstehen, dass damit alles gesagt sei.

Erleichtert atmete die junge Kommissarin durch. Niemand der Anwesenden schien diese stumme Übereinkunft bemerkt zu haben. Abschließend sagte sie mit fester Stimme: »Nach diesen neuen Erkenntnissen schlage ich vor, durch eine Gegenüberstellung herauszufinden, ob Miranda Wellenstein nicht zufällig unsere gesuchte Brigitte Felten ist.«

Staatsanwalt Renske klatschte in die Hände und rief: »Gute Idee! Wir werden morgen früh die Zeugin Kees noch einmal zu uns einladen. Wie ich die alte Dame einschätze, wird es ihr Spaß machen, wieder einmal der Polizei zu helfen.«

Alle schmunzelten bei der Erinnerung an die lustigen Stunden mit dieser Zeugin.

*

»Ich könnte mir was Schöneres vorstellen, als gleich zu Dienstbeginn zu einer Autopsie zu fahren«, murrte Lukas.

Theo hatte das Steuer des Dienstwagens übernommen und fuhr in gemäßigtem Tempo über die Autobahn in Richtung Unikliniken Homburg, wo die Gerichtsmedizin untergebracht war.

»Und dazu noch eine Wasserleiche«, ergänzte Theo ebenfalls leicht missmutig. »Ich fand den Anblick, wie das Bündel gestern aus der Saar gezogen wurde, schon abstoßend genug. Jetzt dürfen wir uns auch noch mit den Details und vor allem mit den besonderen Duftnoten vergnügen.«

»Bäh! Erinnere mich nicht dran, sonst springe ich aus dem fahrenden Auto.«

»Geht nicht!« Theo lachte. »Mit der Zentralverriegelung kann ich dich einsperren.«

Das Unigelände erstreckte sich vor ihren Augen wie ein kleines Dorf. Zum Glück wussten sie genau, wo sie die Gerichtsmedizin fanden, was ihnen unnötiges Suchen ersparte. Als sie ausstiegen, schlug ihnen eine unbarmherzige Hitze entgegen.

»Warum muss ich dich eigentlich wieder begleiten«, fragte Theo. »Du hast auf mich den Eindruck gemacht, als könntest du richtig gut mit Monika. Du hast mit ihr während unserer gestrigen Besprechung einen perfekt funktionierenden Blickkontakt gehalten. So was bringen oft sogar verliebte Paare nicht fertig.«

»Es ging um ihre Begegnung mit Andrea«, erklärte Lukas. »Sie behauptet, nichts über ihre Arbeit ausgeplaudert zu haben und ich glaube ihr.«

Theo rollte die Augäpfel.

»Und Andreas Vermutung, die Krimiautorin könnte hinter der gesuchten Felten stecken, hat Monika mit ihren eigenen Argumenten geschickt vorgebracht. Warum also hätte sie dieses Treffen vor dem Chef und allen Kollegen ansprechen sollen? Außer Ärger wäre nichts dabei herausgekommen.«

»Und wo ist sie jetzt?«

»Monika fährt zu der schrulligen Alten«, antwortete Lukas. »Und wer hier mit wem gut kann, bleibt noch dahingestellt. Die Blicke, die du Marie-Claire zuwirfst – bei jeder Gelegenheit, die du dich unbeobachtet fühlst – sprechen ebenfalls Bände. Allerdings Bände anderer Art. Hast du sie schon flachgelegt? Oder steht euch das noch bevor?«

»Hey! Was sind das denn für Töne?«, protestierte Theo. »Du weißt, dass ich Marie-Claire nur ein bisschen aufmuntern will. Was du mir unterstellst, ist schon ...«

»Was?«, funkte Lukas dazwischen. »Zutreffend? Klar! Ich kenne dich doch. Und auf welche Weise du Frauen tröstest, weiß ich auch.«

»Ach, lass mich doch in Ruhe«, fuhr Theo seinen Freund verärgert an.

»Ich will nur verhindern, dass du Scheiße baust. Marie-Claire ist eine Kollegin. So was bringt Ärger, wenn die Chefs das rauskriegen. Nicht zu vergessen, dass sie durch den Selbstmord ihres Vaters besonders empfindlich ist. Also könnte der Schuss – den du ihr setzen willst – nach hinten losgehen.«

»Amen! Der Gerichtsmediziner wartet!« Damit war für Theo das Thema beendet. Er stolzierte in das Gebäude. Lukas blieb keine andere Wahl, als ihm zu folgen.

Dr. Stemm trug bereits seine Arbeitsmontur und wartete auf die beiden Polizeibeamten. Hinter ihm stand der Sektionstisch. Grelles Licht fiel auf einen dunklen Klumpen, der mal ein Mensch war. Flankiert wurde der Tisch von mehreren Ärzten, Assistenten und sogar einer Studentengruppe, die sich die Chance, der Obduktion einer Wasserleiche beizuwohnen, nicht entgegen lassen wollte.

»So viele Leute«, staunte Lukas. »Kein Wunder, dass Sie Dennis nicht vermissen.«

»So einen vermisse ich bestimmt nicht. Ein Dieb hat hier nichts verloren.«

»Na ja, immerhin hat er eine zweite Chance bekommen. Im

Krankenhaus in Saarbrücken.«

»Wie bitte?« Dr. Stemm stutzte.

»Dort arbeitet er als Notarzt.«

»Das kann ich mir nicht vorstellen.« Stemm schüttelte den Kopf. »Ein Mediziner, der es mit seinen Diebstählen bis in die Zeitung geschafft hat, bekommt keine Stelle mehr. Zumindest nicht hier in der Gegend. Aber das soll jetzt nicht unser Problem sein. Womit kann ich euch heute einen Gefallen tun?« Das Grinsen des großen Mannes wirkte dämonisch. Er befand sich in seinem Reich, was ihn noch imposanter und noch einschüchternder wirken ließ.

»Fangen wir mit den Kleinteilen an«, schlug Lukas vor, stets bemüht, nicht auf die Wasserleiche zu starren.

»Okay! Das haben wir schnell.« Dr. Stemm lachte zufrieden. »Den Fuß konnten wir eindeutig durch DNA-Vergleiche dem vermissten Sportreporter zuordnen, einem ... wie heißt er noch?«

»Bernd Schöbel.«

»Genau der!« Dr. Stemm nickte. »Das Gehirn weist keine Spuren mehr auf, die verwertbar wären. Es hat zu lange in Formalin gelegen. Da kann ich euch kein Ergebnis liefern.«

»So ein Mist«, brummte Lukas. »Wie kriegen wir raus, zu wem es gehört?«

»Wir warten auf die Reste der beiden Toten«, schlug der Pathologe schelmisch grinsend vor. »Dann spielen wir Leichenpuzzle und können feststellen, welchem von beiden das Gehirn fehlt.«

Lukas hatte Mühe, nicht jetzt schon zu kotzen. Und auch Theo war kreidebleich im Gesicht.

»Zum Ausgleich dafür habt ihr mir endlich wieder einen Toten an einem Stück serviert. Bei dem finden wir sicher mehr.«

Alle Blicke schwenkten zu der Wasserleiche, deren Anblick inzwischen nicht angenehmer geworden war.

»Wir beginnen damit, den Stoff von unserem Toten zu schälen, um zu sehen, was sich darunter verbirgt.« Der Mediziner hatte sich von den beiden Polizisten abgewandt und sprach nun in das Mikrofon, das von der Decke herunterhing. Emsig wie die Bienen begannen viele Hände gleichzeitig, die Überreste dessen, was einst mal Kleidung gewesen war, von dem Toten abzuschneiden. Anschließend trugen sie die Sachen weg, um sie im Labor untersuchen zu lassen.

Dr. Stemm besah sich die Leiche genauer und verkündete: »Außer der Schusswunde zwischen den Augen kann ich kein äußeres Merkmal von Gewalteinwirkung an ihm feststellen.«

»So ein Schuss reicht aus, um jemanden umzubringen?«, vergewisserte sich Theo.

»Durchaus! Aber trotzdem ist es meine Pflicht, nachzusehen. Ein Schuss allein kann auch auf Selbstmord deuten. Mehrere Einschusslöcher widerlegen diese Theorie.«

»Selbstmord?«, fragten Lukas und Theo wie aus einem Mund.

»Beim ersten Anblick deutet alles darauf hin«, antwortete Dr. Stemm. »Die Hände sind vorne zusammengebunden. Der Stein könnte dazu gedient haben, den Körper unter Wasser festzuhalten. Die Füße kann sich jeder selbst zusammenbinden.«

»Aber warum betreibt ein Selbstmörder so viel Aufwand?« Theo schien noch immer nicht überzeugt zu sein.

»Um es wie Mord aussehen zu lassen, zum Beispiel.«

»Was hätte ein Selbstmörder davon? Hinterher ist er so oder so tot.«

»Das werden wir herausfinden.« Der Pathologe band sich eine durchsichtige Plastikschütze um und begann, die Leiche aufzuschneiden. Mit dem ersten Schnitt gab es ein schmatzendes Geräusch. Dämpfe entwichen und setzten innerhalb von Sekunden den gesamten Sektionssaal unter einen stinkenden Nebel.

»Das sind die Gase, die sich bei einer intakten Wasserleiche bilden. Die Fäulnis entsteht in den Eingeweiden ...«

Lukas spürte, wie er die Beherrschung verlor. Er konnte nicht weiter zuhören. Mit der Hand vor dem Mund rannte er hinaus und stürmte zur Toilette. Theo folgte ihm in kurzem Abstand in die Nebenkabine. Den Geräuschen zufolge erging es ihm nicht besser als seinem Freund. Hinterher schauten sie sich gegenseitig in ihre kalkweißen Gesichter.

»Dr. Stemm meinte, es wäre schon in Ordnung, wenn wir vor der Tür auf das Ergebnis warten«, röchelte Theo.

»Zu gütig!«

»Er will nur verhindern, dass wir unsere Mägen in seinem Sektionsraum leeren.«

Erleichtert ließen sie sich auf die Stühle im langen Flur sinken und warteten. Zwei Stunden dauerte es, bis der Gerichtsmediziner zu ihnen hinaustrat. Mit ihm entwich eine ganz Wolke des fauligen, stinkenden Geruchs aus dem Obduktionssaal.

»Unser Mann hat nur diese eine Schusswunde«, begann er mit seinem Bericht. »An seinem Körper waren sonst keinerlei Merkmale von Gewalt zu erkennen. Und er war bereits tot, als er ins Wasser fiel.«

»Können Sie den Toten identifizieren?«

»Ja! Ich habe verwertbares DNA-Material gefunden. Das wird untersucht. Außerdem kann man von den Fingern trotz Waschhaut immer noch Abdrücke nehmen. Die befinden sich gerade im AFIS-System zum Abgleich. Hinzu kommt die Untersuchung der Kleider, die vorab den interessantesten Aufschluss geben, wer der Tote sein könnte.«

Lukas und Theo schauten den großen Mann fragend an.

»Wir haben bereits festgestellt, dass es da eine Menge Stoff gab.«

»Ja! Und weiter?«, drängte Theo den grinsenden Mediziner.

»Der Stoff über der normalen Kleidung sieht aus wie eine Soutane. Eine Art Stoffgürtel ist ebenfalls dabei, was bei Geistlichen Zingulum genannt wird. Dieser Mann könnte euer gesuchter falscher Kardinal sein.«

»Otto Nowak«, sprach Theo den Namen aus.

»Dann können wir Selbstmord wohl ausschließen«, schlussfolgerte Lukas. »Im katholischen Glauben gilt Selbstmord als schwere Sünde.«

»Vergiss nicht, dass er kein echter Kardinal war«, wandte Theo ein.

»Vielleicht hat er bis zum Schluss den Schein wahren wollen«, rätselte der Gerichtsmediziner. »Das wäre die Antwort darauf, warum dieser Mann sich soviel Mühe gegeben hat, es wie ein Tötungsdelikt aussehen zu lassen. Den Stein hat er sich vermutlich in der Absicht um die Taille gebunden, dass er unter Wasser bleibt. Aber die Gase waren zu stark und haben ihn trotzdem nach oben getrieben.«

Enttäuscht verließen Lukas und Theo das Gebäude und fühlten sich vor der Tür von brütender Hitze erschlagen.

»Viel Wind um nichts«, murrte Theo, während er den Dienstwagen ansteuerte.

Plötzlich hauchte Agnes wieder mal ihr zartes »Release me« ... Hastig kramte Lukas das Handy aus seiner Hosentasche und meldete sich. Es wurde in kurzes Gespräch. Als er auflegte, verkündete er seinem Kollegen mit besorgter Miene: »Die alte Frau Kees wurde zuhause nicht angetroffen.«

12

Welch ein Anblick!

Die Polizisten rückten ab. Das Haus war wieder unbeobachtet und ungeschützt. Besser konnte es nicht kommen.

Ein Kichern!

Der Trottel hatte es doch tatsächlich fertiggebracht, alles falsch zu machen. Das sollte nicht umsonst gewesen sein. Damit hatte er sich sein eigenes Grab geschaufelt.

Hans Pont, die Witzfigur!

Wie war es möglich, dass so ein Dummkopf eine eigene Zeitung auf die Beine stellte? Ein Versager, der es noch nicht einmal fertigbrachte, sein eigenes Blatt mit den richtigen Informationen zu füttern.

Dafür suchte er sich ausgerechnet die Neue Zeit!

Was hatte sich dieser Idiot dabei nur gedacht?

Das kam dabei heraus, wenn man sich auf andere verließ. Alles musste man selbst machen, weil der Rest der Menschheit der globalen Verblödung längst zum Opfer gefallen war.

Ein ärgerliches Schnauben ging durch die Büsche. Jetzt galt es nur noch herauszufinden, wo sich Pont aufhielt. War es möglich, dass er sich in seinem Haus versteckt gehalten hatte, solange das Großaufgebot der Polizei seinen Garten umgegraben hatte? Bei der Feigheit, die er bisher an den Tag gelegt hatte, konnte man das tatsächlich nicht ausschließen.

Ein Blick über sämtliche Fenster des Hauses. Nichts Auffälliges zu sehen. Wie auch? Es musste andere Möglichkeiten geben, das herauszufinden.

Aber Vorsicht war angesagt. Das eigentliche Problem waren Mutter und Tochter im Haus nebenan. Zwei Frauen, deren Leben so langweilig verlief, dass Erlebnisse der Nachbarn für sie spannender waren als jeder Film. Durch ihre Neugier könnten sie sich als ernsthafte Bedrohung herausstellen. Aber Ideen gab es genug.

Wieder schallte ein Kichern durch die Hecke.

*

»Was ist daran so beängstigend, dass die alte Frau ihre Wohnungstür nicht öffnet?«, fragte Theo ratlos, der für die Rückfahrt auf dem Beifahrersitz Platz genommen hatte.

Mit überhöhter Geschwindigkeit steuerte Lukas das Dienstfahrzeug über die Autobahn und erklärte: »Ganz einfach: Weil Monika sie gestern Abend extra noch angerufen hat, um ihr mitzuteilen, dass die Polizei sie heute Morgen für eine Gegenüberstellung abholen will. Die war völlig aus dem Häuschen vor Freude. Niemals würde sie ihre Wohnung freiwillig verlassen, wenn sie einen derart aufregenden Besuch erwartet.«

»Stimmt!« Theo erkannte endlich den Grund für die Besorgnis seiner Kollegen. »Sie hat sich bei uns richtig wohlgefühlt. Also ist wirklich Gefahr im Verzug.«

»Hoffentlich kommen wir nicht zu spät.« Lukas parkte den Wagen verkehrswidrig in der zweiten Reihe vor dem Mietshaus in der Hornungstraße, stieg aus und lief auf den Innenhof zu. Sofort wurde er von schreienden Frauen empfangen, die etwas riefen, was er nicht verstand.

Theo eilte hinterher und fragte erschrocken: »Was ist denn hier los?«

»Keine Ahnung! Du warst doch schon mal hier. Ich kenne das Haus nur aus Beschreibungen von Monika und Andrea. Aber wie es aussieht, haben die beiden nicht zu viel versprochen.«

Gemeinsam betraten die Kommissare einen miefigen langen Flur. Am anderen Ende winkte ihnen jemand zu. Erst, als sie sich näherten, erkannten sie Monika, die inzwischen veranlasst hatte, dass die Wohnung der alten Dame geöffnet wurde.

»Hast du was Neues?«, fragte Lukas und stürmte im Laufschritt in die Wohnung.

»Nein!« Monikas Gesicht wirkte traurig. »Nur, dass es hier nicht mit rechten Dingen zugegangen ist.«

»Was meinst du damit?«

»Schau dir das an!« Monika zeigte auf den Küchentisch. Dort standen zwei Kaffeetassen, beide noch halb voll. Neben dem Tisch verharrte Marie-Claire, den Blick starr auf dieses Arrangement gerichtet. Lukas nickte ihr zum Gruß zu, erhielt jedoch keine Antwort.

Monika zeigte auf das Fenster zum Hof. Es stand offen. Ebenso auffällig waren einige Lebensmittel, die nicht im Kühlschrank, sondern daneben lagen.

»Sie hat vielleicht Besuch bekommen«, überlegte Lukas laut.

»Ja! Das vermute ich auch. Wenn jemand bei ihr klingelt, ist sie immer ganz versessen darauf, den Besucher zu einem Kaffee einzuladen. Das war wohl ihre Vorstellung von Gastfreundschaft.«

Lukas starrte Monika verständnislos an.

»Sie hat vermutlich jemanden hereingelassen, der es nicht gut mit ihr meinte«, fügte die Kollegin erklärend hinzu.

Aus dem Innenhof hörten sie lautes Schimpfen von anderen Bewohnern des Hauses. Lukas' Versuche, die aufdringlichen Stimmen zu ignorieren, scheiterten. Genervt schloss er das Fenster. »Könnte sie nicht mit ihrem Gast weggegangen sein?«

»Und da lässt verderbliche Lebensmittel einfach neben dem Kühlschrank liegen?« Monika deutete auf die Tiefkühlhühnchen und das Gemüse. »Diese Sachen bekommt sie von einem Mobilen Dienst für Senioren angeliefert. Damit geht sie nicht so achtlos um, weil sie sich nicht mehr selbst versorgen kann.«

Lukas stutzte. Das war ein Argument, das ihn endlich überzeugte. »Okay! Zuerst gehe ich nach draußen und stopfe den keifenden Weibern das Maul. Deren Sorgen möchte ich mal haben. Und dann machen wir uns auf die Suche nach Maria Kees.«

»Hast du schon mit dem Hausmeister gesprochen?«, fragte Theo. Er hatte die ganze Zeit im Türrahmen gestanden und neugierig den Dialog zwischen Monika und Lukas verfolgt. Seine Augen waren unterdessen auf Marie-Claire gerichtet – so, als könnte er sich nicht entscheiden, was in diesem Moment interessanter war, das mysteriöse Verschwinden der alten Dame oder die attraktive junge Kollegin.

»Ja! Aber der ist wie immer besoffen und weiß gar nicht, von wem ich rede. Labert ständig was von Hecken und Sträuchern, die im Hof wuchern«, antwortete Monika.

»Okay! Dann sollten wir die Kollegen von der Bereitschaftspolizei bestellen, damit sie uns bei der Suche helfen«, schlug Lukas vor.

Er bemerkte, wie sich Theo anstatt zu telefonieren Marie-Claire näherte. Wütend stürmte er an ihm vorbei hinaus in den Hof.

»Endlich bewegen Sie mal Ihren Arsch!«, plärrte es laut aus einem der Fenster. »Diesen Gestank hält doch kein Mensch aus.«

»Ich bin nicht von den Stadtwerken, sondern Kriminalbeamter«, stellte Lukas klar. »Und wenn es Ihnen hier stinkt, dann bewegen Sie doch Ihren eigenen Arsch, um sauber zu machen.«

Das zeigte Wirkung. Die Frau verzog sich und schloss das Fenster. Dafür sprach ihn nun ein älterer Herr an, der nur einige Meter entfernt aus seinem Fenster glotzte: »Können Sie bitte mal nachsehen, was hier eigentlich so stinkt? Wir haben nämlich die Befürchtung, dass jemand einen Tierkadaver in den Hecken abgelegt hat. So viele Fliegen – das ist doch nicht normal.«

Lukas folgte dem Fingerzeig des alten Herrn und stellte fest, dass eine Hecke tatsächlich vollständig von Fliegenschwärmen umgeben war. Sofort wurde ihm mulmig. Welcher Kadaver könnte hier womöglich abgelegt worden sein? Er zog sein Handy aus der Tasche und rief Monika an. Als die Kollegin sich meldete, bat er sie, das Fenster zu Maria Kees' Wohnung zu öffnen.

Bingo! Es lag haargenau über dieser von Fliegen umschwirrten Hecke.

»Was ist denn?«, fragte Monika ahnungslos.

»Ich fürchte, ich habe unsere Vermisste gefunden.«

Lukas beendete das Gespräch und näherte sich der Hecke. Dadurch scheuchte er die Fliegen fort, was ihm für einen kurzen Augenblick freie Sicht gewährte. Was er zu sehen bekam, ließ seinen Magen abermals rebellieren. Eine Frau lag auf dem Rücken. Das Gesicht war nicht mehr zu erkennen, weil dort Maden in einer so großen Menge geschlüpft waren, dass an dieser Stelle waberndes und ringelndes Weiß alles andere verdeckte. Lediglich das Kostüm verriet Lukas, dass tatsächlich Maria Kees dort lag. Die Beine waren unnatürlich angewinkelt, aus einer Wunde am Schienbein krochen auch bereits vereinzelt Maden heraus. Über den Händen der Toten krabbelten dicke schwarze Käfer und suchten sich Nahrung.

Hastig drehte sich Lukas weg. Eine unkontrollierte Menge Speichel sammelte sich schon in seinem Mund. Ein Blick über die Fenster zum Innenhof verriet ihm, dass er mit Argusaugen beobachtet wurde. Also musste er sich beherrschen.

Es kam ihm gerade recht, dass Theo, Marie-Claire und Monika sich ihm näherten, allem Anschein nach streitend.

»Was gibt es denn für Meinungsverschiedenheiten zwischen euch?«, fragte Lukas und schluckte schwer.

»Monika ist der festen Überzeugung, dass wir es hier mit Mord zu tun haben«, erklärte Theo. »Marie-Claire und ich glauben eher an einen Unfall. Die Alte hat sich zu weit aus dem Fenster gelehnt und ist dabei abgestürzt.«

Lukas hütete sich, Monikas Intuition zu übergehen. Hinzu kam der Zeitpunkt, zu dem Maria Kees gestorben war. Darin sah auch er mehr als einen Zufall, was er Theo und Marie-Claire auch klarmachte.

»Es gibt noch etwas, woran ich bei dieser Tragödie denken muss«, verkündete Monika mit gerötetem Gesicht.

»Und das wäre?«

»Als Andrea und ich das erste Mal hier waren, um nach der Felten zu suchen, erklärte uns der Hausmeister, die richtige Brigitte Felten, die achtundfünfzigjährige Mieterin, wäre in genau der gleichen Weise tot aufgefunden worden wie jetzt Frau Kees.«

Lukas und Theo staunten.

»Warum wissen wir davon nichts?«, fragte Theo.

»Es steht in meinem Bericht«, rechtfertigte sich Monika. »Allerdings wurde damals eine natürliche Todesursache festgestellt, weshalb es keine Akte bei uns gibt.«

»Und wie erklärte man die Tatsache, dass die Frau im Hof lag, als man sie fand?«, hakte Theo nach.

»Genauso, wie du gerade den Tod von Frau Kees erklären wolltest. Außerdem hatte die Felten wohl Herzprobleme, es gab jedenfalls keinen wirklichen Hinweis auf ein Fremdverschulden.«

Theo grummelte, was Lukas mit den Worten kommentierte: »Würdest du die Akten lesen, wärst du immer auf dem aktuellen Stand der Dinge.«

»Blödmann! Du liest sie auch nicht Wort für Wort.«

»Wir lassen die gesamte Tatortgruppe anrücken«, bestimmte Lukas. »Ich will nicht verantworten, dass ein Mord unentdeckt bleibt.«

*

Der Anblick der rothaarigen Krimiautorin auf dem Platz ihres früheren Kollegen Bernd Schöbel irritierte und ärgerte Susanne zugleich. Das Grinsen der Wellenstein glich zudem einer offenen Provokation. Nur – was wollte sie damit erreichen? Gab es eine neue Hierarchie innerhalb der Redaktion, von der alle wussten, nur sie noch nicht?

Susanne spürte, wie die Situation in ihrem Job immer unerträglicher wurde. Seit Erwins Verschwinden hatte sich die Arbeitsmoral in Nichts aufgelöst, die Prinzipien, die es einmal für die *Neue Zeit* gegeben hatte, existierten nicht mehr, das Niveau war in den Keller gestürzt. Sost hatte sich innerhalb kürzester Zeit zum Tyrannen entwickelt, was seiner früheren Persönlichkeit so gar nicht entsprach. Lag das daran, dass die Frauen im Haus ihn plötzlich umschwärmten wie die Bienen den Honig? Sogar Ute Drollwitz, die sonst immer besonnene Kollegin, hatte eine Wandlung durchgemacht, die Susanne als erstaunlich, wenn nicht als äußerst negativ empfand. Ihre Berichte wurden kühner, effektheischender, unkorrekter. Ging es nur noch um Verkaufszahlen? Vermutlich ja! Aber trotzdem ...

Sost hatte Susanne das Feuilleton aufs Auge gedrückt, den Teil, der bei den Lesern und Anzeigenkunden am wenigstens Aufmerksamkeit fand. Aber das war nicht das Schlimmste. Viel ärgerlicher war die Tatsache, dass sie nun sämtliche Bücher der Wellenstein lesen musste, die endlich die lang ersehnte Medienaufmerksamkeit bekommen sollten.

Susanne nahm diesen langweiligen Auftrag nur an, weil sie noch keinen anderen Job gefunden hatte. Aber sie würde nicht aufgeben zu suchen. Hier wollte sie auf keinen Fall bleiben. Das Gefühl, womöglich einen skrupellosen Mörder oder eine Mörderin in unmittelbarer Nähe um sich zu haben, war auf Dauer nicht zu ertragen.

Endlich rauschte auch Sandra ins Büro. Neugierig schaute Susanne auf. Die Kollegin trat neuerdings auf, als wäre sie schon die Chefin hier. Ihre Arbeitszeiten legte sie längst eigenständig fest. Susanne unterdrückte einen Kommentar, als sie sah, wie Sandra auf die Wellenstein zusteuerte. Dabei warf sie ein provokantes Grinsen in Richtung Susanne. Dann drehte sie sich demonstrativ weg und flüsterte in Mirandas Ohr, aber so, dass Susanne trotzdem alles verstehen konnte: »Das haben wir doch gut hingekriegt, was?« Miranda zuckte sichtlich zusammen bei dieser Bemerkung.

Susanne tat so, als hätte sie nichts mitbekommen. Aber sie ahnte, wovon Sandra sprach: von der Gegenüberstellung. Also war dort irgendetwas nicht mit rechten Dingen zugegangen.

»Lass uns in den Außendienst gehen«, drängte Sandra nun die Autorin. »Ich habe eine super Story, dafür müssen wir vor Ort recherchieren.«

Begleitet von albernem Gekicher verließen die beiden Frauen das Redaktionsgebäude. Susanne blieb allein zurück. Was hatte sie da gerade beobachtet? Es kam ihr wie ein Komplott vor – wie ein Mörderinnenkomplott. Ihr blieb die Luft weg vor Schreck. Die Erkenntnis traf sie ganz unvermittelt. Sollte sie Lukas anrufen?

Die Erinnerung an den Polizisten löste ein heftiges Kribbeln in ihrem Bauch aus: Lukas Baccus, der Ex-Mann ihrer Freundin Marianne. Susanne seufzte schwer und versuchte sich zu beruhigen. Wie nah sie sich inzwischen gekommen waren. Wie peinlich es ihm gewesen war, als er nicht seinen Mann stehen konnte ... Susanne wurde es ganz warm ums Herz – sie stand nicht auf Machos, sie bevorzugte Männer mit kleinen Fehlern und Schwächen. Und als Lukas das erste – und leider bisher einzige Mal – bei ihr gewesen war, hatte er sich von einer Seite gezeigt, die sie bisher nicht an ihm gekannt hatte. Klar, der Überfall war die Ursache dafür gewesen, und das würde sich bald wieder ändern. Und das war auch gut so. Aber trotzdem, seit diesem Abend bekam sie ihn nicht mehr aus dem Kopf.

Schon immer hatte sie ein Auge auf ihn geworfen. Lukas war damals der größte Schwerenöter überhaupt, er hatte nur Frauen flachgelegt, an die sich sonst keiner herangewagt hätte. Doch dann kam das absolute Überraschungs-Ei: Marianne. Susanne seufzte bei der Erinnerung daran, wie unglaublich es allen erschienen war, dass Lukas ausgerechnet die unscheinbare Marianne heiraten wollte. Lange hatte die Ehe nicht gehalten, was an sich auch kein Wunder gewesen wäre, hätte nicht ausgerechnet Marianne ihren Teil dazu beigetragen. Na ja, Lukas war vermutlich auch nicht unschuldig daran gewesen, daran zweifelt Susanne nicht. Allerdings hatte Marianne ihr nie erzählt, was damals im Einzelnen passiert war.

Würde es ihr dieses Mal gelingen, ihn zu erobern? Susanne zog ihren Handspiegel aus der Tasche und betrachtete ihr Gesicht. Das Make-up saß perfekt, Eyeliner und Kajal betonten ihre bernsteinfarbenen Augen und brachten deren Mandelform besonders gut zur Geltung, worauf sie so stolz war.

Wer wusste schon, was in Lukas wirklich vorging? Richtig kannte sie ihn leider immer noch nicht, obwohl sie schon so lange miteinander befreundet waren. Als er zuletzt mit seiner Kollegin in der Redaktion aufgetaucht war, hatten alle Alarmglocken bei Susanne geschrillt. Sollte diese Monika Blech vielleicht gar das nächste Überraschungs-Ei sein? Ihr unscheinbares Äußeres hatte sie jedenfalls stark an Marianne erinnert. Blieb Lukas am Ende ausgerechnet diesem Typ treu?

Sie entschloss sich, etwas zu tun. Jetzt hatte sie einen wichtigen Grund, ihn anzurufen. Aufdringlich erscheinen würde sie also bestimmt nicht. Im Gegenteil, ihre Beobachtungen könnten für die Polizei sehr wichtig sein. Bei dieser Gelegenheit könnte sie dann auch herauszufinden versuchen, wie ihre Chancen für ein weiteres Date standen. Mit beschleunigtem Puls wählte sie Lukas' Handy-Nummer.

*

Lukas und Theo saßen sich schweigend gegenüber, nur getrennt durch den Vogelkäfig auf dem großen Schreibtisch. Sie warteten gespannt. Allensbacher hatte zur Besprechung gerufen. Alle Kollegen waren bereits anwesend – nur der Chef selber fehlte noch. Aber am lauten Schnaufen, das jeden seiner Schritte begleitete, war deutlich zu vernehmen, dass der fettleibige Dienststellenleiter sich näherte. Die Bürotür fiel hinter ihm ins Schloss und die Schritte kamen Lukas und Theo bedrohlich nahe.

»Wann wollen Sie endlich diesen lästigen Vogelkäfig entsorgen?«, fragte er die beiden Kommissare zur Begrüßung.

»Theo und ich überlegen ernsthaft, uns einen Vogel anzuschaffen«, erwiderte Lukas. »Wir sind uns nur noch nicht einig, ob wir einen Kanarienvogel oder einen Nymphensittich kaufen sollen. Ich bin für Kanarienvogel. Was meinen Sie?« Dabei warf der dem Chef einen Blick zu, als würde er ernsthaft über diese

Frage nachdenken.

Mit hochrotem Gesicht rauschte Allensbacher vor die Tische, die aufgereiht wie in einem Schulzimmer standen, alle mit Blick zu einem überdimensional großen Flatscreen, die neueste Errungenschaft der Abteilung. Neben diesem Riesen-Monitor wirkte selbst der massige Dienststellenleiter wie ein Zwerg. Mit einem Taschentuch wischte er sich über die Stirn und begann zu sprechen:

»Unsere Ermittlungen sind wieder einmal ins Stocken geraten. Gerade hatten wir einen Lichtblick, nämlich die Möglichkeit einer Identifizierung, da stirbt uns die einzige Zeugin weg. Ich habe Sie zu dieser Besprechung bestellt, damit wir zusammentragen können, was wir schon haben, und gemeinsam eine Strategie festlegen, wie es weitergehen soll.«

Allensbacher schaute in die Runde. Alle Mienen wirkten eher erschöpft als enthusiastisch. Dies zermürbte ihn zusätzlich.

»Ich weiß, ich weiß«, brummte er mürrisch. »Bisher haben wir mehr Leichen als Ergebnisse. Eine äußerst unzufrieden stellende Situation. Deshalb habe ich auch unsere Kriminalpsychologin hinzu bestellt, die uns nach den jüngsten Entwicklungen vielleicht etwas Neues über den Täter sagen kann.«

Silvia Tenner lächelte Allensbacher liebenswürdig an. Lukas musste ein Stöhnen unterdrücken. Er glaubte nicht an diesen Profiler-Hokuspokus, sondern verließ sich lieber auf Fakten; von denen hatten sie allerdings leider immer noch viel zu wenige.

Plötzlich ging die Tür auf und zwei laut lachende Männer traten mit Gepolter ein – der Gerichtsmediziner Dr. Stemm und Staatsanwalt Helmut Renske.

»Schön, dass Sie noch den Weg zu uns gefunden haben«, begrüßte Allensbacher die beiden Störenfriede. »Nun fehlt nur noch unser Kriminalrat.«

»Herr Ehrling ist auf Dienstreise!«, warf Josefa Kleinert ein.

Allensbacher kratzte sich am Kopf und sprach weiter: »Stimmt.

Das hatte ich eben vergessen. Also weiter ... Wo waren wir stehen geblieben? Ach so, ja! Die vielen Leichen. Welche Fakten können wir inzwischen zusammentragen?«

»Zunächst einmal, dass wir nur zwei Leichen haben«, korrigierte Lukas seinen Chef. »Nämlich die von Maria Kees und die des falschen Kardinals. Von Frisch und Schöbel haben wir nur Einzelteile.«

»Wenn wir Haarspaltereien betreiben wollen, stimmt das«, murrte Allensbacher. »Aber auch, wenn wir die Leichen nicht haben, ist doch wohl klar, dass diese beiden Männer tot sind.«

»Aber ohne Leiche lässt es sich eben schwer ermitteln.«

Allensbacher nickte. Sein Versuch, die Abteilung zu motivieren, geriet durch Lukas' Einwände ins Wanken.

Zum Glück donnerte genau in diesem Augenblick die Stimme des Gerichtsmediziners durch das Büro: »Da wir immerhin die Leiche von Frau Kees komplett vorliegen haben, konnte ich eine Untersuchung vornehmen, die ein interessantes Ergebnis zutage gebracht hat.«

Damit hatte er die allgemeine Aufmerksamkeit schlagartig auf sich gelenkt. »Unsere Kollegin Blech hat so beharrlich darauf bestanden, dass Maria Kees nicht eines natürlichen Todes gestorben ist – was die erste oberflächliche Untersuchung auch prompt ergeben hätte, nämlich Herzstillstand –, dass ich genauer nachgesehen habe. Ich habe eine Untersuchung der Glaskörper ihres verbliebenen Auges durchgeführt, das zum Glück noch in der Augenhöhle steckte« ... ein Stöhnen ging durch die Menge ... »und siehe da, die gute Frau wurde vergiftet.«

»Vergiftet?«, fragte Allensbacher.

»Ja, mit Kalium. Das ist nicht direkt ein Gift, sondern ein essenzieller Mineralstoff, der nur durch eine Überdosis tödlich wirken kann. Dadurch wird die Wahrscheinlichkeit, diese Tötungsart aufzudecken, arg minimiert. Für uns kommt der Glücksfall hinzu, dass die Raben noch keine Gelegenheit hatten, auch das zweite Auge aus seiner Höhle zu picken, denn dann wäre diese Untersuchung unmöglich geworden.«

»Warum haben Sie die Leiche ausgerechnet auf Kalium getestet?«, meldete sich nun die Kriminalpsychologin zu Wort. »Herzstillstand kann doch auch durch Pflanzen wie Herbstzeitlose verursacht werden.«

»Stimmt! Das Labor hatte die Überreste der beiden Kaffeetassen untersucht, die in der Wohnung der alten Dame gefunden wurden. In einer dieser Tassen wurde Kalium entdeckt, weshalb ich meine Suche sofort darauf konzentriert habe.«

»Das erklärt auch, warum die Frau aus dem Fenster gestoßen wurde«, schaltete sich Monika ein. »Der Mörder wollte damit erreichen, dass die Augen ausgepickt werden.«

»Ganz schön raffiniert«, lobte der Gerichtsmediziner.

»Damit kommen wir wieder an den Ausgangspunkt zurück, dass unser Mörder medizinische Vorkenntnisse haben muss«, merkte Allensbacher an. »Denn ein Otto-Normalverbraucher weiß wohl kaum, was im Auge eines Toten festzustellen ist.«

»Wir stehen noch vor einer anderen Frage«, durchschnitt Helmut Renskes helle Stimme den Raum. »Können Sie uns sagen, wann der alten Dame dieses Gift verabreicht wurde?«

»Ihr Tod ist bereits gestern Abend eingetreten«, antwortete der Pathologe. »Sie lag mit Sicherheit über Nacht in den Hecken. Es war eine warme Nacht, was auch die schon fortgeschrittene Verwesung erklärt. Da die Raben nur am Tag aktiv sind, war das Herauspicken der Augen noch nicht komplett abgeschlossen.«

»Das wirft die Frage auf, wie es möglich sein kann, dass Maria Kees genau zu dem Zeitpunkt getötet wird, nachdem wir sie zu einer Gegenüberstellung gebeten haben«, bemerkte der Staatsanwalt.

Für einige Augenblicke herrschte Totenstille im Raum.

»Wer – außer der Polizei und meiner Wenigkeit – wusste noch davon, dass wir mithilfe der alten Dame die Krimiautorin als Brigitte Felten identifizieren wollten?«

»Wollen Sie damit sagen, dass sich in meiner Abteilung ein Maulwurf befindet?«, fragte Allensbacher, dessen Schweißausbruch nicht mehr mit dem Taschentuch zu bändigen war.

Renske lachte: »Wie heroisch Sie sich hinter Ihre Leute stellen. Aber haben Sie die Kollegin Peperding schon vergessen? Sie hat Polizeiinterna ausgeplaudert, was einen Verstoß gegen die Verschwiegenheitspflicht bedeutet.«

»Ich habe das bestimmt nicht vergessen«, gab Allensbacher verärgert zurück. »Das bedeutet aber noch lange nicht, dass plötzlich jegliches Verantwortungsgefühl in meiner Abteilung verloren gegangen ist. Also frage ich mich, ob Frau Peperding diejenige ist, die davon wusste. Immerhin ist sie mit der Krimiautorin befreundet.«

Sofort richteten sich alle Blicke auf Monika. »So nicht«, wehrte sich die junge Kommissarin aufgebracht. »Nur weil ich mit Andrea zusammengearbeitet habe, kann man mich nicht für ihre Verfehlungen mitverantwortlich machen.« Trotz des energischen Protestes war nicht zu überhören, dass ihre Stimme zitterte.

»Release me« schallte es plötzlich hauchzart und trotzdem für alle deutlich hörbar durch das große Büro. Erschrocken griff Lukas nach seinem Handy und erkannte Susannes Namen auf dem Display.

»Ich gehe davon aus, dass Sie jetzt und hier kein Privatgespräch führen werden.« In dieser Feststellung schwang deutlich ein drohender Unterton mit. Allensbachers Nerven waren aufs Äußerste gereizt.

»Das ist Susanne Kleber von der *Neuen Zeit*. Sie hat uns schon einmal eine wichtige Information während einer Besprechung gegeben«, erinnerte Lukas.

Allensbachers Nicken ließ Lukas das Gespräch annehmen, das er nach wenigen Minuten – mit einem leise geflüsterten Nachsatz, den niemand im Raum verstehen konnte – beendete. Anschließend blickte er auf und berichtete in die Runde der neugierigen Kollegen, welche Beobachtung die Journalistin gerade in der Redaktion gemacht hatte.

»Die Krimiautorin und die Gossert«, sinnierte Allensbacher. »Suchen wir anstelle eines Täters zwei Täterinnen und gehen womöglich von gänzlich falschen Voraussetzungen aus?«

»Das lässt sich herausfinden«, unterbrach der Staatsanwalt den Dienststellenleiter. »Richten wir unsere Aufmerksamkeit darauf, wo und mit wem alles begann. Vermutlich kommen wir so schneller zu einem Ergebnis.«

»Angefangen hat alles mit Frischs Verschwinden«, zählte Allensbacher auf.

Monika hob die Hand, als befänden sie sich in der Schule.

»Was ist?« Allensbachers Tonfall wurde immer unfreundlicher.

»Ich habe den Verdacht, dass diese Mordserie nicht mit dem Chefredakteur begann, sondern mit der echten Brigitte Felten.«

Damit löste die junge Kommissarin einen lauten Tumult im Büro aus. Alle sprachen durcheinander, bis es dem Gerichtsmediziner endlich gelang, wieder für Ruhe zu sorgen.

»Wer war die echte Brigitte Felten?«, fragte der massige Mann mit seiner donnernden Stimme. »Und wie kommen Sie plötzlich darauf, dass sie ein Mordopfer sein könnte? Bei mir ist ihre Leiche jedenfalls nie auf dem Sektionstisch gelandet.«

Monikas Gesicht bekam hektische rote Flecken, als sie antwortete: »Als Andrea und ich zum ersten Mal in der Hornungstraße waren, um dort nach ihr zu suchen, bekamen wir ungewollt die Information des Hausmeisters, dass die echte Felten genauso aufgefunden wurde, wie heute Maria Kees.«

»Im Innenhof, zwischen den Hecken?«

»Genau!« Monika nickte.

»Könnte sie aus dem Fenster gefallen sein?«, fragte der Staatsanwalt weiter.

»Das wäre möglich, denn ihr Wohnungsfenster lag genau über der Hecke, in der ihre Leiche gefunden wurde.«

»Wurden bei ihr Knochenbrüche festgestellt?«

»Nein! Die Tote wurde sofort zur Beerdigung freigegeben. Sekundenherztod.«

Die Stimmung wurde immer bedrückter, weil alle ahnten,

worauf Monikas Vermutungen hinausliefen.

»Okay! Finden Sie heraus, welches Beerdigungsinstitut die Dame beigesetzt hat und wo!«, befahl Renske.

Monika notierte sich alles auf einem Zettel und nickte.

»Was heißt das nun für uns?«, fragte Allensbacher.

Die Kriminalpsychologin antwortete als Erste: »Dass wir es hier nicht mit einer Mordserie zu tun haben im Sinne von Serienmord, sondern mit einem Mörder, der auf ein bestimmtes Ziel hinarbeitet.«

»Und das Ziel war Erwin Frisch?«

Silvia nickte.

»Und wie passen Schöbel, Maria Kees und der falsche Kardinal in diese ›Nicht-Mord-Serie‹?«, fragte Renske.

»Ihren Sarkasmus können Sie sich sparen«, konterte Silvia. »Wie wir bereits vermutet haben, ist Bernd Schöbel einem Trittbrettfahrer zum Opfer gefallen, weil der Modus Operandi ein anderer war. Dagegen spricht aber die Tatsache, dass er brisante Informationen an Hans Pont weitergegeben hat. Damit könnte er den Täter gegen sich aufgebracht haben. Und es ist durchaus möglich, dass dessen Rachefeldzug noch nicht zu Ende ist. Pont könnte ebenfalls in Gefahr sein.«

Der Staatsanwalt hob beide Hände zum Zeichen seiner Kapitulation und räumte ein: »Verstehe! Aber bis jetzt haben Sie uns nicht weiterhelfen können. Ihre Behauptung, der Täter habe die Zeitungen über seine Taten informiert, hat sich als falsch herausgestellt. Außerdem haben Sie uns den Kopf als nächstes Überraschungspaket geweissagt, woraufhin aber ein Fuß hier eintrudelte.«

»Der Kopf hat sich als Gehirn herausgestellt«, wehrte sich Silvia. »Dass das Paket von Lukas und Theo nicht angenommen wurde, konnte ich natürlich nicht voraussehen.«

»Bitte keine Anschuldigungen«, funkte hastig der Dienststellenleiter dazwischen. »Damit kommen wir auch nicht weiter.« Nachdem sich die Gemüter wieder einigermaßen beruhigt hatten, forderte er die Kriminalpsychologin auf, weiterzusprechen.

»Die Tatsache, dass die alte Frau Kees vor dieser Gegenüberstellung ausgeschaltet wurde, macht den Fall für uns interessant. Der Täter fühlt sich offensichtlich in die Enge getrieben. Er überlässt nichts mehr dem Zufall, sondern geht den sicheren Weg, indem er Zeugen ausschaltet.«

»Heißt das, dass Sie Ihr bisheriges Täterprofil korrigieren?«, funkte erneut der Staatsanwalt dazwischen.

»Auf keinen Fall! Mein Profil ging von Anfang an nicht von einem Serienmörder aus.«

»Hatte der Täter – oder die Täterin – Maria Kees schon länger im Visier?«, schaltete sich nun Allensbacher wieder ein, als ginge es um ein Kräftemessen, wer die besseren Fragen stellte.

»Wenn sie seine Komplizin gesehen hat, wusste der Täter davon. Also, definitiv ja!«

Allensbacher atmete erleichtert durch. »Dann war der Informant also niemand von uns.«

»Das können wir trotzdem nicht ausschließen«, widersprach Silvia und versetzte dem Dienststellenleiter damit noch einen kleinen Seitenhieb, den der untersetzte Mann mit einem sofortigen erneuten Schweißausbruch honorierte.

»Also, kommen wir noch mal auf das Gehirn zu sprechen, das durch verschlungene Wege – die niemand vorhersehen konnte – bei Hans Pont gelandet ist«, griff Allensbacher den Faden sichtlich gereizt wieder auf. »Hat inzwischen jemand mit dem Mann gesprochen? Es ist wichtig für uns zu erfahren, warum er das Grab ausgehoben hat und warum er dieses Beweisstück statt zur Polizei zur konkurrierenden Zeitung gebracht hat.«

»Wir haben ihn immer noch nicht erreicht«, sagte Lukas. »Wir bleiben aber dran.«

»Tun Sie das! Wie Sie gehört haben, schwebt auch er in Gefahr.«

»Gleichzeitig finden Sie bitte heraus, wo Brigitte Felten begraben wurde«, ergänzte der Staatsanwalt. »Außerdem ist es wichtig zu erfahren, ob die Leiche noch im Besitz ihrer Augen war. Solche Details muss das Beerdigungsinstitut wissen. Sollte das der Fall sein, wird ihre Leiche exhumiert und auf eine Kaliumvergiftung untersucht. Das hilft uns herauszufinden, wann der Mörder mit seinen Taten begonnen hat. Auf diesem Weg stoßen wir dann hoffentlich auch auf sein Motiv.«

*

Endlich!

Das lange Warten sollte ein Ende haben.

Hans Pont ging mit schnellen Schritten auf sein Haus zu. Er sah aus, als fühlte er sich verfolgt.

Kichern.

Dabei fühlte er sich nicht nur so – er wurde sogar verfolgt.

Wieder Kichern.

Nur war er so dämlich, ständig in die falsche Richtung zu schauen.

Es lief niemand hinter ihm her. Das musste doch sogar einem Trottel wie ihm auffallen. Es gab bessere Gelegenheiten, ihn zu beobachten.

Nun betrat er das Haus.

Wurde auch Zeit.

Zuerst einmal hieß es abzuwarten, was er als Nächstes tun würde. Wer wusste schon, ob er diese polizeiliche Aktion in seinem Garten mitbekommen hatte. Wenn nicht, bekam er jetzt erst einmal einen gehörigen Schrecken.

Warten.

Nur Geduld. Bald war es vorbei. Denn Pont war endlich dort, wo er sein sollte: zuhause.

Seine letzte Stunde hatte geschlagen.

Wie erwartet rannte er hinaus in den Garten und besah sich die ganze Sauerei. Einen regelrechten Veitstanz führte er auf.

Wenn er wüsste, dass ihn bald nichts und niemand mehr ärgern konnte ...

Das Kichern wurde lauter.

Nun begann er doch tatsächlich, die Löcher wieder zuzuschaufeln. Das konnte lange dauern.

Das Kichern erstarb.

Ein Blick auf die Uhr. Es war schon spät. So ein Mist.

Weiter warten.

Die anfängliche Raserei des kleinen, dicken Mannes löste sich schnell in Nichts auf. Vermutlich reichte seine Kondition nicht für solche körperlichen Aktivitäten. Erschöpft kehrte er ins Haus zurück und ergab sich in sein Schicksal.

Die Sicht durch das Wohnzimmerfenster war optimal. Das gesamte Zimmer war zu erkennen. Sogar ein Teil des Flurs. Alles sah danach aus, dass er allein war.

Eine bessere Gelegenheit würde nicht mehr kommen.

Es konnte losgehen!

Das Paket demonstrativ in der Mitte des Eingangs auf dem Boden abstellen.

Ein Klingeln an der Haustür.

Dann schleunigst unsichtbar machen.

Hans Pont öffnete.

Verdutzt schaute er in alle Richtungen, bis er das Paket entdeckte.

Er riss den Kopf ruckartig hoch. Was hatte das zu bedeuten? Warum zögerte er? Er hatte doch schon einmal bewiesen, dass er seine Neugier nicht im Zaum halten konnte und Pakete öffnete, egal, auf welchem Weg sie zu ihm gelangten.

Der Journalist schaute sich schon wieder nach allen Seiten um. Vermutlich hoffte er, den Boten irgendwo entdecken zu können.

Aber das konnte er vergessen. Das bekäme er niemals raus.

Dann überlegte er es sich anders.

Schulterzuckend nahm er den gelben Karton an sich und verschwand damit im Haus.

Vorfreude machte sich breit.

Ein Händereiben und abwarten. Lange konnte es nicht mehr dauern.

Doch warum geschah nichts?

Ein prüfender Blick durch das Wohnzimmerfenster: Was tat der Idiot da? Er telefonierte. Was war jetzt noch wichtiger als dieses Paket?

Eigentlich war Vorfreude die schönste Freude! Nur warum wuchs dabei die Ungeduld so rasend schnell ins Unermessliche? Fingertrommeln!

Das Telefonat schien heftig zu sein. Pont stritt mit jemandem. Dabei schaute er immer wieder auf das Paket.

War er so intelligent und erwähnte gegenüber seinem Gesprächspartner – wer immer das auch war –, was vor seiner Haustür gestanden hatte?

Die Vorfreude wandelte sich in Nervosität. Soviel Scharfsinn war dem Dicken doch gar nicht zuzutrauen.

Er legte auf.

Die Spannung wuchs.

Was tat er jetzt?

Er ging auf und ab. Er schien nachzudenken. Abrupt blieb er stehen. Er sah aus wie ein Mann, der sich zu einer Entscheidung durchgerungen hatte. Dann steuerte er das Paket an.

Es war soweit!

Der Countdown lief ...

13

Mit Martinshorn und Blaulicht jagten Lukas und Theo aus dem Parkplatz der Landespolizeidirektion auf die dicht befahrene Mainzer Straße. Vor ihnen fahrende Autos wichen nach beiden Seiten aus, wobei sie den Straßenbahnschienen gefährlich nahe kamen. Doch das hohe Tempo des Polizeiwagens ließ den Fahrern kaum eine andere Wahl. Roten Ampeln wurde keine Beachtung geschenkt. Die Häuser, Bäume und Sträucher flogen blitzschnell an den Seitenfenstern vorbei.

»Wenn du einen Unfall baust, nützen wir niemandem mehr«, wimmerte Theo ängstlich vom Beifahrersitz aus.

»Keine Sorge! Ich weiß, was ich tue«, gab Lukas zurück.

Theo war sich dessen nicht so sicher. Verkrampft hielt er sich mit der rechten Hand am Griff über der Seitenscheibe fest. Die linke umklammerte den Anschnallgurt.

»Hast du die Kollegen der Bereitschaft verständigt?«, fragte Lukas und gab noch mehr Gas.

»Klar!«

»Und das Bombenräumkommando?«

»Auch!« Theos Stimme bebte.

Sie bogen in einem Tempo links ab, dass die Reifen quietschten und das Auto eine beängstigende Schräglage einnahm.

»Gleich muss ich kotzen!«

»Blödsinn! Es kommt auf jede Sekunde an. Also stell dich nicht so an«, entgegnete Lukas. Dennoch nahm er die letzten Kurven etwas gemäßigter, sodass sie tatsächlich unversehrt an ihrem Ziel ankamen.

Die Häuserreihe in der Straße, wo der Journalist wohnte, wirkte friedlich im Schein der Sonne. Spaziergänger schlenderten über die Bordsteine, eine Mutter schob ihren Kinderwagen vor sich her, eine ältere Dame ließ sich von einer jungen Frau über die Straße helfen. Lediglich zu Ponts Haus stand die Tür offen.

»Ob das gut ist?«, überlegte Lukas laut und stellte den Wagen in einiger Entfernung ab. Im gleichen Augenblick kamen die Kollegen der Bereitschaftspolizei vorgefahren. Aus dem noch rollenden Wagen sprangen die ersten Beamten heraus und begannen, die Passanten von der Gefahrenstelle wegzulocken. Dazu benötigten sie viel Überredungskunst und Geduld.

»Und was machen wir?«, fragte Lukas, während er langsam auf das Haus zuging.

»Wir warten auf das Bombenräumkommando«, antwortete Theo und zog an Lukas' Hemd, um ihn daran zu hindern, noch näher an das gefährdete Gebäude heranzugehen. Allerdings ohne Erfolg! Sein Kollege ließ sich nicht aufhalten. Lukas näherte sich der Tür und spähte hinein.

Langsam gewöhnten sich seine Augen an die Dunkelheit in Ponts Haus. Am Ende des langen Flurs erkannte er den Eigentümer. Aber was tat der Mann? Er winkte dem Polizisten zu und deutete auf einen Tisch. Erst beim zweiten Hinsehen erkannte Lukas, dass dort ein Karton stand, gelb wie ein Postpaket.

»Nicht anfassen!«, brüllte Lukas.

Aber Pont reagierte nicht, sondern begann, den Karton mit einer Schere aufzuschneiden.

»Aufhören!«, schrie Lukas.

Lukas erreichte den Journalisten in genau dem Augenblick, als der die obere Seite des Kartons aufklappen wollte. Er packte ihn an den Armen und spürte plötzlich einen heftigen Ruck, der ihn selbst nach hinten zog.

»Komm sofort da raus«, schrie ihm sein Freund ins Ohr und zerrte an seinem Hemd. Dennoch ließ Lukas seinen Griff nicht locker, sodass es ihm gelang, Pont vom Öffnen des Pakets abzuhalten. Der Zeitungsredakteur fiel nach hinten und rang Hilfe suchend mit den Händen nach irgendeinem Halt, um sich vor dem Sturz zu bewahren. Dabei stieß er so heftig gegen den Tisch, dass das Paket auf die andere Seite rutschte und der Kante bedrohlich nahekam. Wie ein Rasender packte Lukas den Zeitungsredakteur mit beiden Händen, wobei Theo ihn nun unterstützte. Zu zweit konnten sie Pont aus dem Haus zerren. Fast im selben Atemzug kam der Knall.

*

Wo kamen die vielen Menschen plötzlich her? Vor wenigen Minuten hatten sie doch alle fortgeschickt. Lukas sah eine Geschäftigkeit, die er nicht verstand. Dabei war alles um ihn herum ganz still. Und friedlich. Warum machten die Leute keine Geräusche?

Es wurden immer mehr. Hinzu kam die schlechte Luft. Es roch nach Verbranntem. Rauch gelangte in seine Luftröhre. Er musste husten. Irritiert schaute er sich um. Er saß auf dem Boden. Warum? Hatte er nicht gerade erst versucht, Hans Pont davon abzuhalten, das Paket zu öffnen?

Plötzlich spürte er eine Berührung, die ihm unangenehm war. Jemand packte ihn am Arm und drückte zu. Er wollte sich wehren, doch da fiel sein Blick auf Dennis Welsch. Der trug seinen Arztkittel, und an Lukas Arm hing eine Manschette, um den Blutdruck zu messen.

Jetzt wurde es ihm zu bunt. Er war doch nicht krank. Wütend wollte er aufstehen, als er bemerkte, dass sich der Mund des jungen Arztes bewegte, aber kein Ton herauskam. Erschrocken ließ sich Lukas wieder zurückfallen, wobei er schmerzhaft auf seinem Hintern landete.

Er spürte Panik aufkommen. Sein Blick hastete umher, er musste eine Antwort darauf finden, was das alles bedeutete.

Endlich begriff er. Eine Explosion! Das Paket war also doch in die Luft geflogen. Inmitten der Menschenmenge stand ein kleiner Bomben-Roboter, der von einigen Polizeibeamten bewacht wurde, als bestünde Gefahr, dass dieses Gerät gestohlen würde.

Krankenwagen mit Blaulicht blockierten die Straße. Lukas saß direkt vor einem rot-weißen Notarztwagen auf dem Boden. Die Jacke über Dennis' Arztmontur trug ebenfalls die Aufschrift »Notarzt«.

Endlich entdeckte Lukas seinen Kollegen Theo. Der redete auf Polizisten und Sanitäter ein und gestikulierte wild herum. Er ging seiner Arbeit nach, was Lukas eigentlich auch tun sollte. Weshalb tat er das nicht, sondern kauerte hier auf dem Boden?

Die Antwort trieb ihm Schwindel in den Kopf: Weil er nichts hörte. Heftig rieb er sich über die Ohren. Und fast gleichzeitig wurden seine Hände dort weggerissen. Dennis schüttelte den Kopf – eine Geste, die Lukas verstand. Aber beruhigen konnte ihn das nicht. War er jetzt taub?

Mit unbeholfenen Bewegungen versuchte Lukas, den Arzt um eine Erklärung zu bitten, doch vergebens. Plötzlich ging Dennis fort. Toll! Hatte Lukas ihn vertrieben? Zu seinem großen Erstaunen tauchte er jedoch kurz darauf mit einem Block und Stift in der Hand wieder auf. Darauf stand geschrieben: »Schalltrauma! Durch den lauten Knall! Das wird wieder.«

Lukas fühlte sich sofort besser und schrieb: »Wie lange dauert das?«

»Nicht lange! Morgen früh bist du wieder gesund.«

Lukas wollte aufstehen, doch das gelang ihm nicht. Sein Gleichgewicht spielte ihm einen Streich. Wie ein Besoffener schwankte er zur Seite und konnte sich gerade noch mit Mühe vor einem Sturz bewahren.

Erneut tauchte ein Zettel vor seinen Augen auf: »Du musst ins Krankenhaus. Ohne Infusionen wird das nichts.«

Lukas stöhnte. Schon wieder Krankenhaus.

Frustriert schrieb er: »Ich bestelle bei euch ein Dauerabo!«

Dennis lachte, half Lukas auf die Beine und begleitete ihn zu einem der Krankenwagen, der noch leer war. Lukas beobachtete, dass der Arzt mit dem Fahrer einige Worte wechselte, während er sich auf die Trage niederließ. Als die Türen geschlossen wurden, konnte er noch einen Blick auf Theo erhaschen, der immer noch hektisch herumsprang, mit jemandem heftig stritt und dabei so wild herumfuchtelte, dass Lukas schon befürchtete, die Arme könnten ihm dabei abfallen.

Er wollte ihm etwas zurufen, wagte aber nicht zu sprechen. Wer wusste schon, welche unartikulierten Laute er ausstoßen würde? Schicksalsergeben ließ er sich auf der Liege nieder und wartete, bis sich das Fahrzeug kurz darauf in Bewegung setzte.

*

»Ich kenne nichts, dass so schön ist wie du ...«, klang es melodisch aus dem Wohnzimmer hinaus auf die Terrasse. Theo lag auf einem Liegestuhl unter freiem Himmel und ließ seinen Blick bewundernd über die Sterne wandern. Er war heilfroh, dass dieser Tag zu Ende und er ohne einen Kratzer davongekommen war. Auch Lukas konnte von Glück reden. Ein Anruf im Krankenhaus hatte Theo bestätigt, dass er nur eine Hörschädigung davongetragen hatte, die zudem nur von vorübergehender Natur war.

Theo musste kurzfristig in Ohnmacht gefallen sein, denn er hatte eine Erinnerungslücke. Plötzlich war Lukas verschwunden und Theo hatte nicht mitbekommen, dass sein Freund ärztlich versorgt und ins Krankenhaus transportiert worden war. Dabei grenzte es an Wunder, dass ihnen bei dieser heftigen Explosion nicht mehr zugestoßen war. Obwohl sie das Haus noch gerade rechtzeitig verlassen konnten, hatte die Wucht der Detonation sie wie Puppen über die Straße fliegen lassen, wobei sie in den gegenüberliegenden Hecken sanft abgebremst worden waren. Von Ponts Haus standen nur noch Teile der Grundmauern. Alles andere war zerborsten.

Theo versuchte, diese Bilder zu verdrängen. Aber sie tauchten immer wieder auf. Ponts Zustand war schlimm. Sein Anblick hatte Theo für einige Zeit außer Gefecht gesetzt. Doch die Bemühungen der Notärzte hatten ihm signalisiert, dass der Zeitungsredakteur trotzdem Überlebenschancen hatte.

Müde schloss Theo die Augen und beschloss, ab sofort nur noch die warme Nacht, die laue Luft und die sanften, verträumten Töne von Xavier Naidoo zu genießen. Text und Melodie des

Songs trafen heute genau in sein Nervenzentrum.

Ein Geräusch ließ ihn die Augen öffnen. Vor ihm stand Marie-Claire – ein Anblick, wie er schöner nicht sein konnte. Die junge Kollegin war in ein hauchdünnes Etwas gehüllt. Ihre Brüste wippten bei jedem Schritt, den sie vor seinen Augen machte. Ihre schlanke Taille bewegte sich dabei aufreizend, womit sie die sanften Rundungen ihrer Hüften zusätzlich betonte. Langsam kam sie auf ihn zu und kniete sich über ihn auf den Liegestuhl.

Theo befürchtete, der Stuhl könnte unter ihnen beiden zusammenbrechen, aber nichts dergleichen geschah. Immer näher und näher rückte sie an ihn heran. Ihre Brustwarzen berührten sein Hemd, die Innenseiten ihrer Schenkel seine Hosenbeine, ihre Hände seine Haare, ihre Lippen seine Stirn.

Theo wusste nicht, wo er hinschauen sollte, auf die wippenden Brüste oder auf Marie-Claires Gesicht, das mit den rot geschminkten Lippen verführerischer nicht sein konnte. Immer wieder schnellte ihre Zunge hervor, um diese Lippen zu befeuchten.

»Erzähl mir doch, was du heute getan hast«, sagte sie mit rauer Stimme.

Theo traute seinen Ohren nicht. Was redete sie da?

»Ich will doch jetzt nicht über meine Arbeit sprechen«, murrte er und wollte sie mit beiden Händen packen.

Doch sie kam ihm zuvor, wich zurück und gurrte: »Ich habe gehört, dass du heute ein großer Held warst. Das möchte ich mit dir gebührend feiern.«

Theo spürte, wie sich sein Widerstand langsam in nichts auflöste. Held, das hörte sich erotisch an, zumindest so, wie sie dieses Wort aushauchte. Er brachte nur ein brummendes »Ja« heraus und schaute Marie-Claire dabei zu, wie sie seine Arme zu beiden Seiten streckte und sich ihm näherte.

»Hast du ihn retten können?«

Theo murmelte nur genüsslich.

»Bist du nun mein lebensrettender Held oder nicht?« Marie-

Claire verzog ihre roten Lippen zu einem Schmollmund.

»Ja! Er ist zwar verletzt, aber er lebt.«

»Wie aufregend!« Marie-Claire begann, langsam sein Hemd aufzuknöpfen. »Hier schlägt das grundgütige Herz, das vollen Einsatz zeigt und Menschenleben rettet.«

Ihre Lippen und ihre Zunge spielten gleichzeitig auf seiner Brust. Das leichte Ziehen an seinen Brusthaaren ließ Theo das Blut in die Lenden schießen. Schon wieder schmolz er dahin. Was tat diese Wahnsinnsfrau mit ihm?

Sie zog sein Hemd aus, strich über seine Arme und flüsterte: »Hier sind die starken Arme, die zupacken können, um Leben zu retten.«

Theo spielte unwillkürlich mit seinem Bizeps, was Marie-Claire mit einem lauten Schnurren honorierte.

Dann wanderten ihre Lippen und Hände zu seinem Hosenbund. Geschickt öffnete sie seine Jeans und zog sie hinunter. Ihre Lippen und ihre Zunge begleiteten jede ihrer Bewegungen.

»Und hier sind die muskulösen Beine, die so schnell laufen können wie der Wind.«

Theo kam nicht umhin, seine Beine zu spreizen, damit sie mit ihren Lippen und ihrer Zunge in jeden noch so kleinen Winkel vordringen konnte.

»Die Wurzel des Guten«, hauchte Marie-Claire und setzte geschickt ihre Zunge ein.

Zwischen ihren aufreizenden Worten füllte Xavier Naidoos Stimme die Stille der Nacht aus. Theo fühlte sich wie in einem Rausch. Gierig genoss er jede ihrer Berührungen, die seinem Zentrum der Lust immer näherkamen. Dann packte sie seinen erigierten Penis und strich mit ihren Lippen so zart darüber, dass Theo die Berührung nur erahnen konnte. Dabei flüsterte sie: »Und hier ist das, was endgültig einen Helden aus dir macht!«

Ihre Liebkosungen kamen heftig und ohne jede Vorwarnung. Nur mit Mühe gelang es Theo, sich aufzurichten und Marie-

Claire mit sanftem Schwung unter sich auf die Liege zu drehen.

»Oh, du mein Gebieter«, flüsterte sie ihm dabei ins Ohr, was Theos Lust noch mehr steigerte. »Du bezwingst mich, du bist ein wahrer Held.«

Es gelang ihm nicht mehr, sich zu bremsen. Er schob ihren dünnen Stofffetzen zur Seite, spreizte ihre Beine und drang mit einer Heftigkeit in sie ein, die sie beide gleichzeitig aufstöhnen ließ. Seine Bewegungen wurden immer wilder und ungezügelter. Ihre Lustschreie trieben ihn dazu an, noch feuriger und ungeduldiger in sie einzudringen. Es dauerte nicht lange, bis sie beide zum Höhepunkt kamen und ein lauter Lustschrei im Kanon durch die Nacht schallte.

Plötzlich ertönte ein noch lauteres Krachen, das nicht von ihnen kam. Der Aufprall, als sie auf den Boden knallten, war hart und schmerzhaft. Theo schlug mit beiden Knien heftig auf, während Marie-Claire einen Stoß auf ihren Po zu spüren bekam. Fragend schauten sie sich um. Der Liegestuhl war unter ihnen zusammengebrochen.

»Du kannst Leben retten, aber für Möbel fehlt dir wohl noch das nötige Feingefühl«, stellte Marie-Claire nüchtern fest. Dabei schaute sie Theo so ernst an, dass er sofort ein schlechtes Gewissen bekam. Erst als sie in einen herzhaften Lachkrampf verfiel, begriff er, dass sie ihn hochnehmen wollte. Was ihr auch glänzend gelungen war.

*

Lukas spürte eine Erleichterung wie selten zuvor in seinem Leben: Seine Ohren funktionierten wieder. Jedes Geräusch – und wenn es noch so schräg klang – war auf einmal der reinste Wohlgenuss. Nur an Schlaf war nicht mehr zu denken.

Als er endlich das Krankenhaus verlassen durfte, weil sämtliche Untersuchungen abgeschlossen waren, ließ er sich auf direktem Weg zur Landespolizeidirektion chauffieren. Nach Hause wollte er nicht. Dort erwartete ihn eine Leere, die ihm nach dieser Nacht bestimmt nicht gut tat. Seine Hilflosigkeit durch den Verlust des Gehörsinns hatte ihn über Stunden hinweg gequält. Das Krankenhauspersonal hatte ihn freundlich, sogar liebenswürdig behandelt. Aber das Gefühl, nicht zu verstehen, worüber in seinem Beisein gesprochen wurde, hatte schwer auf seinem Gemüt gelastet.

Auf der Dienststelle wollte er sich mit Kaffee zu neuem Leben erwecken und in aller Ruhe die Berichte lesen, die in der Zwischenzeit über den Bombenanschlag verfasst worden waren. Der Fernseher war für ihn in dieser Nacht tatsächlich nur ein Flimmerkasten gewesen. Alle Sendungen hatten von der Explosion berichtet, soviel hatten die Bilder ihm schon verraten. Aber er wusste immer noch nicht, ob Hans Pont überlebt hatte und ob der Täter womöglich bereits gefasst worden war. Aber das war wohl eher unwahrscheinlich.

Im Fond des Taxis ließ Lukas die Häuser der Stadt an sich vorüberziehen, während er seinen Gedanken nachhing. Da er seinen Wagen auf dem Parkplatz hinter dem Gebäude der Landespolizeidirektion vermutete, hatte er gar nicht erst den Umweg zu seiner Wohnung auf sich genommen. Zum Glück bewahrte er in seinem Büro immer Kleider zum Wechseln für Notfälle auf – und sein zerrissenes Hemd war eindeutig ein Notfall.

Nachdem er das Taxi bezahlt hatte, betrat er das Gebäude und nahm den Fahrstuhl, um in den vierten Stock zu gelangen. Nach körperlicher Anstrengung stand ihm heute nicht der Sinn. Auf dem Flur schlug ihm eine angenehme Stille entgegen. Es war noch früh, eine ideale Zeit, um im Büro seinen Gedanken nachzuhängen.

Beschwingt öffnete Lukas die Tür zum Großraumbüro und staunte nicht schlecht, als er den Staatsanwalt vor dem Vogelkäfig sitzen sah. Renske lachte, als er Lukas' verdutztes Gesicht sah, und bot ihm den Stuhl gegenüber an, als wäre er hier der Gastgeber. Lukas tat wie ihm geheißen, sein Vorhaben, sich mit Kaffee ins Leben zurückzurufen und in aller Ruhe seine Gedanken zu ordnen, war dahin. Die Körpersprache des Staatsanwalts signalisierte eindeutig, dass der länger bleiben wollte.

Eine Weile des Schweigens verging, die der Staatsanwalt zu Lukas' großer Erleichterung unterbrach, indem er sagte: »Was halten Sie von Kaffee?«

Mit leuchtenden Augen erhob sich der Kriminalbeamte und ging zu dem großen Kaffeeautomaten. »Was wollen Sie?«

»Espresso, der weckt die Lebensgeister.«

»Gute Entscheidung! Den nehme ich auch.«

Ein kurzes Rumpeln und Rauschen, schon kehrte Lukas mit zwei kleinen, dampfenden Tassen zurück.

Eine Weile genossen die beiden ihren starken Espresso, bis der Staatsanwalt bemerkte: »Was Sie gestern getan haben, war eine große Leistung! Ich ziehe den Hut.«

»Heißt das, Pont hat überlebt?«

»Genau das! Er liegt zwar mit schweren Verletzungen im Krankenhaus, aber er lebt.«

Lukas atmete erleichtert durch.

»Das verdankt er Ihrem selbstlosen Einsatz. Selbstlos deshalb, weil Sie sich selbst in Lebensgefahr begeben haben.«

Wieder legte Renske eine bedeutungsschwere Pause ein. Lukas wusste nicht, was er von diesem Vortrag halten sollte, und konzentrierte sich lieber auf seinen Espresso, der leider viel zu schnell zur Neige ging.

»Ist Ihnen schon mal der Gedanke gekommen, dass tote Helden keinem mehr nützen?«

Aha, dachte Lukas. Darauf lief es also hinaus.

»Ich habe Ihnen schon mal gesagt, dass ich wirklich gerne mit Ihnen und Theo zusammenarbeite. Aber Ihr Leichtsinn macht es mir verdammt schwer.«

Lukas wich dem Blick seines Gegenübers aus. Wie bei ihrem ersten Gespräch unter vier Augen fühlte sich Lukas in der Nähe dieses Mannes beklommen. Renske bewies jedes Mal eine Präsenz, die ihn zu zermalmen drohte. Die Selbstsicherheit, die Intelligenz, die stoische Ruhe – alles, was dieser Mann ausstrahlte, beeindruckte Lukas in einem Maße, dass er sich neben ihm klein und unbedeutend fühlte. Umso weniger verstand er, warum der Mann ihm nun schon zum zweiten Mal eine Gardinenpredigt hielt.

»Es sind Ihre unkonventionellen Arbeitsmethoden, die mir gefallen – ich glaube, das habe ich Ihnen schon mal gesagt«, erklärte Renske, als hätte er Lukas' Gedanken gelesen. »Die mir aber leider gleichzeitig auch das Leben schwer machen. Ständig lebe ich in der Sorge, dass Ihre wilden Aktionen auch mal ganz übel enden könnten. Das zermürbt mich auf Dauer.«

»Was wollen Sie mir damit sagen?« Lukas schaute auf und sah den Staatsanwalt amüsiert grinsen.

»Dass Sie besser auf sich aufpassen sollen. Der Überfall in Frischs Wohnung hätte Ihnen eine Warnung sein sollen. Dort sind Sie auch ohne nachzudenken einfach allein rein gestürmt. Die Quittung haben Sie bekommen. Es steht nicht umsonst in den Vorschriften, solche Aktionen immer in Begleitung eines Kollegen anzugehen.« Er hielt inne und schaute nachdenklich auf den Vogelkäfig. »Ich dachte, Sie hätten diesen Käfig als Warnung vor weiteren unüberlegten Handlungen auf dem Schreibtisch stehen lassen.«

Lukas schaute auf das große Drahtgeflecht und beschloss, es nach diesem Gespräch sofort zu entsorgen. Aber er sagte nichts.

»Doch gestern haben Sie genau das Gleiche noch mal gemacht. Sie sind kopflos in ein Haus gerannt, in dem Sie selbst eine Bombe vermutet haben.«

»Woher wollen Sie so genau wissen, was gestern passiert ist?«, wagte Lukas endlich sich zu verteidigen. »Soweit ich mich erinnere, waren Sie gar nicht dabei.«

»Ich hatte dafür das Vergnügen, Ihren Kollegen dabei zu beobachten, wie er den Bericht über diese Aktion verfasste«, antwortete der Staatsanwalt.

»Theo«, grummelte Lukas und ballte seine Hände zu Fäusten.

»Mit Theo haben Sie nicht nur einen guten Kollegen, sondern auch einen echten Freund«, fügte Renske so schnell hinzu, dass Lukas sich nicht weiter über seinen Partner beklagen konnte. »Er hat nämlich den Bericht so verfasst, dass Ihre Unvorsichtigkeit mit keinem Wort erwähnt wurde. Ich weiß das so genau, weil ich ihm geholfen habe. Dabei hat er mir anvertraut, was wirklich geschehen ist.«

Lukas wusste nicht mehr, was er glauben sollte. War er plötzlich nur noch von guten, fürsorglichen und liebevollen Menschen umgeben?

»Es lag uns beiden sehr daran, dass Sie wegen Ihrer Heldentat keinen Ärger bekommen.«

»Danke!«

»Dieser abfällige Tonfall ist nicht angebracht. Schauen Sie sich doch mal im Spiegel an. Neben Ihren Blessuren im Gesicht sind Sie inzwischen abgemagert bis auf die Knochen, nur, weil Sie sich einfach keine Schonfrist gönnen. Ist es das wert?«

»Vielleicht sollten wir die Rollen tauschen«, bemerkte Lukas und schaute dabei auf Renskes Bauch, der sich unter dem Stoff des Anzugs sichtbar spannte.

Renske schaute ebenfalls an sich herunter. Lukas befürchtete schon, zu weit gegangen zu sein, doch zu seiner Überraschung lachte der Staatsanwalt und meinte: »Touché!«

Plötzlich flog die Tür zum Großraumbüro mit einem lauten Krachen auf. Lukas drehte sich um und sah Theo mit beschwingten Schritten auf ihn zukommen.

»Störe ich?«, fragte er grinsend. »Es ist schon das zweite Mal, dass ihr beide hier in flagranti erwischt werdet.«

»Kaum bist du da, nervst du auch schon«, gab Lukas zurück. »Wir haben uns bis jetzt wirklich gut unterhalten.«

»Das sehe ich.« Theo lachte, klopfte seinem Freund auf die Schulter und brummte: »Mensch! Idiot! Wie konntest du mir nur so einen Schrecken einjagen?«

Lukas schaute Theo verständnislos an.

»Ich vermute mal, dass ich nach der Explosion für einen kurzen Augenblick ohnmächtig war. Denn ich habe dich verzweifelt in den Trümmern gesucht, nachdem ich mühsam aus der Hecke gekrochen bin. Dabei bist du so schnell mit dem Krankenwagen abtransportiert worden, dass ich gar keine Chance hatte, dich zu finden.«

Lukas lachte. Ihm fiel ein, wie er Theo bei dessen heftigem Streit mit Sanitätern und Kollegen beobachtet hatte. Das war also seinetwegen geschehen – ein wirklich gutes Gefühl.

»Wir beide haben es übrigens sogar bis in die Zeitung geschafft.« Um seine Worte zu unterstreichen, legte Theo das aktuelle Exemplar der *Neuen Zeit* vor Lukas auf den Tisch. Der Bericht über die Detonation in Ponts Haus nahm die ganze erste Seite ein. Die Namen Lukas Baccus und Theo Borg standen in großen, fett gedruckten Buchstaben darüber und waren das beherrschende Thema der Schlagzeilen.

Theo zog sich einen Stuhl heran. Nun saßen sie zu dritt um den großen Vogelkäfig herum.

»Was bedeutet das für uns?«, fragte Lukas.

»Gleich beginnt die Dienstbesprechung«, verkündete der Staatsanwalt. »Unsere Psychologin wird auch dabei sein. Vermutlich wird sie uns sagen können, welche Folgen dieser Artikel für euch beide haben kann.«

*

Die Geräuschkulisse schwoll an. Lukas saß immer noch auf Theos Platz und genoss es, den Lärm zu hören. Er konnte gar nicht genug davon bekommen. Zu erschreckend war das Gefühl gewesen, inmitten von Hektik und Treiben da zu sitzen und von einer Stille umgeben zu sein, die einen von allem ausschloss, als gehörte man nicht dazu.

»Ich bin froh, dass es dir gut geht«, drang es an sein Ohr.

Überrascht schaute er auf und blickte in das rundliche und aufrichtig lächelnde Gesicht seiner Kollegin Monika.

»Danke!« Lukas lachte.

»Ich gebe zu, dass ich gern mit dir zusammenarbeite«, sprach sie weiter. »Unsere bisherige Zeit wäre ein bisschen zu kurz gewesen.«

Lukas zwinkerte ihr zu, griff nach ihrer Hand und drückte sie sanft. Sofort errötete Monika. Schnell wandte sie sich ab und suchte ihren eigenen Schreibtisch auf.

Das Gemurmel brach abrupt ab, als der Kriminalrat eintrat. Die darauf folgende Stille wirkte erdrückend. Lukas rieb sich die Ohren. Hoffentlich funktionierten sie noch. Als Ehrlings Stimme den Raum durchdrang, ging es ihm gleich wieder besser: »Ich sehe mit Freude, dass wir noch vollzählig sind.«

Von diesen Worten überrascht, schaute Lukas ihn an und stellte fest, dass Ehrling seinen Blick erwiderte. »Schön, dass Sie wieder bei uns sind. Ich habe den Bericht gelesen, den Ihr Kollege für Sie beide verfasst hat, und bin von Ihrem Einsatz beeindruckt.«

Lukas saß mit offenem Mund staunend da. Der Chef trat sogar auf ihn zu und reichte ihm die Hand. »Wenn ich es fertigbringe, Ihre Fehlleistungen aufzuzählen, die Sie inzwischen bis in die Medien geführt haben, dann ist es auch meine Pflicht, Ihnen mein Lob und meinen Dank für eine gute Tat auszusprechen.«

Lukas spürte, wie er errötete. Das übertraf wirklich seine kühnsten Vorstellungen. Er warf einen Blick zu Theo, der Mühe hatte, nicht laut loszulachen. Der solcherart Gelobte räusperte sich und suchte nach einer Antwort. Doch so schnell, wie Ehrling auf ihn zugekommen war, so schnell war er auch wieder weg. Lukas atmete erleichtert auf.

An der Frontseite des Großraumbüros ging der Amtsleiter sofort zum dienstlichen Teil über. »Unsere Kriminaltechniker haben in Zusammenarbeit mit Bombenexperten die Paketbombe untersucht. Es gibt interessante Erkenntnisse.«

Überraschung machte sich unter den Beamten breit, als ein Mann zu Ehrling vortrat und zu sprechen begann: »Ich komme gerade von den Jungs der Kriminaltechnik, um euch mitzuteilen, dass die Bauart der Paketbombe haargenau mit jener übereinstimmt, die im letzten Jahr am Saarbrücker Hauptbahnhof platziert wurde, aber zum Glück für alle Anwesenden noch rechtzeitig entschärft werden konnte.«

Sofort redeten wieder alle wild durcheinander, wobei immer wieder das Wort »Terroristen« fiel.

»Ich bitte um Ruhe!« Ehrling hatte große Mühe, sich wieder Gehör zu verschaffen.

»Heißt das, dass sich jetzt terroristische Gruppen für das Saarland interessieren?«, donnerte eine Stimme durch den Raum.

»Ist die Baader-Meinhof-Bande wieder aktiv?«

»Ruhe!«, kam der Staatsanwalt mit seiner schneidenden Stimme dem Kriminalrat zu Hilfe. Und Renske hatte mehr Erfolg, schlagartig wurde es still im Raum.

»Das Letzte, was ich will, ist Panik auszulösen«, erklärte der Kriminalrat, doch er wirkte so nervös, wie ihn niemand der Anwesenden je zuvor erlebt hatte. »Überlegen Sie doch zuerst einmal, bevor Sie hier mit vorschnellen Vermutungen alles nur noch schlimmer machen. Welches Interesse sollte eine terroristische Vereinigung an Hans Pont haben?«

Endlich beruhigten sich die aufgebrachten Gemüter wieder. Aufmerksam schauten alle Augen auf Ehrling, in der Erwartung, er könne ihnen eine plausible Erklärung für diese verwirrenden Erkenntnisse geben.

Aber nicht ihr Vorgesetzter, sondern der fremde Kollege sprach weiter: »Bisher konnten wir nur die Bauweise bestimmen. Jetzt fangen wir damit an zu prüfen, woher die entsprechenden Bauteile für diese Bombe stammen. Auf diesem Weg besteht Hoffnung, dass wir auch den Täter finden.«

Die Einschätzung veranlasste einige der Anwesenden zu applaudieren, woraufhin der Unbekannte mit hochrotem Kopf seinen Posten verließ.

»Damit haben wir auch gleich die Überleitung zu unserem nächsten Punkt«, meldete sich Ehrling wieder zu Wort. »Unsere Kriminalpsychologin hat uns nach den neuesten Entwicklungen einiges über den Täter zu sagen.«

Alle Augen richteten sich auf die schlanke, blonde Silvia Tenner, die sich nach vorn begab und ohne Umschweife mit der Erläuterung ihrer Einschätzung der Situation begann.

»In meinem ersten Profil habe ich bereits die Möglichkeit einer progressiven Entwicklung hinsichtlich der Schwere seiner Verbrechen angesprochen. Die Bombe bestätigt meine Annahme. Nur mit dem Unterschied, dass der Täter nicht mehr volle Befriedigung aus seinen Erfolgen schöpft. Nein. Hinter seinen jüngsten Taten steckt etwas anderes – nämlich brodelnder Hass. Vermutlich ist das auch die eigentliche Motivation, die ihn antreibt. Sie hat im Laufe der Jahre einen inneren Druck in ihm aufgebaut, der stetig wächst und wächst und wächst. Irgendwann musste dieser Druck zu einer Eskalation führen und seine kriminelle Energie freisetzen. Dadurch, dass die Polizei schon lange Zeit kein nennenswertes Ergebnis mehr erzielt hat, das ihn von weiteren Taten abhalten konnte, ist sein Ausbruch umso gewalttätiger ausgefallen. Diese Bombe beweist uns, dass seine Selbstbeherrschung an ihrem Ende angekommen ist. Das ist zugleich eine weitere Bestätigung meiner Vermutung, dass unseren Täter ein tief verwurzelter Hass antreibt, der vermutlich weit in seine Vergangenheit zurückreicht und lange Zeit zum Gären hatte. Womit ich wieder auf die Persönlichkeitsstörung des Narzissmus anspreche. In den meisten Fällen entsteht eine solch essenzielle Verbitterung in einer zerstörten Kindheit des Täters.«

»Das ist ja interessant«, unterbrach der Staatsanwalt den Vortrag. »Aber nicht wirklich hilfreich für uns. Über solche Fälle wissen nur Therapeuten Bescheid, wenn überhaupt, und die schweigen sich bekanntlich über ihre Patienten aus.«

»Ich bin ja noch nicht fertig«, unterbrach die Kriminalpsychologin den Staatsanwalt tadelnd. Renske nahm diese Rüge mit einem amüsierten Grinsen zur Kenntnis. »Nicht sein Hass selbst ist der Auslöser, sondern ein Ereignis, das sich in jüngster Zeit zugetragen hat. Ein Ereignis, das ihn an die Wurzeln seines Hasses zurückgeführt hat und ihn nun so gefährlich macht, dass nichts mehr ihn stoppen kann. Dieses Ereignis müssen wir herausfinden, dann wissen wir auch, wer unser Täter ist.«

Die Worte der Psychologin trafen alle Beamten bis ins Mark, keiner sprach ein Wort. Selbst der Kriminalrat stand nur schweigend da, und auch dem Staatsanwalt verschlug es ausnahmsweise mal die Sprache.

»Inzwischen gehen vier Morde auf sein Konto – wenn wir den Fall Schöbel dazu zählen. Oder sogar fünf« – fragend schaute die Psychologin zu Ehrling –, »falls sich der Selbstmord des falschen Kardinals letztendlich nicht bestätigen sollte.«

»Das Wasser- und Schifffahrtsamt Saarbrücken hat alle Strömungen der Saar seit dem Verschwinden des Kardinals und seinem Auftauchen im Bereich der Innenstadt zurückgemessen und ausrechnen können, an welcher Stelle er in den Fluss gefallen ist«, antwortete Ehrling auf die unausgesprochene Frage Silvias. »Taucher sind noch vor Ort und suchen das Gewässer nach der Waffe ab. Und eine Tatortgruppe sucht am Ufer nach Spuren eines Kampfes. Bisher haben wir noch keine Ergebnisse.«

»Dann spreche ich von den anderen Fällen.« Silvia nickte. »Mit diesen vier Morden haben wir nämlich auch schon eine Zahl erreicht, die meine Theorie unterstützt.«

»Ob Brigitte Felten ebenfalls zu seinen Opfern gehört, wissen wir noch nicht«, schaltete sich Renske ein. »Aber nachdem wir vom zuständigen Beerdigungsinstitut erfahren haben, dass beide Augen der Toten noch gut erhalten sind, haben wir die Exhumierung genehmigt. Sie wird morgen früh durchgeführt.«

»Danke!« Silvia blickte kurz zu Renske und fuhr dann mit ihrem Vortrag fort: »Unabhängig davon bleibt zu befürchten, dass er noch nicht fertig ist. Im Gegenteil! Der missglückte Anschlag auf Pont wird seine Wut nur verstärken – seine Taten werden noch boshaftere Ausmaße annehmen. Nun bedarf es noch nicht einmal eines Trittbrettfahrers, um seine Gefährlichkeit weiter zu steigern. Meine bisherige Annahme, das Versagen der Polizei, ihm auf die Spur zu kommen, könnte ihn so rasend machen, muss ich revidieren. Jetzt ist eher zu befürchten, dass etwas anderes seinen Fokus auf uns richten lässt – nämlich die Rettung von Hans Pont. Wir müssen nicht lange überlegen, wen von uns er im Visier haben dürfte.«

Alle Augen richteten sich sofort auf Lukas und Theo.

»Ihr steht nicht nur auf der Titelseite der *Neuen Zeit*, sondern seid deutschlandweit in den Schlagzeilen«, bestätigte Silvia die Reaktion der Kollegen. »Damit seid ihr leider auch ohne Zweifel zur Zielscheibe unseres Mörders geworden.«

»Sie haben uns schon einmal prophezeit, dass er einen von uns als Nächstes töten wird«, unterbrach zum dritten Mal die schneidende Stimme des Staatsanwalts den Vortrag der Psychologin. »Diese Prophezeiung traf nicht zu. Warum sollte das dieses Mal anders sein?«

»Nach dieser Anzahl von Morden immer noch nicht erwischt worden zu sein, verleiht ihm ein Gefühl der Unbesiegbarkeit. Er sitzt auf einem Thron und schaut auf uns alle herab. Er hält die Fäden in der Hand.«

»Sie wollen damit sagen, dass er mit uns spielt?«

»Genau das tut er doch schon die ganze Zeit. Aber seinen Triumph kann er nur wirklich auskosten, indem er die Nähe seiner Gegner sucht – in diesem Fall die Nähe zu Lukas und Theo. Er wird Kontakt mit beiden aufnehmen! Wenn er es nicht schon getan hat. Ihr werdet ihn nicht erkennen, denn er wird euch auf eine Weise gegenübertreten, dass euch nichts auffallen kann.«

14

Nicht zu fassen!

Hans Pont hatte den Anschlag überlebt.

Niemals wäre das möglich gewesen, hätten sich diese beiden Bullen nicht eingemischt.

Vermutlich hatte Pont tatsächlich bei der Polizei angerufen. Weshalb sonst hätten Baccus und Borg genau zur richtigen Zeit dort eintreffen sollen?

Das Chaos, das die Bombe angerichtet hatte, war enorm. Vom Haus so gut wie nichts mehr übrig. Die Trümmer zeugten immer noch von der gewaltigen Detonation. Eine solche Erschütterung konnte normalerweise kein Mensch überleben.

Und doch hatte Pont überlebt.

Wie viele idiotische Zufälle spielten diesem Trottel noch in die Hände? Vermutlich bestand sein ganzes Leben nur aus glücklichen Zufällen. Aber jetzt war nicht mehr viel von ihm übrig. Deshalb dürfte es kein größeres Problem darstellen, den Rest auch noch zu erledigen.

Wie aus den Medien zu erfahren war, lag er hilflos im Krankenhaus, an Apparate und Schläuche gefesselt, wurde also mehr oder weniger künstlich am Leben gehalten.

Diese Apparate abzustellen würde ein Kinderspiel sein. Die einzige Herausforderung bestand darin, an den Wachposten vorbeizukommen. Blieb nur zu hoffen, dass die Polizisten es nicht fertigbrachten, Tag und Nacht aufmerksam zu bleiben.

Aber damit war das Spiel noch lange nicht beendet.

Es gab noch etwas zu erledigen, was keinen Aufschub mehr duldete. Etwas, das sich ganz unvermutet als von höchster Dringlichkeit herausgestellt hatte.

Baccus und Borg hatten ihre Namen höchstpersönlich auf die Todesliste gesetzt. Und diesen Wunsch sollten sie erfüllt bekommen.

Nun galt es nur noch, einen geschickten Plan auszutüfteln. Und dieser Plan würde gelingen.

*

Die ersten Zeichen der Dämmerung zeigten sich als blasse Streifen am Horizont. Die Luft war angenehm kühl, doch die Stimmung getrübt. Sie standen auf dem städtischen Friedhof vor dem Grabstein mit der Inschrift »Brigitte Felten«. Ein Bagger wartete auf seinen Einsatz – die Schaufel hoch erhoben, der Fahrer in Einsatzbereitschaft. Helmut Renske näherte sich dem Grab, vor dem Wendalinus Allensbacher, Theo Borg und der Bestattungsunternehmer, ein großer, hagerer Mann in schwarzem Anzug, bereits warteten.

»Wir können beginnen«, rief Theo und winkte zu dem Bagger hinüber.

Mit lautem Getöse hub der Fahrer mit der großen Schaufel die Erde aus dem Grab. Dabei quietschten schlecht geölte Federn und krachten locker gewordene Halterungen an dem massigen Gefährt.

»Warum müssen wir unbedingt mitten in der Nacht die Leiche ausgraben?«, fragte Theo, der bei jedem Rumpeln und Scheppern zusammenzuckte. »Ich komme mir vor wie ein Leichensammler aus dem achtzehnten Jahrhundert.«

»Weil wir uns auf diesem Weg die Schaulustigen vom Leib halten«, erklärte der Staatsanwalt. »Oder ist es Ihnen lieber, während der Exhumierung die Journalisten in Schach zu halten?«

Theo räusperte sich und verschluckte jeden weiteren Kommentar. Soweit hatte er nicht gedacht.

»Wo ist Ihr Kollege«, fragte Renske.

»Zuhause! Wir haben verabredet, dass ich diesen Job übernehme.«

Damit ebbten die Gespräche vorerst ab. Alle starrten gebannt auf den Baggerfahrer, der konzentriert seine Arbeit verrichtete. Die blassen Streifen am Horizont wurden langsam breiter. Tageslicht begann den Friedhof zu erhellen und gab den Blick auf ein Bild der Verwüstung frei.

»Geht das nicht schneller?«, fragte Allensbacher ungeduldig.

»Natürlich«, meinte der Staatsanwalt. »Wenn wir in Kauf nehmen, dass die Leiche von der Schaufel zermalmt wird, können wir den Fahrer gerne antreiben.«

»So genau wollte ich es gar nicht wissen.«

Das ungemütliche Warten, begleitet vom Scheppern des Baggers, ging weiter. Der Erdhaufen neben dem Grab wuchs an. Dann ertönten ein Bersten von Holz, ein Schaben und dazu ein lautes Quietschen.

»Stopp!«, rief der Bestattungsunternehmer, lief hastig zum Grab und leuchtete mit einer Taschenlampe in die Tiefe. Theo, Renske und Allensbacher folgten ihm. Zwischen Erde und Schmutz sahen sie einen Holzsarg, dessen Front bereits eingedrückt war.

»Es genügt. Den Rest erledigen wir«, bestimmte der Chef. Wie aus dem Nichts tauchten mehrere Männer aus der Dunkelheit auf. Einer schwang sich in das Loch, band starke Seile um den Sarg und kletterte wieder heraus. Mit vereinten Kräften hievten sie den Sarg nach oben, legten ihn auf den Erdhaufen neben dem ausgehobenen Grab ab und ließen die Stricke los. Im selben Augenblick kippte der Sarg um, die Klappe öffnete sich und eine dürre, in schwarzes Leinen gewickelte Gestalt rollte heraus.

Während Allensbacher erschrocken zurückwich, sprangen Theo und Renske geistesgegenwärtig auf die Leiche zu und verhinderten so, dass sie wieder in das tiefe Loch zurückfiel. Widerwillig packte Theo den Körper an den Armen, Renske an den Beinen.

»Halt!«, schrie der Bestatter. »Wenn Sie sie anheben, kann es passieren, dass Sie ihr die Extremitäten ausreißen.«

Ein Würgen schallte durch die kühle Luft. Erstaunt blickten sich alle um und sahen Allensbacher sein Frühstück wiederkäuen.

»Mahlzeit«, murmelte Theo.

»Und was sollen wir jetzt tun?«, fragte Renske mit säuerlichem Tonfall.

»Ich bin sofort wieder da«, rief der hagere Mann im schwarzen Anzug und eilte davon.

»Ob wir den jemals wiedersehen?«, grübelte Theo laut.

»Er wird sich schon gut überlegen, was er tut«, brummte der Staatsanwalt. »Mit dieser Aktion hat er nämlich an einem Tag genug Scheiße für seine gesamte berufliche Laufbahn gebaut.«

Verwundert über den drohenden Unterton schaute Theo den Staatsanwalt an und blickte in zwei böse funkelnde Augen in einem grimmigen Gesicht. Also äußerte er sich lieber nicht mehr. Renske machte in diesem Augenblick den Eindruck, dass man sich besser nicht mit ihm anlegen sollte.

Da kam der Bestatter auch schon wieder zurück, mit schweren Tüchern, auf die er nun mit seinen Mitarbeitern behutsam die tote Frau legte. So gelang es ihnen, die Leiche anzuheben und in einem Stück in den Sarg zurückzubefördern.

»Wir fahren sofort in die Gerichtsmedizin nach Homburg«, erklärte der Bestatter.

»Ich hatte auch nichts anderes erwartet«, zischte der Staatsanwalt.

*

Die morgendliche Kühle tat Lukas gut, während er über den Parkplatz des Mietshauses zu seinem Wagen schlenderte. Mit unguten Gefühlen erinnerte er sich daran, welchen Schrecken ihm am Vortag der Anblick der leeren Parklücke hinter dem Polizeigebäude eingejagt hatte. Gestohlen, war sein erster, schrecklicher Gedanke gewesen. Normalerweise wäre das kein großes Problem. Doch Lukas fuhr einen alten BMW – einen Oldtimer. So einen Wagen konnte einem keine Versicherung ersetzen.

Tatsächlich aber hatte der gute Theo dafür gesorgt, dass sein Liebling bei Lukas vor der Haustür stand – vermutlich in der

Annahme, sein Freund würde sich nach dieser Nacht im Krankenhaus zunächst einmal in seinen vier Wänden verkriechen wollen. Der gute alte Theo. Bei dem Gedanken daran, wie sein Kumpel hektisch herum gestikulierend in den Bombentrümmern nach ihm gesucht hatte, musste Lukas schmunzeln.

Im Nachhinein bereute Lukas, dass er sofort zur Dienststelle gefahren war. Silvias Prophezeiungen hatten ihn doch ziemlich verunsichert. Alle Versuche, ihre Warnungen vor sich selbst als Übertreibungen hinzustellen, misslangen ihm. Der Schlag auf den Kopf war der Anfang gewesen. Die dicke Beule und die retrograde Amnesie hatten Lukas eine Weile nervös gemacht, ja sogar in regelrechte Panik versetzt. Doch schon bald hatten sie alle darüber hinweggesehen und weitergemacht, als wäre nichts passiert. Aber die neuen Taten dieses Wahnsinnigen sprachen eine deutliche Sprache. Er rückte immer näher an Theo und Lukas heran. Zuerst Maria Kees, eine alte Dame, die keiner Fliege etwas zuleide tun konnte. Dann Hans Pont – ein ewiger Verlierer. Kaum hatten sie diese beiden als potenzielle Zeugen ins Auge gefasst, waren sie auch ins Visier des Täters gelangt. Das konnten keine Zufälle mehr sein.

Sie hatten es offensichtlich mit einem Täter zu tun, der genau über Lukas und Theo Bescheid wusste. Und genau das hatte Silvia mit ihren Warnungen bestätigt. Lukas fröstelte bei dem Gedanken an ihren Vortrag.

Als sein Blick auf sein Auto fiel, ging es ihm schlagartig wieder besser. Sein Fünfer BMW in silbermetallic lachte ihn an. Mit seinen fünfzehn Jahren sah er immer noch aus wie neu. Werkstattgepflegt! Der Wagen stand im Schatten, das Hinterteil dicht an die Hecken geparkt. Hoffentlich hatte Theo dem Prachtstück beim rückwärts einparken keinen Kratzer verpasst. Mit prüfenden Blicken ging Lukas einmal um das Fahrzeug herum – alles glänzte makellos.

Dann sperrte er die Fahrertür auf – und glaubte, gegen eine Wand zu rennen. Ihm wurde schwindelig. Nicht schon wieder, dachte er, riss die Augen weit auf und starrte ins Innere. Aber dort war nichts. Was ihn so hart getroffen hatte, war der Gestank. Der war so entsetzlich, dass er einige Schritte rückwärtsgehen musste, bis er an das benachbarte Auto stieß. Zu seinem großen Entsetzen löste er mit diesem Zusammenprall eine Alarmanlage aus, die ohrenbetäubend laut in aller Frühe über den Parkplatz jaulte.

Lukas hielt sich die Ohren zu und näherte sich wieder seinem BMW. Er ahnte, woher dieser Gestank kommen könnte, und suchte durch die Seitenscheiben das Innere des Wagens ab. Er konnte nichts sehen.

Aus dem Mietshaus ertönten wütende Rufe. Auf den Balkonen standen bereits die ersten Nachbarn in Unterwäsche und riefen ihm mit erhobenen Fäusten Flüche zu. Aber Lukas reagierte nicht, er war viel zu sehr mit dem Gestank in seinem Auto beschäftigt.

Ein Mann kam mit großen Schritten auf ihn zugelaufen. In der Hand hielt er einen Autoschlüssel. Hastig schlug Lukas seine Wagentür zu, aber der Fremde hatte den Geruch bereits bemerkt.

»Meine Güte, was stinkt hier denn so?«, fragte er unfreundlich. »Haben Sie eine Leiche in Ihrem Auto versteckt?«

»Nur meinen Hund«, erklärte Lukas ausweichend. »Ich habe vergessen, wie schnell ein Kadaver bei der Hitze zu stinken beginnt.«

»Drecksau!«

Lukas wich erschrocken zurück, als fürchtete er, sein Gegenüber könne womöglich handgreiflich werden. Zum Glück setzte sich der unfreundliche Mann geschwind in sein Auto, stellte die Alarmanlage ab und fuhr davon.

Erst jetzt konnte sich Lukas auf das konzentrieren, was er schon länger vorhatte. Er steuerte das Heck des Wagens an und zögerte noch einmal kurz, bis es ihm endlich gelang, sich zu überwinden. Mit Schwung öffnete er die Kofferraumklappe. Nicht nur der Anblick, auch die erneute Geruchswelle schleuderten ihn mit Wucht nach hinten. Zum Glück landete er weich in den Hecken. Im Kofferraum seines Autos lagen die sterblichen Überreste von Bernd Schöbel.

*

»Wir haben Spuren eines Kampfes gefunden«, erklärte ein Kollege der Spurensicherung gerade laut und deutlich, als Lukas nach endlosen Strapazen endlich das Büro der Kriminalpolizeiinspektion betrat. »Und die Taucher haben immer noch keine Waffe im Fluss gefunden. Sie haben inzwischen einen ganzen Container voller Müll und Schrott herausgefischt, aber nichts, was uns weiterhelfen würde.«

Frustriert ließ sich Lukas auf seinen Stuhl fallen und warf einen Blick auf den Vogelkäfig. Jetzt kannte er auch den Unterschied zwischen dem Verwesungsgestank eines Vogels und dem eines Menschen. Der war so frappant, dass es ihm immer noch den Atem verschlug.

»Was machst du jetzt mit deinem Wagen?«, fragte Theo, der seinen Kollegen aus der Werkstatt der Spurensicherung abgeholt hatte.

»Ich warte erst mal ab, bis die Spusi damit fertig ist«, antwortete Lukas. »Dann bringe ich ihn in meine Werkstatt. Sollen die mal sehen, wie sie den Gestank wieder rauskriegen.«

»Ob das eine Botschaft unseres Täters war?«

Lukas zuckte mit den Schultern: »Was könnte er mir damit sagen wollen?«

»Vielleicht, dass du ihm stinkst!«

Verärgert wollte Lukas seinem Freund einen Radiergummi an den Kopf werfen, traf jedoch nur den Vogelkäfig, wo er zwischen den Gitterstäben hängen blieb.

Theo zeigte ihm den Stinkefinger, entfernte den Radiergummi aus dem Käfig und bemerkte: »Als Silvia die vielen Toten aufgelistet hat, hat sie unseren Vogel ganz vergessen. Immerhin ist der kleine Kerl auch eines seiner Opfer.«

Lukas lachte. »Stimmt! Gestunken hat er jedenfalls wie ein

Großer. Aber um auf deine Frage zurückzukommen: Ich weiß nicht, ob die Leiche in meinem Kofferraum eine Warnung war. Was mich viel mehr beschäftigt ist die Frage, wie er den Kofferraum ohne Schlüssel öffnen konnte.«

Theos Miene verdüsterte sich. Schuldbewusst murmelte er: »Das hast du vermutlich mir zu verdanken. Ich hatte den Kofferraum geöffnet und den Erste-Hilfe-Kasten herausgeholt. Danach habe ich wohl vergessen, wieder abzusperren.«

»Eigentlich müsste ich dir dafür dankbar sein«, lautete Lukas überraschende Reaktion auf dieses Geständnis.

»Warum das?«

»So hatte der Täter wenigstens keinen Grund, das Schloss aufzubrechen.«

Die beiden Freunde lachten. In diesem Augenblick rauschte Karl der Große an ihrem Schreibtisch vorbei und fragte so laut, dass ihn jeder verstand: »Wo ist Marie-Claire?«

»Auf dem Klo«, antwortete Monika.

»Sagen Sie ihr, dass ich im Dienstwagen auf sie warte!«, befahl der Hüne.

Monika nickte und schaute Karl verwundert über seinen herrischen Tonfall an.

»Wir haben einen Tatort, den wir sichern müssen. Da einige Kollegen in Urlaub sind, muss Marie-Claire einspringen.«

»Welchen Tatort? Haben wir einen neuen Mordfall?«

»Nein! Keinen neuen! Aber wie es aussieht, hat sich der falsche Kardinal nicht selbst umgebracht«, erklärte Karl. »Genau an der Stelle, die das Wasser- und Schifffahrtsamt als vermutlichen Ausgangspunkt der Wasserleiche errechnet hat, sind Spuren einer Auseinandersetzung gefunden worden. Und ein Selbstmörder würde sich wohl kaum gegen sich selbst wehren.«

»Oje!«, stöhnte Lukas. »Weiß unser über alles schwitzender Allensbacher schon davon?«

»Sie werden es nicht für möglich halten«, ertönte es plötzlich gepresst aus der entgegengesetzten Richtung. »Ihr über alles schwitzender Allensbacher hat die Tatortsicherung angeordnet.«

Lukas wurde es leicht mulmig, als er den Dienststellenleiter mit böse funkelnden Augen auf ihn zukommen sah. Hätte er doch nur den Mund gehalten.

»Und Sie werden sich jetzt damit beschäftigen, einen Bericht darüber zu schreiben, wie es möglich sein kann, dass ausgerechnet in Ihrem Auto die Leiche von Bernd Schöbel gelandet ist. Da ich nicht an Zufälle glaube, lassen Sie sich bitte etwas Überzeugendes einfallen.«

Schicksalsergeben nickte Lukas, setzte sich vor seinen PC und verkroch sich geschickt hinter dem Monitor, sodass er fast nicht mehr zu sehen war. Erst als wieder Ruhe im Großraumbüro eingekehrt war, lugte er hervor und flüsterte in Theos Richtung: »Ist die Luft wieder rein?«

»Porentief!«

Lukas streckte seinen Kopf über den Monitor, um sich davon zu überzeugen, dass Theo nicht gelogen hatte. Fast alle Schreibtische gähnten leer. Nur Monika saß einsam im hinteren Bereich des Büros und hackte fleißig auf die Tastatur ihres Rechners ein.

Lukas erhob sich und trottete zu ihr. »Hat der Dicke dir auch Arbeit aufgebrummt?«, fragte er, während er sich auf die Schreibtischkante setzte und seine Füße baumeln ließ.

»Welcher Dicke?«, fragte Monika. »Allensbacher oder Renske.«

»Allensbacher«, präzisierte Lukas seine Frage lachend.

»Ja! Ich soll den Autopsiebericht von Dr. Stemm noch mal durchgehen. Er sagt, dass es Hinweise auf einen Kampf an der Leiche geben muss. Aber das Einzige, was ich finde, sind medizinische Fachausdrücke, die ich alle zuerst mal googeln muss, um überhaupt etwas zu verstehen.«

»Warum rufst du Stemm nicht einfach an?«

Monika schaute Lukas von unten herauf an und bemerkte mit einem schiefen Grinsen: »Du wirst es nicht glauben, aber auf den Gedanken bin ich auch schon gekommen. Ganz so blöd bin ich auch wieder nicht.«

»Entschuldige!« Lukas hob beide Hände, um zu demonstrieren, dass er der Kollegin nicht zu nahetreten wollte. »Ich werde mich hüten, dich für blöd zu halten. Du steckst uns alle in die Tasche.«

Nun musste Monika lachen, was ihren verkniffenen Gesichtsausdruck sofort wieder versöhnlich wirken ließ. »Dr. Stemm steckt mitten in Untersuchungen im Sektionssaal«, fügte sie hinzu. »Und dabei will er nicht gestört werden.«

»Und was hältst du davon, den ballistischen Bericht zu dem Projektil zu lesen, das im Kopf des falschen Kardinals gesteckt hat?« Zaghaft lächelte Lukas die Kollegin an.

»Die Idee ist klasse!« Monikas Augen leuchteten auf. »Die hätte fast von mir sein können. Mit Ballistik kenne ich mich nämlich bestens aus.«

Sofort durchwühlte sie die zahlreichen Papiere in der Akte, bis sie die fragliche Seite fand. Laut las sie vor: »Das Projektil ist ein Kleinkaliber, eine .22 Magnum. Dabei handelt es sich um eine Randfeuerpatrone.«

Lukas schaute Monika nur fragend an. Was sie ihm vorlas, waren für ihn böhmische Dörfer.

»Es handelt sich um eine reine Jagdpatrone«, klärte Monika ihn auf.

»Dann suchen wir also einen Jäger«, stellte Lukas grinsend fest. »Nichts leichter als das. Nur, welche Waffe gehört dazu?«

»Das müssen wir wohl selbst herausfinden, wenn die Taucher die Waffe nicht in der Saar finden. Die .22 Magnum ist nämlich im Gegensatz zu anderen Kleinkaliber-Patronen nicht in einer Waffe mit dem Kaliber .22 lfB für ›lang‹ oder .22 ›kurz‹ zu verwenden. Es bleiben also nicht viele Kandidaten übrig.«

Lukas staunte über diesen Fachvortrag.

»Der ballistische Abgleich der Patrone hat bisher lediglich ergeben, dass mit dieser Waffe noch kein Verbrechen begangen wurde«, fuhr Monika fort. »Waffentypen, die dafür infrage kommen, sind Kurzwaffen wie Revolver. Sie werden hauptsächlich für die Jagd auf Kleinwild eingesetzt. Zufällig weiß ich auch von einem amerikanischen Mini-Revolver – ein schickes kleines Spielzeug, aber absolut tödlich.«

»Du kennst dich mit Waffen ja verdammt gut aus«, bemerkte Lukas.

Monika lächelte verlegen. »Ich habe in meiner Freizeit nicht sonderlich viel zu tun. Da bilde ich mich eben weiter.«

»Kannst du herausfinden, auf wen eine solche Waffe eingetragen ist?«

»Mal sehen! Ich müsste die Waffentypen schon eingrenzen können. Sonst wird das nichts.«

»Du schaffst das schon«, munterte Lukas die Kollegin auf, sprang von ihrem Schreibtisch und widmete sich wieder seiner lästigen Arbeit, dem Verfassen eines Berichts über den Leichenfund im Kofferraum seines Wagens.

*

»Auf Mädels! Wir haben Arbeit«, schallte Manfred Sosts Stimme durch das Redaktionsbüro der *Neuen Zeit*. Auf sein gebieterisches Gebaren reagierten sämtliche Frauen im Raum genauso, wie er sich das vorstellte. Nur Susanne Kleber blieb stoisch auf ihrem Stuhl sitzen.

»Susanne, du musst dir gar nicht erst die Mühe machen aufzustehen«, kommentierte Sost die Verweigerungsgeste seiner Mitarbeiterin süffisant. »Ich erwarte von dir nämlich noch weitere Rezensionen zu älteren Werken unserer lieben Miranda.«

Als ihr Name fiel, schaute die rothaarige Autorin in Susannes Richtung. Der Blick, der sie dort traf, ließ sie zusammenzucken.

»Und du wirst dich anstrengen, damit die Rezensionen gut ausfallen«, fügte Sost bissig hinzu, als er den Blickwechsel der beiden Frauen beobachtete.

In Begleitung von Sandra, Ute Drollwitz und Miranda verließ der Chefredakteur das Gebäude. Die Vier erreichten den Tatort fast gleichzeitig mit einem Bus voller Polizisten der Bereitschaft.

»Wir müssen uns beeilen, bevor die alles abgeriegelt haben«, drängelte der Chef.

Im Nu waren die drei Frauen ausgestiegen und im Getümmel der Schaulustigen verschwunden, während der Fahrer des Wagens einen Parkplatz suchte. Fast hätte er dabei eine junge Polizeibeamtin übersehen, die aus den Hecken herausgeklettert kam. Erschrocken wich Sost aus. Aus den Augenwinkeln konnte er deutlich den Stinkefinger der erbosten Beamtin erkennen. Schade, dass er gerade jetzt seinen Fotoapparat nicht einsatzbereit hatte.

Er stellte das Fahrzeug ab und stieg aus. Vor ihm stolzierte die uniformierte Beamtin. Ihre Schritte wirkten selbstbewusst, ihre Bewegungen aufreizend. Sie wackelte mit den Hüften, wodurch ihre eigentlich strenge Uniform geradezu sexy wirkte.

Sost kannte diese Frau, ihm wollte aber partout nicht einfallen, woher. Neugierig folgte er ihr, eifrig darum bemüht, inmitten des hektischen Treibens am vermeintlichen Tatort möglichst in ihrer Nähe zu bleiben – bis es ihm endlich gelang, den Namensschriftzug auf ihrer Bluse zu entziffern: Leduck!

Bingo! Das musste die Tochter des Polizisten sein, der erhängt in seinem Speicher aufgefunden worden war. Wenn er sich richtig erinnerte, hatte Erwin Frisch höchstpersönlich darüber berichtet. Es hatte sich dabei um einen äußerst üblen Fall von Beamtenbestechlichkeit gehandelt. Tatenfreudig rieb er die Hände – wie gut, dass er seine Mitarbeiterinnen heute begleitet hatte.

Nun galt es, genau diese Polizistin für seinen Artikel ins Visier zu nehmen. Zielstrebig steuerte er sie an und fragte: »Wie ist das Gefühl, wieder mit einem Selbstmord konfrontiert zu werden?«

Erschrocken blickte die junge Polizistin auf, in ihrem Gesicht stand Ratlosigkeit. Offensichtlich schien sie den Journalisten nicht einordnen zu können.

»Oh Entschuldigung! Ich bin Manfred Sost von der *Neuen Zeit*«, ergänzte er hastig.

»Was glauben Sie eigentlich, was wir hier machen?«, erwiderte Marie-Claire unfreundlich. »Wir sind hier, um Leute wie Sie fernzuhalten. Sie zerstören nämlich wichtige Spuren, die uns bei den Ermittlungen weiterhelfen könnten.«

Sost war so überrascht, dass ihm auf die Schnelle keine passende Antwort einfiel. Also versuchte er es anders: »Sehen Sie Parallelen zwischen dem Selbstmord des falschen Kardinals und dem Selbstmord Ihres Vaters?«

Marie-Clare starrte den Mann fassungslos an.

»Zum Beispiel, dass beide in gleicher Weise über das Ziel hinausgeschossen sind: Ihr Vater nahm Gelder an, die ihm nicht zustanden, dieser Mann hier hat sich ein Amt angemaßt, das ihm nicht zustand«, versuchte Sost, seine Provokation auf die Spitze zu treiben.

»Ich glaube, Sie verschwinden jetzt besser«, fauchte die Polizistin wütend. Sost grinste, er hatte offensichtlich einen Volltreffer gelandet.

»Oh! Ihrer Reaktion entnehme ich, dass Sie das noch gar nicht wissen: Es besteht der Verdacht, der falsche Kardinal sei ermordet worden.«

Der Journalist fand immer mehr Gefallen an seinen Unverschämtheiten. Er wollte diese Frau in die Enge treiben. Ihre Geschichte war für seine Zwecke perfekt, wenn er das richtig ausschlachtete, könnte er bestimmt viele neue Leser für seine Zeitung gewinnen.

»Ich werde Ihnen bestimmt nichts sagen.«

»Heißt das, man schließt Sie von solchen Informationen aus, weil Sie die Tochter eines korrupten Polizisten sind?«

Die junge Frau atmete erschrocken aus und starrte den Reporter voller Entsetzen und Abscheu an. Sost triumphierte innerlich, er war sicher, sie soweit zu haben, dass gleich etwas Entscheidendes passieren würde. Doch wie aus dem Nichts tauchte plötzlich ein Mann auf und schob Marie-Claire Leduck behutsam zur Seite.

»Lass dich nicht provozieren!«, flüsterte er.

Manfred Sost verstand ihn trotzdem und ärgerte sich maßlos. Fast hätte er die junge Frau soweit gehabt, dass sie einen Fehler beging und sich verplapperte. Der Fremde war groß, stark und sportlich. Sein sonnengebräunter Teint und seine dunklen Haare ließen Sost an ein Männermodel denken, so makellos war sein Gesicht. Er musste herausfinden, wen er dort vor sich hatte und wie dieser Mann zu der berühmt-berüchtigten Polizeibeamtin stand. Schon wieder witterte er einen enthüllenden Bericht. Doch bis dahin wollte er sich erst einmal dem eigentlichen Grund seines Besuches an dieser ungemütlichen Stelle dicht an der Saar widmen.

Mehrere Männer und Frauen in Astronautenanzügen, die ihre Haare, ihre Hände, ja sogar ihre Schuhe einschlossen, gingen mit langsamen Schritten über den verwüsteten Platz und sammelten mit Pinzetten Gegenstände auf. Sost zückte seine Kamera und fotografierte wild drauf los, bis der Sucher etwas erfasste, was die Beamten der Spurensicherung noch nicht entdeckt hatten: An dem tief hängenden Ast einer Dornenhecke flatterte ein Zettel. Sost bückte sich und richtete die Kamera darauf. Mithilfe der Zoomfunktion gelang es ihm tatsächlich, einen Text auszumachen, aber lesen konnte er ihn immer noch nicht. Das Schriftbild war so klein, dass es vor seinen Augen verschwamm.

Plötzlich hörte er eine laute Stimme hinter seinem Rücken: »Was tun Sie da?«

Hastig riss Sost den Zettel ab und steckte ihn in die Hosentasche. Dann richtete er sich wieder auf, drehte sich um und verschwand in der Menge der Schaulustigen, bevor jemand bemerken konnte, welchen Fund er gerade gemacht hatte. Erst als er in seinem Auto saß, nahm er sich die Zeit, die Buchstaben zu entziffern: »Ego te absolvo a peccatis tuis in nomine patris et filii et spiritus sancti.« Er verstand kein Wort.

*

»Was heißt hier *etwas übersehen*?«, donnerte Dr. Stemms Stimme durch den Flur der Kriminalpolizeidirektion, sodass alle bereits auf ein sich anbahnendes Gewitter vorgewarnt waren.

Wendalinus Allensbacher begleitete den Gerichtsmediziner im Gleichschritt auf das Großraumbüro zu, was dem dicken Dienststellenleiter sichtlich Mühe bereitete. Die Glastür ging auf und eine fühlbar drohende Druckwelle zog über sämtliche Schreibtische und die daran sitzenden Beamten hinweg.

»Mit keinem Wort habe ich Selbstmord als Todesursache in meinen Bericht geschrieben. Diese Möglichkeit habe ich lediglich Baccus und Borg gegenüber erwogen«, brüllte der Pathologe. Seine Mimik ließ keinen Zweifel an seinem Ärger, und die Röte, die sein Gesicht durchzog, sowie die böse funkelnden Augen, ließen Schlimmes befürchten. Als sein Blick auf Lukas fiel, fügte er hinzu: »Ich weiß ja nicht, was unsere Helden Ihnen erzählt haben. Da ich nicht zu voreiligen Schlüssen neige, sollten Sie sich diese beiden Herren mal vorknöpfen.«

Mit dem Taschentuch in der Hand folgte Allensbacher dem Mann, der einem Vulkan vor dem Ausbruch glich, und versuchte ihn zu besänftigen. Aber vergebens, Stemms Wutausbruch war nicht zu stoppen.

»Ich stehe zurzeit bis zum Hals zwischen Leichen in verschiedenen Verwesungsstadien – genauer gesagt zwischen Leichenteilen – und gebe mein Bestes. Da lasse ich mir doch keine Äußerung anlasten, die ich im Beisein Ihrer Leute gemacht habe. Ich sollte in Zukunft wohl besser aufpassen, wem ich vertrauen kann und bei wem ich besser den Mund halte.«

Lukas fühlte sich wie vor den Kopf gestoßen. Verunsichert blickte er zu Theo, der nicht weniger eingeschüchtert wirkte.

»Ich bitte Sie um einen sachlicheren Tonfall«, unterbrach Allensbacher den Redeschwall des Mediziners. Endlich gelang es ihm, den massigen, mächtigen Mann zum Schweigen zu bringen. »Meine Männer haben die bisher einzige Schlussfolgerung erwähnt, die wir zu dem Fall des falschen Kardinals hatten. Mit irgendeiner Hypothese mussten wir ja arbeiten.«

»Klar! Und da haben Sie sich die einfachste Variante ausgesucht und werfen mir das jetzt vor, weil dadurch Ermittlungen nicht rechtzeitig durchgeführt worden sind«, brauste Dr. Stemm von Neuem auf.

Zum allgemeinen Erstaunen stellte sich jetzt Monika zwischen die beiden Streithähne und sagte mit lauter Stimme: »Ich habe Ihren Bericht zur Autopsie durchgelesen. Dazu habe ich eine Frage.«

Dr. Stemms Verblüffung war so groß, dass er nur ein Nicken zustande brachte.

»Sind die Fesselungsspuren an den Handgelenken, die Sie hier als massiv beschreiben, möglicherweise Anzeichen für eine äußere Gewalteinwirkung, die wir bisher nicht erkannt haben?«

Der Pathologe schaute zuerst auf Monika, dann auf die anderen Polizeibeamten und zum Schluss auf Allensbacher, bevor er antwortete: »Diese Frau ist wirklich gut. Auf diese Idee ist keiner von uns gekommen. Der Täter kann sein Opfer an den Fesseln hinter sich hergezerrt haben.«

»Und danach hat er ihn mit einer Waffe in Schach gehalten, um das Ganze wie einen Selbstmord inszenieren zu können«, ergänzte Allensbacher. »Also hätten wir auch diese Frage geklärt.« Er nickte Monika anerkennend zu, die daraufhin an ihren Platz zurückkehrte.

Eine kurze Pause trat ein. Stemms rote Gesichtsfarbe wich allmählich wieder seiner gesunden Bräune. Auch die Schweißausbrüche des Dienststellenleiters ließen nach, sodass er sein Taschentuch wegstecken konnte.

»Dann fange ich mal mit dem einfachsten Fall an«, setzte Dr. Stemm nach einer kurzen Verschnaufpause an. »Bernd Schöbel! Das Verwesungsstadium der Leiche ist schon weit fortgeschritten. Aber es zeigen sich keine unterschiedlichen Stadien der Verwesung, was bei offenen Wunden durch vermehrten Insektenfraß zu erwarten wäre. Das heißt, Schöbel weist – außer dem fehlenden Fuß – keine äußeren Verletzungen auf.«

»Welche Bedeutung hat das für uns?«, fragte Allensbacher.

»Da ich noch verwertbares Gewebe und DNA-Material bei der Leiche gefunden habe und Schöbels Hausarzt ausfindig machen konnte, wusste ich, welche Untersuchungen ich vornehmen musste. Ich fand erhöhte Mengen von Interleukin-6. Das ist ein Botenstoff des Immunsystems, der Entzündungen reguliert. Der erhöhte Wert weist auf eine chronische Entzündung der Gefäßwände hin, was wiederum eine arteriosklerotische Gefäßveränderung zur Folge hat und zu Ablagerungen von Blutfetten und Thromben in den Gefäßwänden führt.«

»Das heißt auf Deutsch?«, hakte Allensbacher nach.

»Schöbel ist schlicht und ergreifend an einem Herzinfarkt gestorben.«

»Daran besteht kein Zweifel?« Auf der Stirn des Dicken bildeten sich schon wieder Schweißtropfen.

»Nein! Laut seinem Hausarzt war er schon länger infarktgefährdet, hat aber nicht dem entsprechend gelebt.«

»Wenigstens haben wir damit einen Fall gelöst«, bemerkte Allensbacher sichtlich erleichtert.

»Und wer den Fuß abgehackt hat, haken wir einfach ab«, bemerkte Lukas zynisch.

»Gerade Sie sollten sich mal zurückhalten.« Allensbacher fuchtelte mit seinem Taschentuch herum, dass Lukas angeekelt auswich. »Dieser Angelegenheit werden wir natürlich noch nachgehen.«

»Kommen wir zum nächsten Fall.« Der Gerichtsmediziner überging das Geplänkel zwischen Dienststellenleiter und Kriminalkommissar, legte den Bericht über Schöbel zur Seite und zog den nächsten heraus. »Nachdem ihr Pingpong mit der Leiche gespielt habt, bevor sie auf meinen Tisch gelandet ist ...« Das Lachen des Gerichtsmediziners donnerte unheilvoll durch den Saal. Niemand stimmte ein, weil Dr. Stemm mit seinem heutigen Auftritt endgültig alle das Fürchten gelehrt hatte.

Nur einer ließ sich nicht so leicht einschüchtern. »Moment mal«, funkte der Staatsanwalt dazwischen. »Diese Stümperei können Sie uns nicht vorwerfen. Die Leute des Bestattungsunternehmers haben sich wie die Idioten angestellt, nachdem der Sarg aus dem Grab gehoben wurde ...«

»Grabräuber! Das ist eine Sünde«, rief Dieter Marx plötzlich laut dazwischen.

Allgemeines Stöhnen war die Antwort. Alle hatten sich bereits an die himmlische Ruhe gewöhnt, als ihr bibelfester Kollege für ein paar Tage krankgemeldet war.

»Schon Paulus schrieb in seinem Brief an die Korinther: *Wisst ihr nicht, dass Ungerechte das Reich Gottes nicht erben werden? Irrt euch nicht! Weder der Unzüchtige noch Götzendiener, Ehebrecher, Lustknaben, Knabenschänder, Diebe, Geizige, Trunkenbolde, Lästerer oder Räuber werden das Reich Gottes ererben*. Ihr werdet alle in der Feuersglut der Hölle schmoren ...«

»Jetzt reicht es aber«, unterbrach der Staatsanwalt den Redefluss des religiösen Fanatikers. »Wir machen hier nur unseren Job. Also halten Sie uns bitte nicht mit ihrem biblischen Salomon auf.«

»Schon Ezechiel schrieb in seinem Buch über die zahllosen Treulosigkeiten«, fuhr Marx unbeirrt fort: »*Sie aber widersetzten sich mir und wollten nicht auf mich hören. Keiner warf die Götzen weg, an denen seine Augen hingen, und sie sagten sich nicht los von den Götzen. Da sagte ich: Ich will meinen Zorn über sie ausgießen und meinen Grimm an ihnen auslassen ...*«

»Schluss jetzt! Schafft diesen Spinner hier aus!« Renske stand auf und näherte sich drohend dem großen, hageren Mann, der sich immer mehr in seinen Bibelsprüchen verlor.

Marx jedoch hatte sich derart in Rage geredet, dass er die Worte des Staatsanwalts ignorierte. »*Schrei und heule Menschensohn – verdoppelt wird das Schwert, ja verdreifacht.*«

Auch Karl Groß erhob sich nun, trat dicht an Dieter heran und sprach im Flüsterton einige Worte zu ihm. Alle beobachteten das Treiben gebannt. Niemand rechnete ernsthaft damit, dass Karl der Große den gottesfürchtigen Mann beruhigen könnte. Und doch gelang es ihm. Marx erhob sich und verließ in Begleitung des uniformierten Kollegen das Großraumbüro.

»Ich glaube es nicht«, bemerkte Renske. »Wie hat Groß das nur geschafft?«

Lukas räusperte sich: »Karl hat eine positive Wirkung auf Menschen. Das stelle ich immer wieder fest. Sei es bei Vernehmungen, bei Festnahmen oder sogar auf Kollegen, wie wir gerade gesehen haben.«

Eine Weile verharrten alle Anwesenden schweigend. Dieter hatte ihnen einen gehörigen Schrecken eingejagt, so ausgerastet war er noch nie. Niemand wagte, etwas zu sagen.

Zum Glück aber gab es noch Dr. Stemm, dessen makaberen Humor allem Anschein nach nichts erschüttern konnte. Mit seiner lauten Stimme knüpfte er fast nahtlos an der Stelle wieder an, an der er unterbrochen worden war:

»Also! Nach eurer erfolgreichen Grabschändung habe ich Brigitte Feltens Augen untersucht. Sie starb – wie die Kollegin Blech vermutet hat – tatsächlich an einer Kaliumüberdosis. Hinzu kommen bei ihr zahlreiche Knochenbrüche, weil sie aus dem vierten Stock gestoßen wurde. Das Schläfenbein, das Scheitelbein und das Jochbein auf der rechten Seite ihres Schädels sind zertrümmert, was darauf schließen lässt, dass der Kopf vorne seitlich aufgeschlagen ist. Somit lag die tote Frau mit dem Gesicht nach unten, weshalb die Raben ihre Augen nicht auspicken konnten.«

»Und diese Knochenbrüche sind alle post mortem entstanden?«, fragte Renske nach.

»Das kann ich heute leider nicht mehr feststellen, da die Dame bekanntlich schon länger tot ist. Aber wir können davon ausgehen, dass sie so oder so nicht mehr viel von dem Sturz mitbekommen hat. Denn nach der Einnahme dieser Überdosis dürfte sie schnell gestorben sein.«

Erneut setzte ein bedrücktes Schweigen ein, das durch Monikas zarte Stimme unterbrochen wurde: »Wer tut so etwas?«

»Was?«, fragte der Pathologe.

»Eine alte, alleinstehende Frau so grausam ermorden«, präzisierte Monika.

Allensbacher räusperte sich: »Das werden wir herausfinden. Und das Warum ebenfalls. Deshalb ist es wichtig zu klären, wer diese Frau war und was sie getan hat. Nach den neusten Erkenntnissen ist nicht davon auszugehen, dass sie ein Zufallsopfer ist. Unser Täter weiß zu genau, was er tut.« Sein Blick traf Monika, die darauf sofort zustimmend nickte.

Karl der Große kehrte ins Büro zurück. Seine Miene war leichenblass. Alle starrten ihn erschrocken an.

»Was ist passiert?«, erkundigte sich Allensbacher besorgt.

»Marie-Claire ist von der Tatortsicherung nicht zurückgekehrt.«

15

»... et spiritus sancti. Amen.« Die Lossprechung von den Sünden. Das wurde dem falschen Kardinal zum Verhängnis.«

Fett gedruckt prangten diese Worte den Polizeibeamten von dem überdimensional großen Flatscreen entgegen.

Hugo Ehrling hatte den Vorsitz der heutigen Besprechung übernommen, und der Kriminalrat wirkte wütend wie selten zuvor. »Ich sehe in diesem Fall mehr Unfähigkeit, als ich ertragen kann«, lauteten seine einleitenden Worte. »Oder kann mir einer von Ihnen erklären, wie die *Neue Zeit* zu solchen Erkenntnissen gelangen konnte, während wir uns nur im Kreis drehen?«

Im Großraumbüro herrschte wie so oft in den letzten Tagen betretenes Schweigen.

»Wenn wir noch nicht einmal unseren Geistlichen trauen können, wem dann?«, las Ehrling weiter aus dem Artikel vor. »Der Kardinal wirkte in seiner Soutane mit seinem Zingulum so echt, dass offenbar selbst dem gefährlichen Serienkiller, auf dessen Konto inzwischen fünf Morde gehen, der Schwindel nicht aufgefallen ist. Dabei sollte man doch annehmen, dass sich Verbrecher untereinander erkennen. Aber nein! Die Verkleidung war zu gut. Natürlich ist es nur eine Vermutung, dass der Mehrfachmörder dem falschen Kardinal seine Sünden anvertraut hat und erst hinterher erfuhr, dass dieser Mann gar nicht an das Beichtgeheimnis gebunden war. Aber wenn dem so war, hat diese Täuschung Otto Nowak, den falschen Kardinal, das Leben gekostet.«

Ehrling schaute abermals in die Runde, aber die meisten Anwesenden wichen seinem Blick aus.

»Kollegen der Bereitschaftspolizei haben Marie-Claire Leduck im Gespräch mit Manfred Sost gesehen«, fuhr der Amtsleiter fort. »Und Sost ist der Verfasser dieses Artikels. Unsere Kollegin wiederum ist seitdem spurlos verschwunden ...«

»Niemals«, fiel ihm Karl der Große ins Wort, »würde Marie-

Claire einen solchen Verrat begehen.«

»Dann sagen Sie mir doch, wo sie steckt? Sie ist von der Tatortsicherung nicht mehr zurückgekehrt. Unsere Suche war bislang erfolglos. Allerdings bekomme ich allmählich den Eindruck, dass Frau Leduck gar nicht gefunden werden will.«

»Ich bin nach wie vor der Überzeugung, dass sie in Gefahr ist«, beharrte Karl. »Deshalb bitte ich darum, die Suche auf keinen Fall abzubrechen.«

»Keine Sorge«, wiegelte Ehrling ab, »wir treffen keine Entscheidungen aufgrund von Vermutungen. Aber ich weise Sie darauf hin, es auf jeden Fall sofort der Dienststelle zu melden, wenn sie Kontakt zu einem von Ihnen aufnehmen sollte. Unsere Ressourcen sind begrenzt, das muss ich Ihnen ja sicher nicht sagen.«

»Bei mir hat sie sich bislang nicht gemeldet. Und wenn sie es tut, werde ich sie davon überzeugen, sofort hierherzukommen und uns eine Erklärung für ihr Verhalten zu geben«, versicherte Karl.

Kriminalrat Ehrling nickte und widmete sich wieder dem Zeitungsartikel, der mit dem Foto eines Papierfetzens illustriert war. Auf diesem Zettel waren die Worte »Ego te absolvo a peccatis tuis in nomine patris et filii et spiritus sancti« zu lesen: »Ich spreche dich frei von deinen Sünden im Namen des Vaters und des Sohnes und des Heiligen Geistes«, übersetzte Ehrling. Dabei schaute er seine Mitarbeiter an und fragte: »Was hat das zu bedeuten? Wo kommt dieser Zettel her?«

»Sieht ganz so aus, als hätte sich der falsche Kardinal eine Gedächtnisstütze gemacht, damit seine Absolution auf Latein echt wirkt«, vermutete Lukas. »Und als er dem Täter nach dessen grausamer Beichte diese Worte sagen wollte, ist ihm der Zettel vielleicht dummerweise aus der Tasche gefallen.«

»Oder er könnte ihm aus der Tasche gefallen sein, als er mit dem Mörder kämpfte«, schlug Monika vor. »Ärgerlich ist nur, dass ausgerechnet Sost ihn gefunden hat.«

»Aber wo?«, fragte Ehrling.

»Wir wissen, dass er am Tatort war«, meldete sich Karl Groß zu Wort. »Ich werde meine Leute fragen, ob ihnen jemand aufgefallen ist, der sich über die Absperrung hinweggesetzt oder sich sonst auffällig benommen hat.«

»Sie meinen also, Sost hat diesen Zettel vor der Spurensicherung entdeckt und danach seinen Bericht geschrieben?«

»Ja!« Karl nickte heftig, um seiner Überzeugung Nachdruck zu verleihen. »Sost hat seine Zeitung innerhalb kurzer Zeit zu einem billigen Schundblatt gemacht. Aber was ist schon Niveau, wenn die Auflagenzahlen steigen? Der Aufmacher heute Morgen, dass die Zeitung schon vor der Polizei dahinterkommt, warum und von wem der falsche Kardinal ermordet wurde ...«

»Schon gut«, unterbrach Ehrling den Hünen. »Das habe sogar ich verstanden.«

»Aber alles weiß auch Sost nicht«, rief Theo dazwischen. »Schöbel wurde nicht ermordet. Unser Täter ist kein fünffacher Mörder, er hat nur vier Menschen auf dem Gewissen.«

»Glauben Sie, das würde etwas ändern?«, fragte der Amtsleiter.

»Nein! Ich frage mich nur, ob der Zeitungsheini bewusst diesen Todesfall in die Aufzählung mit aufnimmt, weil er etwas weiß, was wir nicht wissen.«

»Und was könnte das sein?«

»Wer Schöbels Fuß abgehackt hat, zum Beispiel. Das war ja nicht unser Killer, sondern ein Nachahmer. Vielleicht will Sost davon ablenken.«

»Das ist ein interessanter Aspekt«, lobte Ehrling. »Dem sollten Sie nachgehen.«

Theo nickte.

Lukas warf seinem Freund einen staunenden Blick zu und raunte: »So clever am frühen Morgen! Wohl zu kalt geduscht?«

»Und Sie, Baccus, dürfen gleich ins Krankenhaus fahren und Herrn Pont besuchen«, unterband der Kriminalrat das sich anbahnende Geplänkel. »Ihr Schützling ist heute Nacht aufgewacht und ansprechbar.«

*

Mit ambivalenten Gefühlen betrat Lukas das Krankenhaus. Zweimal innerhalb weniger Tage war er dort nach gefährlichen Anschlägen als Notfall eingeliefert worden – ein zweifelhafter Rekord, der ihn nicht gerade mit Stolz erfüllte und den er auf keinen Fall ausbauen wollte.

Die große automatische Tür am Eingang schwang auf. Vor seinen Augen erstreckten sich der Anmeldungstresen, daneben ein Aufenthaltsraum mit einem kleinen Café und dahinter ein langer Flur, der zu den Fahrstühlen und zum Treppenhaus führte.

Lukas wusste nicht, wo er Pont finden konnte, und wollte sich bei der Anmeldung erkundigen, als er ein bekanntes Gesicht entdeckte: Dennis Welsch. Sofort änderte er die Richtung und lief auf den jungen Arzt zu.

»Dennis! Wie schön, dich zu sehen«, rief er. »Ich hatte noch gar keine Gelegenheit, mich bei dir für deine Hilfe am Einsatzort zu bedanken.«

Erst jetzt bemerkte er, dass Dennis betrübt wirkte. Doch Lukas' Worte hellten die Miene des Arztes sofort auf.

»Danke! Solche Worte von einem fähigen Bullen wie dir zu hören, tut gut.«

Lukas lachte und entgegnete leicht verlegen. »Na ja! *Fähiger Bulle* würden mich meine Chefs nicht unbedingt nennen, zumindest nicht hinsichtlich der Geschichte gestern. Aber im Ernst, Du hast verdammt gute Arbeit geleistet und mir Schlimmeres erspart. Das haben mir die Ärzte versichert, weil sie mich schon gleich am nächsten Morgen entlassen konnten. Du glaubst nicht, wie beschissen man sich fühlt, wenn man plötzlich nichts mehr hört.«

»Ich will es auch gar nicht wissen«, seufzte Dennis.

»Was ist los mit dir?«

»Dein Lob in Ehren. Aber leider bin ich heute Morgen genau gegenteilig tituliert worden – nämlich als Versager.«

Lukas stutzte. »Was ist denn passiert?«

Dennis druckste ein paar Sekunden, ehe er antwortete: »Die alte Dame, die ich als Notfall aus dem SaarCenter abgeholt habe, ist gestorben. Du erinnerst dich sicher noch an unsere Begegnung im Parkhaus?«

Natürlich erinnerte sich Lukas, wenn auch nicht gern: Schließlich hatte er den Notarzt auf dem Weg zu einem Patienten wie einen Schwerverbrecher in die Mangel genommen.

»Ist es womöglich meine Schuld, dass die alte Dame gestorben ist?«, fragte er erschrocken.

»Nein! Ich würde sagen, sie hat ganz einfach auf natürliche Weise das Zeitliche gesegnet. Kommt bei Neunundachtzigjährigen schon mal vor. Aber der Chefarzt führt sich auf wie mein Vater, zählt mir alles auf, was ich hätte besser machen können.«

»War dein Vater wirklich genauso?«, fragte Lukas, dem der Vergleich auffiel.

Dennis wurde schlagartig rot im Gesicht und erwiderte mürrisch: »Mein alter Herr ist zum Glück tot und begraben. Dem konnte ich nie etwas recht machen, weshalb ich auch rechtzeitig die Kurve gekratzt habe. Aber das muss dich ja nicht interessieren.« Er machte eine kurze Pause, bevor er fragte: »Aber warum bist du heute schon wieder hier? Willst du dein Zimmer fest buchen – für den Fall der Fälle?«

Als sich wieder ein Lachen in Dennis' Gesicht stahl, spürte Lukas Erleichterung aufkommen. Die Niedergeschlagenheit seines Gegenübers, die unvermittelt in blanke Wut umgeschlagen war, hatte ihm nicht behagt. Mit einem schiefen Grinsen antwortete er: »Ich gebe zu, dass ich es nicht so schön bei euch finde. Aber wenn mein Chef sagt, ich muss jemanden im Krankenhaus aufsuchen, habe ich wohl keine Wahl. So ist das mit den Chefs. Ohne sie ist man besser dran.«

Die beiden lachten, die Stimmung war wieder entspannt.

»Kann es sein, dass du Hans Pont besuchen willst?«, hakte Dennis nach.

Lukas nickte.

»Dann musst du dich beeilen.«

»Warum?«

»Sie sind gerade dabei, ihn transportfähig zu machen. Er soll in ein anderes Krankenhaus verlegt werden.«

»Warum das denn?«

»Es geht um die Behandlung seiner Brandwunden. Dafür sind wir hier nicht richtig ausgerüstet.«

Dennis nannte ihm Etage und Zimmernummer. Lukas verabschiedete sich und lief los, er wollte dem Patienten vor dessen Verlegung noch einige Fragen stellen. Viel erhoffte er sich von dieser Befragung allerdings nicht.

*

Das Attentatsopfer lag inmitten von Schläuchen und Apparaten, die Laute in allen erdenklichen Tonlagen von sich gaben. Lukas spürte plötzlich Panik in sich aufsteigen – was, wenn ihm der Mann vor seinen Augen wegstarb? Doch diese Befürchtung war unbegründet. Pont öffnete die Augen und schaute den Polizeibeamten mit hellwachem Blick an.

»Wie geht es Ihnen?« Erst, als diese Worte raus waren, merkte Lukas, wie abgedroschen seine Frage klang. Aber zurücknehmen konnte er sie nicht mehr.

Umso überraschter war er über die Antwort: »Bis Sie hier rein kamen, ging's ganz gut.«

»Danke für die Blumen«, murrte Lukas. »Ich hätte Sie wohl besser auf der Bombe sitzen lassen sollen. Wäre sicher kein Problem, unser Gerichtsmediziner hat inzwischen ja Übung darin, Leichenteile wieder zusammenzusetzen.«

»Was wollen Sie?«, fragte Pont unfreundlich, ohne auf Lukas' Ironie einzugehen.

»Mit Ihnen reden – was denken Sie denn? Bestimmt keine Genesungskarte vorbeibringen.«

»Und worüber?« Ponts Tonfall klang ungeduldig.

»Wissen Sie, wer Ihnen das explosive Paket gebracht hat?«

»Nein! Es hat an der Haustür geklingelt. Als ich geöffnet habe, stand es dort. Vom Überbringer habe ich nichts mehr sehen können, obwohl ich mich umgeschaut habe.«

»Haben Sie eine Idee – oder einen Verdacht –, wer es auf Sie abgesehen haben könnte?«

»Einen speziellen Verdacht habe ich nicht.« Pont schnaufte, er wirkte müde. »Es ist nur so, dass ich mich schon einige Zeit verfolgt fühle. So auch an dem Tag, als das Paket kam. Ich habe mich immer wieder umgesehen, aber niemanden bemerkt.«

»Aber dass Sie verfolgt wurden, dessen waren Sie sich sicher?«

»Ja!«

»Wie lange geht das schon so?«

»Seit ich mich auf den dämlichen Handel mit diesem Schöbel eingelassen habe.«

Lukas horchte auf, jetzt wurde es spannend. Sollte er hier doch mehr erfahren, als er sich erhofft hatte? Um den plötzlichen Redefluss des Mannes im Krankenhausbett nicht zu unterbrechen, hielt er sich mit Kommentaren vielleicht besser erst einmal zurück.

»Aber seine Hinweise waren so detailliert, dass ich keinen Zweifel an ihrem Wahrheitsgehalt hatte.«

»Woher wollen Sie so genau wissen, was wahr und was falsch ist?« Diese Frage musste Lukas nun doch loswerden.

»Alles, was er mir erzählte, hat gepasst: Die Krimiautorin, die von Frisch immer ignoriert wurde, sodass sich ihre Bücher nicht verkauft haben. Die Gossert sollte gefeuert werden. Und Ihre Kollegin, diese Peperding ... Mir ist aufgefallen, dass sie bei der *Neuen Zeit* ein- und ausging. Ich habe mich natürlich darüber geärgert, dass sie Infos über Interna der Polizeiarbeit ausgerechnet an die gegnerische Zeitung ausgeplaudert hat. Doch dann meldete sich Schöbel bei mir und tischte mir alles haarklein auf, was die Damen ausgeheckt hatten.«

»Und wie hat er davon erfahren? Sie werden ihm das ja wohl

kaum auf die Nase gebunden haben.«

»Schöbel war schlauer, als diese Weiber glaubten. Er hatte immer sein Tonbandgerät dabei. Das hat er regelmäßig im Damenklo platziert, bis er schließlich einen Volltreffer landen konnte.«

Lukas rang nach Luft, das wurde ja immer besser. »Und wo ist das Gerät jetzt?«

»Was weiß ich?«, erwiderte Pont mürrisch. »Ich weiß nur, dass ich Bänder von ihm habe, die er aufgenommen hat.«

»So eine Scheiße!« Lukas fluchte resigniert. »Das hilft uns nicht weiter. Wir haben in den Trümmern Ihres Hauses Überreste von Bändern gefunden. Aber die waren nach der Explosion nicht mehr verwertbar.«

»Dann habt ihr wohl nicht überall gesucht.« Der Verletzte grinste Lukas frech ins Gesicht. »*Diese* Bänder waren an einem Ort, wo die Explosion sie nicht zerstören konnte.«

»Und wo?«

»In dem Auto, das ich als Dienstwagen nutze«, erklärte Pont. Und als er Lukas' stirnrunzelndes Gesicht bemerkte, fügte er eilig hinzu: »Was ich natürlich auch immer ordentlich beim Finanzamt angebe.«

»Ich interessiere mich nicht für Ihre Steuersünden. Aber für das Auto. Das haben wir tatsächlich noch nicht durchsucht. Wo steht es?«

»In einer Garage ein paar Meter von meinem Haus entfernt. Dort gibt es eine ganze Reihe von Fertiggaragen. Eine davon habe ich gemietet.«

»Ganz schön raffiniert.«

Eine Krankenschwester eilte in das Zimmer, überprüfte den Puls des Patienten und las einige Werte an den Apparaten ab, ehe sie wieder verschwand.

»Vermutlich hat sich Schöbel mit diesen Bändern sein eigenes Grab geschaufelt«, nahm Pont den Faden danach wieder auf. »Ich befürchte, dass diese gefährlichen Weiber das Aufnahmegerät auf dem Klo entdeckt haben und sofort wussten, wer es da versteckt hat. Lange gezögert haben sie dann jedenfalls nicht mehr.«

»Schöbel wurde nicht ermordet«, bemerkte Lukas.

Pont lachte verächtlich. »Was denn sonst? Ich habe es vielleicht nicht gesehen, dafür gehört.«

»Wie bitte? Was haben Sie gehört?«

»Ich war mit ihm im Bürgerpark verabredet. Und zwar wollten wir über das Paket sprechen – oder besser gesagt über den Inhalt.«

»Das Gehirn!« Lukas nickte.

Pont schüttelte sich, als fröstelte ihn. »Schöbel bestand auf ein Treffen. Ich sollte das Paket mitbringen. Ich glaube, ihn hatte die Neugier mehr gepackt als mich.«

»Und was geschah im Bürgerpark?«

»Ich habe dort gewartet. Als ich Schritte hörte, dachte ich, endlich kommt mein Informant. Aber er kam nicht. Dann hörte ich ein Geräusch, und dann ...«

»Was für ein Geräusch? Ein helles Geräusch? Ein stumpfes?«

Pont überlegte kurz, ehe er antwortete: »Ein stumpfes.«

»Und weiter?«

»Auf das Geräusch folgte ein Stöhnen. Ich kann Ihnen gar nicht sagen, wie ich mich gefühlt habe. Dann wurde das Stöhnen lauter. Genau wie in einem dieser alten Schwarz-Weiß-Horrorfilme.«

Lukas nickte. Er wollte jetzt nichts von Horrorfilmen hören, sondern von den Ereignissen im Bürgerpark.

»Auf das entsetzliche Stöhnen folgte ein Schleifgeräusch. So, als würde jemand einen Menschen oder irgendetwas Schweres über den Boden ziehen.«

»Hat das Stöhnen aufgehört, als die Schleifgeräusche begannen?«

Pont nickte. »Ja. Ich habe den Fehler gemacht zu rufen, wer da ist. Daraufhin wurde es so still, dass ich fast an meinem Verstand gezweifelt hätte. Und als ich zu der Stelle kam, wo diese Geräusche herkommen mussten, fand ich dort Schöbel. Mausetot.«

Lukas konnte nicht fassen, was er da hörte. Er rieb sich über die Ohren, um zu prüfen, ob sie auch wirklich richtig funktionierten. »Sie sagen, dass dort eine Leiche lag.«

»Ja!«

»Und Sie hielten es nicht für nötig, uns darüber zu informieren?«

Der Patient schrumpfte in seinem Bett merklich zusammen – wahrscheinlich wünschte er, er hätte besser den Mund gehalten.

»Vielleicht dachten Sie ja auch, Schöbels Fuß würde uns reichen«, fügte Lukas verstimmt hinzu. »*Der* ist nämlich bei uns eingetroffen – auch in einem Paket.«

»Damit habe ich nichts zu tun«, wehrte Pont schnell ab. »Als ich den Toten sah, war er komplett, da bin ich mir sicher. Es war Vollmond – ich konnte mehr erkennen, als mir lieb war.«

»Zum Beispiel?«

»Seine Augen standen offen. Sie starrten mich anklagend an.« Pont schüttelte sich erneut. »Da bin ich panisch auf und davon. Doch als ich im Auto saß, habe ich gemerkt, dass ich das Paket im Bürgerpark vergessen hatte. Also musste ich noch mal zurück. Und da war die Leiche dann verschwunden.«

»Dann war also die ganze Zeit außer Ihnen noch jemand im Park«, resümierte Lukas.

»Ja. Und genau seitdem fühle ich mich verfolgt.«

»Ich frage mich nur, was Sie da eigentlich gehört und gesehen haben«, überlegte Lukas. »Schöbel starb nämlich wirklich an einem Herzinfarkt. Er wurde nicht ermordet.«

»Heißt das, Sie haben seine Leiche?«

»Ja! Sie lag im Kofferraum meines Autos.«

Für einen Augenblick starrte Hans Pont den Kriminalbeamten nur fassungslos an, dann begann er schallend zu lachen. Lukas wollte sich über diese Reaktion ärgern, doch das gelang ihm nicht; die Situation war wirklich zu absurd. Gegen seinen Willen stimmte er in das Lachen ein, bis beide lauthals grölten. Eine Krankenschwester kam mit besorgtem Gesicht ins Zimmer gestürmt. Doch als sie den Grund für den Lärm erkannte, zog sie sich umgehend wieder zurück.

»Dieser Schöbel schafft es noch, uns nach seinem Tod in die Irre zu führen!« Hans Pont schnappte nach Luft, offensichtlich tat ihm das Lachen angesichts seiner schweren Verletzungen nicht wirklich gut.

»Aber ... Warum haben Sie das Gehirn zuerst vergraben, um es anschließend bei der Konkurrenz abzugeben?«, stellte Lukas endlich die Frage, die ihn überhaupt erst hierher geführt hatte.

»Ich glaubte zu wissen, welchen Plan Schöbel verfolgte – nämlich, dieses Beweisstück zur Täterin zurückbringen, um deren Reaktion zu testen.«

»Aber die fiel anders aus als geplant.«

»Ja!«, bestätigte Pont. »Ich hätte ohnehin niemals auf seine Ratschläge hören sollen. Denn was nützen einem hohe Auflagenzahlen, wenn man sich seines Lebens nicht mehr sicher sein kann.«

Lukas stimmte ihm zu.

»Sogar hier im Krankenhaus fühle ich mich verfolgt«, klagte Pont weiter. »Deshalb habe ich auch den Polizisten, der vor meinem Zimmer Wache hält, um eine Verlegung gebeten.«

»Ich dachte, Sie werden verlegt, weil dieses Krankenhaus für die spezielle Behandlung, die Sie benötigen, nicht genügend ausgerüstet ist.«

Der Verletzte lachte freudlos: »Das erzählen die Ärzte und das Pflegepersonal auf Anweisung der Polizei, damit niemand Verdacht schöpft.«

*

»Ich habe keinen Eintrag auf Waffentypen gefunden, die für das Kaliber .22 Magnum geeignet sind«, teilte Monika ihrem Chef mit und wirkte dabei äußerst zerknirscht.

»Das ist nicht gut«, stöhnte Allensbacher. »Die Taucher haben nämlich auch nichts in der Saar gefunden. Es gibt für uns nur noch diesen einen Weg, etwas über die Waffe in Erfahrung zu bringen.«

»Da wir in Grenznähe leben, ist es leider viel zu einfach, auch ohne Registrierung an eine Waffe heranzukommen«, fügte Monika entschuldigend hinzu. »In Metz auf dem Flohmarkt werden jährlich Tausende illegal verkauft.«

»Heißt das, wir haben praktisch keine Chance herauszubekommen, wer solch ein Gerät besitzt?«

Monika zuckte mit den Schultern.

»Trotzdem gute Arbeit«, lobte der Dienststellenleiter und wollte an seinen Platz zurückkehren, als Monika ihm nachrief: »Dafür habe ich aber etwas über Brigitte Felten herausgefunden.«

Allensbacher drehte sich um und schaute seine Mitarbeiterin erwartungsvoll an.

»Sie war bis zu ihrem Tod Personalchefin des Paracelsus-Krankenhauses.«

»Wo ist denn das Paracelsus-Krankenhaus?«

»Das liegt ganz der Nähe der Hornungstraße. Es ist den Krankenhausschließungen vor einem Jahr zum Opfer gefallen«, antwortete Monika.

»Und wann ist die Dame gestorben?«

»Sie ein halbes Jahr vor der Schließung gestorben – besser gesagt getötet worden«, präzisierte Monika und fügte an: »So ist sie zumindest einer Entlassung entkommen.«

»Unterlassen Sie die geschmacklosen Scherze und sagen Sie mir lieber, wie uns das weiterhilft!«

»Ich würde gern einen Antrag auf Akteneinsicht stellen. Vielleicht finde ich ja heraus, ob Frau Felten irgendjemand aus einem besonderen Grund entlassen hat. Das könnte vielleicht ein Motiv gewesen sein, sie zu töten.«

Allensbachers Augen leuchteten auf. »Endlich ein Hoffnungsschimmer. Ich werde persönlich bei Renske einen entsprechenden Antrag stellen. Und achten Sie bei Ihren Recherchen besonders auf Ärzte, denn unser Täter hat ja, wie wir alle wissen, medizinische Kenntnisse.«

In diesem Augenblick stürmte Lukas herein und rief dem Dienststellenleiter zu: »Ich komme gerade von Pont. Das Gespräch war sehr interessant.«

»Ach ja! Inwiefern?« Allensbacher wirkte verärgert. Sein unauffälliger Blick auf seine Armbanduhr entging niemandem im Raum. Wie es aussah, gedachte er nicht mehr allzu lange auf der Dienststelle zu verweilen.

»Nach allem, was ich erfahren habe, bin ich mir sicher, dass wir die Gossert und die Wellenstein viel zu schnell als Tatverdächtige ausgeschlossen haben. Die beiden kennen sich bekanntlich auch in medizinischen Dingen gut aus.«

»Die beiden Frauen haben aber mit Sicherheit nicht in der Paracelsusklinik gearbeitet«, hielt Allensbacher dagegen.

»Häh?« Lukas verstand nur Bahnhof. Doch ehe Monika ihm den Zusammenhang erklären konnte, war er bereits wieder bei seinen eigenen Erkenntnissen. »Jedenfalls weiß ich von Pont, dass es Tonbänder gibt, auf denen die beiden zu hören sind, wie sie über den Mord an Erwin Frisch sprechen.«

Augenblicklich wurde es mucksmäuschenstill im Großraumbüro.

»Warum erfahren wir erst jetzt von diesen Bändern?«

Lukas berichtete, was er im Krankenhaus herausgefunden hatte, woraufhin Allensbacher einen neuen Schweißausbruch erlitt. »Dann besorgen Sie die Bänder! Wir müssen zuerst deren Inhalt prüfen, bevor wir über eine Festnahme nachdenken.«

»Ich habe beim Staatsanwalt bereits alles veranlasst. Die Spurensicherung ist schon auf dem Weg zu Ponts Garage!«

»Gibt es in dieser Abteilung eigentlich noch irgendeinen, der meine Funktion als Chef respektiert?«, fragte Allensbacher böse. Verständnislos schaute Lukas den kräftigen, schwitzenden Mann an, der daraufhin erklärte: »Zuerst einmal müssen Sie die Fakten mit mir besprechen, bevor Sie auf eigene Faust sämtliche Einheiten unserer Dienststelle und noch dazu die Staatsanwaltschaft in Alarmbereitschaft versetzen.«

»Ich habe doch nur getan, was in so einem Fall üblich ist, nämlich mit dem Staatsanwalt sprechen«, versuchte sich Lukas zu rechtfertigen.

»Ach so! Sie arbeiten jetzt also für die Staatsanwaltschaft«, kam es unfreundlich zurück. »Ich habe schon länger den Eindruck, dass Sie mit einem Job bei dieser Behörde liebäugeln.«

Lukas verschlug es die Sprache. War es Allensbacher womöglich nicht recht, dass Lukas einen guten Draht zu Renske hatte? Das könnte zu einem Problem werden, denn Lukas wollte diese gute Beziehung weiterhin pflegen.

*

Leise schnurrte der Motor seines Corollas vor sich hin, während Theo darauf wartete, dass sich das Tor zur Tiefgarage unterhalb des SaarCenters öffnete. Der Tag war wieder lang geworden, die Hitze sengend und die Sorge um Marie-Claire unerträglich. Als es endlich soweit war, kam es Theo wie eine Wohltat vor, in das kühle, dunkle Parkhaus fahren zu können.

Sein angestammter Platz war frei. Dort hätte er inzwischen blind einparken können, was er aus Sorge, er könne seinem Schmuckstück aus Versehen eine Beule verpassen, dann doch unterließ. Als er ausstieg, schlug ihm eine wohltuende Kühle entgegen. Eine Neonleuchte flackerte, wodurch an den Stützpfeilern bewegliche Schatten entstanden. Langsam ging Theo los. Seine Gedanken kreisten um Marie-Claire. Die Kollegen der Bereitschaft hatten alles nach ihr abgesucht, sogar ihre Wohnung. Aber ergebnislos, sie blieb spurlos verschwunden.

Theo konnte an nichts anderes mehr denken. Der Täter lief immer noch frei herum, weil sie mit ihren Ermittlungen einfach nicht weiterkamen. Und der Gesuchte war grausam. Er trieb ein böses Spiel mit seinen Opfern. Der Gedanke, Marie-Claire könnte in seine Hände gefallen sein, drohte ihn in den Wahnsinn zu treiben.

In seinem Blickfeld tauchte die Tür zum Treppenhaus und

den Fahrstühlen auf, doch Theo nahm das nur wie in Trance wahr. Immer wieder sah er Marie-Claires schönes, unschuldiges Gesicht vor sich, ein Lächeln auf den Lippen, den Schalk in den Augen. Wo steckte sie nur?

Ein Knacken riss ihn aus seinen Gedanken. Er schaute sich um, konnte aber außer den stakkatomäßig umherhuschenden Schatten nichts erkennen. Schulterzuckend setzte er seinen Weg zu der Stahltür fort.

Das Flackern der Neonröhre begann ihn zu nerven. Eigentlich gehörte es zu den Aufgaben des Hausmeisters, solche kleinen Defekte zu beheben, aber der tat nichts. Theo fragte sich, wofür dieser Mann von der Mietgesellschaft bezahlt wurde. Sämtliche Reparaturen in seiner Wohnung hatte Theo selbst vorgenommen, um nicht wochenlang warten zu müssen. Wahrscheinlich würde er zuletzt auch noch diese Neonröhre auswechseln müssen. Denn die tanzenden Schatten in dem ansonsten stockdunklen Parkhaus wirkten bedrohlich. Wenn ihn schon ein mulmiges Gefühl dabei überkam, wie mochten sich dann die anderen Mitbewohner fühlen, insbesondere junge, schutzlose Frauen? Und das zu einer Zeit, in der ein gefährlicher Mörder Saarbrücken unsicher machte.

Plötzlich knallte es. Theo zuckte zusammen. Das Flackern war verschwunden. Die Schatten der Pfeiler stachen dunkel und reglos von der übrig gebliebenen Beleuchtung ab, die nur noch dürftig ausfiel. Die einzige Neonröhre, die noch funktionierte, erhellte den Bereich vor der Stahltür. Zum Glück! Denn die Finsternis, die Theo jetzt umgab, ließ ihn erschauern. Jetzt musste endgültig etwas geschehen. Dieser Zustand war absolut unzumutbar.

Seine Schritte knirschten auf dem Betonboden, doch das war nicht das einzige Geräusch, das er wahrnahm. Plötzlich stutzte er. Was war das? Ein weiteres Knirschen gesellte sich dazu. Schritte! Im Gleichschritt mit seinen.

Theo blieb stehen, um zu prüfen, ob sein vermeintlicher Verfolger reagierte. Genau das tat er, von einer Sekunde auf die andere herrschte wieder Totenstille in dem dunklen Parkhaus.

Angst überkam Theo. Und im nächsten Atemzug spürte er eine Waffe im Nacken. Er erstarrte. Der Lauf drückte sich eisig kalt in seine Haut. Er hob beide Hände zum Zeichen, dass er sich ergab. Der Druck ließ nach. Er spürte einen leichten Stoß an seinen rechten Arm und sah in den Augenwinkeln, dass ihm mit der Waffe bedeutet wurde, sich umzudrehen. Sein Adrenalinspiegel stieg gewaltig an. Hoffentlich verstand er den Wink richtig. Langsam drehte er sich um. Was erwartete ihn? Stand vor ihm der Serienkiller, der seit Wochen Leichenpuzzle mit der Polizei spielte?

Er wollte es eigentlich gar nicht wissen. Doch das Unvermeidliche kam näher und näher. Kurz bevor er sich vollkommen umwandte, schloss Theo die Augen. Dann spürte er einen warmen Atem auf seinem Gesicht. Als er die Augen wieder öffnete, blickte er in ein vertrautes Gesicht.

*

Lukas hatte Theos Angebot, ihn nach Hause zu fahren abgelehnt. Lieber wollte er durch die Abendluft zu Fuß nach Hause gehen und die Zeit zum Nachdenken nutzen. Das Gefühl, etwas Entscheidendes übersehen zu haben, ging ihm nicht mehr aus dem Kopf, seit er mit Hans Pont gesprochen hatte. Die ominösen Bänder waren noch immer nicht aufgetaucht. Vielleicht hatte Pont auch nur geflunkert, um seine Rolle in dieser mysteriösen Geschichte zu beschönigen? Immerhin hatte er sich von Schöbel zu Handlungen hinreißen lassen, die weitere Verbrechen nach sich gezogen hatten: Zunächst war Maria Kees ermordet worden, kurz vor einer wichtigen Gegenüberstellung im Polizeipräsidium. Der Tod dieser alten Dame ging Lukas besonders nahe, auch wenn er nicht genau wusste, warum. War es ihre Ausstrahlung? War es der Schalk in ihren Augen gewesen? Oder ihre Zerstreutheit, mit der sie sämtliche Kollegen unterhalten hatte? Lukas fand keine Antwort auf diese Frage. Aber er wusste, dass ihr Tod zu genau diesem Zeitpunkt eine Botschaft des Mörders war.

Auch Pont sollte sterben, als Lukas und Theo versuchten, mit ihm Kontakt aufzunehmen. Und dass die Bombe erst losging, als sie beide bei ihm eintrafen ... Lukas schnaubte. War das Zufall? Oder eiskalt kalkuliert? Lukas schüttelte den Kopf. Nein, bestimmt nicht.

Dann wichen seine Gedanken ab. Da war doch noch etwas anderes. Irgendetwas hatte er übersehen oder vergessen. Aber seine Gedanken führten ihn ständig in die falsche Richtung.

Plötzlich fiel sein Blick auf ein Paar, das ihm bekannt vorkam. Es dauerte eine Weile, bis er erkannte, wen er da unter den Sträuchern im Schatten vor sich sah: Staatsanwalt Renkse flirtete ganz offensichtlich mit Silvia, der frischgebackenen Profilerin. Lukas schmunzelte. Daher also das Geplänkel zwischen den beiden während der letzten Besprechung – was sich liebt, das neckt sich ... Schnell steuerte er die gegenüberliegende Straßenseite an, damit die beiden sich nicht enttarnt fühlten.

Endlich ging ihm ein Licht auf. Endlich fiel ihm ein, was er vergessen hatte: die Verabredung mit Susanne. Was war er nur für ein Idiot? Dann jedoch erinnerte er sich, dass er genau diese Nacht im Krankenhaus verbracht hatte. Sofort zückte er sein Handy. Er musste dieses Missverständnis schnellstmöglich aufklären. Susanne war nicht nur aufregend heiß, sie war auch scharf auf ihn. Das durfte er sich nicht verscherzen.

Als er ihre verführerische Stimme am anderen Ende der Leitung hörte, bemerkte er zu seiner großen Erleichterung, dass sich eine gesunde – und leider auch unschöne – Ausbuchtung in seiner Hose abzeichnete. Zum Glück war die Straße menschenleer, sodass Lukas seinen Stolz würdevoll und ohne abfällige Blicke von Fremden vor sich hertragen konnte, während er mit seinem Objekt der Begierde sprach: »Liebe Susanne! Wenn ich dir erzähle, was mich von unserem Date abgehalten hat, wirst du nichts mehr von mir wissen wollen.« Dabei legte er eine gehörige Portion Schuldbewusstsein in seine Stimme. Er wusste, dass Frauen auf so etwas standen.

»Wo willst du dein Geständnis ablegen?«, fragte sie heiter. »Bei dir oder bei mir?«

*

»Du?« Theo konnte es noch immer nicht fassen.

Marie-Claire schaute ihn eine Weile gespielt ernst an, bis sie in einen herzhaften Lachanfall ausbrach. Sie steckte ihre Waffe weg und sagte kichernd: »Herrlich! Wie schön, einen Helden mal ganz klein zu sehen.«

»Das glaube ich jetzt nicht.« Theo war außer sich. »Die halbe Welt sucht dich, und du treibst hier im dunklen Parkhaus dumme Spiele mit mir. Tut mir leid, aber das eben ging zu weit. Da mache ich nicht mehr mit.«

»Ach komm, Theolein! Sei kein Spielverderber!«, schnurrte sie. Schon spürte Theo ihre Hand an seinem Hosenbund. Er wollte sie abwehren, spürte aber selbst, dass sein Widerstand nur schwach war. Oder sogar vorgetäuscht.

»Du musst dich sofort auf der Dienststelle melden!« Ganz der diensteifrige Bulle, versuchte er, Marie-Claire zur Vernunft zu rufen.

»Natürlich!«, erwiderte Marie-Claire mit einem schelmischen Lachen. Im selben Atemzug hatte sie seinen Hosenlatz geöffnet, schob ihre Hand hinein und packte Theos Glied.

»Da schläft einer aber noch«, säuselte sie und begann, daran herumzuspielen.

»Hör bitte auf«, wehrte Theo ab. »Du weißt, dass du Ärger kriegst, wenn du dich nicht sofort zurückmeldest. Sämtliche Kollegen suchen nach dir.«

»Du willst mich also nicht?«, fragte Marie-Claire und zog Theos Hose ein Stück herunter. Ohne Zögern bückte sie sich und nahm sein Geschlechtsteil in den Mund.

»Marie-Claire, bitte! Wir sind im Parkhaus. Jeden Augenblick kann einer hier reinkommen.«

»Ist doch geil!« Sie lachte. »Beim dem Gedanken, dass einer zuguckt, macht es noch mehr Spaß.«

»Spinnst du?«

Doch Marie-Claire reagierte nicht auf seine Einwände, sondern ließ ihre Zunge über seinen inzwischen erigierten Penis schnellen. Theo fühlte sich hin und her gerissen, er starrte auf die Stahltür, die jeden Augenblick aufgehen konnte, und keuchte: »Ich bitte dich, Marie-Claire …«

»Oh ja! Bitte mich! Flehe mich an! Das macht mich noch verrückter.« Ihre Liebkosungen wurden immer wilder und ungezügelter.

Bevor er endgültig die Beherrschung verlor, schaffte es Theo noch, sie auf den Arm zu nehmen, in den Fahrstuhl zu tragen und die Taste für den zehnten Stock zu drücken. Bis zum achten Stock ging alles gut. Dort jedoch stieg eine ältere Dame dazu. Unverhohlen neugierig ließ sie ihren Blick über die beiden wandern, bis er an Theos heruntergelassener Hose hängen blieb. Der wünschte, er könnte sich unsichtbar machen. Aber leider konnte er das nicht. Und die Alte starrte immer dreister auf seinen Penis. Marie-Claire kicherte in seinen Armen, als würde sie die Voyeurin gar nicht bemerken.

Im zehnten Stock stürmte er wie ein Gejagter aus der engen Kabine und setzte die junge Frau auf dem Boden ab. Im Gleichschritt liefen sie zu seiner Wohnung. Theo wollte gerade aufsperren, da stieß Marie-Claire schon gegen die Tür, die leise aufschwang. Noch im Flur hatte sie seine Hose bis auf die Knöchel heruntergezogen, sodass er in seine Wohnung hinein stolperte und zu Boden fiel. Marie-Claire ließ diese Gelegenheit nicht ungenutzt verstreichen – sofort spürte Theo ihre Hände überall an seinem Körper. Die eigentlich naheliegende Frage, ob er am Morgen womöglich vergessen hatte abzusperren, spukte nur noch kurz in seinem Kopf. Dann hatte es Marie-Claire endgültig geschafft, ihn um den Verstand zu bringen.

16

Theo Borg war wirklich ein Glückspilz.
Diese Frau gab ihm alles, was sich ein Mann nur wünschen konnte. Und aufregender als Marie-Claire konnte eine Frau kaum sein. Sie sah nicht nur wahnsinnig gut aus, sondern stand auch noch auf außergewöhnlichen Sex ...
Dabei gehörte dieser Bulle doch eigentlich auf einen Behandlungstisch. An allen Vieren gefesselt. Zum Sezieren bei lebendigem Leib. Damit er zu spüren bekam, wie schnell das schöne Leben vorbei sein konnte, wenn man sich in Dinge einmischte, die einen nichts angingen.
Noch länger zu warten, war reinste Zeitverschwendung. Oder doch nicht?
Die beiden heimlich zu beobachten, war aufregend. War es Widerwille, der so faszinierte? Oder doch eher Lust?
Die Spiele der beiden wurden immer ausschweifender, immer hemmungsloser. Was sie anstellten, war erregender als jeder Pornofilm.

Marie-Claire empfand offensichtlich ein unbändiges sexuelles Vergnügen mit diesem Verräter, fast war das nicht mehr mit anzusehen. Aber – sollte sie ruhig noch einmal ihren Spaß mit ihm haben. Noch so ein wildes Liebesspiel würden diese beiden Turteltauben jedenfalls nicht mehr erleben.
Für Theo Borg war alles schon vorbereitet. Ihm würde bald schon eine andere Art der Lust beschert werden.
Die Lust, sich selbst beim Sterben zuzusehen.

*

Als Theo splitternackt am Boden lag – bei immer noch weit geöffneter Wohnungstür –, entzog er sich für einen kurzen Augenblick Marie-Claires Liebkosungen und stieß die Tür zu. Schon spürte er, wie sie ihn erneut von hinten packte und rücklings durch die kleine Wohnung zu seinem Bett dirigierte und dabei mit ihren Händen an seinen Brustwarzen, seinen Brust-

und seinen Schamhaaren gleichzeitig spielte. Mit einem lauten Stöhnen ließ sich Theo aufs Bett fallen. Erst jetzt registrierte er bewusst, dass sie noch immer ihre Polizeiuniform trug. Das war zu viel! Er schloss die Augen, damit er nicht zu früh kam. Zu verboten war das alles für ihn – zu erregend, zu verrückt.

Plötzlich spürte er etwas Kaltes an seinen Handgelenken. Sofort war er wieder Herr seiner Sinne. Er riss die Augen auf, doch es war zu spät: Marie-Claire hatte ihn mit Handschellen ans Bett gefesselt.

»Du entkommst mir nicht«, flötete sie in sein Ohr, richtete sich auf und begann, sich langsam und mit aufreizenden Bewegungen aus ihrer Uniform zu schälen. Und dann versank Theo endgültig im Rausch der Sinne, es gab nichts mehr, was ihn hätte zur Vernunft rufen können. Er spürte Marie-Claire überall, sah ihr Gesicht und ihren Körper, egal, wohin er auch blickte, hörte ihre lustvollen Schreie, hörte sein eigenes, lustvolles Stöhnen. Er spürte seinen nahenden Höhepunkt, spürte, wie Marie-Claire sich ihm kurzzeitig entzog, kurz darauf wieder zu ihm kam, um seine Lust ins Unendliche zu steigern, bis er schier explodierte.

Danach lag er auf dem Rücken mit geschlossenen Augen. Bis ein Geräusch an sein Ohr drang, das er nicht zuordnen konnte. Er öffnete die Augen und sah, dass Maria-Claire ihm die Handschellen geöffnet hatte und ihre Uniform anzog.

»Wirst du dich jetzt bei der Dienststelle zurückmelden?«, fragte Theo.

Marie-Claire warf ihm ein freches Lachen zu. »Darüber denke ich noch nach.«

Theo schaute verdutzt in ihr Gesicht, doch dort sah er nur ein spitzbübisches Grinsen.

»Du bist so süß, wenn du nicht mehr weiter weißt«, meinte sie lachend. »Du bist genau der Mann, den ich immer gesucht habe.«

Theo verschluckte sich fast vor Verblüffung.

»Um ganz sicher sein zu können, dass Du mir nicht davon

läufst, habe ich schon mal einen Zweitschlüssel zu deiner Wohnung anfertigen lassen.«

»Deshalb war meine Wohnungstür offen.« Theo begriff. »Was soll das? Warum tust du das?«

»Glaubst du, ich kenne dich nicht? Ich weiß schließlich, dass Frauen für dich nur Spielzeuge sind. Aber das wird sich ändern. Mit mir wird alles anders.«

Theo spürte Panik aufkommen. Verwandelte sich die Frau seiner Träume gerade zur Frau seiner Albträume? Er schloss die Augen.

Plötzlich hörte er ihre Stimme ganz nah an seinem Ohr: »Handschellen stehen dir übrigens prima. Am liebsten hätte ich sie gar nicht mehr geöffnet.«

Der Kuss, den sie ihm jetzt auf die Lippen hauchte, war so zart, dass Theo fast an eine Halluzination glaubte. Ein Geräusch an der Tür veranlasste ihn dazu, die Augen wieder zu öffnen. Dort stand Marie-Claire und lächelte ihn an.

»Versprich mir, dass du dich auf der Dienststelle meldest«, bat Theo.

»Und was habe ich davon?«

»Was soll diese dämliche Frage?«

»Überall, wo ich auftauche, werde ich auf meinen Vater angesprochen. Jedes Mal werde ich mit Vorwürfen konfrontiert, dass er korrupt war und ich nicht viel besser sein kann. Ich halte das nicht mehr aus.«

»Das geht vorüber! Glaub mir! Wirf doch jetzt bitte nicht deine berufliche Zukunft einfach so weg«, flehte Theo. »Du bist intelligent, eine gute Polizistin. Wir brauchen Leute wie dich.«

»Du weißt nicht, wie es ist, ständig so abschätzig behandelt zu werden.«

Theo schwieg, weil er das wirklich nicht nachempfinden konnte.

»Mein Vater war nicht bestechlich. Er war ein ehrlicher Mann. Er hatte eine Erbschaft gemacht, etwas, worüber man sich eigentlich freuen sollte. Doch für ihn kam sie genau zur falschen Zeit.«

»Aber für dich nicht. Dein Vater würde garantiert nicht wollen, dass durch diese sinnlosen Vorwürfe auch noch dein Leben zerstört wird.«

Marie-Claire lächelte ihn an. »Du bist wirklich süß. Du meinst das auch so.«

»Natürlich«, versuchte Theo seine Worte zu bekräftigen. »Deshalb bitte ich dich noch mal: Melde dich auf der Dienststelle zurück.«

»Ich überlege es mir.«

»Aber nicht zu lange.«

»Ich habe eine Idee«, sagte sie und setzte wieder ihr freches Grinsen auf: »Wenn du es schaffst, mich einzuholen, bevor die Fahrstuhltür zugeht, dann hast du mich überzeugt.«

Theo wollte vom Bett aufspringen, doch die Fesseln hinderten ihn auf. Er hatte vergessen, sich ganz daraus zu befreien. Hastig schüttelte er die Eisen von den Handgelenken, da hörte er schon die Wohnungstür zuschlagen und Schritte auf dem Flur, die sich rasch entfernten. Was sollte er tun? Er war nackt. Wollte er wirklich im Adamskostüm hinaus auf den Korridor rennen?

Ja, er wollte. Er riss die Tür auf und schaute zum Fahrstuhl, aber dessen Tür schloss sich in genau dieser Sekunde.

*

»Wir haben einen Fingerabdruck auf Schöbels Leiche gefunden.« Mit dieser Bemerkung löste ein Kollege von der Spurensicherung allgemeine Freude unter den im Großraumbüro versammelten Ermittlern aus. »Der gleiche Abdruck war auf Lukas' Auto, am unteren Rand des Kofferraumverschlusses.«

Lukas konnte seine Ungeduld nicht mehr im Zaum halten. »Los! Rück schon raus. Wer ist es?«

Der Angesprochene lächelte, er war sich der ungeteilten Aufmerksamkeit der gesamten Abteilung bewusst und genoss dies. »Wie der Abdruck am Auto entstehen konnte, haben wir rekonstruiert. Und zwar hat sich der Lederhandschuh beim Zuschlagen der Kofferraumklappe eingeklemmt. Dabei wurde die betreffende Person zwar nicht verletzt, verlor aber den Handschuh. Beim erneuten Öffnen ist durch eine Nachlässigkeit der ungeschützte Finger an die Stelle gelangt, wo wir den Abdruck gefunden haben. Und die Stelle, wo der Handschuh eingeklemmt war, haben wir auch entdeckt. Dort hat sich nämlich das Leder abgenutzt.«

»Und wer ist es nun?« Trotz seiner Neugier zu erfahren, wer sich am Kofferraum seines BMW zu schaffen gemacht hatte, hielt Lukas ständig den Blick auf die Glastür zum Flur gerichtet. Wo steckte Theo? Er hatte sich noch immer nicht gemeldet.

»Der Fingerabdruck gehört eindeutig zu Sandra Gossert«, erklärte der Mann von der Spusi schließlich und erntete dafür aufgeregtes Gemurmel.

Fast gleichzeitig kam Theo wie von Furien gehetzt herein, die Haare noch nass vom Duschen und mit tiefen, dunklen Ringen unter den Augen.

»Haben Sie unsere Dienstzeiten vergessen?«, fragte Allensbacher gereizt.

Theo reagierte nicht auf diese Rüge, sondern ließ sich schnell auf seinem Platz nieder. Dabei stieß er heftig an den Vogelkäfig, sodass dieser bedrohlich wackelte.

»Immer schön langsam«, versuchte Lukas seinen Freund zu beruhigen. »Wir haben gerade erst angefangen. Du hast noch nichts verpasst.«

Allensbacher räusperte sich, um sich Gehör zu verschaffen, bevor er seine Anweisungen gab: »Ein Team der Spurensicherung ist auf dem Weg zu Gosserts Wohnung. Wir haben einen Durchsuchungsbeschluss. Sie, Baccus und Borg, begleiten das zweite Team zur Zeitungsredaktion. Wir wissen jetzt, dass die Dame Schöbels Leiche entsorgt hat. Nun wollen wir natürlich auch herausfinden, wie sie an die Leiche gekommen ist. Hat sie Schöbels Herzinfarkt verursacht, oder hat sie die Leiche nur zufällig gefunden und die Gunst der Stunde genutzt? Und das

Wichtigste: Hat sie auch Frisch beseitigt?«

Lukas und Theo wollten aufbrechen, als ihnen der Dienststellenleiter hinterher rief: »Und über Sosts Rolle in dieser Angelegenheit möchte ich auch gern mehr erfahren. Wenn keiner reden will, bringen Sie alle zusammen zur Vernehmung hierher.«

Kaum saßen die beiden Beamten im Dienstwagen, fragte Theo: »Hat sich Marie-Claire zurückgemeldet?«

Lukas schaute seinen Kumpel erstaunt an und bemerkte grinsend: »Deshalb also siehst du also so mitgenommen aus. Du machst dir ja echte Sorgen um unsere Kollegin.«

»Klar! Hat sie nun oder hat sie nicht?«

»Nein! Kein Lebenszeichen. Tut mir leid, Kumpel.«

Endlich konnte Lukas losfahren. Das leise Summen des Motors lullte die beiden ein. Sie schwiegen, bis sie den Parkplatz des Zeitungsgebäudes erreicht hatten.

»Ich glaube, ich weiß, welche Rolle Sost in dieser ganzen Angelegenheit spielt«, rückte Lukas endlich mit der Sprache heraus, während er den Wagen in einer engen Parklücke abstellte. Die Kollegen der Spurensicherung waren schon vor Ort und warteten. Auch der Staatsanwalt war bei Ihnen, was die Kommissare mit Staunen registrierten.

»Und welche?«, hakte Theo nach.

»Er ist mit dieser Krimiautorin liiert.«

»Oha!« Theo pfiff durch die Zähne. »Und wie lange schon?«

»Das konnte mir Susanne nicht sagen. Sie hat nur zufällig mitbekommen, dass die beiden auf den Schreibtisch lagen und rammelten wie die Karnickel, als sie dem Chef einen Text abliefern sollte.«

Theo lachte: »Damit schließt sich der Kreis. Sost ist der Drahtzieher. Er tut das alles für seine Geliebte, die von Frisch verschmäht wurde und dadurch keinen Fuß auf den Boden bekam. Auch seine kaum verhohlenen Verdächtigungen gegenüber der Gossert ergeben jetzt einen Sinn: Vermutlich hatte er den Verdacht, seine Geliebte würde doppelgleisig fahren und auch mit der Blauhaarigen rummachen. Schließlich hat die Wellenstein noch medizinische Kenntnisse, genau wie ihre gnadenlose Freundin, die ihren Chef ebenfalls aus dem Weg haben wollte.«

Lukas nickte. Derart überzeugende Indizienketten hatten sie während der gesamten Ermittlungen noch nicht gehabt. »Jetzt müssen wir allerdings noch Beweise für diese Theorie finden.«

»Dafür sind wir hier.«

Die beiden Kommissare stiegen aus und steuerten direkt den Staatsanwalt in seinem maßgeschneiderten Anzug an, dem die Hitze auch heute überhaupt nichts auszumachen schien.

»Gute Arbeit, Jungs!«, rief Renske ihnen zur Begrüßung entgegen. »Dann wollen wir uns mal genau umsehen.«

»Allensbacher hat mit keinem Wort erwähnt, dass Sie auch dabei sind«, bemerkte Lukas.

»Weil er das nicht weiß«, erklärte Renske lächelnd. »Ich halte nicht sehr viel von Ihrem Dienststellenleiter. Die Zusammenarbeit mit ihm ist alles andere als zufriedenstellend. Warum also sollte ich ausgerechnet ihn über jeden meiner Schritte informieren?«

Lukas schluckte. Die Antipathie zwischen Allensbacher und Renske beruhte offensichtlich auf Gegenseitigkeit.

»Ich frage mich schon lange, wie ihm eine so wichtige Leitungsfunktion übertragen werden konnte. Ohne Ehrling, der seine Fehler immer wieder kaschiert, würde die Polizei nach außen in noch schlechterem Licht erscheinen, als das ohnehin schon oft genug der Fall ist.«

Diese Vorwürfe klangen hart. Lukas und Theo warfen sich einen kurzen Blick zu und bemühten sich, so schnell wie möglich in die Redaktion zu gelangen. Keiner von beiden hatte Lust, sich in irgendetwas reinziehen zu lassen, dessen Hintergründe sie nicht wirklich kannten.

Der Anblick, der sie im Inneren des Gebäudes erwartete, übertraf ihre schlimmsten Befürchtungen. Alles versank in einem einzigen Chaos. Sämtliche Schreibtische waren geöffnet, die Schubladen herausgezogen. Der Inhalt der Schränke breitete sich auf dem Boden aus. Susanne stand in einer Ecke und schaute konsterniert dem Treiben zu. Als sie Lukas hereinkommen sah, wollte sie sich ihm intuitiv nähern, doch der Anblick seiner beiden Begleiter hielt sie zurück.

»Ob es richtig war, dir zu erzählen, wie ich Sost und Miranda beobachtet habe?«, rätselte sie laut und rieb sich dabei fröstelnd über die Arme, obwohl die Temperatur im Büro unnatürlich warm war.

»Es war richtig«, versuchte Lukas sie zu beruhigen. »Oder willst du wirklich ein Mordkomplott decken?«

Plötzlich rauschte eine Frau an ihnen vorbei auf den Ausgang zu. Sofort stellte sich der Staatsanwalt ihr in den Weg und sagte: »Tut mir leid. Ich kann Sie nicht gehen lassen. Wer sind Sie?«

»Mein Name ist Drollwitz«, kam es unfreundlich zurück. »Ich habe mir nichts zuschulden kommen lassen.«

»Das behaupten alle, zumindest uns gegenüber«, erwiderte Renske mit einem süffisanten Lächeln.

»Was wollen Sie von mir?«

»Gehen Sie jetzt bitte erst einmal an ihren Platz zurück und warten, wie wir auch. Zu gegebener Zeit wird sich jemand von uns mit Ihnen befassen.«

»Das haben wir nur dir zu verdanken«, keifte die Frau in Susannes Richtung.

Susanne schnappte nach Luft. »Was ist nur mit dir passiert?«, fragte sie erschrocken. »Hat Manfred dich auch flachgelegt?«

»Das ist eine Unverschämtheit. Wie kommst du dazu, mir so etwas zu unterstellen?«

»Weil ihr plötzlich alle wie die Schafe hinter ihm hertrottet. Dabei war er bis vor Kurzem nur der Archivar, den niemand von euch überhaupt richtig wahrgenommen hat.«

»Sogar als Archivar war er schon viel raffinierter als wir alle hier zusammen«, keifte Ute. »So einen Mann sollte man nicht unterschätzen.«

»Danke für den Hinweis«, mischte sich Renske in den unerwarteten, aber aufschlussreichen Zickenkrieg ein. »Wir werden

Herrn Sost also mal genauer unter die Lupe nehmen.«

Wutschnaubend kehrte Ute an ihren Platz zurück und ließ geräuschvoll ihre Tasche auf den Tisch fallen.

»Ach, was gäbe ich darum, den Inhalt dieser Tasche einmal überprüfen zu dürfen«, bemerkte Lukas beiläufig.

Renske setzte sein charakteristisches spitzbübisches Lächeln auf, zog den Durchsuchungsbeschluss aus seiner Tasche und verlas einen Passus, der, wenn man es denn so auslegen wollte, für genau diese Situation hier verfasst worden war: »Alles in der Redaktion Befindliche darf durchsucht werden.« Mit einem Blick auf Lukas fügte er hinzu: »Also, worauf warten Sie noch, Baccus?«

Sekunden später stand Lukas vor der Redakteurin und bat sie, ihm ihre Handtasche auszuhändigen. Schon deren Gesichtsfarbe, die von puterrot zu kalkweiß wechselte, wies darauf hin, dass sie einen Treffer gelandet hatten. Als Lukas den Tascheninhalt auf einem freien Platz inmitten des Chaos ausleerte, wussten sie auch, was Ute Drollwitz offensichtlich hatte verbergen wollen: Etliche Tonbänder und ein dazugehöriges Aufnahmegerät purzelten auf den Tisch.

»Woher haben Sie diese Bänder?«, fragte Renske.

Die Gefragte schwieg trotzig.

»Dass Sie sich an mehrfachem Mord mitschuldig machen, ist Ihnen hoffentlich klar. Sie könnten aber guten Willen beweisen, indem Sie kooperieren. Das wirkt sich gewiss positiv auf Ihr Strafmaß aus.«

*

Der Lärmpegel im Büro der Kriminalpolizeiinspektion stieg schlagartig an, als Lukas und Theo mit den Tatverdächtigen Manfred Sost, Miranda Wellenstein und Sandra Gossert eintraten.

»Hier sind unsere Verdächtigen«, sagte Lukas, als Allensbacher ihn verständnislos anblickte.

»Was soll das? Warum bringen Sie alle diese Leute hierher?«

»Wir befolgen nur Ihre Anweisungen«, erklärte Lukas. »Und die lauteten: *Wenn keiner reden will, bringen Sie alle zusammen zur Vernehmung.* Genau das tun wir jetzt, weil diese Herrschaften sich als wenig kooperativ erwiesen haben.«

Allensbacher wischte sich den Schweiß aus dem Gesicht und ordnete an, dass jeder Verdächtige einzeln in einem Vernehmungszimmer unterzubringen sei. Kaum war wieder Ruhe im Büro eingekehrt, verbesserte sich die Stimmung unter den Kollegen schlagartig. Das Gefühl, diesen schrecklichen Fall nunmehr abschließen zu können, beflügelte alle.

Auch Monika wirkte ausgesprochen optimistisch, als sie verkündete: »Ich habe endlich einen Eintrag auf eine Waffe gefunden, die zum Kaliber passt, das aus dem Kopf des falschen Kardinals entfernt wurde. Und zwar handelt es sich um einen Revolver Arminius HW 3, eine Kurzwaffe mit einer Trommel, die acht Schuss fassen kann.«

»Gute Arbeit, Frau Blech«, lobte Renske. »Und? Hilft uns der eingetragene Name weiter?«

Monika zuckte zusammen, weil sich ausgerechnet der Staatsanwalt so offensichtlich für ihre Ermittlungsergebnisse interessierte, während Allensbacher mit hochrotem Kopf und verschwitztem Gesicht schweigend danebenstand.

»Ich bin mir noch nicht ganz sicher. Die Waffe ist auf eine Inge Morowitz eingetragen, ein Name, der in unseren Ermittlungen bis jetzt noch nicht aufgetaucht ist. Einen Eintrag im Einwohnermeldeamt habe ich auch nicht gefunden, und die angegebene Adresse existiert nicht mehr. Das alles sieht äußerst verdächtig aus.«

»Glauben Sie, dass wir es hier wieder mit einem falschen Namen zu tun haben – wie im Fall Brigitte Felten?«

»Ich hoffe nicht.« Monika schnaufte. »Ich glaube, es ist diesmal einfacher. Entweder hat diese Frau wieder geheiratet und dadurch ihren Namen geändert. Oder sie hat nach einer Scheidung ihren Mädchennamen wieder angenommen. Aber soweit bin ich mit meinen Recherchen noch nicht.«

»Dann suchen Sie weiter!«, forderte Renske sie auf. »Es sind nämlich gerade diese unscheinbaren Details, die Ermittlungen oft entscheidend vorantreiben.«

Monikas Miene entspannte sich, die aufmunternden Worte des Staatsanwalts taten ihr offensichtlich gut.

Lukas hatte während dieser Unterhaltung den Dienststellenleiter beobachtet und festgestellt, dass dessen Augen böse funkelten. Offenbar hatte Allensbacher bemerkt, dass Renske ihm die Leitung der Ermittlungen endgültig aus der Hand genommen hatte.

»Die Bänder, die Sie der Spusi gegeben haben, sind übrigens wieder zurück«, bemerkte der Dienststellenleiter, als Monika und der Staatsanwalt ihren Dialog beendet hatten. »Anhören müssen wir sie allerdings selbst.«

»Worauf warten wir dann noch?«, forderte Renske alle zur Eile auf.

Im Großraumbüro wies Allensbacher Monika an, das Abspielgerät aufzustellen und einzuschalten. Sofort erfüllte ein unangenehm lautes Kreischen das Büro, das alle Anwesenden zusammenzucken ließ. Hastig drehte Monika an Knöpfen, bis die Akustik reguliert war. Jetzt konnte man zwei Stimmen unterscheiden, die jeder sofort erkannte: Miranda Wellenstein und Sandra Gossert plauderten in unbeschwerter Heiterkeit Dinge aus, die allen Anwesenden das Blut in den Adern gefrieren ließen.

Danach rümpfte der Staatsanwalt die Nase und meinte: »Das sind leider nur Indizien.« Die Blicke, die ihn auf diese Bemerkung hin trafen, veranlassten ihn, erschrocken hinzuzufügen: »Die natürlich sehr belastend sind. Ich hoffe, dass die Durchsuchung von Gosserts Wohnung den entscheidenden Beweis zutage fördert. Dann haben wir wirklich einen Durchbruch erzielt.«

»Bis das Ergebnis der Durchsuchung hier eintrifft, fangen wir schon mal mit den Vernehmungen an. Keiner der Drei hat auf einen Anwalt bestanden.« Allensbacher klatschte in die Hände. »Frau Blech, Sie werden zusammen mit Baccus die Krimiautorin befragen. Sie wartet im Raum Nummer fünf.«

Die beiden Angesprochenen machten sich auf den Weg zum Vernehmungszimmer.

»Und Sie übernehmen die Befragung von Sandra Gossert«, wies Allensbacher mit einem säuerlichen Blick in Theos Richtung an. »Ich gehe davon aus, dass Sie aus Ihrem Fehler gelernt haben.«

*

Nachdem Lukas alle Formalitäten auf Band gesprochen hatte, begann er mit der Frage: »Wie lange schreiben Sie schon Kriminalromane?«

Miranda Wellenstein schaute den Polizeibeamten überrascht an und antwortete: »Seit zehn Jahren.«

»Und wie ist Ihr Erfolg?«

»Mittelmäßig.«

»Wie hat sich das Verschwinden von Erwin Frisch auf Ihren Erfolg ausgewirkt?«

Miranda verstand, worauf der Ermittler hinauswollte. »Ich habe mit Frischs Verschwinden nichts zu tun.«

»Damit beantworten Sie nicht meine Frage.«

»Ich weiß. Okay! Nachdem Manfred Sost den Posten des Chefredakteurs der *Neuen Zeit* übernommen hat und meine Bücher in dieser Zeitung besprochen werden, sind die Verkäufe hier im Saarland rasant angestiegen.«

»Also profitieren Sie von Frischs Verschwinden«, resümierte Lukas.

Miranda schwieg dazu.

»Sie haben in den Jahren 1992 bis 1995 Medizin studiert«, las Lukas aus den Akten vor, die vor ihm auf dem Tisch lagen.

Keine Reaktion.

»An der Saarbrücker Universität.«

Stille.

»Sandra Gossert hat von 1992 bis 1995 ebenfalls Medizin studiert. Auch an der Saarbrücker Uni. Was sagt uns das? Sie beide kennen sich seit dieser Zeit, haben beide Ärger mit demselben Mann bekommen – und zwar großen Ärger, denn es ging um Ihre Existenz. Und schließlich haben Sie beide die Vorteile Ihres vorzeitig abgebrochenen Studiums erkannt. Nämlich, dass Sie mit den damals erworbenen Kenntnissen Ihren gemeinsamen Feind auf eine Weise ausschalten konnten, die der Polizei große Rätsel ...«

»Ich habe Erwin Frisch nichts getan«, protestierte Miranda. »Ich schreibe über solche Taten, aber ich führe sie nicht selber aus.«

»Auf den Tonbändern klingt das aber ganz anders.«

Plötzlich wurde Miranda kalkweiß im Gesicht. »Die Bänder? Woher haben Sie die?«, stammelte sie fassungslos.

»Wir haben dort gesucht, wo man so etwas am wenigsten vermuten würde«, erklärte Lukas triumphierend grinsend.

Monika ergänzte: »Ich habe Ihre Bücher mit großem Interesse gelesen. Nur so konnte ich eine Vorstellung davon bekommen, wie Sie denken und handeln. Und ich bin mir sicher, dass Sie Ihre Fantasie auch bei wirklichen Verbrechen eingesetzt haben.«

»Ich habe Erwin Frisch nicht umgebracht«, wiederholte Miranda abermals, inzwischen aber mit kläglicher Stimme.

»Nein! Sie haben sich nur an seinen Körperteilen bedient«, spottete Lukas.

»Das war ich auch nicht.«

»Die Unschuld vom Lande nehmen wir Ihnen nicht ab. Tut mir leid«, entgegnete Lukas schroff. »Die Bänder belasten Sie eindeutig.«

Diese Bemerkung war der Auslöser, dass die Krimiautorin endgültig zusammenbrach und nun in allen Einzelheiten gestand, was sie und Sandra Gossert im Bürgerpark erlebt hatten. Lukas und Monika hörten ihr schweigend zu. Die Geschichte, die Miranda ihnen erzählte, stimmte haargenau mit den Fakten überein, die sie bereits zusammengetragen hatten. Und sie passte vor allem perfekt zu den Aussagen von Hans Pont. Aber damit war nur ein Fall geklärt, der eigentlich keiner war – nämlich der Tod des Sportreporters Bernd Schöbel.

»Und warum ausgerechnet mein Auto?«, fragte Lukas, sichtlich verstimmt.

»Weil Sie im Krankenhaus lagen. Da wussten wir, dass Sie nicht unverhofft auftauchen würden.«

»Damit wissen wir aber immer noch nicht, was mit Frisch passiert ist und wo die Reste seiner Leiche stecken.«

Miranda wollte gerade diese Frage beantworten, als es an der Tür klopfte. Monika öffnete. Ein Kollege der Spurensicherung stand dort und überreichte Monika einen Bericht. »Wir haben in Sandra Gosserts Wohnung etwas Entscheidendes gefunden«, flüsterte er.

*

»Und wer übernimmt Sost?«, hatte Theo entrüstet nachgefragt, weil es ihm nicht passte, die Gossert vernehmen zu müssen. Sost war durch das Abhören der Bänder eindeutig der interessanteste Verdächtige geworden, und Theo vermutete, der Dienststellenleiter wollte aus genau diesem Grund dessen Befragung für sich selbst aufsparen. Warum trieb sein Chef so ein unfaires Spiel mit ihm? Natürlich erinnerte er sich daran, wie er die erste Befragung der Verdächtigen in den Sand gesetzt hatte. Aber das schrieb Theo seiner Abneigung dieser Frau gegenüber zu, wohl wissend, dass solche Gefühle bei der Polizeiarbeit keine Rolle spielen durften. Aber das war kein Grund, ihm eine zweite Chance zu verweigern. Er ahnte, dass Allensbacher ihn mit anderen Absichten zu dieser weitaus weniger spannenden Befragung abgestellt hatte, er wusste nur nicht, mit welchen.

Doch Theo würde dem Dienststellenleiter einen Strich durch die Rechnung machen. Dieses Mal würde er geschickter vorgehen. Dieses Mal würde er sich keine Blöße geben, denn die Gossert stand auf der Liste der Verdächtigen ebenfalls ganz weit oben. Mal schauen, was er aus ihr raus quetschen konnte; da war dann eben geschicktes Taktieren angesagt.

Plötzlich stand Renske neben ihm. Auf Theos fragenden Blick hin bemerkte der kräftige Mann in seinem maßgeschneiderten Anzug mit einem anzüglichen Grinsen: »Es gibt bei jedem Fall einen Punkt, an dem will man als Staatsanwalt unmittelbar dabei sein. Und dieser Punkt ist jetzt erreicht.«

Theo überlegte kurz, ob Renske diese Begründung nur vorschob. Mit Sicherheit war er über seine vermasselte erste Befragung von Sandra Gossert informiert. Aber war das nicht auch zugleich eine große Chance? Wenn Theo nicht mehr weiter wusste oder drohte, die Beherrschung zu verlieren, konnte er dem Staatsanwalt die Initiative überlassen. Einen Versuch war es allemal wert.

»Ah, bringst du dieses Mal Verstärkung mit?«, lautete die Begrüßung der blauhaarigen Frau, als die beiden gemeinsam eintraten.

Dieses Mal ging Theo auf ihre Provokation nicht ein und nahm der Verdächtigen gegenüber Platz. Renske ließ sich neben ihm nieder.

»Ich bin Staatsanwalt Helmut Renske und werde der Befragung beiwohnen«, erklärte er, nachdem er das Aufnahmegerät eingeschaltet hatte. Zuerst zählte er die Namen der Anwesenden auf und machte Angaben über die Uhrzeit und den Ort der Befragung, ehe er Theo das Zeichen gab, zu beginnen.

»Wir haben Ihre Fingerabdrücke an Bernd Schöbels Leiche und am Wagen unseres Kollegen, Kriminalkommissar Lukas Baccus, gefunden.« Theo schaute in ein gelangweiltes Gesicht. »Können Sie uns erklären, wie die dorthin gekommen sind?«

»Keine Ahnung!«

»Das müsste schon etwas genauer sein«, mischte sich Renske ein. »Denn Ihre Fingerabdrücke an der Leiche sind sehr belastend für Sie.«

»Ich weiß nicht, wie die dahin gekommen sind. Vielleicht habe ich den Fettsack mal aus Versehen angetatscht, als er noch gelebt hat. Gewechselt hat der Schmierfink seine Klamotten ja nicht gerade regelmäßig.«

»Gut!« Renske nickte.

»Das erklärt aber nicht, wie Ihre Fingerabdrücke an den Kofferraum von Kommissar Baccus' Auto gekommen sind«, erinnerte Theo.

»Der hängt doch ständig bei uns in der Redaktion rum, weil er die Kleber knallt. Vielleicht stand sein Auto an der Seitenstraße und ich bin im Vorbeigehen drangekommen.«

»Baccus ist nie mit seinem privaten Fahrzeug zur Redaktion gefahren«, hielt Theo dagegen. Sein Puls ging schneller. Da sah er auch schon im Augenwinkel eine Geste des Staatsanwalts, die ihn zur Ruhe mahnte.

»Dann erklären Sie uns doch bitte, wie Ihre Fingerabdrücke auf die Kassettenbänder gekommen sind, auf denen Ihre Stimme und die von Miranda Wellenstein zu hören sind«, nahm Renske nach einer kurzen Unterbrechung den Faden auf.

Endlich zeigte Sandra eine Reaktion: Sie erblasste.

»Außerdem möchte ich auch noch gern wissen, wie Ihre Fingerabdrücke auf das Aufnahmegerät Ihres Kollegen Schöbel gekommen sind.«

Die Verdächtige wusste nicht mehr, in welche Richtung sie schauen sollte. Ihre Selbstsicherheit geriet ins Wanken, was für Theo bereits ein großer Erfolg war. Allerdings verdankte er den nicht seiner eigenen Geschicklichkeit, sondern der Besonnenheit des Staatsanwalts.

»Ich höre«, mahnte Renske.

»Wo haben Sie die Bänder her?«, fragte Sandra, noch immer darum bemüht, die Fassung zurückzugewinnen.

»Na, raten Sie mal! Wir haben sie in Ute Drollwitz' Handtasche gefunden.«

»Scheiße!«

»Der Inhalt dieser Bänder ist äußerst aufschlussreich.« Renske schüttelte den Kopf. »Ganz schön kaltblütig. Aber wenn man es sich genau überlegt, ist der Arbeitsmarkt heutzutage so beschissen, da geht man für seinen Job schon mal über Leichen.«

»Ich bringe doch niemanden um.« Sandra wimmerte fast.

»Ach ... Dann sind die Opfer also alle von allein gestorben«, kommentierte der Staatsanwalt mit triefender Ironie.

»Ja«, bestätigte Sandra kleinlaut. »So war es wirklich.«

»Und wir leiden alle an Leichtgläubigkeit.«

»Ich habe Bernd nichts angetan.« Sandras Stimme zitterte. »Wir sind ihm gefolgt. Wir wollten verhindern, dass er sich wieder mit Pont trifft.«

»Und weiter?«

»Im Bürgerpark haben wir ihm aufgelauert und ihn erschreckt. Bei Vollmond, um Mitternacht, kamen wir aus den Hecken gesprungen und haben *Buuh* gemacht. Der Idiot hat sich dermaßen erschrocken, dass er tatsächlich vor unseren Augen zusammengebrochen ist.«

»Weil Sie *Buuh* gemacht haben?«

Sandra nickte.

»Und dann?«

»Der Typ hielt sich ständig beide Hände vor die Brust und hat gestöhnt wie ein verwundetes Tier. Es war schrecklich, aber mehr haben wir wirklich nicht gemacht.«

»Auf die Idee, Hilfe zu rufen, sind Sie nicht gekommen?«

Sandra senkte schuldbewusst den Blick. »Es ging alles so schnell, plötzlich lag er auf dem Boden und gab kein Lebenszeichen mehr von sich.«

»Und Sie haben sich in die Hände geklatscht mit den Worten: Der hat sich selbst entsorgt?«, hakte Renske nach.

Sandras Schweigen auf diese Frage war Antwort genug.

»Und weiter?«

»Na ja! Wir wollten ihn dort wegbringen. Aber der Fettsack war bleischwer. Plötzlich kam Pont angelaufen. Wir haben uns versteckt und abgewartet. Aber der Typ ist keinen Deut besser als Schöbel. Vor Angst hat der sich fast in die Hosen geschissen. Da haben wir lieber abgewartet, bevor wir den Nächsten zu Tode erschrecken.«

»Bei so charmanten Damen wie Ihnen ist mir das wirklich ein Rätsel, wie sich ein Mann zu Tode erschrecken kann.« Renskes Miene blieb bei diesem Kommentar todernst. Als Sandra wieder in Schweigen verfiel, fasste er nach: »Und warum haben Sie Schöbel den linken Fuß abgehackt?«

Sandra schaute ihn mit großen Augen an, als würde sie diese Frage nicht verstehen.

»Ich kann Ihnen sagen warum«, antwortete Renske selbst. »Sie wollten uns damit in die Irre führen. Denn von Erwin Frisch hatten wir ja bereits den rechten Fuß, die rechte Hand und das Geschlechtsteil. Also haben Sie Ihrem toten Kollegen den linken Fuß abgehackt, um uns Glauben zu machen, er gehörte zu den Puzzleteilen, die Sie uns bereits zugeschickt hatten.«

»Aber ...«

Renske ließ sie nicht zu Wort kommen: »Sie sind medizinisch gut ausgebildet. Deshalb konnten Sie uns tatsächlich für einen Augenblick in die Irre führen. Dass ausgerechnet der linke Fuß von einem Toten abgehackt wurde, stellte uns vor ein Rätsel.«

»Ich habe nichts mit Erwins Tod zu tun«, protestierte Sandra.

»Natürlich nicht. Sie sind so unschuldig wie Jack The Ripper!«

»Sie sind auf dem Holzweg«, beharrte Sandra. »Draußen läuft ein Wahnsinniger frei herum und Sie verdächtigen die Falschen.«

»Aber warum dann die Show mit Schöbels linkem Fuß?«

»Wir wollten seinen Tod so aussehen lassen, als wäre er demselben Wahnsinnigen zum Opfer gefallen wie Erwin.«

»Und woher hatten Sie so viele Detailinformationen, um den Leichenteil auf den ersten Blick so täuschend echt aussehen zu lassen?«

Ein Klopfen an der Tür lenkte sie alle ab. »Welcher Idiot wagt es, eine Vernehmung zu stören?«, brüllte der Staatsanwalt so erzürnt, dass Theo und Sandra gleichermaßen zusammenzuckten.

»Das geschieht auf meine Anweisung hin«, flüsterte Theo ihm kleinlaut zu. »Die Kollegen von der Spusi stören nur, wenn es wirklich wichtig ist.«

Renske nickte. Theo stand auf und eilte zur Tür.

»Wir haben in Sandra Gosserts Wohnung etwas Entscheidendes gefunden«, murmelte eine Männerstimme.

Theo kehrte mit einem Bericht in der Hand zurück und rief dem Staatsanwalt »Bingo!« zu.

17

Manfred Sost saß auf der einen Seite des Spiegels. Wendalinus Allensbacher, Hugo Ehrling, Helmut Renkse, Lukas Baccus, Theo Borg und Monika Blech auf der anderen. Auch die Kriminalpsychologin war hinzu bestellt worden, um das Verhalten des Verdächtigen während der Befragung zu analysieren. Die Spannung steuerte ihrem Höhepunkt entgegen. Die Polizeibeamten und der Staatsanwalt spürten, dass sie kurz vor einem entscheidenden Durchbruch bei den Ermittlungen standen. Alle Beweise sprachen gegen den großen, hageren Journalisten. Doch der saß seelenruhig auf dem harten Stuhl, kein Anzeichen von Nervosität, nichts.

»Ist dieser Mann einfach nur abgebrüht oder unschuldig?«, stellte Monika die Frage, die niemand in dem Raum hören wollte.

»Wir sind hier, um das herauszufinden«, antwortete Kriminalrat Ehrling.

Renske nickte: »Ich gehe jetzt hinein zur Befragung. Wer begleitet mich?«

»Das soll Borg übernehmen«, schnaufte Allensbacher.

Theo schaute seinen Chef erstaunt an, doch der hielt seinen Blick starr auf die Scheibe gerichtet. Schnell folgte Theo dem Staatsanwalt in den Vernehmungsraum, bevor der Dienststellenleiter es sich anders überlegen konnte.

Sost wirkte weiterhin gelassen. Renske setzte sich ihm gegenüber und wartete, bis Theo das Aufnahmegerät eingestellt hatte; dann begann er mit der Befragung: »Seit wann sind Sie bei der *Neuen Zeit*?«

»Seit fast 40 Jahren.«

»Haben Sie schon dort gearbeitet, als Erwin Frischs Vater die Zeitung noch leitete?«

»Ja!«

»Also sind Sie mit dem Blatt genauso wie mit dem Redaktionsgebäude bestens vertraut?«

»Ja!«

»Anfangs waren Sie Redakteur für den Wirtschaftsteil und das Politikressort. Aufgaben, die man durchaus als Herausforderungen ansehen kann.«

Keine Reaktion.

»Und dann trat Erwin Frisch die Nachfolge seines Vaters an und degradierte Sie zum Archivar.«

Immer noch keine Reaktion.

»Wo waren Sie am Freitagabend gegen zwanzig Uhr?«

»In der Redaktion.«

»Wir haben uns das Redaktionsgebäude sehr genau angeschaut«, setzte Renske nach. »Es gibt einen Hinterausgang, von dem nur diejenigen wissen, die sich dort sehr gut auskennen. Diese Tür liegt versteckt hinter hohen Regalen. Sie ist mit einem Riegel und Vorhängeschloss gesichert.« Der Staatsanwalt wartete kurz, doch Sost zeigte noch immer keine Regung. »In Ihrem Schreibtisch haben wir dann den dazu passenden Schlüssel gefunden.«

Endlich zeigten die Fragen eine erste Wirkung – Sost vergaß auszuatmen.

»Kennen Sie die drei berühmten *M*, die Sie zu unserem Hauptverdächtigen machen?« Theo schaute den Staatsanwalt verblüfft an – wovon sprach er da? Auch Sost verstand kein Wort. »*Motiv, Möglichkeit, Mord*«, erklärte Renske, was Theo ein Schmunzeln entlockte.

»Welches Motiv sollte ich haben?«, fragte Sost.

»Mehrere«, mischte sich nun Theo ein. »Erstens: Sie wurden von Erwin Frisch degradiert. Ein Archivar ist nun wirklich das letzte Glied in der Kette der Mitarbeiter einer Zeitung. Vom Pförtner einmal abgesehen. Zweitens: Ihre Liebe zu Miranda Wellenstein, die durch Frischs Weigerung, ihre Bücher zu besprechen, keinen Erfolg hatte und auch niemals haben würde, solange dieser Mann Chef der Zeitung blieb.«

Nun kam eine Reaktion, die alle Beteiligten hinter und vor

der Glasscheibe überraschte. Mit lauter Stimme und rot angelaufenem Gesicht brüllte Sost: »Sie unterstellen mir hier gar nichts.« Böse funkelte er Theo an. »Ich habe Sie mit dieser Käuflichen gesehen, dieser ... wie heißt sie noch, dieses korrupte Bullenweib ... dieser Leduck. Sie haben sich nicht wie Kollegen verhalten, sondern um den Verstand gebumst ...«

»... und Sie vögeln Ihre Autorin auf dem Schreibtisch«, fiel Theo ihm wütend ins Wort.

Doch Sost war nicht zu stoppen. »Und dieser Baccus, Ihr Superheld mit der der polierten Fresse, kann seine Wichsgriffel nicht von Susanne Kleber lassen. Nicht zu vergessen ihre andere Kollegin, diese Lesbe, die im Liebesnest mit Sandra alle Einzelheiten über diesen Fall ausgeplaudert hat. Das nennt ihr Polizeiarbeit?«

»Ruhe jetzt!«, rief der Staatsanwalt dazwischen. Tatsächlich beruhigten sich die beiden Streithähne wieder.

»Woher wollen Sie wissen, was die Polizeikollegen in ihrer Freizeit tun?«, fragte Renske, dessen Gesicht ebenfalls eine Rötung angenommen hatte.

»Ich habe meine Informanten«, kam es spitz und knapp zurück. »Und nach Borgs Gesichtsausdruck zu urteilen, haben die mir nicht zu viel erzählt.«

»Und wer ist das?«

»Ist das wirklich wichtig?«, flüsterte Theo leise in Renskes Ohr.

»Ja, verdammt noch mal«, brüllte Renske darauf.

»Ihr Versuch ist ja wirklich nett.« Sost lachte verächtlich. »Auch der väterliche Einsatz für Ihre missratenen Schützlinge. Aber meine Informanten gebe ich nicht preis.«

Renske nickte, schnappte nach Luft und ließ einige Sekunden vergehen, um seinen Puls wieder auf Normalniveau zu bringen. Dann stellte er seine nächste Frage: »Wie stehen Sie zum katholischen Glauben?«

»Wie bitte?«

»Spreche ich undeutlich?«, erwiderte Renske ungehalten.

»Ich wurde von meiner Mutter streng katholisch erzogen«, antwortete Sost mit säuerlicher Miene.

»Und dann vögeln Sie Frauen einfach so auf dem Schreibtisch?«, warf Theo ein.

»Ich bin nicht verheiratet und war es auch nie. Was spricht also dagegen?«

»Ihre Mutter starb vor einigen Jahren im Paracelsus-Krankenhaus«, bemerkte Renske nach einem kurzen Blick in die Akten.

»Was hat der Tod meiner Mutter mit diesem Fall zu tun?«

»Wir stellen hier die Fragen«, stellte Renske klar.

Sost zuckte mit den Schultern.

»Beichten Sie?«, fuhr der Staatsanwalt fort.

Nun folgte angespannte Stille. Theo behielt den Verdächtigen genau im Auge und glaubte, so etwas wie Resignation in seinem Gesicht zu erkennen. Er hatte Mühe, seine aufkommende Freude nicht zu deutlich erkennen zu geben.

»Ich verstehe die Frage nicht.«

»Dann erkläre ich es Ihnen: Nur Sie wussten, dass der falsche Kardinal ermordet wurde – zu einem Zeitpunkt, als alle noch von einem Selbstmord ausgingen. Und Sie haben angeblich einen Zettel gefunden, auf dem die lateinischen Wörter der Lossprechung von den Sünden notiert waren.«

»Und?«

»Das legt doch die Vermutung nahe, dass Sie nach dem Mord an Erwin Frisch Ihr Gewissen erleichtern wollten. Der Kardinal kam Ihnen gerade recht. Als der dann seinen Zettel herauszog, um die Lossprechung der Sünden abzulesen, wussten Sie, dass Sie einem Hochstapler aufgesessen sind.«

»Blödsinn. Ich habe nichts zu beichten. Und wenn es etwas gäbe, würde ich doch nicht jedem Dahergelaufenen von meinen Sünden erzählen.«

»Das war ja das Dumme! Der Dahergelaufene sah verdammt echt aus. Und genau das ist Ihr Motiv: Sie haben sich einem Mann offenbart, der nicht an das Beichtgeheimnis gebunden war. Deshalb haben Sie auch ihn getötet.«

Sost hatte sich wieder gefangen, er schwieg und ließ sich nicht anmerken, ob und, wenn ja, wie stark ihn diese Verdächtigungen trafen.

»Ich lese Ihre Akte von vorne bis hinten durch und wieder zurück«, murmelte Renske. »Aber den Namen Morowitz finde ich nirgendwo. Welcher Familienzweig von Ihnen hat diesen Namen getragen?«

Sost schüttelte überrascht den Kopf und meinte: »Keine Ahnung, wovon Sie reden. Meine Ahnentafel habe ich jedenfalls nicht auswendig gelernt.«

»Macht nichts! Wir finden auch das noch raus.« Der Staatsanwalt grinste schelmisch. »So wie wir ja auch schon herausgefunden haben, dass Sie die Tatwaffe versteckt haben, mit der Sie Frisch überwältigt haben.«

»Welche Tatwaffe?« fragte Sost mit weit aufgerissenen Augen.

Renske zog ein Foto aus seiner Aktentasche und legte es so auf den Tisch, dass sein Gegenüber alles genau erkennen konnte. Das Gesicht des Verdächtigen wurde plötzlich kalkweiß.

»Das haben wir in Sandra Gosserts Wohnung gefunden«, erklärte Renske. »Einerseits geschickt, so ein Beweisstück einem anderen unterzujubeln. Andererseits auch wieder dumm, es nicht ganz verschwinden zu lassen. Der Schuss ging nach hinten los.«

»Ich kenne meinen Schirm ...«, entgegnete Sost, den Blick noch immer fassungslos auf das Foto gerichtet, das seinen alten, schweren Regenschirm abbildete. Deutliche Spuren von Blut stachen an dem massiven Holzgriff hervor. »Schließlich habe ich ihn selbst Erwin an diesem Abend ausgeliehen.«

»Ach, hören Sie doch auf«, schimpfte Renske. »Die Beweislage gegen Sie ist erdrückend. Da macht es doch wirklich keinen Unterschied mehr, wenn Sie uns jetzt sagen, wo Sie die Leiche von Erwin Frisch versteckt haben.«

Doch Manfred Sost blieb den Ermittlern eine Antwort auf diese Aufforderung schuldig.

*

Sandra Gossert saß immer noch zusammengesunken auf dem harten Stuhl vor dem blanken Stahltisch in dem kahlen Raum. Den einzigen Farbtupfer bildeten ihre blauen Haare, die ihre Gesichtsfarbe erschreckend weiß wirken ließen. Rote Ränder und tief liegende Augen schauten Lukas und Monika entgegen, als sie den Vernehmungsraum betraten.

»Darf heute jeder mal ran, oder was?«, blaffte Sandra.

»Danke! Mir ist schon schlecht«, antwortete Lukas.

»Dann erklären Sie mir mal, was das soll, mich hier solange warten zu lassen?«

»Gut Ding braucht Weile. Wir haben neue Fakten dazubekommen, die wir jetzt und hier klären müssen.«

Sandra wollte protestieren, doch der Anblick des Diktiergerätes in den Händen des Kommissars ließ sie verstummen.

»Genug Small Talk! Jetzt haben wir uns hier in illustrer Runde versammelt um über den Inhalt von Bernd Schöbels Bänder sprechen. Wie finden Sie das?«

»Arschloch!«

»Gleichfalls! Bedenken Sie – so jung kommen wir nicht mehr zusammen.« Lukas grinste.

Sandra zeigte ihm den Stinkefinger.

»Das kommt natürlich alles ins Protokoll«, bemerkte Lukas dazu. »Aber nun zu Schöbels Bändern aus dem Diktafon. Damit hat er Gespräche aufgezeichnet, die Sie mit Miranda Wellenstein geführt haben, als Sie sich unbeobachtet fühlten. Erinnern Sie sich?«

Sandra kratzte sich am Kopf, verkniff sich aber eine Erwiderung.

»Die Bänder hat er dann Hans Pont gegeben, damit der die richtigen Schlüsse daraus zieht – was der auch getan hat, wenn wir seine Zeitungsartikel richtig deuten«, sprach Lukas weiter. »Anschließend bewahrte Pont sie in seinem Dienstwagen auf, damit niemand sie in seiner Wohnung finden konnte. Nun frage ich mich natürlich, wie diese Bänder aus Ponts Dienstwagen in die Handtasche Ihrer Kollegin Ute Drollwitz gelangt sind.«

Keine Reaktion.

»Können Sie uns vielleicht helfen, ein wenig Licht in dieses Dunkel zu bringen?«

»Leck mich!«

»Ich denke darüber nach.«

Sandra starrte den Polizisten böse an, doch der ließ sich nicht beeindrucken. »Dann wollen wir uns nicht länger mit diesen Nebensächlichkeiten aufhalten. Denn soviel ich weiß, erzählt Miranda Wellenstein gerade im Zimmer nebenan, wie Sie beide an die Bänder gekommen sind.«

Sandra murmelte ein paar Worte vor sich hin, die jedoch weder Lukas noch Monika verstehen konnten.

»Unterhalten wir uns lieber über den Inhalt der Bänder. Hier zum Beispiel bejubeln sie Ihr Glanzwerk.«

Lukas drückte auf den Abspielknopf. »Den Erwin hat es richtig erwischt! Geil was? Ohne seinen rechten Fuß kann er keinem mehr von uns in den Arsch treten«, hörte Sandra Gossert sich selbst sagen und schrumpfte auf ihrem Stuhl in sich zusammen.

»Das alles klingt richtig interessant«, bemerkte Lukas. »Vor allem die Tatsache, wann das Band aufgenommen wurde. Zu dem Zeitpunkt wusste noch niemand von dem abgetrennten rechten Fuß.«

Da die Verdächtige weiterhin schwieg, spulte Lukas weiter vor, bevor er das Band wieder laufen ließ: »Die rechte Hand hat er sowieso noch nie gebraucht. Damit hat er nur Scheiße geschrieben«, war jetzt die Stimme von Miranda Wellenstein zu hören. Dann vernahm man Papierrascheln, ehe wieder die Krimiautorin zu hören war, wie sie einen Text vorlas, offenbar die Rezension eines Buches, das nicht sie verfasst hatte. »Dafür hatte der Idiot Platz in seiner Zeitung.«

Sandra wurde immer nervöser. Ihre Finger trommelten hektisch über die Tischplatte.

»Aber das ist noch nicht alles. Schließlich haben Sie dem Mann ja noch mehr abgeschnitten als seinen rechten Fuß und seine rechte Hand.« Lukas zog ein weiteres Band aus seiner Tasche und drückte erneut auf *Play*: »Der Arme! Jetzt hat er keinen mehr ...« Lautes Gelächter. »... jetzt können sich die Ehemänner in Saarbrücken ihrer Frauen wieder sicher sein.«

»Auch hier hat uns das Aufnahmedatum überrascht.« Lukas griente siegesgewiss. »Ihr Ex-Kollege war ein sehr ordentlicher Mensch. Er hat auf jedem Band das Datum und den Ort der Aufnahme vermerkt.«

Lukas verstummte, um Sandra die Gelegenheit zu einer Erwiderung zu geben, doch die Blauhaarige funkelte ihn nur wütend an. »Und Sie wollen uns immer noch weismachen, Sie hätten nichts mit Erwins Tod zu tun?«

»Ich habe wirklich nichts mit dem Mord an Erwin zu tun!«, beteuerte Sandra.

»Das Spiel ist aus«, widersprach Lukas. »Geben Sie auf, kooperieren Sie lieber mit uns, das wirkt sich positiv auf Ihr Strafmaß aus. Sagen Sie uns, wo die Leiche ist und der Albtraum hat ein Ende.«

»Sie hätten Pfarrer werden sollen«, giftete Sandra.

»Ich war nah dran! Wenn auch nicht so nah wie unser falscher Kardinal, den Sie ja danach ebenfalls um die Ecke gebracht haben.«

»Ich habe keinen einzigen Menschen umgebracht – weder den Kardinal noch Erwin Frisch.«

»Tut mir leid, dass ich Ihnen nicht glauben kann. Die Gespräche auf den Bändern legen andere Schlüsse nahe. Und meines Erachtens ist es auch kein Zufall, dass der Chef der *Deutschen Allgemeinen* das Paket mit dem Gehirn ausgerechnet vor Ihrer Tür abgestellt hat. Schließlich hatte er es ja von Ihnen bekommen.«

»Das stimmt nicht!«, protestierte Sandra zaghaft.

»Nein? Also, ich glaube, Pont hat es Ihnen zurückgebracht,

weil er hoffte, damit aus der Schusslinie zu kommen. Er hatte Angst vor Ihnen.«

»Der Angsthase hat doch schon vor seinem eigenen Schatten Schiss.«

»Mag sein. Aber er hatte auch allen Grund, sich zu fürchten. Mit seinem Artikel hat er offensichtlich in ein Wespennest gestochen, was der Bombenanschlag auf sein Haus deutlich bestätigt hat. Nur zu dumm, dass er den überlebt hat. Er konnte nämlich danach schon wieder munter drauf los plaudern«, bemerkte Lukas feixend.

»Ich kann doch keine Bomben basteln.«

»Das ist ganz einfach. Und Sie sind ein schlaues Köpfchen – Sie lernen so was schnell.«

Lukas ließ etwas Zeit verstreichen und blätterte in einer Akte, als würde er nach etwas suchen. In Wahrheit musste er sich wieder fangen. Die Tatsache, dass er bei dieser Frau mit allen offenkundigen Beweisen abprallte, verunsicherte ihn. Sie durfte nicht die Oberhand gewinnen, deshalb musste er den Kurs ändern: Kehren wir noch mal zum Ausgangspunkt zurück. Seit wir den Inhalt Ihres Gesprächs mit Miranda Wellenstein kennen, wissen wir, was Sie getan haben.«

»Nichts haben wir getan«, widersprach Sandra schnell. »Ich wusste nur, dass Erwin in Einzelteilen verschickt wurde. Und ja, das fand ich klasse. Er war ein Arschloch. Aber es ist nicht strafbar, dass ich über sein Schicksal nicht in Tränen ausgebrochen bin.«

»Von wem wussten Sie das?«

»Von Andrea!«

»Sie meinen Andrea Peperding, Kriminalkommissarin unserer Abteilung?« Zwar hatte Lukas inzwischen diese Information schon längst bekommen, wollte es aber einfach noch immer nicht glauben.

»Die meine ich!«

»Und die hat Ihnen genau gesagt, welche Teile abgehackt wurden und wann?«

»Richtig!«

Lukas hielt inne und warf Monika einen verzweifelten Blick zu. Die Kollegin beugte sich vor und sagte: »Also sind Sie ganz zufällig an Informationen gekommen, die ansonsten nur der Mörder haben konnte.«

»Genau!«

»Und wie können Sie belegen, dass Sie diese Informationen von Andrea haben?«

»Belegen?« Urplötzlich war auch der letzte Rest von Selbstgefälligkeit aus Sandras Gesicht verschwunden. »Ich habe unsere Gespräche nicht aufgezeichnet. Wir waren schließlich im Bett, als sie mir das erzählt hat.«

»Also haben Sie keinen Beweis dafür, wie Sie an diese Informationen gelangt sind.«

Monika beobachtete die Verdächtige, die ihr mit offenem Mund gegenübersaß und offensichtlich geschockt war; sie ließ eine kurze Pause verstreichen, ehe sie mit ihrer zarten Stimme weitersprach: »Ihr Lügengebäude fällt in sich zusammen. Denn unser nächster Punkt ist die Klärung der Frage, wie die Tatwaffe in Ihre Wohnung gekommen ist.« Wieder wartete die junge Beamtin eine Weile, aber die Blauhaarige schwieg störrisch. »Ich habe Ihnen eine Frage gestellt«, erinnerte Monika.

Plötzlich vollzog sich in Sandras Gesicht eine Wandlung von konsterniertem zu trotzigem Ausdruck. Ihre Augen funkelten, als sie zischend antwortete: »Weil mir jemand den Schirm untergeschoben hat. Und ich kann Ihnen auch sagen wer.«

»Wer?«

»Manfred Sost!«

»Hochinteressant!« Monika tat beeindruckt. »Ich kann Ihnen allerdings sagen, dass Sie gerade das Blaue vom Himmel herunter gelogen haben. Wir haben nämlich den Beweis dafür, dass Sie selbst den Schirm in ihrer Wohnung versteckt haben.«

Lukas legte ein weiteres kleines Abspielband in den Rekorder. Schon bei dessen Anblick verflog Sandras gerade zurückgewonnene Überheblichkeit einer deutlichen Verunsicherung, die sich in blankes Entsetzen verwandelte, als sie sich selbst sagen hörte: »Der Schirm ist bei mir gut aufgehoben, glaub mir.«

»Warum willst du so etwas Verräterisches bei dir aufbewahren?«, erklang nun die Stimme von Miranda Wellenstein. »Durch die Recherchen für meine Krimis weiß ich, wie belastend so etwas sein kann.«

»Belastend für wen?«

»Was meinst du damit?«

»Stell dir mal vor, die Polizei findet den Schirm im Keller der Redaktion?«

»Besser da, als bei dir zuhause.«

»Das kommt drauf an«, gab Sandras Stimme geheimnisvoll zurück.

Lukas schaltete das Band aus.

»Tja! Das klingt nicht gut«, kommentierte Monika »Die Polizei hat den Schirm bei der Spurensicherung abgegeben. Erste Ergebnisse haben wir schon ..., und zwar Fingerabdrücke ... Ihre, Frau Gossert.«

»Klar! Ich habe den Schirm ja auch in der Hand gehabt«, gestand Sandra ein. »Ich hab geahnt, dass Manfred dahintersteckte, als der Chef plötzlich nicht mehr auftauchte.«

»Wo haben Sie den Schirm gefunden?«

»Ganz in der Nähe der Kellertür!«

»Woher wussten Sie von dieser Tür?«

»Die steht manchmal offen. Wenn ich zu Fuß zur Arbeit komme, führt mein Weg an den Containern vorbei. Von dort aus kann ich die Tür sehen.«

»Warum steht sie manchmal offen?« Lukas stutzte.

Sandra schnaubte verächtlich und meinte: »Das sah immer so aus, als würde Sost dort heimlich sein Bier trinken und die Flaschen hinterher im Container entsorgen.«

»Wenn Sie sich so gut auskennen, können Sie den Schirm genauso gut selbst im Keller deponiert haben.«

»Und warum hätte ich das tun sollen?«

»Um Manfred Sost zu belasten.«

»Ich habe den Schirm dort nur gefunden ...«

»Wir finden schon noch heraus, ob der Schirm diesen Ort wirklich jemals gesehen hat«, stellte Monika klar. »Und Ihre Aussagen auf den Bändern haben wir auch. Also überlegen Sie gut, was Sie uns jetzt sagen.«

Sandra schnaubte wie ein Pferd, ehe sie wütend brüllte: »Haben Sie eine Ahnung, wie das ist, nach so vielen Jahren die Kündigung zu bekommen? Als Journalistin findet man heutzutage so leicht keine feste Anstellung mehr. Deshalb habe ich den Schirm verschwinden lassen, um meinen Job zu sichern.«

»Also haben Sie Manfred Sost erpresst?«

»Warum sollte ich ihn erpressen?«, konterte Sandra. »Wenn das herauskäme, würde ich doch seinen Job gefährden. Die Zeitung würde dichtgemacht und ich wäre arbeitslos.«

»Also halten Sie Manfred Sost für den Täter?«, mischte sich Lukas wieder ein.

Aber Monika und er bekamen keine Antwort.

*

Theo saß bereits an seinem Schreibtisch, als Lukas aus dem Vernehmungsraum kam. Die Wartezeit hatte er damit überbrückt, am Vogelkäfig herumzuspielen. Die kleine Schaukel war inzwischen demontiert und lag in Einzelteilen auf dem Boden, die Trinkvorrichtung hing nicht mehr am äußeren Rand der Gitter, sondern auf der Innenseite, und die Querstange war schief.

»Schön hast du das gemacht«, lobte Lukas seinen Freund. »Sollten wir uns jemals einen Vogel anschaffen, wird er deine besondere Pflege sicher schnell zu schätzen lernen.«

»Wie war euer Gespräch mit der blauen Zicke?«, fragte Theo, ohne auf den Kommentar einzugehen.

»Aufschlussreich, aber leider ohne Geständnis.«

»So ein Mist! Diese Krimiautorin hat zwar auch munter geplaudert – aber gestanden hat sie nicht.«

Die beiden schauten sich enttäuscht an, ehe Lukas aussprach, was ihn gerade beschäftigte: »Diese Leute reden und reden und reden. Als ginge es um nichts. Aber gestehen will keiner von ihnen. Glauben die ernsthaft, ihre Überführung wäre noch von einem Geständnis abhängig?«

»Ich verstehe das auch nicht«, bestätigte Theo und unterdrückte ein Gähnen.

»Mann, bist du wirklich so fertig, wie du aussiehst?«

Zur Bestätigung konnte Theo nur müde nicken.

Nach und nach versammelten sich alle Kollegen um den Schreibtisch mit dem Vogelkäfig. Die anfänglich euphorische Stimmung war inzwischen einer spürbaren Skepsis gewichen.

»Der Staatsanwalt hat einen Termin beim Haftrichter«, berichtete Allensbacher. »Jetzt können wir nur hoffen, dass die Beweise und die Aussagen der drei Verdächtigen für Haftbefehle ausreichen.«

»Woran sollte das scheitern?«, fragte Theo. »Wir haben doch alles, was wir brauchen.«

»Nein, längst nicht alles«, wandte die Kriminalpsychologin ein.

»Du schon wieder«, murrte Theo. »Du solltest vielleicht ausnahmsweise mal etwas Optimismus verbreiten.«

»Ich bin hier, um meine fachliche Meinung einzubringen, nicht, um eure Wünsche zu erfüllen.«

»Und wie sieht deine fachliche Meinung aus?«

»Mich überzeugen die Beweislage und die Aussagen der Verdächtigen nicht davon, dass diese Drei wirklich schuldig sind.«

»Hast du das auch dem Staatsanwalt gesagt?«

Silvia nickte. »Die Befragten wirken auf mich ehrlich und manchmal auf glaubhafte Weise unbeschwert. Sie sind sich der Gefahr, in der sie schweben, überhaupt nicht bewusst. Und das deshalb, weil sie nichts mit Erwin Frischs Tod zu tun haben.«

»Was macht dich da so sicher?«, fragte Theo stirnrunzelnd nach.

»Die Tatsache, dass sie nicht wissen, wo die Leiche ist. Es

gibt nur Aussagen, wann die Teile vom Rest des Körpers abgetrennt wurden. Aber wir haben noch immer nicht den Hauch einer Erklärung, wo der Rest des Toten verblieben ist. Geschweige denn, wo die Verdächtigen ihre Gräueltaten durchgeführt haben sollten.«

»Da ist was dran«, bestätigte Lukas zerknirscht.

»Aber wir haben doch immerhin die Bänder mit den Fingerabdrücken der Drei. Und nicht zu vergessen, was darauf zu hören ist«, warf Theo ein.

»Genau davon spreche ich«, sagte Silvia. »Nirgendwo fällt ein Wort darüber, wo wir den Rest des Körpers von Erwin Frisch finden könnten.«

»Wissen wir denn, wie die Bänder in die Handtasche der Drollwitz gekommen sind?«, fragte Lukas und schaute Theo gespannt an.

»Ja, die Wellenstein hat uns das detailliert berichtet.«

»Ach ja?« Lukas horchte auf. »Erzähl!«

»Beim Entsorgen von Schöbels Leiche ist ihm ein Schlüssel aus der Hosentasche gefallen. Auf dem Anhänger standen eine Adresse und der Name von Pont. Daraufhin ist die Krimitusse dem Pont so lange gefolgt, bis er in seine Garage gefahren ist. Da wusste sie, zu welcher Tür der Schlüssel gehörte.«

»Das passt zu Ponts Behauptung, er hätte sich verfolgt gefühlt«, bestätigte Lukas. »Das hat er mir im Krankenhaus gesagt. Deshalb wollte er sich sogar verlegen lassen.«

»Er liegt jetzt tatsächlich in Homburg«, erklärte Monika, die sich Mühe gab, Lukas nicht anzusehen. Der bemerkte das irritiert, enthielt sich aber eines Kommentars.

In diesem Augenblick wurde die Tür zum Großraumbüro geräuschvoll geöffnet und alle Augen richteten sich auf Karl Groß, der mit einigen Aktenordnern in den Händen eintrat. »Damit haben wir sie«, rief er triumphierend in die Runde. »Die Spurensicherung hat die Rückstände von Blut und Haaren an Sosts Regenschirm eindeutig Erwin Frisch zuordnen können.«

»Du kommst ein bisschen spät«, murrte Lukas.

»Außerdem sind die Fingerabdrücke am Schirm inzwischen identifiziert. Sie gehören ausnahmslos zu unseren drei Verdächtigen«, sprach Karl unbeirrt weiter. »Auch die Behauptung, der Schirm hätte im Keller des Zeitungsarchivs gestanden, haben die Kollegen überprüft. Das hat sich bestätigt. Es wurden tatsächlich Blutstropfen im Keller gefunden, die durch Regenwasser verdünnt waren. Am Freitagabend, als Frisch verschwand, gab es hier einen heftigen Gewitterregen.«

»Dein Wort in den Gehörgang des Haftrichters«, kommentierte Lukas sarkastisch.

»Was wissen wir eigentlich über die Bombe?«, fragte Theo.

Karl der Große räusperte sich, ehe er antwortete: »Wir haben immer noch niemanden gefunden, der das passende Material für eine solche Bombe gekauft hat. Da tappen wir weiterhin im Dunkeln.«

»Bei der Befragung der Wellenstein habe ich darüber auch nichts herausbekommen«, sagte Theo. »Und du?«

»Die Gossert hat auch dichtgemacht«, antwortete Lukas.

»Was sagt uns das?«

»Dass sie nichts mit dem Bombenanschlag zu tun haben.«

»Oder dass sie Bezugskanäle für das Material gefunden haben, die wir nicht zurückverfolgen können«, mischte sich Karl in das Geplänkel der beiden Freunde ein. »Sollten sie die Bestandteile in Frankreich gekauft haben, finden wir das wahrscheinlich nie heraus.«

»Das sieht nicht gut aus«, erkannte Allensbacher und wischte sich den Schweiß von der Stirn. »Hinzu kommt noch die Aussage, die drei Verdächtigen hätten ausgerechnet von unserer Kollegin Peperding Details über den Fall erfahren.«

»Warum ist das so wichtig?«, fragte Lukas.

»In diesem Punkt haben alle drei das gleiche ausgesagt«, erklärte Allensbacher. »Sollten die Verdächtigen gegen einen Haftbefehl Beschwerde einlegen und das damit begründen, dass sie Details über das Verbrechen von einer ermittelnden Beamtin erfahren haben, könnten sie damit leicht durchkommen.

Von den Folgen für unsere Abteilung einmal ganz abgesehen.«

»Heißt das, der Haftrichter könnte die drei Verdächtigen wieder freilassen?«, fragte Lukas entsetzt.

»Genau das«, bestätigte der Dienststellenleiter.

Theo hielt seinen Blick starr auf den Vogelkäfig gerichtet. Lukas sortierte seine Schreibutensilien, Allensbacher ließ sich auf einen Stuhl sinken, der unter seinem Gewicht verdächtig ächzte, Karl lehnte sich der Länge nach gegen die Wand und Monika trippelte nervös hin und her, bis Lukas rief: »Kannst du nicht einfach stillhalten wie die anderen auch. Du machst uns nämlich nervös.«

»Oh! Die traute Zweisamkeit schon beendet? Das ging aber schnell«, flüsterte Theo seinem Freund zu, als er den bösen Blick registrierte, den Monika auf diese Bemerkung hin Lukas zuwarf. Einen Atemzug später wurde Theo von einem Kugelschreiber getroffen, was er mit einem lauten Auflachen quittierte.

»Ich weiß ja nicht, ob euch das weiterhilft«, murmelte Monika, woraufhin alle Kollegen sie staunend anschauten.

»Wovon sprechen Sie?«, fragte Allensbacher.

»Andrea hat mich vor einigen Tagen abends zuhause besucht.«

Jetzt war es heraus. Lukas riss die Augen weit auf und schaute Monika verwundert an, die seinen Blick jedoch nicht erwiderte.

»Sie hat zugegeben, Dinge erzählt zu haben, die unter die Schweigepflicht fallen. Aber sie hat niemals Dritten gegenüber irgendetwas von den abgetrennten Körperteilen erwähnt.«

»Was macht Sie so sicher, dass Frau Peperding in diesem Punkt die Wahrheit sagt?«, zweifelte Allensbacher. »Es ist doch anzunehmen, dass sie alles tut, um sich selbst in ein besseres Licht zu rücken.«

»Genau das hat sie nicht getan«, widersprach Monika. »Sie hat zugegeben, von dem falschen Kardinal erzählt zu haben. Und sie hat auch über das Profil gesprochen, das unsere Kriminalpsychologin von dem Täter erstellt hat. Damit hat sie sich bestimmt nicht gerade mit Ruhm bekleckert. Aber Details über den Mord an Erwin Frisch hat sie bestimmt nicht ausgeplaudert. Wenn sie mir gegenüber alles zugibt, was sie getan hat, warum sollte ich ihr dann nicht glauben, dass sie bestimmte Sachen nicht verraten hat? Also, ich glaube ihr ...«

»Konnten Sie uns das nicht früher sagen?« Anklagend schaute Allensbacher die junge Kriminalkommissarin an.

»Ich hatte Angst, Ärger zu bekommen«, gestand Monika. »Außerdem war das ein überraschender Besuch, ich konnte nichts dagegen tun. Und ich selbst habe garantiert niemandem gegenüber irgendetwas über unsere Ermittlungen erzählt.«

»Toll!«, murrte auch Theo. »Jetzt wissen wir, dass die drei Hauptverdächtigen im wichtigsten Punkt der Anklage gelogen haben. Besser wäre es gewesen, der Staatsanwalt hätte diese Information für seinen Termin beim Haftrichter.«

»Wie meinst du das?«, hakte Lukas verdutzt nach.

»Ganz einfach: Mit dem Nachweis dieser verdammten Lüge, die Drei hätten ihre Informationen über die abgetrennten Körperteile von einer Polizeibeamtin bezogen, könnte der Staatsanwalt den Haftrichter eher von ihrer Schuld überzeugen.«

*

»Ich bin müde wie ein Hund«, jammerte Theo und wühlte mit den Fingern durch seine schwarzen Haare.

Lukas fuhr seinen Computer hoch, loggte sich ein und meinte: »Ich weiß nicht, ob Marie-Claire deine Besorgnis wirklich wert ist.«

»Das geht dich überhaupt nichts an.«

»Doch, das geht mich etwas an. Diese Frau hat sich einfach verdünnisiert, und du zermarterst dir ihretwegen den Kopf. Vielleicht war an den Vorwürfen gegen ihren Vater doch was dran. So wie Marie-Claire verhält sich jedenfalls kein Polizist, der seinen Job ernst nimmt.«

»Fängst du auch noch damit an? Für Moralpredigten brauche ich niemand. Und dich schon gar nicht!«

Lukas ignorierte diesen Ausbruch seines Freundes und hämmerte stattdessen unbeirrt auf die Tastatur seines Rechners ein. Von hinten näherte sich Monika. Theo schaute neugierig auf. Die junge Kollegin hielt einige Blätter in ihren Händen. »Deine Tippse kommt«, flüsterte er Lukas zu. »Hat sie wieder deine Protokolle geschrieben?«

Überrascht schaute Lukas auf.

»Hier hast du alles, was du für das Protokoll über die Befragung von Sandra Gossert brauchst.« Mit diesen Worten knallte Monika ihrem Kollegen die Papiere neben die Tastatur und ging ohne ein weiteres Wort davon.

»Bei euch ging es ja verdammt schnell?« Theo lachte.

»Was ging schnell?«

»Eure Eintracht! Und ich dachte schon, da läuft was.«

»Nicht jeder bumst gleich seine Kollegin«, giftete Lukas zurück.

»Nee! Andere halten sich an Verdächtige und Zeuginnen und kommen so auf ihre Kosten.«

Lukas schaute Theo erstaunt an und überlegte. Nach einer geraumen Weile sagte er schließlich: »Mensch ... Was ist denn bloß mit dir los? Ich mache mir wirklich Sorgen um dich. Du siehst total fertig aus. Und streitest mit mir wie ein altes Waschweib. Und warum? Wie viel bedeutet dir Marie-Claire denn wirklich?«

»Entschuldige! Hast ja Recht. Ich war unfair.« Theo schaute schuldbewusst an seinem Freund vorbei. »Ich wusste von Anfang an, dass es dumm war. Marie-Claire ist ja noch ein halbes Kind. Sie kommt mit den Vorwürfen gegen ihren Vater einfach nicht klar.«

»Sagt sie das?«

»Ja! Sie muss vor Kurzem wieder mit irgendwas in der Art konfrontiert worden sein. Ich vermute, dass es bei der Tatortsicherung am Saarufer passiert ist. Dort waren auch Leute von der *Neuen Zeit*. Das hat sie aus der Bahn geworfen. Ich habe versucht ihr klarzumachen, dass diese Geschichte irgendwann vergessen ist, aber es hat nichts genützt.«

»Wann hast du mit ihr gesprochen?«

Theo verschluckte sich fast vor Schreck, als ihm auffiel, dass er sich verplappert hatte.

Lukas starrte seinen Kollegen fassungslos an. Er schob den Vogelkäfig zur Seite, um sich und Theo vor den Blicken der Kollegen abzuschirmen, lehnte sich über den Schreibtisch und flüsterte: »Die halbe Bereitschaft sucht nach ihr. Jetzt sag bitte nicht, dass du sie seit gestern getroffen hast! Oder sogar ...«

Theo wusste nicht, wohin er schauen sollte, er fühlte sich ertappt. Natürlich basierten Freundschaften auch darauf, dass man sich gut kannte. Doch in diesem Augenblick war es ihm nur peinlich, dass Lukas ihn so schnell durchschaut hatte.

»Du weißt, ich stehe hinter dir. Jetzt mach bitte keinen Scheiß!« Lukas' Stimme klang eindringlich.

»Ich habe alles versucht, sie davon zu überzeugen, dass sie sich zum Dienst zurückmeldet«, gestand Theo, nachdem er sich entschlossen hatte, nicht zu lügen. »Sie hat es mir auch fest versprochen.«

»Und du hast ihr geglaubt.«

»Natürlich habe ich ihr geglaubt. Was meinst du, warum ich heute so fertig bin. Ich habe ihr vertraut – und dann so was.«

»Ich mache dir einen Vorschlag«, meinte Lukas. »Du gehst nach Hause und pennst dich mal richtig aus, damit du wieder klar denken kannst. Ich schreibe dein Vernehmungsprotokoll.«

»Wie komme ich zu der Ehre?«

»Keine Ahnung! Habe wohl gerade meine sentimentale Phase.«

»Danke! Du bist echt ein Freund.«

»Schön, dass du das endlich merkst.«

Theo nickte, nahm seinen Autoschlüssel und eilte davon. Lukas schaute ihm nach, wie er durch den langen Flur das Treppenhaus ansteuerte. Erst, als er aus seinem Blickfeld verschwunden war, nahm er seine Arbeit wieder auf. Protokolle schreiben gehörte wahrlich nicht zu seinen Lieblingsbeschäftigungen. Aber er hatte sich angeboten, jetzt musste er da auch durch. Mühsam hackte er auf die Tastatur ein, bestaunte die vielen Schreibfehler, die auf seinem Bildschirm auftauchten und korrigierte sie – eine Arbeit, die ihn unweigerlich an Sisyphos denken ließ.

Als er es endlich geschafft hatte, konnte er es selbst kaum glauben. Bevor er die Berichte ausdruckte und abgab, wollte er sie ein letztes Mal durchlesen. Doch dieses Vorhaben wurde durch das polternde Eintreten des Staatsanwalts unterbrochen. Renskes Mimik verhieß nichts Gutes. Seine Augen funkelten so böse, dass Lukas sich unsichtbar wünschte. Zielstrebig steuerte er das Büro des Dienststellenleiters an, der gerade im Begriff war, in den Feierabend zu gehen. In schneidendem Tonfall verkündete er: »Die Beweise, die wir vorgelegt haben, genügen dem Haftrichter nicht, um die Tatbeteiligung der Verdächtigen zweifelsfrei zu belegen, da detaillierte Angaben über Tathergang und Tatzeitpunkt angeblich von Andrea Peperding stammen. Deshalb hat er die Drei bis zur Festsetzung eines Gerichtstermins freigelassen.«

*

Ziellos fuhr Theo durch die Straßen. Er fühlte sich ratlos, rastlos, ruhelos. Nach Hause wollte er nicht, dort würden die Erinnerungen an die letzte Nacht ihn nur noch stärker bedrücken. Theo stand eigentlich nicht auf ausgefallene Sexspielchen, aber Marie-Claire hatte ihn tatsächlich dazu gebracht, dass es ihm zuletzt gefiel, von ihr mit Handschellen ans Bett gefesselt zu werden. Er spürte Scham in sich aufsteigen. Eine Frau, die etliche Jahre jünger war als er, hatte ihn nach allen Regeln der Kunst verführt und Dinge mit ihm getrieben, die er noch nie ausprobiert hatte. Und sein Erfahrungsschatz war nun wirklich nicht unbedeutend.

Zu allem Überfluss trieb sie ihr Spiel jetzt noch weiter. Theo hatte ihr vertraut – ein Fehler, dessen Ausmaß ihm jetzt erst allmählich bewusst wurde. Wo war der Theo geblieben, der immer sachlich und rational handeln wollte? Dass er ihr Auftauchen im SaarCenter nicht gemeldet hatte, konnte ihm noch mächtig Ärger eintragen.

Müde rieb er sich die Augen. Als er wieder aufschaute, sah er plötzlich einen Elefanten auf der Straße. Theo bremste so heftig, dass er seinen Motor abwürgte. Er musste dringend nach Hause. Wenn er jetzt schon Elefanten durch Saarbrücken laufen sah, würde vermutlich als Nächstes ein UFO direkt vor ihm landen.

Er wollte seinen Wagen wieder starten, doch das gelang ihm nicht – das große Tier wollte einfach nicht aus seinem Blickfeld verschwinden. Aus allen Richtungen kamen Menschen herbeigelaufen, andere Autofahrer hupten wütend. Theo schüttelte den Kopf und stieg aus. Erst jetzt registrierte er, dass er nicht halluzinierte: Dort lief tatsächlich ein Elefant herum.

Durch ein Megafon ertönte der Aufruf an die Passanten, dem Dickhäuter nicht zu nahezukommen. Das hatte Theo auch nicht vor. Lieber stieg er wieder in seinen Corolla und diesmal gelang es ihm auch, den Motor zu starten. Gleichzeitig schaltete sich das Autoradio ein und Theo hörte eine Meldung, die ihm alles erklärte: Der Circus Krone befand sich auf dem Weg nach Saarbrücken, bei Burbach war aus dem letzten Transporter ein Elefant ausgebrochen. Theo lachte auf, wobei er selbst nicht so genau wusste, ob aus Heiterkeit oder Verzweiflung.

Es dauerte gefühlte Ewigkeiten, bis das Chaos sich endlich aufgelöst hatte. Die Dunkelheit brach schon herein, als der Kriminalkommissar endlich vor dem sich automatisch öffnenden Tor seiner Tiefgarage stand. Er parkte seinen Wagen und eilte auf die Stahltür zu, hinter der die Fahrstühle und das Treppenhaus lagen. An der Beleuchtung hatte sich nichts geändert – sie war immer noch viel zu schwach. Alles schimmerte düster. Wie am Tag zuvor hörte er Schritte hinter sich. Das durfte doch nicht wahr sein.

»Marie-Claire! Bitte nicht schon wieder«, rief er gequält und drehte sich um; aber er konnte niemanden entdecken. Verunsichert setzte er seinen Weg fort. Da waren sie wieder, die Schritte. Erneut blieb er stehen, schlagartig herrschte gespenstische Stille in der Tiefgarage.

»Marie-Claire! Was soll das? Willst du mich heute Nacht endgültig fertigmachen?«

Ein Kichern war die Antwort. Theo drehte sich um. Ein Schatten verschwand hinter einem Pfeiler. Er folgte dem Phantom und rief: »Ich krieg dich!« Im nächsten Atemzug sah er im schwachen Lichtschein die Stahltür aufgehen und eine schlanke, zierliche Gestalt hindurch huschen. Eilig folgte er ihr, doch genau in dem Augenblick, als er den Fahrstuhl erreicht, schloss sich dessen Tür.

Theo schnaubte verzweifelt und wartete auf den zweiten Aufzug, der gerade in die Tiefe fuhr. Zehn Stockwerke zu Fuß – das wollte er sich in seiner Verfassung nicht antun. Als er Minuten später endlich oben angekommen war, fand er seine Wohnungstür weit offen stehen. Blindlings rannte er hinein.

18

Der neue Arbeitstag begann für Lukas mit einer abermaligen Enttäuschung: Theos Arbeitsplatz war erneut leer. Ob er sich krankgemeldet hatte? So, wie er gestern ausgesehen hatte, war das durchaus vorstellbar. Lukas ließ sich frustriert vor dem Vogelkäfig nieder und startete seinen Rechner.

»Ich weiß endlich, wer diese Inge Morowitz ist«, hörte er Monika sagen. Lukas drehte sich um und sah die junge Kollegin im Gespräch mit Allensbacher. Seit gestern wunderte er sich über Monikas Verhalten ihm gegenüber. Was war geschehen, dass sie derart auf Distanz zu ihm ging? Sie hatten doch gut zusammengearbeitet, wenn auch nur kurze Zeit. Aber vermutlich war das so mit den Weibern, warum sollte er sich darüber den Kopf zerbrechen? Sein Partner war Theo, und das sollte auch so bleiben.

»Erzählen Sie schon! Was haben Sie herausgefunden?«, drängte der Dienststellenleiter.

»Inge Morowitz ist die geschiedene Frau von Thomas Welsch!«

»Da klingelt bei mir gar nichts.«

»Ich musste auch ein bisschen tiefer graben, bis mir einfiel, woher mir der Name Welsch so bekannt vorkam«, gab Monika zu. »Inge Morowitz – geschiedene Welsch – ist die Mutter von Dennis Welsch, dem Assistenten, den unser Gerichtsmediziner vor ungefähr zwei Jahren gefeuert hat.«

»Ich kann mich an den Mann nicht erinnern«, gab Allensbacher zu.

»Aber ich«, mischte sich Lukas ein. »Dennis arbeitet jetzt in dem Saarbrücker Krankenhaus, in das ich eingeliefert wurde. Ich habe ihn in den letzten Wochen häufiger getroffen.«

Allensbacher schaute verdutzt drein und überlegte eine Weile, ehe er fragte: »Und inwieweit hilft uns diese Information jetzt weiter?«

»Die Ballistik konnte nicht bestätigen, dass die Kugel, die im Kopf des Kardinals steckte, aus einem Revolver Arminius HW 3 abgefeuert wurde«, sagte Lukas und gab sich dabei Mühe, Monikas böse Blicke zu ignorieren. »Warum hast du dich ausgerechnet an dem Waffentyp festgebissen?«

»Weil ich keine andere Waffe mit diesem ungewöhnlichen Kaliber hier im Saarland finden kann«, antwortete Monika mit gerötetem Gesicht. »Aber, wenn du es besser kannst, dann mach es doch selbst.«

»Immer mit der Ruhe«, funkte augenblicklich Allensbacher dazwischen. »Sie haben gute Arbeit geleistet, Frau Kollegin. Aber leider hilft uns dieses Ergebnis wirklich nicht weiter. Sie kommen nicht umhin, weiter nach einer adäquaten Waffe zu suchen.«

Murrend rauschte Monika zurück an ihren Schreibtisch. Lukas hörte von seinem Platz aus, wie heftig sie auf die Tasten einschlug. Schmunzelnd zog er sein Handy aus der Tasche und wählte Theos Nummer. Der meldete sich nicht. Nachdenklich setzte Lukas seine Arbeit fort. Der Schreibkram nervte gewaltig, am Vortag erst hatte er die endlos langen Protokolle geschrieben, schon lagen die nächsten Akten auf seinem Tisch.

Dass Karl Groß jetzt zur Tür hereinplatzte, kam ihm gerade recht. Lukas fürchtete schon, in dem Papierkram zu ersticken.

»Wir haben endlich herausgefunden, woher die Bombe stammt«, rief der große Mann. Sein Gesicht war gerötet vor Aufregung. Alle versammelten sich um ihn, weil sein Auftreten verriet, dass sie einen großen Schritt vorangekommen waren. Auch Kriminalrat Ehrling verließ sein Büro, um die Neuigkeit mitzubekommen.

»Wir wissen ja, dass wir es mit einer Rohrbombe mit dem Plastiksprengstoff C4 zu tun haben, eine solche haben wir im letzten Jahr am Saarbrücker Hauptbahnhof gefunden«, begann Karl mit seiner Erklärung. »Diese Bombe hatten wir in der Asservatenkammer deponiert.«

»Und weiter!«, drängelte Allensbacher.

»Dort ist sie verschwunden.«

Diese Nachricht provozierte ein unglaubliches Chaos im Büro, alle redeten wild durcheinander.

»Wie kann das sein?«

»Wer kommt an die Asservate?«

»Ich dachte, die Kammer wird streng überwacht.«

»Der Täter kommt also aus unseren eigenen Reihen!«

Schlagartig verstummten alle. Die letzte laut ausgesprochene Behauptung traf die Abteilung mitten ins Herz.

»Was soll diese Verdächtigung?«, fragte Karl wütend. »Wer von uns sollte so etwas tun?«

»Das wird leicht festzustellen sein«, meldete sich der Kriminalrat zu Wort. »Jeder, der den Schlüssel für die Asservatenkammer beantragt, muss sich eintragen. Gehen Sie die Liste durch und befragen Sie alle, die in letzter Zeit dort waren.«

»Im fraglichen Zeitraum war der zuständige Kollege krankgeschrieben«, rückte Karl zögerlich mit der Sprache heraus. »Ich habe ihn vertreten.«

»Und das heißt?«, fragte Ehrling und fixierte den Hünen streng.

»Dass ich nicht immer an Ort und Stelle sein konnte.«

»Wer kommt denn noch an die Asservate – außer uns Anwesenden?«

»Andrea Peperding!«, rutschte es Allensbacher heraus.

»Niemals«, protestierte Monika lautstark. »Warum sollte sie das tun? Sie will doch wieder in unsere Abteilung zurück.«

»Bloß nicht«, murmelte Lukas. »Ohne die geht es uns allen viel besser.«

»Halt die Klappe!«, zischte Monika und funkelte ihren Kollegen böse an.

»Laden Sie Frau Peperding vor!«, befahl der Kriminalrat. »Ich werde selbst mit ihr sprechen.«

*

Abermals versuchte Lukas seinen Kollegen zu erreichen, landete jedoch erneut auf Theos Mailbox. Verdrießlich drückte er auf »Beenden«. Erst jetzt stellte er verwundert fest, dass sich noch niemand nach dem Verschollenen erkundigt hatte. Sollte er sich tatsächlich krankgemeldet haben? Das wäre zwar beruhigend, aber Lukas hätte schon erwartet, dass sein Freund ihm in diesem Fall eine kurze Nachricht hinterließ.

Ein Schatten huschte an Lukas vorbei. Neugierig schaute er auf und sah gerade noch, wie Monika durch den langen Flur auf den Fahrstuhl zulief. Das war die Gelegenheit. Im Aufzug konnte sie nicht einfach weglaufen. Hastig sprang Lukas auf und folgte ihr. Kurz, bevor sich die automatische Tür schloss, gelang es ihm noch, sein Bein zwischen die Flügel zu schieben, sodass sie sich wieder öffnete.

Monika empfing ihn mit mürrischem Gesicht, aber das war Lukas egal. Er stellte sich ihr gegenüber, damit sie ihn ansehen musste, und fragte: »Was ist los? Wir haben doch erfolgreich zusammengearbeitet und uns auch sonst gut verstanden. Woher kommt plötzlich deine ablehnende Haltung. Ich verstehe das nicht.«

»Natürlich verstehst du das nicht«, fauchte Monika. »Andrea hatte doch recht. Ihr seid einfach nur schwanzgesteuert, kennt nichts außer eurem Vergnügen.«

»Was soll das? Ich habe dich weder belästigt noch irgendwelche vulgären Sprüche in deiner Gegenwart geklopft.«

»Aber du hast dein Gehirn mal wieder abgeschaltet. Du bumst diese Kleber. Und ich bin schon schwer gespannt, welche Zeugin oder Verdächtige bei unserem nächsten Fall von dir flachgelegt wird.«

Lukas verschluckte sich fast vor Schreck. Er hatte alles erwartet, nur das nicht.

»Was hat Susanne zu dir gesagt?«, fragte er fassungslos.

»Nichts! Mit der Schlampe will ich auch nichts zu tun haben.«

»Es ist unfair, dass du sie Schlampe nennst«, hielt Lukas dagegen, sichtlich bemüht, sich unter Kontrolle zu halten. »Susanne und ich kennen uns schon sehr lange. Genau genommen seit unserer Schulzeit. Wir waren gute Freunde, als ich noch mit Marianne verheiratet war. Und jetzt ist eben mehr daraus geworden.«
Monika riss die Augen weit auf.
»Ich weiß nicht, warum ich dir das erzähle, denn mein Privatleben geht dich eigentlich nichts an. Aber ich glaube, hier liegt ein großes Missverständnis vor. Dass du dich von Andreas Männerhass hast anstecken lassen, enttäuscht mich. Ich dachte, wir wären ein gutes Team gewesen, aber vermutlich habe ich mir auch das nur eingebildet.«
Die Fahrstuhltür ging auf und Lukas trat in den Flur hinaus. Erst, als sie sich hinter ihm wieder geschlossen hatte, bemerkte er, dass Monika ihm nicht gefolgt war. Schulterzuckend steuerte er die Treppe an und stellte plötzlich fest, dass er weder Stechkarte noch Handy mitgenommen hatte. Jetzt konnte er sehen, wie er wieder in die Büroräume zurückgelangte. Das hatte er davon, dass er seiner Kollegin so hastig hinterhergerannt war.
Während er missmutig die vielen Stufen nach oben stapfte, dachte er über das Gespräch im Fahrstuhl nach. Erst, als er oben ankam und darauf hoffte, dass einer der Kollegen ihn hinter der Glastür stehen sah, kam ihm schlagartig die Erkenntnis: Monika war eifersüchtig. Vermutlich hatte sie seinen freundschaftlichen Umgang mit ihr falsch gedeutet. Das erschütterte ihn. Denn er hatte bestimmt nicht beabsichtigt, ihr Hoffnungen zu machen. Er schätzte Monika als Polizistin und Kollegin, aber seine Gefühle gingen nicht über das rein Kollegiale hinaus. Oder etwa doch?
Ausgerechnet der Kriminalrat entdeckte den wartenden Kommissar hinter der Glastür. Lukas erschrak, als er den großen, schlanken, stets wie aus dem Ei gepellten Mann auf die Tür zukommen sah. Aber es war zu spät, um sich zu verstecken. Ehrling öffnete und empfing ihn mit den Worten: »Da kann ich ja lange nach Ihnen suchen.«

»Was ist passiert?«, fragte Lukas.

»Die Arbeit ruft – oder was dachten Sie?«

Lukas huschte eilig an seinen Platz zurück, leider nicht schnell genug, um dem Kriminalrat zu entkommen. Ehrling folgte ihm im Gleichschritt und vermittelte dabei den Eindruck, als bereite ihm Lukas' Tempo nicht das geringste Problem.

»Wir müssen Verbindungen zwischen Brigitte Felten und Maria Kees und unseren drei Verdächtigen finden, damit sich die Beweiskette schließt«, erklärte der Kriminalrat. »Sie werden sich jetzt also daran machen, in den Akten alles zu durchsuchen, was auf Kontakte zwischen den Verdächtigen und den Verstorbenen hinweist. Achten Sie dabei besonders auf die Felten, da tappen wir noch immer völlig im Dunkeln. Die alte Frau Kees hat zu vielen Leuten erzählt, was für eine wichtige Zeugin sie für die Polizei war. Sollte zufällig auch der Mörder unter ihren Zuhörern gewesen sein, könnte er diese Tat auch im Affekt begangen haben.«

»Ich dachte, Monika recherchiert bereits alle Entlassungen aus dem Paracelsus-Krankenhaus, weil wir dort eine Verbindung vermuten?«, entgegnete Lukas.

»Bis jetzt hat sie nichts gefunden. Wir dürfen das Privatleben der beiden alten Damen nicht ausschließen. Vielleicht gibt es dort irgendetwas, das wir bislang übersehen haben.«

Lukas nickte und schaute dem Kriminalrat nach, der nun mit schnellen Schritten das Großraumbüro wieder verließ. Kaum war er aus seinem Blickfeld verschwunden, wählte Lukas erneut Theos Handynummer. Nachdem er wieder nur die Mailbox erreichte, versuchte er es unter der Festnetznummer seines Freundes und wartete, dass wenigstens der Anrufbeantworter ansprang. Doch er hörte nur das Freizeichen. Hatte Theo das Gerät abgestellt? Ging es ihm womöglich so schlecht, dass er einfach nur seine Ruhe haben wollte?

Lukas schüttelte nachdenklich den Kopf und machte sich an die Arbeit, die ihm der Kriminalrat aufgetragen hatte. Es dauerte nicht lange, da stand Allensbacher vor seinem Schreibtisch. Lukas musste nicht einmal aufschauen, um zu wissen, wer ihn aufsuchte, er erkannte den Dienststellenleiter an dessen Schnaufen.

»Haben Sie etwas von Borg gehört?«

Genau diese Frage hatte Lukas befürchtet. Er wusste nicht, was richtig und was falsch war, also plapperte er blind drauf los: »Theo ist krank!«

»Hat er sich bei Ihnen abgemeldet?«

»Nein! Aber in der Personalabteilung, wie das üblich ist.«

»Warum hält er es nicht für nötig, seinen direkten Vorgesetzten zu informieren?«

Lukas spürte, wie ihm heiß wurde. Er wusste ja selbst nicht, was mit Theo los war. Aber das konnte und wollte er Allensbacher nicht sagen, weil er damit seinen Kumpel in Schwierigkeiten bringen würde. Also erklärte er mit abgewandtem Blick: »Es ist das erste Mal, dass er krank ist. Vielleicht ist er gar nicht auf die Idee gekommen, dass wir uns Sorgen machen könnten.«

Zum Glück gab sich Allensbacher mit dieser Erklärung zufrieden und watschelte langsam davon.

Als der Abstand zwischen seinem Chef und ihm groß genug war, rief Lukas in der Personalabteilung an, um sich zu vergewissern, dass er nicht gerade das Blaue vom Himmel herunter gelogen hatte. Dort bestätigte man ihm, Kommissar Borg habe sich tatsächlich krankgemeldet, weil er zum Arzt wollte.

Endlich hatte Lukas Gewissheit, spürte zugleich aber auch Enttäuschung in sich aufsteigen. Dem würde er was erzählen, wenn er wieder auftauchte. Welcher Teufel hatte Theo nur geritten, dass er einfach wegblieb, ohne seinem besten Freund zu benachrichtigen?

Verstimmt suchte Lukas weiter in den Akten nach einer Verbindung zwischen den Verdächtigen und den beiden toten Frauen. Und endlich stieß er auf etwas Interessantes, das ihn von seiner miesen Laune ablenkte. Er fand einen Zeitungsartikel über die Paracelsusklinik: Sandra Gossert im Interview mit Brigitte Felten!

*

Lautes Geschrei erfüllte das Großraumbüro. Lukas erkannte die Stimme sofort und machte sich deshalb gar nicht erst die Mühe aufzuschauen. Andrea Peperding war offenkundig in Hochstimmung!

»Habe ich es dir zu verdanken, dass ich jetzt auch noch verdächtigt werde, Bomben aus den Asservaten zu schmuggeln?«, keifte sie ihn mit schriller Stimme an.

»Das hast du dir selbst zu verdanken«, gab Lukas unfreundlich zurück. »Sieh dir doch nur mal an, welche Böcke du in diesem Fall geschossen hast. Da kann man doch nur mit dem Schlimmsten rechnen.«

Andrea verschlug es die Sprache. Entsetzt schaute sie ihren Kollegen an, der ihren Blick so böse erwiderte, wie er nur konnte.

»Du bist froh, wenn ich versetzt werde, stimmt's?«, brachte sie mühsam hervor.

Lukas sah keinen Anlass, ihr etwas vorzulügen. Das letzte Gespräch mit Monika hatte ihm nicht nur mächtig die Laune verdorben, sondern ihm auch klargemacht, dass er mit diesen Frauen nicht zusammenarbeiten konnte und wollte. Also wandte er sich wieder seinem Monitor zu, um weiter nach Fakten zu suchen, die er gleich bei Ehrling abliefern musste.

»Ich habe außerdem nichts über die abgetrennten Körperteile ausgeplaudert«, setzte Andrea von neuem an, mit deutlich leiserer Stimme, aber immer noch wütend. »Es ist eine Unverschämtheit, mich zu verdächtigen. Klar, dass ich daraufhin sofort suspendiert worden bin. Als du hingegen mal mit der Hauptverdächtigen in einem Mordfall in die Kiste gestiegen bist, ging das in der Abteilung als Kavaliersdelikt durch.«

»Schön zu hören, dass Sie keine Polizeiinterna ausgeplaudert haben«, mischte sich unvermittelt Hugo Ehrling in den Streit ein; weder Andrea noch Lukas hatten bemerkt, dass er sich ihnen genähert hatte. »Trotzdem bitte ich Sie, mir in mein Büro zu folgen. Es war nicht vorgesehen, dass Sie Ihre Aussage hier vor den Ohren der Kollegen herumbrüllen. Ich werde Ihnen unter vier Augen alle nötigen Fragen stellen, damit wir Sie aus dem Kreis der Verdächtigen ausschließen können.«

»Kreis der Verdächtigen?« Andrea kreischte so schrill, dass Lukas schon fürchtete, irgendwo könnten Brillen- oder sogar Fenstergläser zerspringen.

Ehrling schüttelte den Kopf und ermahnte die Kollegin in einem Tonfall, den Lukas bisher nicht von ihm kannte: »Ich muss doch sehr bitten, Frau Peperding. Ihre Umgangsformen lassen mehr als zu wünschen übrig.«

Kleinlaut entschuldigte Andrea sich und folgte dem Kriminalrat in sein Büro. Lukas atmete erleichtert durch, als die Tür hinter ihr zufiel. Er wollte sich weiter seiner Arbeit widmen, als Monika plötzlich neben seinem Schreibtisch stand.

»Ich habe eine Verbindung zur Paracelsusklinik gefunden«, erklärte Lukas, ohne den Blick vom Monitor abzuwenden, und deutete auf den Zeitungsartikel, den Sandra Gosser über das Krankenhaus geschrieben hatte und in dem der Name der Personalchefin mehrmals erwähnt wurde. »Und wie schaut es bei dir aus?«

»Ich sollte nach den Namen entlassener Ärzte suchen, deren Zorn die Felten möglicherweise auf sich gezogen haben könnte«, antwortete Monika. »Aber ich habe nichts gefunden.«

»Heißt das, es gab keine entlassenen Ärzte?«

»Genau das!«

Die beiden schauten sich eine Weile an, bis Monika sich räusperte und leise sagte: »Ich wollte mich bei dir entschuldigen. Ich bin zu weit gegangen, als ich Susanne beschimpft habe.«

Lukas reagierte nicht, aber sein Blick drückte Skepsis aus.

»Ich habe wohl zu lange mit Andrea zusammengearbeitet, weshalb meine Wortwahl unpassend rüberkam«, fuhr Monika sichtlich verlegen fort. »Als ich Andrea gerade laut fluchen gehört habe, ist mir erst richtig bewusst geworden, was ich da im Fahrstuhl angestellt habe. Es tut mir wirklich leid. Ich hoffe, du glaubst mir.«

»Vielleicht sollten wir uns wieder mehr auf unsere Arbeit konzentrieren«, schlug Lukas ausweichend vor.

Monika verstand, was er ihr damit zu verstehen geben wollte, und kehrte wortlos an ihren Schreibtisch zurück.

Ein erneuter Versuch, Theo über das Handy zu erreichen, endete mit abermaliger Enttäuschung. Wütend haute Lukas in die Tasten, als könnte er so Theos seltsames Verhalten vergessen. Zu seinem Leidwesen konnte er jedoch außer diesem Interview nichts Aufschlussreiches mehr finden.

Auf einmal stand Miranda Wellenstein vor seinem Schreibtisch.

»Was verschafft mir denn diese Ehre?«, fragte er. Erst als dieser Satz heraus war, merkte Lukas, wie ironisch er geklungen haben musste.

»Manfred Sost ist unschuldig«, sagte die Autorin zur Begrüßung. Ihre roten Haare hingen glanzlos an ihrem Kopf. Ihre Augen wirkten gehetzt, ihre gebräunte Gesichtsfarbe hatte einen Grauton angenommen.

»Deshalb kommen Sie hierher?« Lukas konnte nicht anders, er musste seinen Zorn mit Ironie überspielen. »Sie müssen diesen Mann ja wirklich lieben.«

»Das tue ich auch. Aber das ist nicht der einzige Grund. Ich weiß, dass Sost seinen Chef nicht getötet hat. Er mochte Erwin Frisch, egal, wie schäbig der sich ihm gegenüber auch benommen hat. Manfred kannte schon den alten Frisch und hat Erwin heranwachsen sehen. Für ihn war Erwin ein verwöhnter Bengel. Dass sich ihm noch mal eine Chance als Chefredakteur bieten würde, hätte er nie gedacht. Aber natürlich hat er auch nicht Nein gesagt, als es dann soweit war.«

»Das klingt für mich sehr nach Rosamunde Pilcher: *Und alle liebten sich zu Tode*«, brummte Lukas. »Sie werden es nicht glauben, aber diese Aussage hat für unsere Ermittlungen kein besonderes Gewicht.«

Aber Miranda gab nicht auf. »Als Frisch an diesem Freitagabend die Redaktion verließ, hat er sich Manfreds Schirm ausgeliehen. Das hat jeder der Kollegen gesehen. Er ging mit dem Schirm in der Hand hinaus in den Gewitterregen. Also kann ihn doch auch jeder x-beliebige auf der Straße mit diesem Schirm überwältigt haben.«

»Sie haben doch damals noch gar nicht in der Redaktion gearbeitet«, hielt Lukas dagegen. »Woher wollen Sie also wissen, was an dem besagten Tag passiert ist?«

»Manfred hat es mir erzählt.«

»Und meine Oma hat mir erzählt, dass es den Osterhasen gibt«, spottete Lukas. »Das muss dann aber nicht unbedingt stimmen.«

»Dann fragen Sie doch Susanne Kleber. Sie war dabei. Und wenn die es Ihnen bestätigt, werden Sie es bestimmt glauben.« Mirandas Gesicht rötete sich.

Lukas ahnte, dass diese Aussage wichtig sein könnte. In diesem Zusammenhang fiel Lukas auch wieder der genaue Wortlaut des Vernehmungsprotokolls ein, das er am Vortag geschrieben hatte. Darin stand, dass Sost genau auf diesen Aspekt hingewiesen hatte. Aber weder der Staatsanwalt noch Theo hatten darauf geachtet.

Zu seinem großen Ärger erinnerte sich Lukas an noch etwas: Bei seinem ersten Besuch in der Redaktion der *Neuen Zeit* hatte sich Sost mit folgenden Worten vorgestellt: »*Er hat sich meinen Schirm ausgeliehen. Ich bin Manfred Sost, der kommissarische Geschäftsführer, bis Erwin Frisch wieder zurück ist.*« Damals hatte Lukas diese Bemerkung nicht weiter beachtet, für ihn war wesentlich interessanter gewesen, dass sich jemand schon als kommissarischer Geschäftsführer ausgab, obwohl zu diesem Zeitpunkt noch niemand wusste, was mit dem eigentlichen Chef geschehen war. Nach weiterer akribischer Recherche stellte Lukas frustriert fest, dass er diese Aussage in keinem Protokoll festgehalten hatte.

Er stöhnte. Eigentlich sollte er die Beweiskette gegen die Verdächtigen schließen – und was passierte stattdessen? Er stieß auf entlastende Hinweise.

Mirandas Augen begannen wieder zu leuchten. Mit einem Lächeln bemerkte sie: »Es sieht so aus, als sei dieser Sachverhalt wichtig.«

Aber Lukas wollte noch nicht aufgeben.

»Und wie kam der Schirm nach der Tat in den Keller der Redaktion zurück?«

Eine Weile starrten sich die beiden an, bis Miranda sagte: »Manfred hat die Kellertür gelegentlich offenstehen. Es könnte jeder in den Keller gekommen sein.«

Resigniert nickte er.

»Also habe ich doch etwas für Manfred tun können. Mein Blick ist durch meine Gefühle für diesen Mann bestimmt nicht so verklärt, dass ich das Offensichtliche nicht mehr sehe.«

»Ich sehe ein, dass dieser Aspekt bislang nicht beachtet wurde«, gab Lukas zu. »Das ändert aber nichts daran, dass ihr euch alle verdächtig gemacht habt. Eure mysteriöse Rolle bei Schöbels Tod ... der abgetrennte Fuß des Sportreporters ... die Art und Weise, wie ihr den Fuß der Polizei zugeschickt habt – das alles war fast bis ins letzte Detail identisch mit dem Vorgehen unseres Täters. Warum habt ihr das gemacht, wenn ihr angeblich mit dem Mord an Frisch nichts zu tun habt?«

»Als Bernd vor unseren Augen starb und kurze Zeit später Pont aufgetaucht ist, mussten wir doch annehmen, dass er etwas gesehen hat. Unsere Befürchtung war, dass er zur Polizei geht und uns belastet. Also hatten wir, besser gesagt, hatte ich die Idee, Bernds Tod so aussehen zu lassen, als sei er demselben Täter zum Opfer gefallen wie Erwin.«

Lukas lachte. »Daran erkennt man die Krimiautorin. So viel Fantasie haben andere Verdächtige normalerweise nicht.«

»Danke für die Blumen!«

»Bitte! Gern geschehen! Aber warum dieser Aufwand? Der Mann ist vor euren Augen gestorben. Ihr hättet nur den Notdienst rufen müssen, schon wäre alles als Sekundenherztod im Vergessen gelandet. Aber nein! Ihr zieht eine Nummer ab, die alles verkompliziert und uns total im Dunkeln tappen lässt.«

»Ich habe feststellen müssen, dass die Wirklichkeit oft viel grausamer ist als die Fiktion. Als Bernd ächzend vor unseren Augen gestorben ist, waren wir alle ziemlich außer uns und haben die Folgen unserer Taten nicht richtig bedacht.«

»Solche Aussagen heben Sie sich besser für die Gerichtsverhandlung auf«, wehrte Lukas mürrisch ab. »Ich wüsste aber gerne noch: Wer von euch hat den Fuß abgetrennt?«

»Das war Sandra«, antwortete die Rothaarige nach kurzem Zögern. »Ich hatte zwar die Idee, aber nur sie hatte den Mumm dazu.«

»Und woher hattet ihr das Formalin?«

»Aus der Apotheke! Woher sonst?«

Lukas ließ sich die Beschreibung der Ereignisse durch den Kopf gehen und kam zu dem Ergebnis, dass die drei Verdächtigen nur einen wirklich dummen Fehler gemacht hatten, als sie Schöbels Tod wie Mord aussehen lassen und dem wahren Täter in die Schuhe schieben wollten. Damit waren sie selbst in die Schusslinie geraten. Er glaubte jetzt endgültig nicht mehr ernsthaft, dass diese drei Menschen zu dem grausamen Verbrechen an Erwin Frisch oder dem sinnlosen Mord an der alten Frau Kees fähig waren. Und was sollten sie mit Brigitte Feltens Tod zu tun haben?

»Es ist wohl besser, wenn ich jetzt gehe«, meinte die Krimiautorin, als sie Lukas' nachdenkliches Gesicht sah.

Der Polizeibeamte nickte nur und beobachtete stumm, wie sie das Großraumbüro verließ.

*

Hans Pont glaubte, die nächste Detonation sei ausgelöst worden. Die Nachricht des Arztes ließ ihn hinterrücks aufs Bett zurückfallen, die Augen schließen und hoffen, er habe sich verhört.

»Herr Pont! Haben Sie mich verstanden? Sie sind entlassen. Sie dürfen nach Hause gehen.«

Pont blieb wortlos liegen.

»Normalerweise freuen sich die Patienten, wenn sie uns wieder verlassen dürfen«, bemerkte der Arzt, sichtlich irritiert.

Mühsam richtete sich der Patient wieder auf und erwiderte mit brüchiger Stimme: »Erstens habe ich kein Zuhause mehr. Das wurde weggesprengt. Und zweitens habe ich Angst um mein Leben. Oder glauben Sie, diese Bombe ist versehentlich an der falschen Tür abgegeben worden?«

»Tut mir leid! Aber wir sind nicht für die Sicherheit unserer Patienten verantwortlich, sondern ausschließlich für deren Genesung.«

«Nach dem Hippokratischen Eid heißt es aber: *Meine Verordnungen treffe ich zum Nutzen der Kranken* – oder so ähnlich – *und vor Schädigung und Unrecht werde ich sie bewahren*. Und meine Entlassung würde zu meinem Schaden und in unrechter Weise geschehen«, beharrte Pont.

»Sie geben sich wirklich Mühe, mich vom Gegenteil zu überzeugen«, meinte der Arzt lachend. »Aber ich kann Ihnen in dieser Sache wirklich nicht helfen. Sie sind nicht mehr so krank, dass ich Sie länger hierbehalten dürfte. Wenn Sie sich bedroht fühlen, müssen Sie sich schon an die Polizei wenden.«

Resigniert erhob sich Hans Pont vom Bett und begann, seine Sachen zu packen.

»Sollen wir Ihnen ein Taxi bestellen?«

»Ja, bitte!«

Minuten später schleppte sich der Entlassene mit müden Schritten zum Ausgang. Das Taxi wartete bereits, der Fahrer stand neben dem Wagen und rauchte. Plötzlich zuckte Pont zusammen und spürte, wie ihm das Blut in den Adern gefror. Dieses Gesicht kannte er! Der Mann hatte ihn vor seinem Haus beobachtet. Nein, das war bestimmt kein Taxifahrer. Der war gekommen, um seine Arbeit an ihm, Hans Pont, zu Ende zu bringen.

Schnell huschte er zur Seite. Zum Glück hatte ihn der Unbekannte noch nicht gesehen, dessen war sich Pont ganz sicher. Über Umwege gelangte er in den hinteren Teil des Krankenhausflurs, in dem die Telefongeräte hingen. Zu seinem Entsetzen registrierte er jedoch, dass er eine Telefonkarte benötigte, um jemanden zu erreichen. Und die hatte er nicht. Und sein Handy – oder dessen Überreste lagen irgendwo in seinem zerstörten Haus.

Die letzte Energie entschwand aus seinem Körper. Müde sank er zu Boden, wo er neben seiner kleinen Reisetasche sitzen blieb. Es dauerte nicht lange, da half ihm eine Krankenschwester auf die Beine. Auf ihre Frage, ob sie ihm helfen könne, erklärte der – nun leider ehemalige – Patient, er müsse dringend telefonieren.

Sie legten die wenigen Schritte bis ins Schwesternzimmer gemeinsam zurück, wo Pont hastig die Nummer des Polizeibeamten Lukas Baccus wählte. Die hatte er sich zum Glück auf einem Zettel notiert.

*

»Ich habe etwas gefunden, was uns womöglich weiterhilft. Allerdings deutet es nicht auf unsere drei Verdächtigen hin«, rief Monika ihrem Kollegen von ihrem Schreibtisch aus zu. Lukas kam daraufhin zu ihr und warf einen Blick auf Monikas Monitor.

»Ich sehe nur Buchstabensalat«, gestand Lukas. Den ganzen Tag brachte er schon damit zu, Beweise zu suchen, wo es keine gab. Seine Augen waren inzwischen total übermüdet, seine Nerven überstrapaziert und seine Frustration über Theos Verhalten stündlich gewachsen.

»Ich habe meine Sucheingabe abgeändert, nachdem ich keinen einzigen Arzt finden konnte, der von Brigitte Felten entlassen wurde«, erklärte Monika. »Jetzt habe ich nach Bewerbern gesucht, die von ihr abgelehnt wurden.«

»Du bist wirklich ein schlaues Köpfchen«, lobte Lukas. »Und? Was hast du gefunden?«

»Einen Namen, den wir alle kennen!«

»Mach es nicht so spannend!«, drängte Lukas. »Es wird doch nicht unser Kriminalrat sein.«

»So spektakulär ist mein Ergebnis nun auch wieder nicht«, gestand Monika und lächelte. Lukas spürte mit großer Erleichterung, dass die Spannungen zwischen ihnen allmählich verflogen.

»Und? Wer ist es?«

»Der ehemalige Assistent unseres Gerichtsmediziners.«

»Dennis Welsch?« Lukas stutzte.

»Genau der!«

»Steht auch dabei, warum die Felten ihn abgelehnt hat?«

»Ja! Sie hat es mit seiner Entlassung durch Dr. Stemm begründet: ›Ein Arzt, der es mit einem Diebstahl bereits bis in die Zeitung gebracht hat, kann sich keine Hoffnung mehr auf eine Anstellung im Krankenhaus machen‹«, las Monika vor.

»So hat sie die Ablehnung begründet?«

»Genau so! Sogar den Zeitungsartikel hat sie hinzugefügt.«

Gemeinsam lasen sie den kurzen Artikel: »*Diebischer Arzt auf frischer Tat ertappt! Nachdem wochenlang auf mysteriöse Weise verschiedene Arztutensilien aus der Gerichtsmedizin in Homburg verschwunden sind, hat sich der Gerichtsmediziner höchstpersönlich auf die Lauer gelegt. Dabei ging ihm sein eigener Assistent ins Netz, der junge Arzt Dennis Welsch. Das hatte dessen sofortige Entlassung zur Folge. Ein Gerichtsverfahren zu den Diebstählen steht noch aus.*«

»Ich kann mich an kein Gerichtsverfahren erinnern«, sagte Monika nachdenklich.

»Es gab keins, weil Dr. Stemm die Anzeige zurückgezogen hat«, erklärte Lukas. »Das stand allerdings nicht in der Zeitung.« Er schaute an den oberen Rand des Monitors und sah, welche Zeitung diesen Bericht abgedruckt hatte: die *Neue Zeit*. »Weißt du, woran ich gerade denke?«, fragte Lukas.

»Nein!«

»An das Profil, das Silvia erstellt hat.«

Monika wühlte in ihren Unterlagen, bis sie gefunden hatte, worauf Lukas anspielte. »Meinst du die Stelle: ›*Nicht der Hass selbst ist der Auslöser, sondern ein Ereignis, das sich in jüngster Zeit zugetragen hat*?«

Lukas fröstelte. Silvia war wirklich gut. Sie war möglicherweise verdammt nah dran. Die Einzigen, die nicht die richtigen Schlüsse gezogen hatten, waren die Ermittler gewesen – vor allem er selber.

Monika las weiter vor: »*Ein Ereignis, das ihn an die Wurzeln seines Hasses zurückgeführt hat und das ihn heute so gefährlich macht, dass ihn nichts mehr stoppen kann.*‹ Jetzt verstehe ich allmählich.«

Lukas fasste sich an den Kopf. »Dennis hat mir mal von seinem Vater erzählt. Der wäre despotisch gewesen und er hätte es ihm nie recht machen können. Ich war ja wirklich total blind.«

»Hinterher ist man immer schlauer«, versuchte Monika ihn zu trösten. »Und die Waffe, die auf Inge Morowitz eingetragen ist, ist dann vermutlich die Tatwaffe. Immerhin ist sie seine Mutter.«

»So langsam fügt sich alles zusammen!« Lukas berichtete Monika von seinem Überfall auf Dennis im Parkhaus des Saar-Centers. »Er hat mir erzählt, er wäre auf dem Weg zu einem Notfall.«

Monika schwieg und wartete ab, welche Schlüsse ihr Kollege ziehen würde.

»Dabei war weit und breit kein Notarztfahrzeug und auch kein Krankenwagen zu sehen.«

»Vielleicht habt ihr nur nicht darauf geachtet?«

»Einen Krankenwagen bemerkt man auch, wenn man nicht darauf achtet.«

»Stimmt!«, räumte Monika ein.

Lukas wurde immer nervöser. »Scheiße! Scheiße! Scheiße! Dennis ist unser Mann! Es passt alles.«

Diese überraschenden Erkenntnisse versetzten Lukas immer mehr in Panik. Ihm fiel eine weitere Begegnung ein, die ihn hätte warnen müssen. »Ich habe ihn getroffen, als ich Ponz besuchen wollte«, berichtete er weiter. »Dennis erzählte, der Patient würde aus medizinischen Gründen nach Homburg verlegt. Der jedoch sagte mir, das würde aus Sicherheitsgründen geschehen, was nur die Ärzte des Krankenhauses wüssten. Und Dennis hat das offensichtlich nicht gewusst. Weil er gar nicht dort arbeitet.«

»Ja, sah er denn nicht wie ein Arzt aus?«, fragte Monika irritiert nach.

»Doch. Ich bin ja auf ihn reingefallen. Aber weshalb dieser Aufwand? Ich kapiere das alles nicht.«

»Mit der Tarnung hätte er zwar an keiner Dienstbesprechung teilnehmen, aber doch vielleicht bis zu Pont vordringen können«, schlug Monika als Erklärung vor.

Lukas überlegte eine Weile, ehe er zugab: »Das könnte passen.«

»Wir sollten zu Ehrling gehen und ihm berichten, was wir herausgefunden haben«, schlug Monika vor.

»Freuen wird er sich bestimmt nicht.«

»Wir sind auch nicht hier nicht beschäftigt, um ihm Freude zu bereiten.«

Die beiden wollten sich gerade auf den Weg zum Kriminalrat begeben, als das Telefon auf Lukas' Schreibtisch klingelte. In der Hoffnung, Theo würde sich endlich melden, stürmte der sofort zu seinem Arbeitsplatz. »Hallo!«

»Hier ist Hans Pont!«, meldete sich leider nicht Theo.

Am liebsten hätte Lukas gleich wieder aufgelegt. Dann jedoch wurde er hellhörig. Aufgeregt berichtete der Anrufer von seiner Entlassung aus dem Krankenhaus und dem Taxifahrer, der vor der Tür stand und auf ihn wartete.

»Ich habe den Mann wiedererkannt«, flüsterte Pont durch den Hörer. »Es ist derselbe, der mich die ganze Zeit beschattet hat.«

»Wie sieht der Mann aus?«, fragte Lukas.

»Groß, schlank und südländisch, mit dunklen Haaren und dunkler Gesichtshaut.«

»Bingo!«, rief Lukas. Die Beschreibung passte haargenau auf Dennis Welsch.

*

Die Stimmung im Büro war gedämpft. Die neue Faktenlage brachte alles durcheinander. Der Staatsanwalt war wie ein Vulkan ausgebrochen, als er erfahren musste, dass die drei Verdächtigen nicht mehr für die schrecklichen Taten infrage kamen. Auch Kriminalrat Ehrling konnte sich über den Durchbruch nicht wirklich freuen.

»Wie ist Pont nach Hause gekommen? Und wo ist jetzt überhaupt sein Zuhause?«, fragte er.

»Ein Kollege holt ihn ab. Seine Nachbarin Loni Dressel hat sich bereit erklärt, ihn vorübergehend bei sich aufzunehmen«, antwortete Lukas.

»Und der Taxifahrer?«

»War natürlich verschwunden, als die Kollegen am Krankenhaus ankamen.«

»Wo hatte er das Taxi her?«

»Gestohlen. Inzwischen haben die Kollegen von der Bereitschaft das verlassene Fahrzeug wieder gefunden.«

Ehrling nickte. Anschließend herrschte für Augenblicke bedrückte Stille im Großraumbüro, bis plötzlich ein leises Piepsen ertönte. Lukas fuhr wie elektrisiert hoch. Das war sein Handy. Eine SMS war eingegangen. In der Hoffnung, es könne endlich eine Nachricht von Theo sein, kramte er das kleine Mobiltelefon aus seiner Hosentasche und las auf dem Display die Nachricht: »Lukas! Ich bin in Schwierigkeiten! Du musst mir helfen! Komm bitte schnell zu mir in die Wohnung – aber allein.«

»Ich bin dann mal weg«, rief Lukas in die Runde und sprintete auf den Ausgang zu.

»Hey! Was ist los?«, fragte Monika, die neben ihm gesessen und womöglich mehr mitbekommen hatte, als Lukas lieb war.

»Theo hat Probleme«, antwortete Lukas, als er merkte, dass Monika ihm gefolgt war und die anderen sie nun kaum noch hören konnten. »Ich muss zu ihm.«

»Aber doch nicht allein!«

»Doch! Er hat darum gebeten.«

»Das habe ich zufällig auch gelesen. Aber das gefällt mir absolut gar nicht.«

19

Lukas ärgerte sich, dass ausgerechnet jetzt der Verkehr in der Innenstadt extrem dicht war und er nur langsam vom Fleck kam. Theos Hilferuf per SMS hatte ihn elektrisiert. Erst jetzt verstand Lukas, dass ihn Theos seltsames Verhalten hätte alarmieren müssen. Dass sein Freund eine Krankmeldung in der Personalabteilung abgab und sich nicht bei ihm meldete, hatte ihn verärgert statt wachgerüttelt. Zu dumm!

Weiterhin kam er nur im Schritttempo voran. Eine Baustelle mitten in der Innenstadt konnte den Verkehr für Stunden lahmlegen. Blieb nur zu hoffen, dass Lukas trotzdem noch rechtzeitig bei seinem Freund eintraf.

Die Zeit im Stau vertrieb sich Lukas mit Nachdenken darüber, in welchen Schwierigkeiten Theo wohl steckte. Vermutlich hatte es mit Marie-Claire zu tun. Von Anfang an war ihm klar gewesen, dass diese Frau seinem Freund nur Ärger einbringen würde, aber Theo hatte nicht auf ihn hören wollen.

Lukas spürte, wie seine Nervosität von Minute zu Minute zunahm. Endlich ging es weiter, aber immer noch viel zu langsam. Er wünschte sich, er könnte sein Auto einfach stehen lassen und den Rest zu Fuß laufen. Aber bis zum SaarCenter war es viel zu weit.

Sein Handy klingelte. Auf dem Display las er »Monika Blech«. Wütend drückte er den Anruf weg und schaltete das Gerät auf Vibrieren, damit er nicht durch weitere ständige Anrufe Monikas genervt wurde. Für sie war es anscheinend unvorstellbar, dass man einem Arbeitskollegen und Freund in jeder Situation half. Und er hatte absolut keine Lust, sich ihre Bedenken und Mahnungen zur Vorsicht anzuhören.

Endlich ging es wieder ein Stück weiter. Die Baustellenampel schaltete auf Grün, eine längere Autoschlange schaffte es hindurch, aber kurz vor Lukas sprang sie wieder auf Rot. Aber jetzt ließ er sich nicht mehr aufhalten – er zog an zwei wütend hupenden Wagen links vorbei und folgte der Schlange.

Als er die Baustelle passiert hatte, floss der Verkehr wieder. Ungeduldig trat er auf das Gaspedal. Schon von Weitem konnte er das SaarCenter sehen. Nachdem er seinen Wagen endlich im Parkhaus abgestellt hatte, steuerte Lukas direkt auf eine der beiden Türen zu. In diesem Augenblick fiel ihm wieder seine Begegnung mit Dennis an gleicher Stelle ein. Schlagartig wurde ihm mulmig. Lukas hatte in der Reaktion des jungen Arztes damals eindeutig einen Angriff gesehen, aber die anschließenden Erklärungen hatten ihn derart verwirrt, dass er zuletzt seiner eigenen Wahrnehmung nicht mehr trauen wollte und sich sogar Vorwürfe gemacht hatte. Nach den neuesten Erkenntnissen lagen die Dinge anders. Sollte er mit seiner Vermutung am Ende recht behalten, dann war es Dennis' Absicht gewesen, ihn im Parkhaus eiskalt auszuschalten – nachdem sein erster Versuch in Erwin Frischs Wohnung gescheitert war?

Das Unwohlsein ließ sich nicht verdrängen. Mit zögerlichen Schritten durchquerte Lukas das schlecht beleuchtete Parkhaus, den Blick zielstrebig auf die Stahltür zu den Fahrstühlen gerichtet. Er musste Theo so schnell wie möglich warnen. Sein Kollege wusste noch nichts davon, dass sie bisher die Falschen verdächtigt hatten – und er hatte nicht den geringsten Schimmer, welche Gefahr von Dennis Welsch ausging.

Es dauerte ewig, bis sich endlich eine Fahrstuhltür öffnete. Das Handy in seiner Hosentasche vibrierte. Er zog es heraus und las auf dem Display wieder Monikas Namen. Kaum schlossen sie die automatischen Türen, verschwand die Anzeige, stattdessen las er nun »Kein Netz«.

Der Aufzug raste geradezu in den 10. Stock hinauf. Lukas spürte einen leichten Druck im Kopf. Oben angekommen stieg er erleichtert aus der Kabine und musste zuerst einmal seine Beine schütteln, so schwindelig war ihm. Er steuerte Theos Wohnung an und bemerkte, dass die Tür sperrangelweit offen stand. Was hatte das zu bedeuten? Die neuesten Ermittlungsergebnisse, das sonderbare Verhalten seines Freundes heute ... das alles war mehr als seltsam.

Seine Beine wollten ihn einfach nicht in diese Wohnung tragen. Er lauschte. Alles war still. Verdächtig still. In dem großen Haus schien genau in diesem Augenblick die Zeit stehen zu bleiben. Er näherte sich der offenstehenden Tür. Wieder vibrierte sein Handy in der Hosentasche. Er zog es heraus – wie erwartet war es wieder Monika.

Mit schnellen Schritten entfernte er sich einige Meter von Theos Wohnung. Innerlich fühlte er sich zerrissen – was, wenn sein Freund in Gefahr war und dringend seine Hilfe brauchte? Aber irgendetwas in ihm warnte Lukas davor, in diese Wohnung zu gehen. Dieses Mal meldete er sich. Vielleicht bekam er ja von Monika einen entscheidenden Hinweis, was er jetzt tun sollte.

*

Theo wunderte sich. War er nicht eben erst einem aufregenden erotischen Abenteuer entgegengelaufen? Mit Vorfreude und einem riesigen Ständer? Weshalb fühlte er sich jetzt so träge, so schwer, so regungslos? Wo war Marie-Claire? Welches verrückte Spiel trieb sie heute mit ihm?

Er glaubte, ihr Gesicht zu sehen. Lachte sie ihn an oder aus? Er wollte sie packen, auf sich ziehen, in sie eindringen, sie nehmen wie ein richtiger Mann, damit sie endlich zur Vernunft kam und ihn nicht ständig bis an den Rand des Wahnsinns trieb. Wenngleich dieser Wahnsinn so schön war, wie Theo das niemals erwartet hätte. Die kleine Marie-Claire entführte ihn, den erfahrenen Frauenhelden, in Welten, von denen er bis vor Kurzem nicht einmal zu träumen gewagt hätte.

Aber was war das? Er konnte sich nicht bewegen. Warum? Panisch riss er die Augen auf. Wo war er? Er lag auf dem Rücken. Er fror am ganzen Körper, zitterte wie Espenlaub. Seine Augen nahmen alles nur verschwommen wahr. Da war keine Marie-Claire. Er war allein.

Er wollte an sich herunterschauen. Warum konnte er sich

nicht bewegen? Warum fühlten sich seine Glieder bleischwer an? Warum konnte er sich nicht von der Stelle rühren?

Theo schloss die Augen und wollte sich wieder dem seligen Schlaf hingeben. Zu seinem Elend kamen jetzt auch noch Kopfschmerzen hinzu. Erneut riss er die Augen auf. Dieses Mal versuchte er beherzter, sich zu bewegen. Doch es half nichts. Jede Anstrengung verursachte einen heftigen Druckschmerz – an den Handgelenken, an den Fußgelenken, sogar am Hals. Erst jetzt begriff Theo: Er war gefesselt. Und nackt. Er konnte das nicht sehen, aber er spürte die kalte Luft auf seiner Haut. Vermutlich befand er sich in einem Albtraum. Sobald er aufwachte, würde er über sich selbst lachen. Marie-Claire würde neben ihm liegen und ihn für seine Qualitäten als Liebhaber loben. Wenn es doch nur schon so weit wäre ...

*

Monika spürte Panik aufkommen. Theos rätselhafte SMS war mehr als nur besorgniserregend.

»Frau Blech! Ich bitte Sie, sich hinzusetzen und Ihre Arbeit zu machen!«, wies Allensbacher sie zurecht.

»Ich mache mir Sorgen um Lukas«, gestand Monika, obwohl sich in ihr alles dagegen sträubte, ausgerechnet den Dienststellenleiter in diese Geschichte einzuweihen.

»Baccus und Borg können sich selbst helfen. Die beiden haben mich noch nie um Hilfe gebeten. Warum sollte ich mir also deren Köpfe zerbrechen?«, wiegelte Allensbacher ab und watschelte davon. Allem Anschein nach war der Chef beleidigt, weil Lukas und Theo ihn so offensichtlich nicht brauchten.

Auch Monika hatte sich gelegentlich über die beiden geärgert, aber das hieß doch nicht, dass sie einfach tatenlos zusah, wenn sie in Gefahr waren. Sie wählte Lukas' Handynummer. Nichts. Sie wählte abermals. Wieder nichts.

Allmählich beschlich sie der Verdacht, dass Lukas ihre Anrufe einfach wegdrückte, weil er ihren Namen auf dem Display sah. Also versuchte sie es vom Dienstapparat aus! Dieses Mal hörte sie nur die automatische Nachricht seines Providers: »Der Gesprächspartner ist vorübergehend nicht zu erreichen.« So ein Mist! Sollte Lukas komplett abgeschaltet haben?

Monika konnte sich nicht mehr auf ihre Arbeit konzentrieren. In ihrer Not versuchte sie es auf Theos Handy – hier hörte sie dieselbe Stimme, die den Satz »Der Gesprächspartner ist vorübergehend nicht zu erreichen« herunterleierte. Das passte überhaupt nicht zu der Tatsache, dass Lukas erst vor Kurzem eine SMS von Theo erhalten hatte. Sie setzte sich an den Schreibtisch der beiden Kollegen, als hoffte sie, dort eine Eingebung zu bekommen.

*

Theo fühlte sich wie in einer dicken, milchigen Suppe. Alles schimmerte weiß. Seine Augen fühlten sich bleischwer an. Er konnte nur schemenhafte Konturen erkennen. Wo war er? War er immer noch in seinem Albtraum – in seiner eigenen Wohnung, seinem eigenen Bett?

Er spürte nichts. Keinen Schmerz, keine Emotionen, keine Regung. Alles um ihn herum war eine einzige weiche, weiße Masse. Er versank darin, fühlte sich wie ein Fötus, der im Fruchtwasser schwamm. Alle Einflüsse von außen drangen nur gedämpft an sein Ohr, Berührungen nahm er verzögert wahr, vor seinen Augen verwischte sich alles zu einer undurchdringlichen, milchigen Einheit.

Doch was war das? Er bemerkte, dass sich ihm jemand näherte. Er wollte genauer hinsehen, aber das gelang ihm nicht. Er konnte seinen Kopf nicht bewegen. Er konnte überhaupt keinen Körperteil bewegen. Er konnte einfach nur daliegen und alles auf sich zukommen lassen. Sprechen konnte er auch nicht. Seine Kehle fühlte sich fürchterlich ausgetrocknet an. Er wollte etwas trinken, konnte sich aber nicht mitteilen.

Die schemenhafte Gestalt war wieder aus seinem Blickfeld

verschwunden. Jetzt spürte er etwas! Todesangst. Die Gestalt war nicht nur aus seinem Gesichtsfeld verschwunden. Sie war fortgegangen.

Theo war allein. Ganz allein. Hilflos. Gefesselt. Bewegungsunfähig. Nicht in der Lage, sich mitzuteilen. Er war auf Gedeih und Verderb sich selbst überlassen.

*

Mit mulmigem Gefühl schlich Lukas durch den langen Flur zu Theos Wohnung zurück. Zu dumm, dass er Monika nicht erreicht hatte. Hatte sie ihr Handy abgeschaltet, weil er sie immer weggedrückt hatte? Das wäre fatal. Lukas spürte, dass er etwas tun musste. Er wusste nur nicht, was. Er brauchte einen Rat, egal von wem.

Es war immer noch gespenstisch still in dem riesigen Gebäude. Als er sich erneut Theos Wohnungstür näherte, spürte er, wie sein Adrenalin mächtig anstieg. Er zog sein Handy aus der Tasche und las noch einmal die Nachricht, die Theo ihm geschickt hatte. *Lukas! Ich bin in Schwierigkeiten! Du musst mir helfen! Komm bitte schnell zu mir in die Wohnung – aber allein.*

Erst jetzt bemerkte er, dass diese Formulierungen nicht zu seinem Freund passten. Der würde sich salopper ausdrücken – *Ich stecke bis zum Hals in der Scheiße* hätte er geschrieben. Oder so ähnlich. Und warum sollte Lukas unbedingt allein kommen?

Wieder vibrierte sein Handy. Monika. Endlich!

*

Theo wechselte beständig zwischen Wachen und Schlafen. Im Wachzustand wurde ihm die Aussichtslosigkeit seiner Lage immer deutlicher bewusst. Einige seiner Sinne kehrten allmählich zurück – Hunger, Durst, Kälte und Schmerzen. Aber er konnte nicht herausfinden, ob noch alle Gliedmaßen an seinem Körper dran waren. Er spürte nur einen unbestimmten, ganzheitlichen Schmerz, der ihn wahnsinnig machte.

Er versuchte, einen klaren Gedanken zu fassen, aber auch das wollte ihm nicht gelingen. Der einzige Wunsch, der voll und ganz Besitz von ihm ergriff, war, einzuschlafen und nie wieder aufzuwachen. Erneut schloss Theo die Augen. Doch auch das änderte nichts. Alles schimmerte milchig weiß. Er öffnete sie, aber auch da blieb alles milchig weiß. Er versuchte die Augäpfel zu drehen, doch das erzeugte nur einen Schwindel, sodass Theo fast kotzen musste.

Das durfte nicht passieren. Wenn ihm jetzt die Galle in den Hals schoss, würde er ersticken. Das war nicht seine Vorstellung von Einschlafen. Hastig schloss er die Augen. Das wiederum erzeugte ein Karussell vor seinen Augen. Alles drehte sich immer schneller, bis er sie wieder öffnete. Aber er spürte keine Veränderung mehr. Aus dem milchigen Weiß war eine rasante Achterbahn geworden, die seine Gallenflüssigkeit stetig nach oben trieb.

*

Monika konnte nicht mehr einfach nur dasitzen und warten. Sie musste etwas tun. Aber was? Halb wütend, halb verzweifelt sprang sie von ihrem Stuhl auf und stieß dabei den Vogelkäfig um, der laut scheppernd zu Boden ging. Die Gitter lösten sich, die Tränke, der Futterkasten und die Querstangen flogen quer durch das Großraumbüro, der Boden zerbarst in zwei Teile.

Die Kollegen schauten fragend zu ihr. Doch Monika reagierte nicht, sie starrte wie gebannt auf die zertrümmerten Reste des Käfigs. Erst jetzt war zu erkennen, dass der einen doppelten Boden hatte. Und zwischen den beiden Platten war etwas versteckt, das bisher niemand gesehen hatte. Sie bückte sich und fischte ein Foto aus den Trümmern. Inzwischen hatten sich alle, sogar Allensbacher und Ehrling, um sie herum versammelt und betrachteten das Foto.

»Was ist darauf zu erkennen?«, fragte Allensbacher ungeduldig.

Monika hielt ihren Fund so, dass jeder die abgebildete Person genau erkennen konnte – und was sie sahen, erschütterte sie alle: Das Foto zeigte Marie-Claire Leduck. Jedoch nicht in Uniform, wie sie jeder kannte, sondern in einem hautengen, kurzen Kleidchen, das ihre Figur betonte. Ihre blonden Haare waren lockig, ihre Lippen geschminkt. Sie sah verführerisch aus. Auf der Rückseite stand geschrieben: »Deine Brigitte«

»Jetzt wissen wir endlich, wer die falsche Brigitte Felten ist«, sprach Ehrling mit versteinerter Miene aus, was nahezu alle in diesem Augenblick dachten. »Wie konnten wir dieses Foto nur übersehen?«

»Der Käfig hatte einen doppelten Boden. Es hat dazwischen gelegen«, antwortete Monika. »Wer hätte dort einen wichtigen Hinweis vermutet?«

»Noch seltsamer ist es doch, warum ein alleinstehender Mann das Foto seiner Geliebten vor sich selbst versteckt«, rätselte Allensbacher und wischte sich mit seinem Taschentuch über die Stirn.

»Vielleicht bekam er Besuch von mehreren Damen und wollte damit vermeiden, dass die eine von der anderen wusste«, spekulierte Ehrling.

»Ich weiß zum Beispiel, dass er ein Verhältnis mit seiner eigenen Mitarbeiterin – mit Susanne Kleber – hatte«, wandte Monika ein.

»Sein Mund ist voll Fluches, Falschheit und Trugs; seine Zunge richtet Mühe und Arbeit an«, schwadronierte Marx, was Ehrling sofort unterband mit den Worten: »Ihr Fluch wird Frisch nichts mehr nützen.«

Sofort verstummte der Beamte.

»Das Ärgerliche ist nur, dass dieser Käfig die ganze Zeit über unübersehbar in unserem Büro stand«, erwiderte der Kriminalrat und stürmte auf die Bürotür zu. Monika folgte ihm und bemerkte: »Ich fürchte, Theo und Lukas sind in Gefahr.«

»Wie kommen Sie darauf?«

In wenigen Worten berichtete Monika von Theos SMS an

seinen Freund und ihren vergeblichen Versuchen, den Kollegen danach auf dem Handy zu erreichen.

»Warum weiß ich nichts davon?«

Monika wusste nicht, in welche Richtung sie schauen und noch weniger, was sie auf diese Frage antworten sollte.

»Das ist meine Schuld«, befreite überraschenderweise Allensbacher die junge Kommissarin aus ihrer misslichen Lage. »Ich habe dieser SMS keine Bedeutung beigemessen.«

»Und warum nicht?« Ehrling schaute den Dienststellenleiter fassungslos an. »Sie wussten doch, dass unsere bisherigen Ermittlungen uns in die falsche Richtung geführt haben.«

Allensbacher schrumpfte vor dem ohnehin schon sehr großen Kriminalrat, dessen Gesicht gerötet war vor Zorn, in sich zusammen.

»Wissen Sie noch den genauen Wortlaut der SMS?«, wandte sich Ehrling wieder Monika zu.

»*Lukas! Ich bin in Schwierigkeiten! Du musst mir helfen! Komm bitte schnell zu mir in die Wohnung – aber allein!*« zitierte Monika die vermeintliche Nachricht von Theo, wofür sie erstaunte Blicke erntete. »Ich saß direkt neben ihm. Deshalb konnte ich jedes Wort lesen.«

»Und Sie haben Baccus seitdem nicht mehr erreicht?«

Monikas Gesichtsausdruck war Antwort genug, sie hätte nicht einmal mehr nicken müssen.

»Sofort das Sondereinsatzkommando bestellen. Es besteht Gefahr im Verzug!«, befahl Ehrling.

Unmittelbar danach versuchte Monika ein weiteres Mal, Lukas zu erreichen. Und dieses Mal hatte sie Glück.

*

So ein Mist!
Was tat dieser Idiot Baccus dort vor Borgs Wohnungstür?
Sein Plan war genial. Er würde nicht an Lukas scheitern, der bisher ohnehin nichts geschnallt hatte.

Da saß er in Borgs Wohnung. Nur wenige Meter trennten ihn von diesem Bullen, der vor der Tür hin- und herlief. Warum kam er nicht blindlings hereingerannt – genauso wie sein Kumpel? Bei dem war alles so einfach gewesen. Der Idiot wurde allerdings auch von seinen Hormonen gesteuert. Deshalb hatte er nicht mehr klar denken können.

Baccus stand immer noch im Flur. Was hielt ihn davon ab, in die Wohnung zu gehen? Es gab nichts, woran Baccus erkennen könnte, dass er in eine Falle tappen würde.

Trotzdem kam er nicht herein.

Was war das jetzt? Baccus entfernte sich wieder. Jetzt war seine Stimme zu hören. Leider so leise, dass kein Wort zu verstehen war. Er telefonierte. Mit wem?

Aber egal, wie sich Baccus entscheiden würde – seinem Plan kam niemand mehr in die Quere. Am Ende würde er auch diesen Superbullen auf seinem Seziertisch haben.

Wenn nicht jetzt, dann später.

Geduld war eine seiner besten Eigenschaften. Er konnte abwarten. Und dann zuschlagen, wenn niemand mehr damit rechnete.

Baccus kehrte zurück.

Vorfreude machte sich breit.

Also hatte er sich entschieden, seine Vorsicht fahren zu lassen. Doch erneut endeten seine Schritte kurz vor der Tür.

Irgendetwas ging da nicht mit rechten Dingen zu. Er strengte seine Ohren an, vernahm aber außer den Geräuschen, die von Baccus ausgingen, nichts. Also war der Superbulle immer noch allein.

Jetzt ein merkwürdiges Brummen! Aha! Der Typ hatte sein Handy auf Vibrieren gestellt.

Er musste über diese sinnlose Vorsichtsmaßnahme grinsen.

Egal, was nun kam – sie würden weder ihn noch Borg finden. Denn der war an einem sicheren Ort. Einem Ort, an dem sie ihn niemals suchen würden.

*

»Endlich erreiche ich dich.« Monikas Stimme war so laut, dass Lukas sein Handy ein Stück von der Ohrmuschel entfernen musste. »Geh bitte nicht in Theos Wohnung! Dort erwartet dich garantiert etwas Schreckliches!«

Mit hastigen Schritten entfernte sich Lukas einige Meter von der offenen Tür und fragte im Flüsterton: »Was ist denn los?«

»Wir wissen, dass Dennis eine Komplizin hat«, erklärte Monika. »Marie-Claire.«

Lukas verschlug es die Sprache, damit hatte er nun doch nicht gerechnet.

»Ein Einsatzkommando ist unterwegs«, sprach Monika weiter. »Geh um Himmels willen nicht allein da rein. Wir wissen noch nicht, was mit Theo ist. Aber du darfst nicht in eine Falle stolpern.«

»Heißt das, ihr habt von Theo noch keine Spur?«

»Wo bist du?«, fragte Monika zurück. »Und warum redest du so leise?«

»Ich stehe im Flur im zehnten Stock des SaarCenters. Theos Wohnungstür steht offen. Falls jemand dort drin ist, muss der nicht unbedingt mithören«, erklärte Lukas gereizt.

»Verschwinde dort! Aber schnell! Wir wissen nur von dem kleinen Revolver. Aber nicht, ob dieses Verbrecherpaar ... wie heißen die noch?«

»Bonnie und Clyde ...«

»Genau! Wir wissen nicht, welche Waffen Bonnie und Clyde noch besitzen.«

»Und was soll ich tun? Däumchen drehen, während Theo womöglich in aller Ruhe die Gliedmaßen abgetrennt werden?«, fragte Lukas ungeduldig.

»Nur mit der Ruhe. Das Einsatzkommando trifft jeden Moment dort ein. Wir vermuten, dass er in seiner Wohnung gefangen gehalten wird. Oder besser gesagt, wir hoffen es.«

»Ich werde warten, bis ihr kommt«, erwiderte Lukas. »Dann kann jedenfalls niemand unbemerkt aus der Wohnung abhauen.«

»Genau das sollst du nicht tun! Sonst suchen wir gleich zwei unserer Kollegen, die einem Wahnsinnigen zum Opfer gefallen sind.«

Lukas traute seinen Ohren nicht. »Glaubt ihr überhaupt daran, dass Theo noch lebt?«

»Natürlich!«, beteuerte Monika. »Trotzdem bitte ich dich, im Parkhaus auf die Kollegen zu warten.«

Lukas legte kommentarlos auf und näherte sich wieder der Tür. Niemals würde er wie ein elender Feigling in den Keller flüchten und dort Schutz suchen, während sein bester Freund in Lebensgefahr schwebte. Er zog seine Dienstwaffe aus dem Holster und näherte sich der Wohnung. Im selben Augenblick hörte er, wie sich die Stahltür zu den Fahrstühlen öffnete.

Erschrocken drehte er sich um und sah Marie-Claire auf ihn zukommen. Sie sah verführerisch aus. Verdammt sexy. So hatte Lukas seine Kollegin noch nie gesehen. Kein Wunder, dass Theo ihr auf den Leim gegangen war. Welcher Mann konnte einer solchen Sexbombe widerstehen? Plötzlich blieb die junge Frau stehen, als hätte sie erkannt, dass irgendetwas hier nicht stimmte ... Lukas spürte instinktiv, dass er schnell handeln musste. Vor ihm stand schließlich eine der beiden Hauptverdächtigen.

Er richtete die Waffe auf die Polizistin und rief: »Stehen bleiben, Marie-Claire! Oder ich schieße!«

Doch die Frau war schneller, als Lukas gedacht hatte. Mit wenigen Schritten war sie wieder hinter der Stahltür verschwunden. Lukas rannte ihr hinterher, riss die Tür auf und wollte ... Aber da war es schon zu spät. Ein Schlagstock sauste in rasend schneller Geschwindigkeit auf ihn zu, es gab keine Chance mehr auszuweichen.

Ein heftiger Schmerz und Lukas versank im Nichts.

*

Es brannte in seinem Hals. Theo spürte, wie die Gallenflüssigkeit langsam, aber stetig nach oben stieg. Alle seine Bemühungen, das Erbrechen zu verhindern, verschlimmerten seine Situation jedoch nur. Er zitterte wie Espenlaub. Aber dieses Zittern hatte nichts mit der Kälte im Raum zu tun. Unkontrolliert bebte er am ganzen Körper, der nur noch aus einem einzigen Bienenschwarm zu bestehen schien. Ein unangenehmes, kaltes Kribbeln breitete sich in ihm aus. Es schmerzte, wurde immer stärker, immer kälter.

Theo würgte, die Galle schmeckte bereits bitter. Es gelang ihm nicht mehr, den Brechreiz zu unterdrücken. Hastig spuckte er, in der Hoffnung, nicht daran zu ersticken. Aber er schaffte es nicht. Die eklige Brühe lief durch sein Gesicht, der Würgereiz wurde dadurch noch zusätzlich verstärkt. Schwindel überkam ihn.

Er schloss die Augen, was sich schnell als Fehler herausstellte. Im gleichen Augenblick spie er einen weiteren Schwall grüner Flüssigkeit heraus.

Allmählich kehrten seine Sinne zurück. Auch Theos Sehfähigkeit verbesserte sich. Er konnte Konturen erkennen. Mühsam versuchte er auszumachen, wo er sich befand. Aber das unkontrollierte Zittern seines Körpers machte es ihm unmöglich, sich auf irgendetwas zu konzentrieren. Er sank in sich zusammen, wurde überwältigt von einer Hoffnungslosigkeit, wie er sie noch nie in seinem Leben erlebt hatte. Das war das Ende. Hoffentlich war der Täter wenigstens gnädig und ließ ihn schnell sterben.

Die Schmerzen konzentrierten sich plötzlich auf seine Extremitäten. Theo bemerkte, dass sein Körper nach und nach aus einer Betäubung erwachte. Dadurch angespornt versuchte er, seinen Kopf zu drehen, schnürte sich damit jedoch nur seinen Hals zu. Das Würgen kehrte zurück und ein heftiger Schwindel überkam ihn.

Theo stieß ein Stöhnen aus. Der Klang seiner eigenen Stimme erschreckte ihn. Sie hörte sich so hohl und blechern an. Lag er in einer Fabrikhalle?

Plötzlich vernahm er das Geräusch einer zuschlagenden Tür. Sein Herz begann zu rasen, der Schwindel wurde stärker. Hilflos, nackt und gefesselt lag er auf einer Pritsche. Er konnte nur abwarten, was nun geschehen würde. Die Panik wurde übermächtig.

Eine Gestalt näherte sich. Theo riss die Augen weit auf, um zu sehen, wem er in die Hände gefallen war. Als er das ihm vertraute Gesicht erkannte, wurde ihm noch schlechter. Marie-Claire beugte sich mit einem frechen Grinsen zu ihm hinab und flüsterte in sein Ohr: »Deine Sternstunde ist gekommen.«

Er wollte fragen, warum sie das tat. Aber er brachte keinen Ton heraus. Erst jetzt bemerkte er, dass sie nicht allein war. Hinter ihr zeichnete sich der Umriss einer weiteren Gestalt ab – ein Mann. Er trug einen grünen Mundschutz, darunter einen grünen Kittel, der verdammt nach OP aussah.

Erschrocken schloss Theo die Augen. Hatte er sich getäuscht oder war das wirklich Dennis Welsch?

*

»Hallo! Lukas! Aufwachen!« Eine zarte Stimme, begleitet von sanften Schlägen auf seine Wangen, ließen Lukas die Augen öffnen und in Monikas besorgtes Gesicht schauen. Was hatte das zu bedeuten? Was hatte er getan? Wo war er?

Erschrocken richtete er sich auf. Erst jetzt bemerkte er, dass er komplett angezogen war und in dem Flur lag, in dem er sich seiner Erinnerung nach zuletzt aufgehalten hatte: Im zehnten Stock im SaarCenter, vor Theos Wohnung. Beamte in schwarzen Sicherheitswesten rannten hektisch umher. Eine Tür stand offen und gab den Blick auf Fahrstühle frei. Allmählich kam die Erinnerung zurück. Er war Marie-Claire durch diese Stahltür gefolgt. Dort hatte er einen Schlag ins Gesicht bekommen.

»Nachdem deine Blessuren auf der linken Seite verheilt sind, hast du jetzt ein blühendes Veilchen auf der rechten«, bemerkte Monika lächelnd. »Zum Glück ist nicht mehr passiert.«

Lukas schaute seine Kollegin erleichtert an und fragte: »Habt ihr Theo gefunden?«

»Nein! Die Wohnung war leer. Von Theo und den Tätern keine Spur!«

»Scheiße! Also hätte auch ich nichts ausrichten können.«

»Wahrscheinlich nicht. Aber vermutlich hat Dennis in der Wohnung auf dich gewartet«, erklärte Monika. »Ich habe dich angerufen, um dich zu warnen. Es war wirklich großes Glück, dass wir rechtzeitig hier eingetroffen sind, ehe die beiden dich auch noch mitnehmen konnten.«

»Wir müssen Theo suchen«, erwiderte Lukas panisch. »Er schwebt in Lebensgefahr. Wer weiß, was die jetzt mit ihm anstellen, nachdem ihr Plan, auch mich zu entführen, schiefgegangen ist.«

Er wollte aufspringen, musste sich jedoch sofort wieder zurücksinken lassen, weil sein Kreislauf nicht mitspielte.

»Immer langsam«, versuchte Monika ihren Kollegen zu beruhigen. Doch vergeblich.

»Wir haben keine Zeit zu verlieren«, schrie Lukas. »Am besten, wir fahren sofort zu Dennis nach Hause. Entweder ist Theo dort – oder wir finden in der Wohnung wenigstens einen Hinweis, wo er sein könnte.«

*

»Wenn du glaubst, du bist im Himmelreich, kommt Beelzebub und holt dich gleich.« Mit diesen Worten trat der Mann im Arztkittel auf Theo zu und grinste ihn überheblich an. Es war tatsächlich Dennis.

Theo konnte es nicht fassen. Also hatten sie mit ihren Ermittlungen total danebengelegen. Aber was nützte ihm diese Erkenntnis jetzt noch? Theo blickte dem Tod ins Gesicht, daran gab es keinen Zweifel. Zwar konnte er nur Dennis' Augen sehen, doch deren böses Funkeln genügte, um Theo alle Hoffnung fahren zu lassen.

Plötzlich hob Dennis ein Gerät hoch und schwenkte es vor Theos Augen: eine Axt.

»Marie-Claire möchte, dass ich dir zuerst deinen *Strammen Theo* abschneide. Den will sie sich zur Erinnerung ausstopfen und auf das Nachtschränkchen stellen.«

Wieder stieg ein Würgen in Theos Speiseröhre hoch. Wehrlos lag er da und konnte nur abwarten, wann die beiden mit ihrem perversen Spiel beginnen würden.

»Aber dieses Vergnügen wollte ich mir noch ein bisschen aufsparen. Denn für mich stellt der *Stramme Theo* keine besonders schöne Erinnerung dar. Du hast meine kleine Süße auf eine Weise vernascht, dass es mir beim Zuschauen wehgetan hat.«

Theo hätte nicht gedacht, dass es eine Erniedrigung geben könnte, die noch schlimmer werden könnte, als das, was er gerade erlebte.

»Sie hat ihren Akt der Verführung auf Band aufgenommen.« Dennis stieß einen Laut zwischen Lachen und Weinen aus. »Ich musste alles mit ansehen, weil die kleine Schlampe es am liebsten vor Voyeuren treibt.«

Theo wollte das nicht hören, aber er verstand jedes Wort.

»Das Video ist wirklich unterhaltsam! Frag mal ...«

Endlich gelang es Theo, wegzuhören. Er schloss die Augen und zwang sich, nichts zu hören und nichts zu sehen.

Doch Dennis öffnete die Lider des Wehrlosen mit seiner behandschuhten Hand und schob irgendetwas dazwischen, damit Theo sie nicht erneut zudrücken konnte.

»Du sollst schon mit ansehen, was ich jetzt mit dir tun werde. Sonst ist das für uns nur ein halbes Vergnügen.«

Ein irres Kichern ertönte aus dem Hintergrund. Marie-Claire schien wahnsinnig geworden zu sein.

In seiner Verzweiflung schaute sich Theo um. Erst jetzt wurde ihm bewusst, dass er in einem gekachelten Raum lag. Alles sah nach einem OP-Saal aus. Doch wie war das möglich?

*

Die Wohnung lag auf der Folsterhöhe, einem Viertel, das wenig vertrauenerweckend wirkte. Das Areal wurde von Hochhäusern beherrscht, die über Saarbrücken thronten. Der soziale Status der Anwohner und die Bevölkerungsdichte hatten dieses Wohngebiet auf eine eigentümliche Art und Weise geprägt. Allein schon der Anblick der hässlichen Plattenbauten verriet, dass Wohnkomfort oder Lebensqualität hier kaum aufkommen konnten. Die Balkone zierten verrostete Eisengeländer. Wäschestücke hingen daran, die ein schmutziges Grau angenommen hatten, als seien diese Stofffetzen dort vergessen worden. Andere Mieter lagerten zerschlissene Sessel und Sofa auf den Balkonen. Die Federn streckten sich krumm und schief in die Höhe. Vereinzelt stand ein Anwohner auf seinem Balkon, rauchte oder zog sich etwas rein, was verdächtig nach einem Joint aussah. Hinzu kamen sinnlose Zerstörungen und eine hohe Kriminalitätsrate. Die Abgeschiedenheit von der Landeshauptstadt und die gleichzeitige Nähe zu Frankreich hatten dazu geführt, dass hier eine Parallelgesellschaft mit eigenen Gesetzen entstanden war, weil man sich problemlos den behördlichen Zugriffen entziehen konnte. Jugendliche saßen auf den Parkplätzen vor den heruntergekommenen Häusern und tranken schon am helllichten Tag Alkohol.

Als die Polizeibeamten sich näherten, wurden sie sofort mit Flüchen und Beschimpfungen empfangen.

»Warum haben wir nicht auf die Kollegen der Spurensicherung gewartet?«, fragte Monika und drückte sich erschrocken an Lukas, als müsste sie sich vor den jungen Anwohnern schützen.

»Weil wir keine Zeit zu verlieren haben.«

Das Interesse der Jugendlichen an den unerwünschten Besuchern währte nicht lange, dann wandten sie sich wieder dem Inhalt ihrer Bierflaschen zu.

Während sie schon den schmuddeligen Korridor des fraglichen Gebäudes betraten, schaute Lukas noch mal in seine Unterlagen und sagte: »Seine Wohnung liegt im achten Stock.«

»Dann können wir fast schon ausschließen, dass er Theo dort oben versteckt hält«, murrte Monika. »Bis in den achten Stock bringt man keinen Polizisten gegen seinen Willen. Und unbemerkt schon gar nicht in einer Gegend wie dieser.«

»Du hast wahrscheinlich recht. Aber vielleicht finden wir einen Hinweis auf Theos Aufenthaltsort. Oder willst du etwa aufgeben?«

»Nein!« Monika schüttelte energisch den Kopf, als könnte sie damit das unbehagliche Gefühl abschütteln, dass sie in dieser Umgebung beschlichen hatte. »In den Aufzug gehe ich aber nicht.«

Ohne weiteres Wort verschwand sie im Treppenhaus. Lukas schaute ihr überrascht nach, warf einen kurzen Blick auf den Fahrstuhl und verstand. Die Kabine war winzig, dunkel angestrichen und der Boden übersät mit einer undefinierbaren Masse von Unrat. Im Eiltempo folgte er seiner Kollegin.

Im achten Stock sah es nicht anders aus als unten. Auch der Gestank nach Fäkalien war hier um keinen Deut schwächer. Zielstrebig steuerten die beiden Kriminalpolizisten die Wohnungstür an und hielten ihre Waffen im Anschlag auf den Boden gerichtet. Lukas rief: »Aufmachen, Polizei!«

Nichts tat sich. Er wiederholte seinen Befehl, erhielt jedoch abermals keine Antwort. Mit Schwung trat er die Tür ein und sprang neben Monika an die Wand, um sich aus dem Schussfeld zu bringen. Beide verharrten eine Weile auf dieser Position. Aber nichts geschah – keine Schüsse, keine Stimmen, keine Geräusche. Nichts.

Nachdem sie sich nochmals nach allen Seiten abgesichert hatten, gingen sie hinein und fanden eine menschenleere Wohnung vor. Das Chaos, das hier drinnen herrschte, war erschreckend.

»Worauf warten wir noch?«, trieb Lukas seine Kollegin zur Eile an. Sofort begannen sie mit der Durchsuchung. Als die Kollegen der Spurensicherung eintrafen, wurden die beiden nicht gerade mit freundlichen Worten bedacht.

»Seid ihr wirklich so bescheuert?«, schrie der Chef des Teams. »Jetzt müssen wir eure Spuren auch noch herausfiltern, als hätten wir mit dieser Drecksbude nicht schon Arbeit genug.«

»Tut mir leid«, entgegnete Lukas und fixierte den aufgebrachten Kollegen finster. »Aber wir konnten nicht warten. Wir brauchen dringend einen Hinweis darauf, wo der Verrückte unseren Kollegen versteckt halten könnte.«

Anscheinend war die Spurensicherung nicht über die Hintergründe dieses Einsatzes informiert. Nachdem Lukas ihm in wenigen Worten erklärt hatte, um was es hier ging, schluckte der Teamchef und fragte nun mit besorgter Miene: »Und? Habt ihr schon was gefunden?«

»Leider nicht.«

20

In gedrückter Stimmung fuhren sie den Berg hinunter ins Stadtzentrum. Die Hoffnung, in Dennis' Wohnung irgendeinen Hinweis zu finden, wohin der Mörder Theo verschleppt haben könnte, hatte sich in Nichts aufgelöst. Die Besorgnis über das Schicksal des Kollegen wuchs sich zu einer regelrechten Hysterie aus.

Als das Funkgerät ein Geräusch von sich gab, schrak Lukas so heftig zusammen, dass er den Dienstwagen um ein Haar in den Graben gesteuert hätte.

»Sollen wir das Haus in der Hornungstraße durchsuchen?«, hörten sie Karl Groß fragen.

Lukas überlegte. War das wirklich sinnvoll? Plötzlich kam ihm ein Einfall. Er erinnerte sich daran, wie sie kurz nach Frischs Verschwinden dessen Weg von der Redaktion in die Hornungstraße nachverfolgt hatten. Die Straßen und Gassen, die sie dabei passiert hatten, wirkten selbst am helllichten Tag düster, die Hinterhöfe noch dunkler. Irgendwo dort hatte sich laut Karl früher ein Krankenhaus befunden, das vor einiger Zeit stillgelegt worden war. Das Gebäude stand leer, weil niemand es kaufen wollte.

»Karl, du bringst mich gerade auf die beste Idee aller Zeiten«, jubelte Lukas.

»Was ist denn mit dir los?«, fragte Monika und schaute ihn verblüfft an.

»Alles klar bei euch?«, donnerte die körperlose Stimme erneut durch das Wageninnere.

»Und wie!« Lukas schrie fast vor Aufregung. »Erinnert sich noch jemand von euch an das stillgelegte Paracelsus-Krankenhaus?« Er erwartete keine Antwort, denn schon im nächsten Atemzug fuhr er hektisch fort: »Das liegt nur eine Parallelstraße von der Hornungstraße entfernt. Das Haus steht leer. Wer weiß, was dort noch alles an OP-Material rumliegt. Eine Pathologie gab es da bestimmt auch. Mich würde nicht wundern, wenn da einige Geräte zurückgeblieben sind.«

»Lukas, du bist Spitze!«, rief Karl durch das Funkgerät. »Wir sind schon auf dem Weg.«

»Wir auch! Ruf gleichzeitig Notarzt, Krankenwagen und das Sondereinsatzkommando«, bat Lukas. »Wir wissen schließlich nicht, in welchem Zustand wir Theo vorfinden. Außerdem wird sich Dennis kaum kampflos ergeben.«

»Wird gemacht!« Im nächsten Atemzug erlosch das Rauschen, die Verbindung war beendet.

Lukas wollte beschleunigen, doch der Verkehr wurde immer dichter. Eine Ampel schaltete auf Rot, die Autoschlange, in der sie steckten, wurde immer länger.

»So ein Mist!«, fluchte Lukas und schlug wütend mit beiden Händen auf das Lenkrad.

»Was hältst du davon, das magnetische Blaulicht aufs Autodach zu heften?«, fragte Monika.

Lukas stutzte: »Teufel noch mal! Wo habe ich nur mein Hirn gelassen? Danke.«

»Mit deiner Eingebung eben hast du vermutlich mehr Hirn bewiesen als jeder andere von uns«, erwiderte Monika.

Lukas zog das Blaulicht hervor, ließ die Seitenscheibe runterfahren und setzte das blinkende Signal aufs Dach. Gleichzeitig schaltete er die Sirene ein. Wie von Zauberhand lichtete sich innerhalb von Sekunden die Fahrbahn vor ihnen.

Mit Vollgas raste er den Berg hinunter, nahm mit quietschenden Reifen etliche Kurven, bis die Straßen immer enger wurden und er das Tempo deutlich drosseln musste. Es dauerte nur wenige Minuten, bis sie an ihrem Ziel ankamen. Polizei- und Krankenwagen sowie ein Fahrzeug mit der Aufschrift »Notarzt« versperrten bereits den Zugang zu dem ehemaligen Krankenhaus.

*

Theo beobachtete, wie Dennis aus einer Ampulle eine Flüssigkeit in eine Spritze füllte. Sein Herz klopfte bis zum Hals.

Verdankte er es diesem Zeug, dass er so hilflos und teilnahmslos auf dem Stahltisch lag und alles weiß vor seinen Augen schimmerte?

»Keine Panik, alter Kumpel«, bemerkte Dennis in einem herablassenden, gönnerhaften Tonfall. »Das Zeug wird dich glücklich machen. Danach ist es dir scheißegal, was ich dir als Erstes abschneide. Den *Strammen Theo* oder den Fuß oder einen Arm.« Dennis lachte höhnisch. »Im Gegenteil. Du wirst das alles sogar richtig geil finden.«

Theo versuchte sich zu bewegen, doch die Fesseln verhinderten das. Im Hintergrund hörte er Marie-Claire wieder laut und schrill kichern, ein Ton, der an seinen Nerven zerrte. Dann spürte er einen Stich in seinem Oberarm, und nur wenige Sekunden später verwandelte sich seine Furcht in absolute Teilnahmslosigkeit. Er konnte weiterhin alles wahrnehmen, sehen und hören, was um ihn herum geschah, aber es berührte ihn nicht mehr. Als ginge ihn das alles gar nichts an, registrierte er weiterhin Marie-Claires hysterische Reaktionen und hörte Dennis in überheblichem Tonfall erklären, was er nun mit Theos Körper zu tun gedachte.

»Siehst du dieses Beilchen?« Er hielt seinem Opfer das Instrument vor die Augen. »Damit habe ich schon Erwin den Fuß abgehackt. Hat wirklich gut geklappt.« Er begann, den stählernen Keil der Axt abzuwischen. »Da hängt ja noch das Blut unseres Redakteurs dran. Pfui! Marie-Claire, das hättest du wirklich abwischen können.«

Als Antwort ertönte wieder ein kindisches Lachen.

»So! Schon fertig!« Theo vernahm ein Klirren, spürte jedoch nichts. Hatte der Wahnsinnige tatsächlich seinen Fuß abgetrennt?

»Und schau dir mal dieses Skalpell an?«, fuhr Dennis fort und ließ ein winziges scharfes Messer vor Theos Augen hin und her wandern. »Damit habe ich Erwin das Allerheiligste abgeschnitten. Das Schmuckstück ist herrlich scharf. Es geht wie Butter durch deine Eingeweide.«

Theo hörte ihn, sah ihn jedoch nur mehr verschwommen.

»Deine Stunden sind gezählt. Bei Frisch musste ich feststellen, dass der Blutverlust nach meinem kleinen Eingriff so groß war, dass ich ihn nicht stoppen konnte. Da ließ ich ihn einfach verbluten. War nicht schade um ihn. Von dir verabschiede ich mich jetzt schon mal. Nicht, dass wir uns ohne einen letzten Gruß voneinander trennen müssen.«

Theo lag teilnahmslos auf dem Stahltisch, er verstand jedes Wort, aber nichts berührte ihn mehr.

»Es kann losgehen, liebe Marie-Claire«, rief Dennis seiner Komplizin zu. »Tupfer bitte! Und Skalpell.«

Ein schwarzer Kranz legte sich über Theos Augen. Auch die Luft wurde plötzlich knapp. Es gelang ihm nicht mehr, normal zu atmen. Er konnte nichts dagegen tun. Aus dem Kranz wurde ein schwarzer Schleier, die Atemnot nahm zu, die Luft wurde knapper und knapper, bis er spürte, dass sie ihm komplett abgeschnürt wurde. Der Schleier verdichtete sich endgültig zu einem undurchdringlichen Schwarz. Die Stimmen von Dennis und Marie-Claire entfernten sich immer weiter und weiter und weiter, bis er im Reich des Vergessens versank. Das musste der Tod sein.

*

Die Eingangstür zum verlassenen Paracelsus-Krankenhaus stand offen. Die schwarz gekleideten Beamten des Sondereinsatzkommandos gaben Lukas und Monika die Anweisung, hinter ihnen zu bleiben, während sie in das Gebäudeinnere vordrangen. Lautlos eroberten sie die Räume im Erdgeschoss, stießen dabei jedoch auf keine Auffälligkeiten. Nun galt es, die oberen und die unteren Etagen gleichzeitig zu stürmen.

Instinktiv folgten Lukas und Monika jenen Kollegen, die sich auf den Weg in den Keller begaben, weil sich dort laut den Plänen des Gebäudes früher die Pathologie befand. Eine Etage tiefer hörten man eine Tür zuschlagen.

»Sie sind hier«, meldete ein SEK-Beamter leise über Funk.

Lukas spürte, wie sich ihm die Nackenhaare sträubten. Endlich waren sie auf der richtigen Spur – hoffentlich nicht zu spät für Theo. Das Warten, bis die Schwarzgekleideten endlich sämtliche Räume gesichert hatten, machte ihn kribbelig. Am liebsten wäre er einfach losgerannt. Doch er wusste, wie gefährlich und dumm das gewesen wäre. Also verharrte er an seinem Platz, bis plötzlich alles zu explodieren schien. Laute Stimmen, Kreischen, weiteres Türschlagen – alles dröhnte gleichzeitig in Lukas' Ohren. Das Funkgerät des Schwarzen direkt vor Lukas knisterte, dann kam die Meldung: »Wir haben eine Frau und einen leblosen Körper auf einem Stahltisch.«

Lukas rannte wie von der Tarantel gestochen los. Lebloser Körper! Lebloser Körper! Diese Worte geisterten unablässig durch seinen Kopf. Was hatte das zu bedeuten? War Theo tot? Verschwommen nahm er wahr, dass Monika ihm folgte und ihn aufhalten wollte. Aber das gelang ihr nicht. Sekunden später stand er in einem Sektionsraum. Er sah Marie-Claire, die in kompletter OP-Montur und mit Handschellen gefesselt neben einem Beamten des Sondereinsatzkommandos stand und wie eine Irre lachte.

Aber Lukas hatte nur Augen für Theo. Er sah, wie einige Männer hektisch an ihm arbeiteten. Was taten die da mit seinem Freund? Lukas wollte schon auf sie losstürmen und sie von Theo wegreißen, als er endlich begriff, dass es sich um einen Notarzt und Sanitäter handelte. Gerade setzten sie Theo ein Beatmungsgerät auf Mund und Nase und schlossen eine Sauerstoffflasche an. Begriffe wie »Aspiration durch Überdosis eines Narkosemittels« oder »Endotracheale Intubation« wurden hin- und hergerufen, doch Lukas verstand kein Wort. Das Einzige, was er sofort bemerkte, war, dass Theos Körper noch vollständig war. Sein Freund lag nackt und wehrlos auf einem Stahltisch, Hände und Füße waren gefesselt und den Hals umgab ein Gurt, der seinen Kopf fixierte.

Lukas wandte sich ab, er konnte und wollte diesen Anblick

nicht ertragen. Unruhig verließ er den Raum – rannte ziellos durch die finsteren Räume. Sein Blick huschte hin und her, bis er an etwas hängen blieb. Eine reglose Gestalt. In einem engen Flur. Sah er richtig? Stand dort Dennis? Sein Gehirn brauchte ein paar Sekunden, um diese Informationen zu verarbeiten. Tatsächlich. Er hatte den gesuchten Mörder entdeckt.

Lukas schaute sich um. Wo waren die Beamten des Sondereinsatzkommandos? Alle Menschen schrien durcheinander, aber niemand war zu sehen, den er jetzt brauchte. Als er sich Dennis langsam näherte, wandte der sich ab und steuerte eine Treppe in die oberen Räume an. Lukas folgte ihm, ohne nachzudenken. Die nächste Treppe führte beide wieder in die Tiefe. Blindlings rannte Lukas dem Flüchtenden hinterher. Schließlich erreichten sie eine weitere Treppe, deren Abschluss eine stählerne Tür bildete. Dennis war in Sekundenschnelle oben, blieb stehen und drehte sich zu Lukas um. Der erschrak so sehr, dass er stoppte und zu dem Wahnsinnigen hinauf blickte.

»Dennis! Warum? Du hattest doch noch alle Chancen dieser Welt.«

Ein gehässiges Lachen war die Antwort, so gehässig, dass es Lukas fröstelte. Da stand ein junger, intelligenter Mann vor ihm und zeigte nur noch seine böse, psychopathische Seite. Lukas war fassungslos. Was hatte Dennis nur zu all diesen Gräueltaten getrieben?

»Du kapierst gar nichts«, brüllte der Mörder. »Dass ich beim Klauen erwischt wurde, war nicht das Schlimmste. Sondern dieser Frisch, der meinte, Gott spielen zu müssen. Durch seinen verdammten Artikel hat er mir sämtliche Chancen verbaut. Höchstens bei der Müllabfuhr hätte ich noch anfangen können. Aber den geilen Job wollte ich dann doch nicht.«

»Es hat keinen Prozess gegeben, du hättest die Zeitung um eine Klarstellung bitten können«, versuchte Lukas weiterhin, den Tobenden zu besänftigen.

»Frisch war nicht der Mann, der so was gemacht hätte. Er genoss es, Menschen durch üble Nachrede zu zerstören. Sieh dir nur Marie-Claire an. Glaubst du wirklich, sie würde jemals darüber hinwegkommen, dass ihr Vater öffentlich an den Pranger gestellt wurde?«

Lukas fühlte sich überfordert, was sollte er unternehmen? Dennis steckte voller Hass – und er wusste dem nichts entgegenzusetzen.

»Weißt du, Lukas! Dich habe ich wirklich gemocht. Sonst würdest du nicht hier stehen, sondern neben Theo auf Stahltisch Nummer zwei liegen.«

Lukas schaute den Psychopathen ungläubig an.

»Von Theos Wohnung aus hätte ich dich mit Leichtigkeit überwältigen können. Einfach so. Deine Vorsichtsmaßnahmen waren lächerlich. Aber ich habe es nicht getan«, behauptete Dennis. »Ist das nicht der Beginn einer wunderbaren Freundschaft.«

Lukas' Mund fühlte sich trocken an, er wusste nichts zu entgegnen. Wo blieben nur die Kollegen vom Sondereinsatzkommando?

»Glaub mir, diese Begegnung wird bestimmt nicht unsere letzte sein.« Mit diesen Worten öffnete Dennis die Stahltür. Das einfallende Licht ließ Lukas erkennen, dass sie ins Freie führte. Doch was tat er? Er schaute tatenlos zu, wie der Killer durch diese Tür verschwand. Er unternahm nicht den geringsten Versuch, ihn aufzuhalten. Die letzten Worte des Wahnsinnigen hatten ihn gelähmt.

Ein Beamter des Sondereinsatzkommandos stürmte an Lukas vorbei, erklomm den Steg, riss die Tür auf und folgte dem Flüchtenden. Weitere Polizisten in schwarzen Monturen stürmten herbei, auf einmal wurde es um Lukas herum höllisch laut und hektisch, doch der stand immer noch wie angewurzelt unterhalb der Treppe, über die Dennis entkommen war.

»Lukas?«, drang plötzlich eine leise Stimme ganz dicht an sein Ohr. Erschrocken drehte er sich um und wich einige Schritte zurück. Erst als er Monikas Gesicht erkannte, wurde ihm bewusst, wie paranoid er eben reagiert hatte.

»Theo lebt«, sagte sie und befreite Lukas damit endlich aus seiner Lethargie. Eine unglaubliche Erleichterung durchflutete seinen Körper. Hastig rannte er in den Sektionsraum zurück, wo die Notärzte immer noch an seinem Freund arbeiteten. Inzwischen steckten mehrere Infusionen in dessen Venen, sein Gesicht war durch ein Beatmungsgerät verdeckt, sein Körper in eine goldene Folie eingewickelt und der viereckige Kasten neben ihm stieß die beruhigenden Töne eines fast schon wieder regelmäßigen Herzschlags aus.

»Er hat noch mal Glück gehabt«, erklärte einer der Ärzte. »Durch eine zu hohe Dosis des Narkosemittels Ketamin setzte seine Atmung aus. Aber das muss genau in dem Augenblick passiert sein, als wir hereinkamen. Eine Minute später und er wäre nicht mehr zu retten gewesen.«

*

»Das war eine Glanzleistung!« Mit diesen Worten stürmte der Staatsanwalt auf Lukas zu und schüttelte ihm so heftig die Hand, dass der schon befürchtete, ein Schütteltrauma zu erleiden.

Diese Geste bewegte Allensbacher dazu, ebenfalls auf seinen Mitarbeiter zuzugehen und ihm zu seinem Erfolg zu beglückwünschen. Lukas fühlte sich beklommen. Er stand inmitten von Polizeibeamten, die ihm alle gratulierten, weil er den Ermittlungen zu ihrem Durchbruch verholfen und die zündende Idee zur Rettung seines Freundes gehabt hatte. Aber der Fall war noch immer nicht abgeschlossen, Dennis lief frei herum und war vermutlich noch gefährlicher als zuvor.

Eine internationale Fahndung nach dem Serienkiller war ausgeschrieben. Lukas fühlte sich dafür verantwortlich, dass es überhaupt soweit gekommen war. Hätte er doch nur nicht wie gelähmt da gestanden und zugesehen, wie der Wahnsinnige in die Freiheit entkam. Nein, er konnte seinen Triumph nicht im Geringsten so auskosten wie seine Vorgesetzten.

Jetzt kam auch noch Kriminalrat Ehrling ins Großraumbüro, um Lukas zu verkünden, dass er ihn nach dieser besonderen Leistung für die Beförderung zum Hauptkommissar vorgeschlagen hatte – eigentlich ein Traum, aber Lukas konnte sich nicht wirklich freuen. »Darüber wollen wir die Arbeit nicht vergessen«, bemerkte er abwehrend.

»Richtig!«, stimmte Renske zu. »Wir beide werden jetzt Marie-Claire Leduck vernehmen. Sie verlangt keinen Anwalt, was immer gut für uns ist.« Renske grinste in Lukas' Richtung. »Vielleicht erfahren wir von der Dame ja, wo sich Welsch aufhalten könnte.«

Zielstrebig steuerten die beiden das Vernehmungszimmer an. Kurz bevor sie entraten, schaute Renske seinen Begleiter an und sagte in bestimmtem Tonfall: »Ab sofort bin ich einfach nur Helmut für dich. Geht das klar?«

»Und wie!«, erwiderte Lukas mit erkennbarem Stolz in der Stimme. Als er kurz darauf Marie-Claire sah, erschrak er, seine Stimmung sank sofort wieder auf einen Tiefpunkt. Die junge Polizistin saß in sich zusammengesunken auf dem harten Stuhl vor dem stählernen Tisch. Ihre Wangen waren eingefallen, sie war leichenblass, ihre Haare wirkten stumpf und glanzlos. Um ihren Mund hatten sich Falten gebildet, die Verbitterung ausdrückten.

Lukas stellte das Aufnahmegerät ein und sprach die Daten der Anwesenden darauf, bevor er fragte, was ihn beschäftigte: »Warum hast du Theo das angetan?«

Eine Weile geschah nichts. Marie-Claire wippte vor und zurück und starrte stumm auf den glänzenden Tisch. Lukas wollte schon zu einer anderen Frage wechseln, als sie endlich doch noch antwortete: »Theo ist in Ordnung. Ich habe nichts gegen ihn. Es war Dennis' Plan, dass ich ihn verführe, damit wir immer auf dem neuesten Stand der Ermittlungen sind.«

»Aber ...« Lukas verschlug es die Sprache. »Dafür hättest du Theo gar nicht gebraucht.«

»Doch! Ihm hatte ich es zu verdanken, dass ich in eure Abteilung versetzt wurde. Nach Andreas Suspendierung brauchtet ihr einen Ersatz. Theo hat sich für mich eingesetzt.«

»Und zum Dank legst du ihn auf den Seziertisch und schneidest ihm die Gliedmaßen ab?«

Marie-Claire begann plötzlich zu weinen. Ihr Körper schüttelte sich wie unter Krämpfen. Es dauerte eine Weile, bis sie sich wieder einigermaßen gefasst hatte.

»Glaub mir, ich wollte das nicht«, beteuerte sie. »Denn ich habe mich schließlich sogar in ihn verliebt. Dennis hat das geschnallt. Er wollte Theo loswerden. Ich habe das Spiel nur mitgespielt, weil es mir sonst genauso wie Theo ergangen wäre.«

»Das glaube ich dir nicht«, murrte Lukas. »Oder musste dich Dennis mit vorgehaltener Waffe zwingen, dich an den OP-Tisch zu stellen und ihm bei seinem perversen Spiel zu helfen?«

»Dennis hat mich unter Drogen gesetzt«, kam es weinerlich zurück. »Ich wusste nicht, was ich tat.«

Der Staatsanwalt räusperte sich und warf nachdenklich ein: »Konzentrieren wir uns auf das Offensichtliche! Ich sehe hier nämlich zu viele Zufälle. Wäre Frau Peperding nicht suspendiert worden, hätten Sie keine Chance gehabt, in die Abteilung für Kapitalverbrechen versetzt zu werden. Ist das richtig?«

Marie-Claire nickte.

»Und was hätten Sie dann getan?«

»Ich habe ja selbst dafür gesorgt, dass Andrea rausfliegt.«

Lukas und Renske schauten sich verblüfft an.

»Die detaillierten Informationen über die Verbrechen haben dieser schmierige Sost, Sandra Gossert und die Wellenstein von mir bekommen. Andrea war zum Glück zur richtigen Zeit am richtigen Ort. Da mussten doch alle glauben, sie hätte alles ausgeplaudert.«

Lukas schnappte nach Luft, das wurde ja immer verrückter.

»Du bist also die Informantin, von der Sost so geheimnisvoll gesprochen hat.« Er erinnerte sich an das Vernehmungsprotokoll, das er für Theo geschrieben hatte.

Marie-Claire nickte.

»Und hast ihm brühwarm von deinen Orgien mit Theo erzählt.«

»Sost hat sogar ein Video zugeschickt bekommen. Er wird aber kaum drauf kommen, dass ich ihm das zugeschickt habe.«

»Warum?« Lukas war fassungslos.

»Dennis wollte sein Spiel ursprünglich noch weiter treiben.« Marie-Claire zuckte mit den Schultern. »Er wollte euch unglaubwürdig machen. Und wer ist dafür besser geeignet, als dieses Schundblatt? Er wollte euch das Leben zur Hölle machen, bevor er mit seinen Sezier-Spielchen beginnt.«

»Und trotzdem haben Sie sich an Theo Borg gehängt? Warum, nachdem Sie ja nun Mitarbeiterin der Abteilung waren?«, hakte Renske nach.

»Theo konnte mir die Informationen geben, die ich noch nicht hatte. Außerdem hatte er sich für mich eingesetzt. Irgendwie wollte ich ihm dafür danken.«

»Indem Sie ihn an Dennis Welsch ausliefern?«

»Ich habe doch schon gesagt, dass ich das aus Angst getan habe. Dennis hat mitbekommen, dass mir Theo mehr bedeutete. Er wurde immer wahnsinniger. Wir haben uns fast ständig gestritten.«

Lukas erinnerte sich an die Szene, die er vor dem Krankenhaus beobachtet hatte, als er noch in dem Irrglauben war, Dennis würde dort als Arzt arbeiten.

»Ich bekam es mit der Angst zu tun«, wiederholte Marie-Claire.

Als Lukas etwas darauf entgegnen wollte, sagte Renske schnell: »Gut! Das wollen wir mal so stehen lassen.« Dann zog der Staatsanwalt eine andere Akte hervor. Darauf stand in großen Buchstaben der Name »Erwin Fisch«. »Sprechen wir jetzt über Frisch!«

Marie-Claire rutschte unruhig auf ihrem Stuhl hin und her.

»Nervös?«

Marie-Claire reagierte nicht.

»Warum? Sie haben so schlimme Dinge getan, dagegen ist

unser Gespräch doch der reinste Kaffeeplausch.«

»Ich habe nichts getan«, wehrte sich Marie-Claire. »Dennis hat Frisch mindestens genauso gehasst wie ich. Er hatte die Idee, den Verleumder zu bestrafen. Es war auch seine Idee, dass Erwin vor seinem Tod noch ein bisschen leiden sollte. Er sollte einmal selbst erleben, wie es ist, wenn man alles im Leben verloren hat.«

»Deshalb haben Sie ihn auf dem Weg zu Ihrer angeblichen Wohnung in der Hornungstraße mit seinem eigenen Schirm niedergeschlagen und anschließend lebendig auf den Seziertisch geschnallt?«

»Das hat Dennis gemacht«, leugnete Marie-Claire beharrlich. »Ich war nur dafür zuständig, hinterher aufzuräumen.«

»Damit meinst du wohl, den Schirm in den Keller der Redaktion zu stellen?«, hakte Lukas nach.

Marie-Claire grinste und meinte: »Passte doch gut. Oder? Die Tür stand offen. Also habe ich die Gelegenheit genutzt, den Verdacht auf die Zeitungsleute zu lenken. Fast hätte es geklappt.«

Es folgte ein längeres Schweigen, bis Marie-Claire von selbst erklärte: »Mein Vater war unschuldig. Aber seit diesem Zeitungsartikel gab es keine Chance mehr für ihn. Er hatte seinen Stempel aufgedrückt bekommen. Und ich genauso. Glauben Sie, es macht Spaß, von jedem darauf angesprochen zu werden. Sogar dieser Schmierfink Sost meinte, mich wegen dieser Geschichte anmachen zu müssen.«

»Da hat Sost aber Glück gehabt, dass wir Sie geschnappt haben, bevor auch er noch einer Spezialbehandlung Ihres Komplizen unterzogen werden konnte«, stellte Renske sarkastisch fest.

»Stimmt! Der Mistkerl hat es nicht verdient, von Erwins Tod zu profitieren.«

»Das wird er wohl auch nicht! Keine Sorge«, kommentierte der Staatsanwalt.

Abermals trat Stille ein. Marie-Claire schaute von Renske zu Lukas und dann auf den Tisch, ehe sie sich entschloss, weiterzusprechen: »Mein Vater hat alles für mich gemacht. Auch das Häuschen hat er für mich gekauft, nachdem er überraschend geerbt hatte. Er wollte es noch zu Lebzeiten auf mich überschreiben lassen. Er hat mich damals auch motiviert, die Polizeischule zu besuchen. Dadurch, dass wir den gleichen Job hatten, gab es zwischen uns immer viel zu erzählen. Wir hatten keine Geheimnisse voreinander. So eine Vater-Tochter-Beziehung gibt es bestimmt nur selten.«

Marie-Claire hatte Tränen in den Augen. Lukas wurde von einer traurigen Stimmung übermannt, er spürte plötzlich so etwas wie Verständnis für die junge Frau. Doch diese Gefühle schüttelte er schnell wieder ab. Das alles war keine Rechtfertigung für das, was Marie-Claire getan hatte.

»Gut! Diesen Standpunkt können Sie vor Gericht klarmachen. Vielleicht bricht der Richter in Tränen aus und sieht Ihnen Ihre schweren Verbrechen nach«, kommentierte Renske bissig.

Lukas atmete tief durch, bevor er fortfuhr: »Warum musste Maria Kees sterben?«

Marie-Claire lachte freudlos. »Was glaubst du wohl, wie diese Gegenüberstellung ausgegangen wäre. Ich sollte diese Dame höchstpersönlich zuhause abholen.«

»Stimmt«, erinnerte sich Lukas. »Sie hätte dich erkannt.«

»Richtig. Deshalb ist Dennis am Abend zuvor zu ihr gefahren und hat sich als Polizist ausgegeben, der mit ihr über die Einzelheiten ihrer Beobachtungen sprechen wollte. Er hat ihren Kaffee vergiftet. Nicht ich.«

»Die alte Dame war einfach zu vertrauensselig. Das hat sie das Leben gekostet.«

»Stimmt! Und ein Plappermaul war sie auch. Jeder in der Hornungstraße wusste, dass sie zu einer Gegenüberstellung bei der Polizei bestellt war.«

»Sie war alt, ihr Leben eintönig. Da hat sie sich einfach über eine kleine Abwechslung gefreut«, wandte Lukas ein.

»Du solltest vielleicht Altenpfleger werden«, giftete Marie-Claire.

»Ich denke drüber nach. Und da wir gerade bei den alten Damen in der Hornungstraße sind: Was hat Brigitte Felten – die richtige – euch getan, dass sie sterben musste?«

»Die blöde Ziege hat Dennis den Job im Paracelsus-Krankenhaus verwehrt. Wegen des Artikels in der *Neuen Zeit*.«

»Und deshalb bringt man Leute um?«

»Wir brauchten außerdem eine fremde Identität, um unsere Pläne umsetzen zu können. Die Alte hatte alles, was dafür nötig war: einen guten Namen und eine Wohnung. Wer trauert so einer schon nach?«

»Und in so was wie dich hat sich Theo verliebt ...« Lukas schnaubte verächtlich.

»Bei Theo war es etwas anderes.«

»Mir kommen die Tränen.«

Zum wiederholten Mal breitete sich betretene Stille im Vernehmungszimmer aus. Das Geständnis der jungen Polizeibeamtin schlug dem Staatsanwalt wie auch Lukas schwer aufs Gemüt.

»Sie haben jetzt so schön geplaudert«, beendete Renske schließlich das Schweigen. »Jetzt erzählen Sie uns doch bitte noch, wo sich Dennis Welsch versteckt halten könnte?«

Marie-Claire lachte schrill auf. Lukas und Renske schauten sich verständnislos an.

»Geil! Ist er euch entkommen? Das ist ja einfach nur genial«, jubelte Marie-Claire.

»Schön, dass wir Ihnen eine Freude bereiten konnten. Jetzt machen Sie uns eine, indem Sie uns sagen, wo er steckt.«

»Da kann ich Ihnen nicht weiterhelfen. Unsere Beziehung lief total einseitig. Während er alles über mich wusste, habe ich von ihm nur das erfahren, was er von sich preisgeben wollte. Ich weiß noch nicht einmal, wo er wohnt.«

»Schön doof«, murrte Lukas. »Und ich dachte, es gäbe so etwas wie Emanzipation.«

»Schon Oscar Wilde hat gesagt: *Die Frauen sind ein dekoratives Geschlecht. Sie haben niemals etwas zu sagen, aber sie sagen es entzückend.*

Die Frauen versinnbildlichen den Triumph der Materie über den Geist, wie die Männer den Triumph des Geistes über die Moral«, zitierte Renske. »Was sagt uns das?«

Lukas zuckte ahnungslos mit den Schultern. »Keine Ahnung.«

Renske lachte und flüsterte: »Lukas, du wirst selbst noch dahinterkommen.«

»Sprichst du von unserer Psychologin?«, stichelte der Kriminalbeamte zurück, wofür er einen heftigen Fausthieb auf seinen Oberarm erntete.

*

Lukas stand in einem leeren Krankenzimmer. Schlagartig wurde ihm schlecht. Wo war Theo? Wieder in der Intensivstation? Aber das konnte doch nicht sein. Hieß es nicht die ganze Zeit über, sein Zustand sei stabil.

Plötzlich hörte er Stimmen im Flur, die näherkamen, dazu Lachen und Poltern. Er trat aus dem Zimmer und sah, wie zwei Schwestern ein Bett durch den Flur schoben. Die Frauen kicherten, die Blicke unablässig auf das Bett gerichtet. Erst als sie an Lukas vorbei in Theos Krankenzimmer fuhren, erkannte er seinen Freund in den weißen Laken. Anscheinend konnte er für die Pflegerinnen schon wieder den Alleinunterhalter geben.

Lukas spürte eine riesengroße Erleichterung. Langsam trottete er dem kleinen Zug hinterher, wartete, bis das Bett wieder an seinem Platz stand und die Schwestern das Zimmer verließen.

»Wenn du hier rauskommst, werden sie mich wahrscheinlich wieder eingeliefert haben«, sagte Lukas zur Begrüßung. »Deinetwegen bekomme ich einen Herzinfarkt nach dem anderen.«

Theos schaute Lukas mit ernster Miene an und erwiderte: »Kumpel! Dir verdanke ich mein Leben. Wie kann ich das je wiedergutmachen?«

»Ganz einfach! Indem du in Zukunft auf meine Ratschläge hörst.«

»Mach ich, Mami.«

Beide lachten und klatschten sich mit den Händen ab. Dann zog Lukas einen Stuhl heran, setzte sich neben das Bett und fragte: »Willst du wissen, wie es ausgegangen ist? Oder hast du die Schnauze gründlich voll?«

»Ich will alles wissen, du Witzbold. Schließlich bin ich immer noch Bulle und will nicht zum Mönch umschulen.«

»Gott sei Dank!« Lukas grinste schief. »Immerhin ist der kleine Mann ja auch noch dran ...«

»Weißt du, wie das ist«, unterbrach Theo ihn, »wenn man dir ankündigt, du bekommst jetzt deinen besten Freund mit einem scharfen Skalpell abgeschnitten? Und du liegst nackt, gefesselt und wehrlos da?«

Lukas verstummte. Es verging eine Weile, bis er sich räusperte und sagte: »Tut mir leid! Mein Witz war taktlos. Ich wusste nicht, welche Grausamkeiten du durchgemacht hast.«

»Woher solltest du es auch wissen?«, hielt Theo dagegen. »Keiner weiß das. Außer Dennis und Marie-Claire.«

»Marie-Claire sitzt und kommt auch so schnell nicht wieder raus. Dennis ist uns leider entkommen.« Lukas behielt seine letzte Begegnung mit diesem Psychopathen für sich. Ihm schauderte immer noch bei der Erinnerung daran.

»Gibt es auch noch gute Nachrichten?«, riss Theo ihn schließlich aus seinen Gedanken.

»Ja! Eigentlich ist alles aufgeklärt. Erwin Frischs Leiche lag in einem der Kühlfächer, die nicht mehr gekühlt haben. Kannst dir sicher denken, wie seine Reste aussahen ... und rochen.«

Theo schüttelte sich. »Dort wäre ich um ein Haar auch gelandet.«

»Bist du aber nicht. Dennis hat die Rechnung ohne mich gemacht.«

»Stimmt! Im Nachhinein Trübsal blasen bringt es nicht.« Theo lächelte schwach.

»Seine Leiche war voller Ketamin, das Zeug, das Dennis dir auch gespritzt hat. Dr. Stemm hat herausgefunden, dass Frisch verblutet ist. Den letzten Eingriff am Penis konnte Dennis nicht mehr kontrollieren.«

Theo nickte, sagte aber nichts.

»Außerdem hat sich unsere Vermutung bestätigt, dass Dennis bei dem falschen Kardinal eine Beichte abgelegt hat. Er wurde von seinem Vater streng katholisch erzogen, so streng, dass er tatsächlich noch an den Sinn und Zweck einer Beichte geglaubt hat. Selbst nach seinen unglaublichen Verbrechen.«

Wieder verharrten beide eine Weile in Schweigen.

»Meine Begegnung mit Dennis in deinem Parkhaus war auch kein Zufall«, setzte Lukas seinen Bericht fort. »Von Marie-Claire wissen wir, dass Dennis die Verteilerkappe an deinem Wagen gelockert hat.«

»Dieser Scheißkerl«, fluchte Theo. »Nicht mal mein Auto konnte er in Ruhe lassen.«

Wieder mussten die beiden Freunde so herzhaft lachen, dass eine Krankenschwester ins Zimmer kam und sie zur Ruhe anhielt.

»Wie geht es Susanne?«, fragte Theo.

Lukas' Schmunzeln war ihm Antwort genug. »Hans Pont übernimmt übrigens die *Neue Zeit* und bringt seine Redakteure mit«, berichtete Lukas weiter. »Susanne bleibt erst mal da. Sie kann gut mit dieser Veränderung leben, auf das alte Team hatte sie verständlicherweise keine Lust mehr.«

Lukas erhob sich von seinem Platz und steuerte die Tür an, als er Theo rufen hörte: »Morgen werde ich entlassen. Also wird deine schöne Zeit im Büro bald vorbei sein.«

»Du glaubst gar nicht, wie froh ich darüber bin.« Lukas lachte. »Und du wirst staunen, wenn du unseren Arbeitsplatz siehst. Wir haben Verstärkung bekommen.«

Theo schaute seinen Freund irritiert an: »Wer? Sag bloß nicht Andrea.«

»Nein, die wird wieder mit Monika zusammenarbeiten«, antwortete Lukas. »Keine Sorge!«

»Also! Wer ist es? Nun sag schon!«

»Peter und Paul!«

»Hä?«

»Wir haben zwei nette Kanarienvögel in unserem Käfig. Die beiden Jungs sind in der Abteilung so beliebt, dass Allensbacher keinen Widerspruch mehr einzulegen wagt.«

Lukas hörte noch lange das laute Lachen seines Freundes, als er durch den Krankenhausflur zu den Fahrstühlen lief. Ein Lachen, das er vermisst hatte und das er hoffentlich noch sehr lange hören würde.

Als er das Krankenhaus verließ, stellte er erstaunt fest, dass es bereits dunkel war. Schnell steuerte er seinen Wagen an, der hinter dichten Sträuchern abgestellt war. Plötzlich tauchte ein Schatten zwischen ihm und seinem Auto auf.

Lukas zuckte zusammen. Seine Nackenhaare stellten sich auf. Er schaute sich um. Außer ihm und dieser Silhouette war niemand in der Nähe. Die Gestalt regte sich nicht und sagte nichts. Einige Sekunden verstrichen. Lukas zog seine Waffe aus seinem Holster und rief: »Bleib stehen, Dennis. Oder ich schieße!«

»Bring mich nicht zum Lachen«, kam es in hämischem Tonfall zurück. »Du kannst nicht auf mich schießen, weil du besessen von mir bist.« Dann drehte er sich um und entfernte sich rasend schnell.

Lukas wusste, wie es aussah, einen Verdächtigen von hinten zu erschießen. Also gab er einen Wahnschuss ab. Der zeigte Wirkung. Der Wahnsinnige stoppte tatsächlich. Lukas näherte sich mit vorgehaltener Waffe dem Mann, der ihm immer noch den Rücken zuwandte. Dennis trug einen langen schwarzen Mantel. Im schwachen Schein des Mondes, der zwischen Wolken hervor lugte, konnte Lukas erkennen, dass er aus Leder war. Aber er konnte Dennis' Hände nicht sehen.

»Hände hoch!«, rief Lukas. Doch Dennis machte nicht die geringsten Anstalten, auf diesen Befehl zu reagieren. »Ich sagte: Hände hoch!«

Plötzlich sprang Dennis herum und stieß einen lauten Schrei

aus. Seine rechte Hand war hoch über Lukas' Kopf erhoben. Etwas glitzerte. Ein Stilett. »Du sollst in der Hölle schmoren!«, brüllte der Psychopath und stürzte sich auf seinen Gegner.

Der schoss und schoss und schoss – siebenmal, bis das Magazin leer war.

Dennis brach über Lukas zusammen. Warme Flüssigkeit quoll aus seiner Brust und lief über den Polizeibeamten, der verzweifelt versuchte, den Körper des Verwundeten von sich abzuschütteln. Auf einmal spürte er einen stechenden Schmerz in der Seite. Erschrocken schaute Lukas an sich herunter. Dennis hatte mit letzter Kraft versucht, die Waffe in Lukas' Körper zu rammen. Er röchelte, versuchte aber tatsächlich, sich noch ein Lächeln abzuringen. Schließlich spie er eine Menge Blut in Lukas' Gesicht, ehe er in sich zusammensackte und zu Boden sank.

Lukas betastete seine Wunde. Sie war nur oberflächlich. Dennoch wurde ihm speiübel, fast hätte Dennis ihn doch noch erwischt. Die letzte Begegnung mit diesem Verrückten hatte ihn zum Glück gewarnt, nur wegen dessen Drohung war er überhaupt bewaffnet zu einem Besuch ins Krankenhaus gegangen.

Die vielen Menschen, das Blaulicht und die Sirenen, die sich innerhalb kürzester Zeit um ihn herum versammelten, nahm er nur noch wie in Trance wahr.

»Die Vergangenheit ist ein schlafender Parasit. Wehe, er erwacht und alles kehrt wieder ...«

»Hans-Hermann Sprado verbindet den Drive von ›Pulp Fiction‹ mit der exakten Recherche von Michael Crichton. Sein fesselndes Buch über Terror und Liebe beginnt mit dem Alptraum jedes Familienvaters und ersetzt einen Schnellkurs im Journalismus.«

Denis Scheck

Hans-Hermann Sprado:
Risse im Ruhm
Münster: Solibro Verlag 2005
[subkutan Bd. 1]
ISBN 978-3-932927-26-5
Gebunden • 304 Seiten

mehr Infos & Leseproben:
www.solibro.de

Der Tod eines Supermodels während der New Yorker Fashion Week und eine Serie mysteriöser Morde an Prominenten rufen den deutschen Reporter Mike Mammen auf den Plan.

»Lakonisch, eindringlich, messerscharf: Hans-Hermann Sprado dürfte mit ›Tod auf der Fashion Week‹ schwer in Mode kommen.«

Frank Schätzing

Hans-Hermann Sprado:
Tod auf der Fashion Week
Münster: Solibro Verlag 2007
[subkutan Bd. 2]
ISBN 978-3-932927-39-3
Gebunden • 384 Seiten

mehr **Infos** & **Leseproben**:
www.solibro.de

»SEHNEN IST NICHT MANGEL – DAS ENDE DES SEHNENS IST MANGEL«

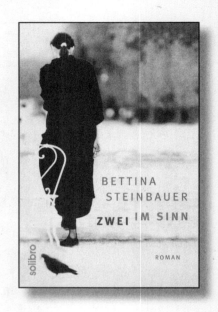

»... das Buch ist ein subtiles Psychogramm einer Frau zwischen erotischer Verwirrung und erbarmungsloser Selbstanalyse, also kein happy end, aber trotzdem ein Bekenntnis zu Sinnlichkeit und Liebe – ein tolles Debüt.«

Dr. Paul Kersten in: NDR Fernsehen, Kulturjournal

Bettina Steinbauer:
Zwei im Sinn
Münster: Solibro Verlag 2008
[solibro literatur Bd. 1]
ISBN 978-3-932927-40-9
Gebunden • 272 Seiten

mehr **Infos & Leseproben:**
www.solibro.de

»Am Tag, als Janis Joplin starb, unterschrieb mein Vater den Kaufvertrag für unser Reihenhaus. Er legte so den Grundstein dafür, dass eine große Liebe zu einer Gütergemeinschaft verkam.«

*Empfohlen von Ingo Naujoks bei **Jürgen von der Lippes** »Was liest Du?« im **WDR***

»Es gibt Bücher, die sind so gelungen, das man sie kaum aus der Hand legen mag – es sei denn, um sich die Lachtränen abzuwischen. Frank Jöricke ist mit seinem Erstling ein derartiges Kunstwerk gelungen.«

Badisches Tagblatt

Frank Jöricke:
Mein liebestoller Onkel, mein kleinkrimineller Vetter und der Rest der Bagage
Münster: Solibro Verlag 2010
[cabrio Bd. 2]
ISBN 978-3-932927-36-2
Broschur • 256 Seiten

mehr **Infos** & **Leseproben**:
www.solibro.de